LE CLOCHER DE NOËL

ROLAND LACOURBE

présente

LE CLOCHER DE NOËL

et autres crimes impossibles

anthologie

ARCHIPOCHE

Notre catalogue est consultable sur :
www.archipoche.com

Éditions Archipoche
92, avenue de France
75013 Paris

ISBN 979-1-0392-0242-8

À Jean-Pierre Croquet,
grâce à qui bien des choses
ont été possibles.
R. L.

Préface

Un double crime rue Morgue : c'est là que tout a commencé pour le grand public... Un horrible fait divers né de l'imagination tortueuse d'un poète américain qui n'a jamais franchi les frontières de son pays natal, et situé dans une rue de Paris qui n'a jamais existé !

Publié en avril 1841 dans le *Graham's Magazine* à Philadelphie, *The Murders in the Rue Morgue* (*Double Assassinat dans la rue Morgue*) d'Edgar Allan Poe (1809-1849), dans lequel une veuve et sa fille sont massacrées dans leur appartement parisien, alors que leur assassin n'a pu fuir puisque toutes les fenêtres étaient clouées et la porte fermée de l'intérieur, est la première enquête sur un meurtre impossible commis dans une chambre dite close, c'est-à-dire dans un endroit sans aucune issue (du moins en apparence) et dont le meurtrier n'a eu aucune possibilité de sortir une fois son forfait commis...

Il faut toutefois souligner que, selon le chercheur anglais Robert Adey, qui, dans un ouvrage paru à Londres en 1979 et réédité aux États-Unis en 1991, *Locked Room Murders and Other Impossible Crimes*, a recensé tous les récits exploitant ce thème, Poe n'en serait pas l'inventeur. Ce titre revient au célèbre écrivain irlandais Sheridan Le Fanu qui, dans une nouvelle parue en novembre 1838 (soit trois ans avant Poe), *A Passage in the Secret History of an Irish Countess*, décrit un crime dans une chambre close demeuré plusieurs années inexpliqué.

Quoi qu'il en soit, deux autres ouvrages devaient, par la suite, lancer cette nouvelle tendance littéraire en lui apportant ses critères fondamentaux et ses lettres de noblesse. Au détour du XXe siècle – exactement huit ans avant et huit ans après 1900 – paraissaient les deux ultimes prototypes d'un style appelé à faire florès : *Le Mystère de Big Bow* (1892) du Britannique Israël Zangwill et *Le Mystère de la chambre jaune* (1908) du Français Gaston Leroux, apportant deux explications opposées et radicalement différentes au même problème, et fixant du même coup les limites logiques du genre.

Le thème de la chambre close – ou plus généralement du « crime impossible » – était né et devait enflammer l'imagination des auteurs et des lecteurs jusqu'à nos jours, sans plus jamais disparaître de la littérature criminelle.

Pour quelles raisons un tel engouement ? C'est que le crime « impossible » excite terriblement l'imagination. Et rejoint, par certains côtés, le registre du miracle : comment une telle chose a-t-elle pu arriver ? Comment un assassin a-t-il pu disparaître de manière incompréhensible ? Ou comment un bijou précieux a-t-il été subtilisé sans que personne ne s'en rende compte ? À ce schéma en apparence limité, des auteurs à l'imagination fertile apporteront d'innombrables variations. C'est pourquoi le terme « crime impossible » me semble préférable à celui de « crime en chambre close » communément admis.

Car, la preuve en est faite, ces variations sont sans limites. Aujourd'hui encore, des auteurs talentueux captivent toujours autant l'attention du public en proposant de nouvelles situations défiant toute logique. Dans sa bibliographie, Robert Adey avait dénombré près de 2 500 titres (incluant romans et nouvelles) se rattachant au vieux problème ! Encore le chercheur anglais n'avait-il eu connaissance que des textes d'origine anglo-saxonne. Bon nombre de titres français sont à rajouter à cette liste. Un récent ouvrage en langue française équivalent à celui d'Adey, intitulé symboliquement *1001 Chambres closes*[1], propose à son tour l'analyse détaillée (résumé du problème posé et appréciation critique) de plus de 1 000 ouvrages (à peu près également répartis entre romans et nouvelles), écrits par 450 auteurs (anglais,

---

1. *1001 Chambres closes. Guide de lecture du crime impossible*, par Vincent Bourgeois, Philippe Fooz, Roland Lacourbe et Michel Soupart, Semper Ænigma (2014) ; complété par *Annexes, Le crime impossible dans tous ses états* (2015) par les mêmes auteurs qui, entre autres, recense l'exploitation du thème dans tous les médias (cinéma, télévision, bandes dessinées), ainsi que dans la réalité (d'authentiques crimes en chambre close).

américains, français, belges, canadiens, italiens, japonais...) répondant à ces exigences et accessibles en langue française.

Quelques exemples suffiront à convaincre que le thème est inépuisable.

En mars 1903, Samuel Hopkins Adams, dans *La Mort ailée*, met en scène un homme, sur une plage de Long Island, découvert mort, le crâne fracassé, sur une étendue de sable vierge de toute trace de pas à l'exception des siennes. Le problème n'est plus là de découvrir comment l'assassin a pu sortir d'une chambre fermée, mais comment il a pu approcher sa victime puis quitter le lieu du crime sans laisser d'empreinte...

En 1914, dans *Le Mystère Doomdorf*, l'Américain Melville Davisson Post pose le problème d'un assassin qui a réussi à sortir de la pièce du crime en laissant une toile d'araignée intacte !

En 1925, dans *L'Indice de la feuille de thé*, Edgar Jepson et Robert Eustace décrivent un crime à l'arme blanche dans un bain turc alors que personne n'en est sorti et que l'arme est introuvable...

En 1929, *La Mort de Lawrence Vining*, roman d'Alan Thomas, se situe dans l'ascenseur d'une station du métro londonien où la victime poignardée était seule dans la cabine en mouvement, selon des témoins dignes de foi.

En 1931, dans *Élimination transcendantale*, de Ronald Knox, un homme, enfermé dans un gymnase désaffecté, est retrouvé mort de faim... à côté d'un buffet regorgeant de victuailles.

En 1934, dans *Le Meurtre du dragon*, S. S. Van Dine fait disparaître un homme qui a plongé dans une piscine constamment surveillée.

Dans *La femme qui prit peur* (1935) d'Anthony Abbot, une femme fait entendre sa voix par l'intermédiaire d'un médium, au cours d'une séance de spiritisme, et déclare avoir été assassinée quelques semaines plus tôt, puis situe avec exactitude l'endroit où son corps a été déposé et réclame une sépulture décente.

Dans *Une femme disparaît* (1938), Ethel Line White décrit la disparition d'une vieille dame dans un train express que personne, mise à part l'héroïne, ne semble avoir jamais vue.

Dans *Dix Petits Nègres* (1939, rebaptisé *Ils étaient dix* en 2020), la grande Agatha Christie fait assassiner dix personnes par un assassin fantôme qui, c'est prouvé, n'a jamais pu quitter l'île sur laquelle il a commis ses forfaits.

Dans *Le Char de Phaëton* (1940) d'Ellery Queen, c'est une maison tout entière qui disparaît…

Dans *La Malédiction des neuf fois neuf* (1940) d'Anthony Boucher, un charlatan qui se dit l'incarnation du Juif errant prétend avoir assassiné, à l'aide de son corps astral, celui qui voulait le démasquer, alors qu'au moment du crime il était présent dans son temple devant une centaine de témoins…

Wilders Walk Away (1948), de Herbert Brean, s'intéresse au cas très étrange d'une famille qui disparaît, périodiquement et inexplicablement, au cour des siècles.

Escamoté ! (1949), de Clayton Rawson, décrit comment un homme entré dans une cabine téléphonique constamment sous observation n'en ressort jamais.

Le Miroir obscur (1950) d'Helen McCloy expose un problème intrigant d'ubiquité avec le cas d'une institutrice fréquemment vue au même instant dans deux endroits à la fois.

The Footprint of Satan (1951) de Norman Berrow tente de donner une explication rationnelle à la mystérieuse affaire des « Pas du Diable » qui bouleversa le Devon à la fin du XIXe siècle en Angleterre : les traces, sur la surface d'une neige immaculée, d'une créature inconnue qui traversait des villages entiers en ligne droite en se jouant de tous les obstacles.

Dans *Les Cavernes d'acier* (1954), l'écrivain de science-fiction Isaac Asimov imagine comment un crime a pu être commis dans une ville du futur peuplée d'habitants devenus agoraphobes et incapables de se déplacer.

Dans *L'Invisible Monsieur Levert* (1977), l'humoriste John Sladek met en scène un homme retrouvé étouffé dans ses water-closets fermés.

Dans *La Malédiction des bohémiens* (1982), Edward D. Hoch pousse le paradoxe jusqu'à faire du corps humain une chambre close : comment un homme peut-il mourir d'une balle dans le cœur sans que son corps porte de blessure apparente ?

Par ailleurs, il y a des auteurs littéralement obsédés par cette thématique et qui consacreront des dizaines d'ouvrages à explorer toutes ses possibilités, dans ses prolongements et ses variations.

John Dickson Carr fut le premier d'entre eux. Il s'efforça d'abord d'illustrer le cas le plus classique du problème de chambre close dans une série d'ouvrages où le défi était brillamment relevé, notamment dans, entre autres, *La Maison de la peste* (1934), *La Maison du bourreau* (1935), *Trois cercueils se refermeront* (1935), *La Chambre ardente* (1937), *La police est invitée* (1937), *La Flèche peinte* (1938), *Suicide à l'écossaise* (1941), *À la vie, à la mort* (1944) et *La Nuit de la veuve ricanante* (1950). Tout en inaugurant quelques variations particulièrement astucieuses comme une rue de Londres où quelqu'un a été pendu et que l'on ne parvient pas à retrouver dans *Le Secret du gibet* (1931), des meurtres commis par un animal fantastique dans *Les Meurtres de la licorne* (1935), un homme égorgé dans son jardin alors que personne ne s'est approché de lui dans *Le Naufragé du Titanic* (1938), un devin aux stupéfiants pouvoirs qui prétend pouvoir tuer par la pensée dans *Le lecteur est prévenu* (1939), des meurtres commis sur un bateau par un passager fantôme durant une traversée dans *Impossible n'est pas anglais* (1940). Tout en situant un crime impossible sur un court de tennis où un joueur a été étranglé alors que le sol autour de lui, mouillé par une pluie récente, est net de toute trace, dans *Meurtre après la pluie* (1939) ; puis en corsant la difficulté du local clos en décrivant une chambre du crime dont toutes les issues ont été hermétiquement scellées, à l'intérieur, à l'aide de ruban adhésif dans *Il n'aurait pas tué Patience* (1944) ; avant de relever le défi lancé quinze ans plus tôt par Van Dine d'un homme qui disparaît d'une piscine constamment sous surveillance après y avoir plongé dans *Passe-passe* (1949).

Le Français Noël Vindry se prit au jeu, lui aussi, en consacrant une douzaine d'ouvrages à son héros singulier, Monsieur Allou, juge d'instruction, et en le confrontant un grand nombre de fois à des problèmes similaires.

Un autre Français, Pierre Boileau, lui, a marqué les esprits en faisant disparaître un tableau de maître d'une manière incompréhensible dans *Le Repos de Bacchus* (1938) et surtout en accumulant une quantité inaccoutumée de meurtres impossibles dans son chef-d'œuvre *Six Crimes sans assassin* (1935). Marcel Lanteaume lui damera le pion quelques années plus tard avec trois monuments du genre, *Orage sur la grande semaine* (1944), *La Treizième Balle* (1948) et surtout l'extraordinaire *Trompe-l'œil* (1946).

Mais les Américains ne désarmeront pas et Clayton Rawson, un authentique illusionniste de profession, marchera à son tour sur les traces de John Dickson Carr en posant à son héros favori, le Grand Merlini, quantité de cas défiant l'imagination dans quatre romans et une douzaine de nouvelles. Alors que, parallèlement, le moins prolifique mais tout aussi brillant Hake Talbot accumulera une succession d'impossibilités dans ses deux chefs-d'œuvre, *Le Bras droit du bourreau* (1942) et *Au seuil de l'abîme* (1944).

Au cours de la seconde moitié du XXe siècle, les deux plus prestigieux représentants du genre sont les Américains Joseph Commings et Edward C. Hoch, qui ont consacré des dizaines de nouvelles à explorer des situations inédites défiant l'entendement. Deux exemples suffiront à donner une idée de leur talent. Dans *Courrier mortel* (1962), Joseph Commings décrit l'hallucinante situation d'un diplomate abattu d'un coup de revolver alors que l'arme dont s'est servi le meurtrier se trouve à l'intérieur d'une enveloppe en papier bulle dûment scellée ! Le personnage favori de Joseph Commings est Brooks U. Banner, un sénateur haut en couleurs devant sans cesse faire face à des situations défiant l'imagination. Tandis qu'Edward Hoch a créé le personnage d'un médecin de campagne, le docteur Sam Hawthorne, qui passe sa vie à élucider des énigmes de cet ordre. Dans sa première histoire, *L'Énigme du pont couvert* (1974), le docteur Hawthorne s'intéresse à l'incompréhensible disparition d'un fermier, un jour d'hiver où il a neigé abondamment, sous un pont couvert où lui et son buggy se sont littéralement évanouis dans l'espace. Hoch a quitté ce monde en janvier 2008 après avoir écrit soixante-douze problèmes que son singulier limier a été amené à résoudre, faisant de cette saga une sorte de catalogue de tous les cas imaginables de situation impossibles.

En France, le dernier représentant de ces enchanteurs est notre contemporain Paul Halter qui, en digne successeur de John Dickson Carr, de *La Quatrième porte* (1987) à *La Montre en or* (2019) en passant par

L'Image trouble (1995), *Les Sept Merveilles du crime* (1997) ou *La Ruelle fantôme* (2005), a consacré son œuvre à relever maintes et maintes fois le défi dans plus de quarante romans.

Qui pourrait penser, après cela, que le crime impossible ? Il est, au contraire, plus vivace que jamais, et sans cesse revisité par de nouveaux talents tandis que, de par le monde une communauté d'aficionados s'est, petit à petit, mise en place pour s'avertir mutuellement de toute nouvelle découverte.

*

La présente anthologie a pour ambition de proposer au lecteur une sorte d'initiation au « vieux problème » en offrant un choix de textes choisis parmi les grands pionniers du genre. On y découvrira quelques-unes de premières tentatives mémorables qui ont permis au thème de s'imposer.

Alors que McDonnell Bodkin confronte son limier favori, Paul Beck, l'un des premiers concurrents de Sherlock Holmes, à la disparition incompréhensible d'un lot de diamants dans un écrin, E. T. Meade et Robert Eustace décrivent le cas d'un homme qui, entrant dans une maison surveillée par la police, disparaît comme par enchantement et reste introuvable, même après une fouille minutieuse.

Avec Arthur Conan Doyle, Jacques Futrelle et G. K. Chesterton, ce sont trois limiers légendaires, l'incontournable Sherlock Holmes, le professeur S. F. X. Van Dusen, surnommé judicieusement la Machine à

Penser, et le Pasteur Brown, qui rencontrent à leur tour d'épineux problèmes : un crime dont la singularité n'apparaît pas à première vue, l'étrange cas d'un homme d'affaires à qui un devin a fait visualiser son propre assassinat dans une boule de cristal, et la mort d'un mystérieux personnage abattu au beau milieu d'une étendue de neige vierge de toute trace humaine.

Le Mystère Doomdorf et *L'Indice de la feuille de thé* ont déjà été évoqués dans les lignes qui précèdent.

La Chambre de la mort de Frederick Irving Anderson se rattache au mythe inépuisable de la maison hantée. *Du mouron pour les petits poissons* décrit une situation à peu près unique dans les annales de la littérature criminelle. Et *Le Clocher de Noël* d'Edward Hoch pose le problème d'un pasteur poignardé dans son clocher fermé de l'intérieur et complètement inaccessible.

Enfin, c'est Arsène Lupin en personne qui, sous l'une de ses innombrables identités, va résoudre le cas d'un homme mort poignardé alors qu'il était enfermé dans sa cabine de plage.

Avant de vous laisser les découvrir, je vous propose une petite énigme :

Quel est l'endroit d'où l'on sort sans jamais y être entré ?

Quel est l'endroit d'où l'on ne sort jamais après y être entré ?

La réponse, évidente, nous conduit à une constatation troublante et qui devrait ravir les psychanalystes : du ventre maternel au tombeau, la destinée humaine se trouve tout entière placée sous le signe de la chambre close !

Roland LACOURBE

PS : Le lecteur trouvera, en fin de volume (p. 419), une bibliographie succincte des romans et nouvelles cités dans la préface.

Frank L. Baum

Le Suicide de Kiaros

(1897)

Pratiquement inconnu en France, Frank L. Baum (1856-1919) est célèbre outre-Atlantique comme créateur de l'un des mythes les plus populaires du monde anglo-saxon, la saga du Magicien d'Oz, qui comprend une quinzaine de volumes et qui a donné naissance à un classique du cinéma (1939) avec Judy Garland. Spécialisé dans ce que les anglophones appellent des Fairy Tales, *Frank L. Baum a écrit quelques fictions policières à l'époque où le genre se cherchait encore un style et une spécificité propres.*
Écrit en 1897, à l'heure où Sherlock Holmes triomphait en Grande-Bretagne, Le Suicide de Kiaros *met en scène un criminel d'un tel sang-froid et d'un tel cynisme qu'on le croirait contemporain ; et un crime en chambre close observé en quelque sorte de l'intérieur.*

I

Caissier de la grande firme commerciale Van Alsteyne & Traynor, Mr Felix Marston était assis dans son petit bureau particulier, une feuille de bilan devant lui et un air sombre sur son beau visage. De temps à autre, il se passait ses doigts fins dans la masse de cheveux noirs qui lui tombaient sur le front et, sur ses traits, l'expression d'une contrariété grandissante trahissait son inquiétude.

Tout le monde connaissait et admirait Mr Marston, et n'importe quel observateur en aurait déduit que quelque chose ne tournait pas rond dans les transactions financières de la firme. Mais Mr Marston se connaissait mieux que quiconque, et il se rendait compte en effet que, si quelque chose ne tournait pas rond, cela le touchait d'une manière fâcheusement personnelle.

En ce qui concernait le jeune et populaire caissier, nul n'ignorait les détails suivants : il était entré dans la compagnie quelques années auparavant à un poste subalterne et, grâce à son énergie, son intelligence et ses capacités, il avait grimpé les échelons jusqu'à parvenir à la position qu'il occupait actuellement et à devenir l'homme en qui son employeur avait le plus confiance. Il était grave, sérieux et digne dans ses manières, et possédait un jugement clair et sûr en affaires. Il n'avait pas d'amis intimes, mais se montrait affable et courtois avec tous ceux qu'il rencontrait, et sa vie privée, pour ce que l'on en savait, était sans reproche. Mr Van Alsteyne, le patron de la firme, s'était pris d'amitié pour Mr Marston et avait fini par l'inviter à dîner chez lui. C'est là que le jeune homme avait fait la connaissance de Gertrude, l'enfant unique de Van Alsteyne, une vraie beauté, l'une des jeunes filles les plus en vue de la société.

Attirée par son physique agréable et ses allures de gentleman, l'héritière l'avait encouragé à revenir lui rendre visite, et Marston avait profité si habilement de son avantage qu'avant un an elle avait consenti à l'épouser. Mr Van Alsteyne ne s'était pas opposé au mariage. Au contraire, son admiration pour Marston s'en était trouvée grandie et il avait juré que le jour des noces il mettrait au nom de son gendre la moitié de ses intérêts dans la compagnie.

En conséquence de quoi, tout le monde considérait Mr Marston comme un élu de Dame Fortune, et lui prédisait un grand avenir. Mais comme je l'ai dit, Mr Marston se connaissait mieux que quiconque et, penché sur cette fatale balance des comptes, il se mit à marmonner à mi-voix :

— Pauvre fou… Oh ! pauvre fou !

Bien qu'il eût la tête froide et que l'intelligence ne lui fît pas défaut, il était la proie d'un vice. Deux ou trois des maisons de jeu les plus fermées et les plus dangereuses n'ignoraient rien de cette face cachée. Son ambition était démesurée, et avant même qu'il n'eût rêvé être digne de gagner la main de miss Van Alsteyne, il avait imaginé plusieurs méthodes ingénieuses pour ramasser une fortune sur le tapis vert.

Deux ans plus tôt, il avait été contraint d'« emprunter » une somme rondelette à la firme afin de tester ces fameuses méthodes. Ayant perdu l'argent par quelque imprévisible coup du sort, il lui avait fallu soustraire une autre somme pour se renflouer et rétablir les comptes. D'autres avant lui avaient déjà fait cette tentative ; leurs expériences avaient généralement abouti au même résultat. Par une simple jonglerie avec les chiffres, les registres de la compagnie avaient été jusque-là trafiqués de façon à dissimuler les vols, mais maintenant, il semblait que le destin, en le poussant toujours plus loin, était sur le point de le faire basculer au fond d'un précipice.

Son mariage avec Gertrude devait avoir lieu dans deux semaines, et comme Mr Van Alsteyne insistait pour tenir sa promesse de lui donner une part de ses affaires, les changements dans la firme nécessiteraient un examen approfondi des comptes, ce qui signifiait la révélation des agissements et la ruine de l'homme qui était à deux doigts d'acquérir une fortune et une haute situation sociale – tout ce à quoi son immense ambition lui avait toujours fait rêver.

Il n'est pas surprenant que, mis au pied du mur, Mr Marston se soit maudit pour sa folie passée ni qu'il ait pris conscience de son impuissance à éviter la catastrophe qui allait le broyer.

Une voix au-dehors interrompit ses réflexions et attira son attention.

— Je veux voir Mr Marston.

Le caissier fourra les feuilles remplies de chiffres dans un tiroir de son bureau, se composa à la hâte une attitude et tira la vitre du guichet à côté de lui.

— Faites entrer Mr Kiaros, lança-t-il après avoir jeté un coup d'œil sur son visiteur.

Mr Marston avait fréquemment croisé l'homme qui pénétrait dans son bureau, mais il ne put s'empêcher de le dévisager lorsque ce dernier s'installa sur une chaise et étendit les mains sur ses genoux.

Il était petit, trapu et vêtu tout à la fois de manière curieuse et négligée ; cependant sa tête et ses traits avaient une apparence des plus vénérables. Des boucles souples d'un blanc immaculé ornaient son front dont la hauteur et la symétrie dénotaient une intelligence hors du commun, et une barbe de la même pureté lui descendait jusqu'à la ceinture. Bien que noir et pénétrant, son œil n'était pas empreint de froideur et, dans son regard franc, se lisaient la douceur et la bienveillance. Une sorte de chapeau rond de tissu sombre était perché sur le sommet de son crâne, couvre-chef qu'il ôta avec déférence en s'asseyant.

— On vous a confié un paquet à mon nom, il me semble, dit-il.

Marston hocha gravement la tête.

— Mr Williamson me l'a donné, répondit-il.

— Je viens le récupérer, annonça le Grec avec calme ; il contient douze mille dollars.

Marston sursauta.

— Je me doutais qu'il s'agissait d'argent, fit-il remarquer, mais je ne m'attendais pas à un tel montant. C'est celui-ci, je crois.

Il chercha dans le grand coffre une pochette entourée de ficelle et cachetée, puis la tendit à son visiteur. Kiaros sortit un canif de sa poche, coupa la ficelle, défit le papier, après quoi il se mit à compter les billets.

Marston l'observait d'un air distrait. Douze mille dollars ! Beaucoup plus qu'il n'en fallait pour le sauver de la ruine, si seulement l'argent lui appartenait à lui plutôt qu'à ce prêteur sur gages grec !

— Le compte y est, déclara le vieil homme en remballant le paquet. Tous mes remerciements, monsieur. Bonsoir.

Kiaros se leva pour partir.

— Pardonnez-moi, monsieur, l'arrêta Marston, pris d'une inspiration subite, mais les banques sont fermées. Est-ce prudent de garder cet argent sur vous jusqu'à demain ?

— Parfaitement, dit Kiaros. On ne m'a jamais agressé parce que je suis âgé et que peu de gens connaissent mon métier. Je conserve souvent chez moi, dans mon coffre, des sommes importantes. J'aime avoir du liquide sous la main pour rendre service à mes clients.

Il reboutonna soigneusement son manteau pardessus son paquet, puis fixa à son tour le caissier.

— Il y a longtemps que vous n'avez pas fait appel à moi, constata-t-il.

— En effet, acquiesça Marston, émergeant d'une brève rêverie. Cela n'a pas été nécessaire. Néanmoins, il va peut-être falloir que je revienne vous voir bientôt.

— À votre disposition, dit Kiaros avec un sourire, puis, pivotant sur ses talons, il quitta la pièce.

Marston consulta sa montre. Il avait rendez-vous avec sa fiancée pour dîner et il était grand temps qu'il rentre se changer. Il s'occupa encore d'un ou deux dossiers, comme à son habitude, puis partit pour la nuit, laissant à son assistant le soin de régler les détails. Lorsqu'il passa devant les autres bureaux, ses collègues qui le considéraient déjà comme un associé de la firme le saluèrent avec respect.

II

Pour la première fois ce soir-là depuis leurs fiançailles, miss Van Alsteyne se montra tendre et démonstrative, et elle parut regretter qu'il la quittât lorsqu'il prétexta des obligations professionnelles pour s'en aller. C'était une beauté marmoréenne, peu encline à extérioriser ses émotions, et ses nouvelles dispositions envers lui le touchèrent d'autant plus ; aussi se rendit-il compte avec un soupir, alors qu'il prenait congé, à quel point cela lui coûterait de perdre une épouse aussi exquise et charmante.

À peine tourné le coin, il jeta un coup d'œil à sa montre à la lueur d'un réverbère. Il était vingt et une heures. Hélant un fiacre en maraude, il demanda au cocher de le conduire dans les bas quartiers de la ville puis, se laissant aller contre les coussins, il se plongea dans ses pensées.

Les cahots de la voiture sur les pavés inégaux le tirèrent de sa rêverie, et après un regard par la fenêtre, il ordonna au cocher de stopper.

— Je vous attends, monsieur ? questionna l'homme comme il descendait et payait sa course.

— Non.

Le fiacre s'éloigna en cliquetant et le caissier revint sur ses pas de deux ou trois pâtés de maisons ; ensuite, il bifurqua dans une rue qui semblait déserte autant qu'il pouvait en juger malgré l'obscurité. Essayant de repérer sur les façades les numéros qui n'existaient plus ou étaient presque effacés, il finit par s'arrêter devant un immeuble de briques dont les étages inférieurs paraissaient abriter des entrepôts.

— 286, murmura-t-il ; ce doit être là. Si je me souviens bien, l'escalier se trouve sur la gauche… Oui, le voici.

Il n'y avait pas d'éclairage dans l'entrée, mais comme il était déjà venu dans des circonstances similaires, Marston n'hésita pas et se mit à grimper les marches, se guidant dans le noir grâce à l'étroite rampe qu'il suivait de la main. Premier étage… second… troisième… quatrième !

Son bureau est situé juste devant moi, se dit-il en marquant une pause pour reprendre son souffle. Oui, j'aperçois de la lumière sous la porte.

Il avança sans bruit, frappa et écouta. Un léger frottement se fit entendre, puis un panneau aménagé dans la partie supérieure de la porte coulissa sur le puissant rayon d'une lampe qui l'éclaboussa en pleine figure.

— Oh, oh ! déclara une voix tranquille. C'est un honneur, monsieur Marston. Donnez-vous la peine d'entrer.

La porte s'ouvrit. Kiaros se tenait devant lui, le visage souriant. Marston rendit son salut au vieux monsieur, franchit le seuil et s'assit près de la table tout en examinant les lieux.

La pièce était garnie de meubles simples mais de bonne qualité. Un coffre se dressait dans un angle à sa droite et, à proximité, se trouvait la longue table dont

Kiaros se servait comme bureau. Elle était encombrée de papiers, plumes et crayons, et derrière elle trônait un fauteuil capitonné à haut dossier, manifestement le siège favori du Grec, car, après avoir refermé la porte, il contourna la table et s'y enfonça, face à son visiteur.

À une extrémité de la chambre s'élevait une cheminée avec un manteau à l'ancienne mode sur lequel étaient disposés les objets les plus hétéroclites. Au-dessus était accrochée une grosse pendule et sur l'un des côtés s'appuyait une étagère contenant des volumes imprimés en caractères grecs. Une petite alcôve avec un divan occupait le mur restant du minuscule appartement, et il était évident que ce réduit constituait à la fois le bureau et le logement de Kiaros.

— Je ne vous attendais pas de si tôt, ajouta le vieillard d'un ton grave.

— J'ai besoin d'argent, répondit sèchement Marston, et mon entrevue avec vous cet après-midi m'a rappelé que vous m'aviez occasionnellement accordé des prêts. C'est pourquoi je suis venu en discuter avec vous.

Kiaros hocha la tête et observa de ses yeux noirs le visage impassible du caissier.

— Vous n'avez jamais manqué à vos engagements, dit-il, et vous vous êtes toujours acquitté de vos dettes avec promptitude. Combien voulez-vous ?

— Douze mille dollars.

Malgré la maîtrise qu'il avait de lui-même, Kiaros ne put s'empêcher de sursauter lorsque le jeune homme lui annonça froidement le montant.

— Impossible ! s'écria-t-il en se trémoussant sur son fauteuil.

— Pourquoi est-ce impossible ? s'étonna Marston. Je sais que vous avez l'argent.

— C'est vrai, je ne le nie pas, rétorqua Kiaros en baissant les yeux sous le regard perçant de son interlocuteur. Ni que prêter de l'argent est mon métier. Mais comprenez – je serai franc avec vous, monsieur Marston –, je ne peux pas prendre le risque. Vous êtes salarié, vous ne possédez aucun bien, vous ne pouvez rien me donner en gage qui couvrirait une somme aussi importante. Douze mille dollars ! C'est impossible !

— Vous avez avancé douze mille dollars à Williamson, insista Marston.

— Mr Williamson m'avait apporté des garanties.

Marston se leva et se mit à marcher de long en large devant la table, les mains croisées dans le dos et un air d'impatience crispant ses traits. Le Grec suivait son va-et-vient avec calme.

— Peut-être ignorez-vous, monsieur Kiaros, finit par dire Marston, que dans deux semaines j'épouse la fille unique de Mr Van Alsteyne.

— Je l'ignorais.

— Et qu'à cette occasion je recevrai de mon beau-père une part de l'affaire en cadeau de noces.

— Veuillez accepter mes plus sincères félicitations.

— Voilà pourquoi mes besoins ne sont que temporaires. Je serai en mesure de vous rembourser sous trente jours, et je vous verserai des intérêts substantiels.

— Je ne suis pas un usurier, répliqua Kiaros avec un léger haussement d'épaules ; je prête, je ne vole pas. Néanmoins, je ne peux pas courir un tel risque. Vous n'êtes pas encore marié ni associé dans la firme. Si vous mouriez, que vous vous querelliez avec votre fiancée, ou que vous perdiez la confiance de Mr Van Alsteyne, il me serait alors impossible de recouvrer mon argent. S'il s'agissait d'un petit montant, peut-être… mais une aussi grosse somme, non !

Soudain, Marston se calma et revint s'asseoir sur sa chaise, au soulagement visible de Kiaros.

— Vous avez joué ? demanda le Grec après un silence.

— Pas récemment. Je ne jouerai plus jamais. Et je n'ai pas de dettes de jeu ; il me faut cet argent pour une autre raison.

— Ne pourriez-vous pas vous contenter de moins ? suggéra Kiaros. Je vous propose mille dollars, pas plus. C'est également un risque pour moi, mais vous êtes quelqu'un de prudent ; je me fie à votre intelligence.

Marston ne répondit pas tout de suite. Il se renversa sur son siège et parut réfléchir à l'offre du prêteur. En réalité, il songeait au sort qui le guetterait lorsqu'il serait reconnu coupable de vol. Il voyait s'envoler ses grandes ambitions, s'écrouler les plans qu'il avait presque menés à terme. Déjà, il entendait les reproches de l'homme qu'il avait escroqué, les réflexions méprisantes de la fière jeune fille qui avait été jusqu'à lui accorder sa main, les sarcasmes de ceux qui feraient des gorges chaudes de sa chute.

Puis il se reprit, chassa ces visions et ramena son esprit à d'autres pensées.

Kiaros avait appuyé un coude sur la table et s'amusait avec un coupe-papier de forme étrange ; on aurait dit un poignard. Il était en argent massif, avec une lame finement ciselée et une inscription en grec. Au bout d'un moment, le vieil homme releva la tête et remarqua que son hôte avait les yeux rivés sur le coupe-papier.

— C'est un objet très curieux, expliqua-t-il, trouvé dans les ruines de Missolonghi et qu'un ami m'a envoyé. J'aime tout ce qui est grec. Je rentrerai bientôt dans mon pays, et c'est pourquoi je ne peux pas me lancer dans l'aventure avec l'argent que j'ai mis une vie à gagner.

Marston gardait toujours le silence, fixant la table d'un air méditatif. Kiaros ne montrait aucun signe d'impatience. Il continuait de jouer avec le poignard d'argent qu'il tenait en équilibre sur son doigt en attendant la décision du caissier.

— Je crois que je pourrai me débrouiller avec mille dollars, dit enfin Marston.

Il parla d'un ton plein de sang-froid d'où toute trace de la moindre déception était absente. Kiaros en fut surpris.

— Puis-je les avoir immédiatement ? enchaîna le jeune homme.

— Oui. Comme vous le savez, l'argent est dans mon coffre. Je vais établir le reçu.

Il lâcha le coupe-papier et chercha son carnet à souche dans le tiroir. Trempant une plume dans l'encrier, il remplit rapidement le reçu et le poussa vers Marston.

— Voulez-vous signer ? demanda-t-il avec son sourire habituel.

Marston avança sa chaise plus près de la table et lut le billet.

— Et vous disiez que vous ne me voleriez pas ! protesta-t-il.

— La commission est minime, répondit sèchement Kiaros. Un autre que moi aurait réclamé beaucoup plus.

Marston saisit la plume, apposa son paraphe et lança le reçu à Kiaros. Le Grec l'examina avec soin et, s'extrayant de son fauteuil, alla ouvrir la lourde porte du coffre. Il rangea le papier dans un tiroir et d'un autre retira une boîte de fer-blanc rectangulaire qu'il posa sur la table. Se rasseyant, il en ôta le couvercle et en sortit un épais paquet de billets de banque.

L'air indifférent, Marston le regarda compter les mille dollars.

— La somme y est, déclara Kiaros après avoir recompté. Si vous voulez vérifier, s'il vous plaît…

Marston se dressa à moitié et tendit la main, mais il ne prit pas l'argent. Au lieu de cela, il ferma les doigts sur le manche du coupe-papier et d'un geste vif et précis le plongea jusqu'à la garde dans la poitrine du Grec. Le vieil homme bascula en arrière avec un faible gémissement, son corps fut agité d'un ou deux soubresauts, puis devint inerte, tandis qu'un silence qui semblait soudain oppressant envahissait la petite pièce.

III

Felix Marston se laissa retomber sur sa chaise et contempla le cadavre de Kiaros. Les traits d'ordinaire pleins de bonté du Grec étaient horriblement convulsés et ses yeux noirs avaient conservé cette lueur à la fois de stupéfaction et de terreur. Sa main droite, posée sur la table, serrait toujours les billets de banque. Dans la lumière de la lampe scintillait le manche du poignard d'argent, juste à la hauteur du cœur, et un liquide sombre en suintait, colorant les vêtements et la pointe de la barbe de neige du vieillard.

Marston sortit un mouchoir et s'épongea le front. Puis il se leva et, s'approchant de sa victime, lui ouvrit la main avec précaution pour en retirer l'argent. Dans la boîte de fer-blanc se trouvait le reste des douze mille dollars que le Grec était venu chercher le jour même. Marston les enveloppa dans un papier et fourra le paquet dans la poche de poitrine de son veston. Ensuite, il se dirigea vers le coffre, replaça la boîte dans le tiroir, récupéra le reçu qu'il venait de signer, reçu qu'il plia et rangea soigneusement dans son portefeuille. De retour à la table, il se mit à considérer le mort.

— C'était un brave type, le vieux Kiaros, murmura-t-il. Je suis désolé d'avoir été obligé de le tuer. Mais l'heure n'est pas aux regrets ; il me faut éliminer toutes les traces de mon crime. La plupart des meurtriers se font prendre parce qu'ils sont épouvantés, parce qu'ils ont hâte de s'enfuir et que, par conséquent, ils laissent des indices derrière eux. Moi, j'ai tout mon temps. Très probablement personne n'est au courant de ma visite de ce soir et, comme le vieil homme vivait seul, personne ne montera ici avant demain matin.

Il regarda sa montre. Il était vingt-deux heures passées de quelques minutes.

— Maquiller le meurtre en suicide serait parfait, continua-t-il, et je vais m'y employer.

C'est l'expression sur la figure de Kiaros qui attira d'abord son attention. Cet air terrorisé était incompatible avec un suicide. Il poussa une chaise près du cadavre et entreprit de lui masser les joues pour détendre les traits contractés. Le corps était encore chaud et, avec un peu de persévérance, Marston réussit à faire se relâcher les muscles jusqu'à ce que le visage retrouve son aspect calme et bienveillant.

Pour les yeux toutefois, il rencontra davantage de difficultés, et ce n'est qu'après des efforts répétés qu'il parvint à baisser les paupières pour cacher le regard surpris et horrifié. Lorsque tout fut terminé, Kiaros paraissait aussi paisible que s'il s'était endormi et le caissier s'estima satisfait de son travail. Ensuite, il souleva la main droite du Grec et tenta de refermer les doigts sans vie sur le manche du coupe-papier, mais ceux-ci retombaient mollement.

Le processus de la rigidité cadavérique n'a pas encore commencé, songea Marston, et il va falloir que je les maintienne en place jusqu'à ce qu'il se manifeste. Si Kiaros s'était frappé lui-même, la tension des nerfs du bras aurait certainement crispé ses doigts sur l'arme.

Il prit son mouchoir et attacha la main sur le manche du coupe-papier, tout en modifiant la position de la tête et du corps afin qu'elle corresponde mieux à l'hypothèse du suicide.

Je vais devoir attendre un moment que le corps refroidisse, se dit-il en réfléchissant à ce qu'il pourrait faire dans l'intervalle.

Il y avait une boîte de cigares sur le manteau de la cheminée. Marston en choisit un et l'alluma. Ensuite, il retourna à la table, changea un peu l'orientation de la lampe et se mit à inspecter les tiroirs à la recherche de spécimens de l'écriture de Kiaros. Après en avoir étalé plusieurs devant lui, il s'assit et les étudia pendant quelques minutes, savourant son cigare et prenant soin de jeter les cendres dans la petite coupelle que le Grec avait destinée à cet usage. Finalement, il saisit une feuille de papier et, imitant avec application les gribouillages de sa victime, écrivit la phrase suivante :

> *J'ai perdu mon argent. Continuer à vivre m'est insupportable. C'est pourquoi j'ai résolu de mourir.*
>
> *Kiaros.*

— Je pense que ce billet résistera à une expertise, marmonna-t-il en l'examinant d'un air approbateur et en comparant l'écriture avec celle du mort. Il faut éviter tout risque, mais ce faux est beaucoup trop habile pour être détecté.

Il posa la feuille sur la table, devant le cadavre du Grec, puis remit les papiers en place tels qu'il les avait trouvés.

Lentement les heures s'écoulaient. De temps en temps, Marston quittait son siège et tâtait le corps. À une heure du matin, la rigidité cadavérique commença à s'installer et, une demi-heure plus tard, Marston dénoua le mouchoir, ravi de constater que la main demeurait serrée sur le coupe-papier. La position de Kiaros semblait tout à fait naturelle et le caissier se félicita de sa réussite.

Il ne lui restait plus qu'une seule tâche à accomplir. On devait découvrir la porte fermée de l'intérieur. Marston fouilla partout jusqu'à ce qu'il déniche un morceau de ficelle dont il fixa une extrémité avec une épingle sur le dessus de la table, légèrement à gauche de l'encrier. Il amena l'autre extrémité vers la porte et la fit glisser par le guichet. Retirant la clé de la serrure, il s'approcha une dernière fois du cadavre pour un ultime contrôle et écrasa le mégot de son cigare dans le cendrier. La mise en scène du suicide avait été minutieusement exécutée ; s'il parvenait à régler le problème de la clé avec le même brio, il aurait toutes les raisons d'être satisfait. Cette idée à l'esprit, il se pencha et souffla la lampe.

Il faisait noir, mais comme il avait pris garde au préalable de bien calculer la distance, il se retrouva en un instant sur le palier, rabattit doucement la porte derrière lui et la verrouilla. Puis il attrapa le bout de ficelle qu'il avait passé par le guichet, l'introduisit dans l'anneau de la clé et fit coulisser celle-ci le long du cordon jusqu'à ce qu'un cliquetis l'avertisse qu'elle avait atteint le bureau. Alors, d'un geste sec, il détacha la ficelle piquée sur le dessus de la table avec l'épingle et la roula pour la mettre dans sa poche. Avant de refermer le panneau du guichet, Marston frotta une allumette et s'assura que la clé était tombée dans la position qu'il souhaitait. Enfin, il respira plus librement et claqua le panneau.

Une ou deux minutes plus tard, il avait regagné le rez-de-chaussée et, après avoir jeté un coup d'œil à droite et à gauche, s'engagea sur le trottoir et s'éloigna d'un pas décidé.

À sa surprise, il se mit alors à trembler de tous ses membres et, malgré ses efforts pour se maîtriser, il lui fallut les sept kilomètres de marche jusque chez lui pour recouvrer son calme.

Il ouvrit la porte de son immeuble avec sa clé et monta sans bruit dans sa chambre. Comme il était une personne aux habitudes régulières, sa logeuse ne restait jamais éveillée pour attendre son retour.

IV

Le lendemain matin, Mr Marston se rendit à son travail d'une exceptionnelle bonne humeur et s'attaqua aussitôt aux affaires courantes.

Dès qu'il en eut le loisir, il s'isola dans son bureau particulier et se mit à revoir les livres et à rétablir l'équilibre des comptes. Le montant exact de ce qu'il avait volé à la compagnie réintégra le coffre, les faux chiffres furent remplacés par les bons, et à midi, le nouveau bilan montrait que les comptes de Mr Marston étaient parfaitement tenus.

Juste avant de partir déjeuner, un commis lui apporta le journal du soir.

— Que dites-vous de ça, monsieur Marston ? s'exclama-t-il. Kiaros s'est suicidé !

— Vraiment ? Vous parlez du Kiaros qui est venu ici hier ? demanda Marston en enfilant son manteau.

— Lui-même. Il semblerait que le vieil homme ait perdu son argent dans une malencontreuse spéculation et qu'il ait mis fin à ses jours. La police l'a découvert chez lui au cours de la matinée, un poignard planté dans le cœur. Voici le journal, monsieur, si vous voulez regarder.

— Merci, répondit le caissier de sa voix tranquille. Je l'achèterai en sortant, ajouta-t-il, et sans autre commentaire il alla déjeuner.

Il acheta effectivement le journal et, tout en mangeant, lut avec attention l'article qui rendait compte du suicide de Kiaros. Un papier rassurant ; personne ne paraissait soupçonner que le Grec avait été victime d'un coup monté.

Le verdict du coroner et de son jury acheva de le satisfaire. On avait conclu que Kiaros s'était suicidé dans une crise de découragement. Le Grec fut enterré, puis oublié, et bientôt la presse remplit ses colonnes avec le brillant mariage d'un estimable gentleman, Mr Felix Marston, et de la belle et populaire miss Gertrude Van Alsteyne. Les heureux époux effectuèrent leur voyage de noces en Europe et, à leur retour, Mr Marston fut nommé associé à part entière de la grande firme Van Alsteyne, Traynor & Marston.

*

Cela s'est passé il y a vingt ans. Aujourd'hui, bien que d'aucuns le considèrent un tantinet trop froid et calculateur, Mr Marston a derrière lui une enviable carrière d'homme d'affaires honorable et respecté.

Sa femme, quoiqu'elle eût compris très tôt qu'il l'avait épousée pour servir ses ambitions, le trouvait réservé et peu expansif, mais toujours courtois et indulgent envers elle et leurs enfants.

Il marche le front haut et regarde les gens droit dans les yeux ; tout le monde ou presque l'envie puisqu'entre ses mains tout semble réussir.

Kiaros et son suicide sont depuis longtemps effacés de la mémoire de la police et du public. Peut-être Marston se souvient-il parfois du Grec. Il m'a raconté cette histoire alors qu'il gisait sur ce qu'il croyait être son lit de mort.

En l'écrivant, je me suis contenté de modifier les noms des personnages. J'ai promis à Marston que, tant qu'il vivrait, je ne le dénoncerais pas. Et il est toujours en vie.

Matthias McDonnell Bodkin

Les Diamants disparus

(1897)

C'est en 1891 que commença, dans les pages du Strand Magazine *britannique, la parution des aventures de Sherlock Holmes ; et qu'avec elle naquit la vogue des fameux enquêteurs qui n'allaient cesser de passionner le public dans le siècle à venir. Parmi les premiers d'entre eux, il y eut Martin Hewitt d'Arthur Morrison, le Vieil Homme dans le coin de la baronne Orczy, et Paul Beck de l'Irlandais Matthias McDonnell Bodkin (1850-1933). Publiées initialement entre 1897 et 1900, les enquêtes de Paul Beck furent rassemblées dans trois volumes. Parus en 1897,* Les Diamants disparus *sont l'une des premières enquêtes de Paul Beck, surnommé* the Thumb Detective (le Détective empiriste).

*

Brillante comme un papillon sur un parterre de fleurs, trépidante aussi comme lui, une fièvre d'impatience la faisait vibrer jusqu'au bout de ses jolis doigts. Le vaste salon de cette vaste demeure d'Upper Belgrave Street évoquait d'ailleurs assez bien un parterre de fleurs.

C'est à peine si quelques mètres carrés d'espace libre encadraient le sofa à deux places sur lequel elle était assise, toute seule, tambourinant d'un pied menu et nerveux sur le tapis moelleux. Le reste de la pièce était encombré de tables, longues, rondes, ovales, toutes surchargées de ces mille bibelots, de ces jolies fanfreluches chères au cœur des dames. On aurait dit qu'une demi-douzaine des joailliers les plus élégants, des marchands de frivolités les plus réputés de Regent Street avaient déversé là le contenu de leurs vitrines. Les tables s'illuminaient d'un éclat d'or et d'argent, d'un scintillement de bijoux, auxquels s'ajoutaient les nuances éclatantes des riches soieries, des éventails peints, des porcelaines rares et délicates.

Car Lilian Ray devait épouser Sydney Harcourt dans une semaine, et ils formaient le jeune couple le plus en vogue de Londres. Le doux visage, les manières engageantes de la fiancée lui avaient conquis tous les suffrages de la haute société ; quant à Sydney, cœur d'or et tête folle, chacun savait qu'il allait à sa perte au grand galop, lorsque la jeune fille, en le captivant, l'avait retenu sur la pente fatale. Si bien que tout le monde se réjouissait d'un si beau mariage, le prédisait excellent, et depuis trois semaines les cadeaux de noce n'avaient cessé d'affluer dans la majestueuse demeure d'Upper Belgrave Street et d'envahir le grand salon. Lilian était impatiente, mais c'était l'impatience du ravissement.

Son émotion n'avait rien qui dût surprendre, car elle attendait son soupirant, et, avec lui, les fameux diamants des Harcourt, qui durant un demi-siècle avaient fait l'admiration enthousiaste aussi bien que l'envie du Tout-Londres mondain. Ces joyaux avaient quitté la banque, où ils dormaient dans l'ombre en toute sécurité, pour le magasin de Mr Ophir, le célèbre bijoutier de Bond Street : car leurs montures étaient très anciennes ; il avait fallu vérifier le bon état des minuscules griffes d'argent qui retenaient ces pierres inestimables. En même temps, un bel écrin tout neuf, destiné à mettre en valeur leur précieux éclat, avait été commandé.

Un coup soudain du heurtoir la fit bondir vers une fenêtre, dans un grand frou-frou de soyeuses mousselines. Mais elle se détourna avec le mouvement d'humeur d'une enfant gâtée :

— Ce n'est qu'une trousse de voyage, murmura-t-elle, encore une ! Cela m'en fait sept… dont deux garnies d'or. Et celle-ci, est-elle garnie d'or, aussi ? Je les ai disposées là, sur une seule file, pour qu'elles bâillent et sourient de toutes leurs dents d'or ou d'argent. Il n'y a pas de place pour en mettre une nouvelle. Les gens se figurent-ils donc…

Elle ne devait jamais achever sa phrase, car un cab déboucha brusquement au tournant de la rue, face à la fenêtre où se tenait la guetteuse. Elle entrevit un jeune et ardent visage, un long paquet plat, et courut se rejeter sur le sofa, haletant un peu. Elle entendit le heurtoir frapper un nouveau coup ; un pas rapide escalada les marches, trois par trois. Elle l'écoutait, le reconnaissait, mais ne fit pas un mouvement. Une seconde plus tard, le jeune homme entrait dans la pièce. Les yeux de Lilian lui sourirent, tandis que sa bouche esquissait une petite moue :

— Vous êtes en avance de dix minutes, monsieur, et je suis terriblement occupée, dit-elle. Qu'avez-vous là ?

— Depuis une heure, vous brûlez de nous voir arriver, moi et les diamants – les diamants surtout ! J'ai grande envie de repartir avec.

Il se laissa tomber près d'elle, et son bras droit se glissa autour de la taille de la jeune fille, pendant que de la main gauche il élevait l'écrin hors de sa portée. Elle rougit, se mit à rire, et, se dérobant à son étreinte, s'élança vers les diamants. Mais Sydney fut plus prompt encore, et, sautant sur ses pieds, il brandit l'écrin au-dessus de sa tête. En se dressant sur l'extrême pointe de ses souliers, Lilian pouvait tout juste atteindre d'une main le coude du taquin : elle se cramponna de l'autre à ses boucles brunes, et se disposa à sauter. Sa jolie frimousse était ainsi tout contre le visage du jeune homme et, livrée sans défense, ce qui se produisit fut inévitable en de telles circonstances.

— Oh ! s'écria-t-elle en jouant admirablement la stupeur.

— Ici, on paie d'avance, répliqua-t-il, tout en déposant le précieux écrin dans les petites mains avides. J'avoue que le paiement est excessif, mais je suis prêt à vous rendre toute la monnaie que vous voudrez.

Mais elle s'était déjà réfugiée sur son sofa, avec son trésor.

— Allons, dit-elle, soyez raisonnable un tout petit moment si vous pouvez, et passez-moi les ciseaux de ce vide-poches, là, sur la table, près de la photo encadrée.

L'écrin était enveloppé dans du papier bulle, ficelé d'une solide cordelette et scellé de plusieurs gros cachets de cire rouge. Très excitée, elle coupa la cordelette sans toucher aux cachets, et laissa tomber tout l'emballage sur le tapis.

De son enveloppe intérieure de fin papier de soie jaillit l'écrin, revêtu de maroquin brun clair où se détachaient en belles lettres d'or les initiales L.H. Elle eut un petit cri de plaisir en apercevant le monogramme qui la proclamait propriétaire des bijoux, et lui qui, assis tout près d'elle, la contemplait tendrement comme on contemple un bel enfant occupé avec un jouet, feignit de s'en emparer. Mais elle le tenait bien.

Telle une baigneuse hésitant au bord de l'eau, elle s'immobilisa un instant pour mieux jouir de sa convoitise, respira profondément, prête à une exclamation ravie, et ouvrit l'écrin.

L'écrin était vide !

La petite pyramide intérieure de velours violet était simplement un peu chiffonnée, comme un lit dans lequel on a dormi. Et c'était tout.

Lilian leva soudain les yeux sur le jeune homme, mi-rieuse, mi-fâchée, car elle pensait qu'il avait voulu lui jouer quelque tour.

Mais elle le vit aussi sérieux que surpris.

— Qu'est-ce que cela veut dire, Syd ? Vous moquez-vous de moi ?

Mais tout en le questionnant, rien qu'à voir son expression elle savait déjà qu'il ne plaisantait pas.

— Je n'y comprends rien, Lil, répondit-il, la voix changée. Je n'y comprends absolument rien ! J'ai apporté l'écrin tel quel de chez Ophir. Il m'a dit qu'il y avait placé les diamants et qu'il avait cacheté le paquet de ses propres mains. Voyez : vous n'avez même pas rompu les cachets.

Il ramassa machinalement papier et ficelle.

— Personne n'y a touché et les diamants ont pourtant disparu ! Le vieil Ophir est aussi incapable de nous jouer un tour pareil que le serait un évêque. Pourtant il faut bien que ce soit lui, à moins que… Mais non, c'est trop absurde ! Sa maison est aussi respectable que la Banque d'Angleterre… Et presque aussi riche. Lily, je suis suffoqué ! Le vieux bonhomme m'a fait au contraire ses recommandations en me donnant ce précieux paquet. Il m'a rappelé que nous ne saurions être trop vigilants, que cette petite boîte représentait vingt mille livres, et il m'a conseillé de ne pas la laisser sortir de mes mains. C'est ce que j'ai fait, bien sûr. Et pourtant, les diamants se sont volatilisés à travers le papier, cachets, écrin !

Il contempla piteusement la nudité du velours violet.

— La première chose à faire, reprit-il, c'est de voir Mr Ophir.

— Oh, Syd, ne me quittez pas !

— Eh bien, de lui écrire, alors. Il doit s'agir de quelque grotesque malentendu. Peut-être s'est-il trompé d'écrin. Il n'aurait jamais… Mais non, c'est ridicule. Peut-être quelqu'un a-t-il substitué cet écrin vide à l'autre pendant qu'il avait le dos tourné. Il se peut qu'un détective soit requis. Puis-je écrire un mot ?

— Vous avez une bonne demi-douzaine de nécessaires, là, sur cette table.

Elle l'installa devant une ravissante trousse de nacre et d'écaille, où les flacons à monture d'argent contenaient une encre mauve et parfumée. Harcourt alors fit preuve d'une vivacité impatiente, bien éloignée de cette habituelle bonne humeur que Lilian croyait inébranlable.

— Donnez-moi donc de l'encre convenable, Lil, fit-il d'un ton acerbe. Je ne peux pas écrire à un vieux bonze comme Ophir avec cette mixture !

Elle se glissa comme une ombre hors de la pièce et reparut presque aussitôt, pour le retrouver assis sur le sofa, froissant entre ses doigts les vestiges de l'emballage.

— Je n'y comprends vraiment rien, marmonna-t-il encore. On dirait que ces diamants sont partis en fumée. Enfin ! Si quelqu'un peut nous aider, c'est bien le vieil Ophir.

Le coquet papier à lettres et le mignon porte-plume de dame le firent un peu grogner, mais il se mit à la tâche :

Cher Monsieur,

Il est arrivé une chose tout à fait extraordinaire. J'ai porté directement l'écrin que vous m'avez remis, tel que vous me l'avez remis, chez miss Ray, Belgrave Street, et je l'ai ouvert en coupant la ficelle, sans toucher aux cachets, en présence de ma fiancée. Les diamants avaient disparu. Il doit y avoir quelque erreur : peut-être êtes-vous en mesure d'élucider le mystère. Si vous soupçonnez quelque malhonnêteté, assurez-vous immédiatement le concours d'un détective. Le cocher rapportera votre réponse.

Bien à vous, en hâte,
Sydney Harcourt.

Il descendit lui-même chercher un cab pour faire porter son message. Et justement, un cab pimpant, avec un cocher pimpant, maraudait dans la rue. Harcourt le héla, et l'équipage se précipita, comme une truite effrayée virevolte dans un torrent, dès que le jeune homme lui fit signe : il faillit même écraser les orteils d'un robuste mendiant planté devant la porte.

— Tenez, mon brave, portez ceci à Mr Ophir, Bond Street, l'adresse exacte est sur l'enveloppe. Attendez la réponse et rapportez-la ici – double pourboire si vous allez vite.

Le cocher s'empara de la lettre, toucha le bord de son chapeau et partit comme une flèche.

Harcourt jeta un shilling au mendiant qui maugréait, et claqua la porte. S'il s'était attardé seulement une seconde, il aurait pu voir ce mendiant partir presque aussi vite que le cab, et disparaître au coin de la rue.

— Oh, Sydney, remettez-vous un peu ! supplia gentiment Lily, adoptant le rôle de consolatrice. Ils reviendront, ces diamants ! Et s'ils ne reviennent pas, cela ne me fera rien du tout ; d'ailleurs, votre père vous aime trop – et m'aime trop aussi, je crois – pour se mettre vraiment en colère. De toute façon, ce n'est pas votre faute !

— Oui, Lil, mais voyez ce qu'il en est : c'est entre mes mains que les bijoux se sont perdus. Ils constituaient une bien belle proie pour n'importe qui. Or, avant de vous rencontrer, ma chérie, j'ai mené une vie quelque peu agitée, et nombreux sont ceux qui se figurent que je pourrais bien tirer le diable par la queue. Ceci va donc déclencher commérages et méchants cancans ; les gens pourront dire que… Mais non ! Je ne veux pas vous dire ce qu'ils pourront raconter, et, de plus, je m'en moque éperdument. Vous êtes incapable de dire, de penser ou de paraître autre chose que ce qui relève d'une parfaite bonté, et je ne voudrais pas voir un pli sur ce front charmant, une larme dans ces yeux bleus, pour tous les diamants de Golconde. Que les diamants aillent au diable ! Voici plus séduisant trésor.

L'amour porte aussi merveilleusement à l'oubli que les eaux du Léthé. En cinq minutes, les diamants s'étaient évanouis de leur mémoire aussi totalement qu'ils s'étaient évanouis de l'écrin. Le bruit et l'aspect d'un cab arrivant à toute bride les ramenèrent subitement aux réalités quotidiennes.

Un valet entra, portant une carte de visite, un peu fripée, au beau milieu d'un plateau d'argent. Harcourt la prit :

Paul BECK
Détective privé

— De quoi a-t-il l'air, Tomlinson ?

— C’est un gros homme en gris, monsieur. Il n’a pas l’air particulièrement vif.

— Eh bien, faites entrer. Qui peut-il être ? Que peut-il vouloir ? murmura Harcourt, préoccupé, tandis que le valet s’éloignait. Mon cab n’a pas eu le temps d’aller chez Ophir et d’en revenir, à plus forte raison n’a-t-on pas eu celui de trouver un détective. Ceci me paraît singulier.

— Mr Paul Beck, proclama le valet non sans réserve, tout en ouvrant la porte d’un geste large.

Mr Paul Beck ne souhaitait apparemment pas faire une entrée éclatante. Il se faufila furtivement dans le salon, tout en évitant le plus possible de faire face à la lumière, comme si le mystère était devenu pour lui une seconde nature. C’était un homme solide, fortement charpenté, et qui, vêtu de tweed gris foncé, évoquait plutôt un respectable laitier en retraite qu’un détective. Son visage coloré s’ornait de favoris brun rouge, et ses cheveux, d’un brun plus clair, frisaient comme le poil d’un épagneul. Ses yeux bleus, bien fendus, arboraient en permanence une expression de douce surprise, et son sourire était innocent comme celui d’un petit enfant.

À l’instant où il entra, Lilian crut surprendre un seul regard aigu, dirigé vers l’écrin vide et le fouillis de papier et de ficelle abandonnés sous la table où il reposait. Mais avant que la jeune fille ait eu le temps de voir confirmer cette impression, le regard aigu s’effaça comme s’efface une ombre chinoise quand la lumière s’éteint.

Harcourt n’ignorait pas que ce personnage était réputé l’un des détectives les plus habiles de Londres, et passait pour avoir démêlé des énigmes devant lesquelles le fameux Mr Murdock Rose lui-même avait échoué ; mais, à le voir, il lui semblait difficile de croire qu'il méritât une telle renommée.

— Monsieur Beck, fit-il, asseyez-vous. Vous venez, j'imagine, au sujet de…

— Au sujet de ces diamants, répondit rondement Mr Beck, sans manifester la moindre intention de s'asseoir. Je me trouvais, par bonheur, chez Mr Ophir quand votre lettre est arrivée. Il m'a prié de me charger de cette affaire. Votre cabman n'a pas perdu de temps et me voilà.

— Mr Ophir vous a mis au courant des faits ?

— Très brièvement.

— Et vous croyez que…

— Je ne crois rien : je suis parfaitement sûr d'apprendre où sont les diamants, et de pouvoir mettre la main dessus.

Il s'exprimait avec assurance ; Lilian pensa apercevoir l'ombre d'un sourire sur ses lèvres candides, ainsi qu'un vague clin d'œil.

— J'en suis ravi, reprit Harcourt. Cette affaire me donne le plus grand souci. Mr Ophir vous a-t-il suggéré…

Mr Beck lui coupa encore la parole :

— Rien du tout. Je n'avais pas besoin de ses suggestions. C'est le temps qui compte, non les discours. Nous sommes sur une piste toute chaude : ne lui laissons pas le temps de refroidir. Est-ce là l'écrin ?

— Oui, dit Harcourt en le prenant et en l'ouvrant. L'écrin, tel qu'il est arrivé ici : c'est-à-dire, vide.

Mr Beck le referma brusquement et le mit dans sa poche.

— Et voici le papier et la ficelle qui l'enveloppaient ?

Harcourt fit signe que oui. Mr Beck ramassa soigneusement l'emballage et le mit dans une autre poche.

— Vous remarquerez, commença Harcourt, que les cachets sont intacts. C'est miss Ray qui a coupé la ficelle. Mais lorsque…

— J'ai bien l'honneur de vous saluer, fit le détective sans plus de cérémonie. Mademoiselle, mes hommages.

— Quoi, s'écria Harcourt surpris, votre enquête ici est-elle déjà finie ? Vous ne pouvez sûrement pas avoir déjà découvert un indice ?

— J'ai trouvé tout ce dont j'avais besoin, et à quoi je m'attendais, d'ailleurs. Je vois assez bien le moyen de prendre le voleur. Dès que j'aurai des nouvelles, je vous enverrai un mot. Pour l'instant, au revoir.

Il brûlait, évidemment, du désir de s'en aller poursuivre sa mission. Harcourt avait à peine eu le temps d'esquisser une réponse que le détective était déjà hors de la pièce, avait déjà descendu l'escalier. Il ouvrit lui-même la porte de l'hôtel, et le fiacre, qu'il avait gardé, l'emmena à toute allure.

Il n'avait pas disparu depuis cinq minutes à un bout de la rue qu'un autre fiacre, allant tout aussi vite, apparut à l'autre bout. Lilian et Sydney n'étaient pas encore remis de la surprise que leur avait causée le brusque départ de Mr Paul Beck, qu'on frappait à la porte du salon, et que Tomlinson se représentait, portant son plateau d'argent, avec, sur ce plateau, une carte de visite (propre, cette fois) :

Paul BECK
Détective privé

Harcourt tressaillit :

— Le même visiteur, Tomlinson ?

— Le même, monsieur. Mais ç'a m'a l'air d'être un monsieur bien distrait. Quand je lui ai ouvert, il m'a demandé, tout essoufflé :

— Est-il venu quelqu'un, au cours des dix dernières minutes ?

— Ben, vous, monsieur, il y en a tout juste cinq.

— Ben moi ? qu'il dit avec un drôle de rire. Ma parole, ça s'appelle faire vite. Est-ce que je suis toujours là ?

— Moi, je le regarde dans le blanc des yeux : bien sûr que vous y êtes, monsieur, vous êtes là, droit devant moi.

Il n'avait pourtant pas l'air d'avoir bu.

— Non : je veux dire, est-ce que je suis parti avant de revenir ?

— Parti aussi vite que votre fiacre pouvait rouler, monsieur.

J'avais pris le parti de dire comme lui, parce qu'il avait l'air sérieux comme un pape, et tout chiffonné d'apprendre qu'il s'en était allé en fiacre. Mauvais, mauvais, qu'il disait ; dix minutes trop tard. Enfin, bon, jeune homme ; on n'y peut rien. Portez cette carte à Mr Harcourt. Je le fais entrer, monsieur ?

— Bien sûr.

— Mais qu'est-ce que cela peut bien vouloir dire ? s'écria Lilian. Il ne peut assurément pas avoir retrouvé les diamants en cinq minutes ?

— Peut-être que si... Il a vraisemblablement découvert quelque indice, en tout cas. La façon dont il a élégamment mystifié ce pauvre Tomlinson, dans le hall, indiquerait que quelque chose l'a mis en belle humeur. Peste, je n'aurais pas cru le bonhomme capable de tant de drôlerie !

— Mr Paul Beck, monsieur.

Un léger, mais inexprimable changement caractérisait l'allure de Mr Paul Beck, cependant qu'il pénétrait dans le salon. Il était moins furtif, avait des mouvements moins saccadés, et ne paraissait plus souhaiter tourner le dos à la lumière.

— Vous nous revenez bien tôt, monsieur Beck, lui dit Harcourt. Auriez-vous découvert quelque chose ?

— Je regrette fort de n'être pas arrivé cinq minutes plus tôt, répondit le détective, d'un ton tout à fait nouveau. Je crains bien d'avoir laissé échapper un indice. Je dirai même, l'indice essentiel. Il faut que je le retrouve. Où est l'écrin ?

— L'écrin ? Mais je vous l'ai remis il n'y a pas dix minutes !

— À moi ? commença Mr Beck. (Mais il s'interrompit avec un singulier sourire, qui ressemblait à une grimace.) Mais oui, c'est vrai, vous me l'avez remis. Et puis ? Qu'en ai-je fait ?

— Je ne vous comprends pas du tout.

— Il n'est pas nécessaire que vous me compreniez. Mais vous pouvez me répondre.

— Monsieur Beck, excusez-moi, mais le moment est mal choisi pour vous livrer à de mauvaises plaisanteries.

— Monsieur Harcourt, vous apprendrez bientôt que, s'il y a plaisanterie en cette affaire, elle n'est pas mon fait ; j'espère bien la faire payer au plaisantin. Passons. Je viens de la part de Mr Ophir.

— Vous nous l'avez déjà dit.

— Vraiment ? Eh bien, je le répète. Je viens de la part de Mr Ophir, qui m'a chargé de retrouver vos diamants, et je vous demande, avec toute la courtoisie possible, ce qu'on a fait de l'écrin ?

— Ce que vous avez fait, vous, de l'écrin.

— Si vous voulez. Ce que j'ai fait, moi, de l'écrin ?

Harcourt rougit de colère devant tant de sereine impudence, et Lilian se hâta d'intervenir :

— Vous l'avez mis dans votre poche, monsieur Beck, et vous êtes parti avec.

— Avais-je l'air pressé, miss ?

— Vous aviez l'air extrêmement pressé.

— Étais-je vêtu comme je le suis maintenant ?

— Exactement.

— Avais-je le même air ?

— Exactement.

— Même silhouette, même visage ?

— Mon Dieu, oui… Cependant vous m'avez paru un petit peu plus maquillé que vous ne l'êtes à présent.

— Maquillé ! Qu'entendez-vous par là, miss ?

— Eh bien, monsieur Beck, il m'a semblé que vous vous étiez fait une beauté. Il y avait un soupçon de rouge sur vos joues.

— Et je parie que je me suis tenu le dos tourné aux fenêtres.

— Vous avez une merveilleuse mémoire.

Mr Beck eut un petit rire, et Harcourt s'écria avec irritation :

— Ne croyez-vous pas que nous en avons assez de toutes ces fariboles, mon bon monsieur ?

— Plus qu'assez, repartit Mr Beck, plein de sérénité. J'ai l'honneur de vous souhaiter bien le bonsoir, monsieur Harcourt, ainsi qu'à vous, miss.

Sa voix se nuança d'admiration lorsqu'il s'adressa à la jeune fille.

— Oh, Syd ! s'exclama-t-elle tandis que la porte se refermait sur le détective. Oh, Syd ! Comme c'est passionnant ! Jamais mystère ne fut si inextricable. Je me demande quel est le bon Mr Beck !

— Quel est le bon… ! Comme si la tête ne me tournait pas déjà assez comme cela ! Tous deux sont le bon Mr Beck, ou le mauvais Mr Beck, comme il vous plaira. En tout cas l'un et l'autre ne forment qu'un seul Mr Beck.

En attendant, Mr Beck s'en retourna, aussi vite qu'un fiacre put l'y conduire, chez Mr Ophir, dans Bond Street.

Il trouva le célèbre joaillier enfermé dans sa petite forteresse de verre, tout au fond de son scintillant magasin. Un certain frisson d'émotion tranchait sur la grave dignité accoutumée.

— Alors ? fit-il dès que Mr Beck fut entré dans le bureau vitré, en prenant soin de bien refermer la porte derrière lui.

— Alors, répondit le détective, je crois que je tiens une piste. Je me doute assez bien de l'identité de celui entre les mains de qui se trouvent les diamants.

— Mr Harcourt menait une vie assez… agitée, avant ses fiançailles, suggéra Mr Ophir avec un sourire un peu embarrassé.

— Par qui avez-vous fait faire le nouvel écrin ? répondit Mr Beck sans se soucier de ménager les transitions.

— Hum… ah… par Mr Smithson, un maroquinier des plus sérieux. Voilà bien vingt ans que nous lui confions tous les travaux de ce genre. Et cet écrin était vraiment très soigné.

— Qui vous l'a livré ?

— Un des ouvriers de Smithson.

— … qui vous a vu, m'avez-vous dit, je crois, mettre les diamants dans l'écrin et faire le paquet à l'adresse de Mr Harcourt ?

— Oui. Il se trouvait à quelques mètres de moi. Deux de mes propres employés se trouvaient également à proximité, peut-être désirez-vous les entendre ? Brown ! Voulez-vous avoir l'obligeance de prier messieurs Carton et Cuison de venir ici ?

— Inutile, coupa Mr Beck d'un ton plein d'autorité. Merci, monsieur Ophir, je ne tiens pas à voir ces messieurs pour l'instant. Mais je vous prie de me donner l'adresse de Mr Smithson. J'ai idée que son ouvrier pourra me rendre service, si seulement je mets la main dessus.

— Je ne crois pas, monsieur Beck. Non, je ne crois vraiment pas. C'était un individu tout à fait quelconque. Mes collaborateurs seraient bien mieux que lui en état de témoigner. Et d'ailleurs, vous aurez peut-être du mal à le joindre, encore que je n'en sache rien, bien entendu.

Le détective considéra le bijoutier avec curiosité, durant un court instant. Ce dernier était devenu tout rose d'émotion.

— Je vous remercie mille fois de vos bons conseils, dit enfin Mr Beck. Mais si vous le permettez, je suivrai mon inspiration.

Vingt minutes plus tard, l'inlassable Mr Beck était dans l'atelier de Mr Smithson et l'interrogeait minutieusement, mais sans grand résultat. L'ouvrier qui avait porté l'écrin chez Mr Ophir était celui-là même qui l'avait fait. Encore qu'il ne l'ait eu à son service que depuis dix jours, Mr Smithson le tenait pour le meilleur ouvrier qu'il eût jamais eu. L'homme s'appelait Mulligan, ce qui indiquait, selon son patron, une origine irlandaise, et il avait le même accent que le héros de la pièce de Mr Boucicault, *The Shaughraun*. En tout cas, Irlandais ou non, c'était un excellent ouvrier. Mr Smithson pouvait en donner l'assurance. Il avait l'air dans la gêne, et n'avait demandé qu'un salaire très modéré. Mais il n'était pas depuis une demi-heure dans l'atelier qu'il avait montré ce qu'il savait faire. Aussi, quand vint la commande d'un écrin destiné aux diamants des Harcourt, Mr Smithson lui en confia-t-il l'exécution. Il y travailla toute la journée, emporta l'écrin chez lui le soir, et le rapporta le lendemain matin, fin prêt.

— Jamais je n'avais vu travail fait si vite et si bien, acheva Mr Smithson, essoufflé.

— Mais comment s'y est-il pris, chez lui ? Vous ne l'aviez tout de même pas laissé emporter les diamants ?

— Grand Dieu ! repartit vivement Mr Smithson, considérant avec surprise l'expression calme et candide du grand détective, les diamants, il ne les a jamais vus, et ne les verra jamais !

— Alors, comment a-t-il fait un écrin qui leur convienne ?

— Nous avions un modèle… L'ancien écrin.

— L'avez-vous toujours ?

Pour la première fois, le visage de Mr Beck reflétait un certain intérêt.

— Oui, je crois qu'il est par là… Excusez-moi un instant, je vous prie.

Il sortit et revint bientôt, portant un écrin éraillé et passé, recouvert de maroquin, jadis vert foncé. La doublure de velours blanc avait jauni.

— Voici ce qui nous a servi de modèle, monsieur Beck. Vous voyez, le centre, qui fait saillie, était destiné à recevoir le grand motif en forme d'étoile. Le collier se drapait sur ce plan incliné.

— Pouvez-vous me confier cet écrin, monsieur Smithson ?

— Mais certainement. Je suis couvert par les instructions de Mr Ophir.

— À propos, poursuivit négligemment le détective, cet ouvrier – ce Mulligan, m'avez-vous dit – a-t-il parlé de Mr Ophir ?

— Eh bien, tiens, maintenant que vous m'en parlez, cela me revient. Oui. Quand il s'est présenté ici, il m'a demandé si nous ne travaillions pas pour la maison Ophir, et cela m'a paru lui tenir à cœur. Il m'a fait un grand éloge de Mr Ophir ; il pensait que celui-ci lui donnerait un mot de recommandation si je le désirais. Mais je n'en avais pas besoin. Un échantillon de son travail m'a suffi comme recommandation. Voilà comment je comprends les affaires, moi !

Mr Beck glissa l'écrin dans la poche de sa redingote, et se dirigea vers la sortie. Sur le seuil, il s'arrêta :

— Au revoir, monsieur Smithson. Mr Mulligan n'est pas venu travailler cet après-midi, je parie.

— Eh, comment avez-vous pu deviner cela ! Non, il n'est pas venu. Je lui ai donné une petite gratification pour le récompenser d'avoir si bien réussi, et je crains bien qu'il n'en ait profité pour s'offrir un congé. Mais qu'est-ce qui vous l'a fait penser ?

— Quelque chose que m'a dit Mr Ophir.

— En tout cas il sera là demain matin. Je lui ai promis de doubler son salaire. En somme, je ne l'avais pris qu'à l'essai, voyez-vous. Il sera là, à huit heures, demain. Mais je peux vous donner son adresse, si vous voulez le voir avant.

— Merci mais elle ne me servirait pas à grand-chose, je le crains. Mais je pense le trouver quand je voudrai ; peut-être bien avant vous. Encore une fois au revoir, monsieur Smithson. Permettez-moi de vous conseiller, en passant, de ne pas compter avec trop de certitude sur la réapparition de Mr Mulligan, demain matin.

Mr Beck avait renvoyé son fiacre au moment d'entrer chez Mr Smithson. Le Strand ne se trouvait qu'à quelques rues de là, et il s'en fut tout doucement à pied dans cette direction, si profondément absorbé dans son austère méditation qu'il faillit se faire écraser au carrefour de New Oxford Street et de Tottenham Court Road.

C'est l'homme qu'il me faut, se disait-il. Il m'aidera, que cela lui plaise ou pas. Ce ne sera d'ailleurs pas la première fois qu'il me donnera un coup de main ; mais jamais dans une aussi grosse affaire. Sapristi, c'est un malin ! Le diable lui-même est balourd, en comparaison. Quel succès il aurait, s'il avait adopté notre profession ! Il doit se figurer que ce qu'il fait vaut mieux. Moi, j'en doute. Il serait le premier détective de notre temps. Mais, allons ! On ne peut m'accuser de jalousie. S'il m'aide à éclaircir cette histoire, je veillerai à ce qu'une juste part de mérite lui en revienne.

Mr Beck rit, comme s'il avait fait une bonne plaisanterie, et s'interrompit brusquement en apercevant l'horloge d'une église.

— Quatre heures, murmura-t-il. Comme cette journée a passé vite ! Quatre heures, c'est son heure, et je n'ai pas de temps à perdre. Je pense le trouver à l'endroit habituel.

Et, doublant le pas, il mit le cap sur le restaurant Simpson, dans le Strand, faisant au moins du cinq milles à l'heure sans qu'il parût lui en coûter.

Disons un mot de l'homme qu'il s'apprêtait à rencontrer.

M. Grabeau était en ce temps-là le plus habile et le plus fameux artiste de salon qui se produisît à Londres. Assez timide, il ne chantait pas, et parlait peu en public. Mais en dépit de cela il constituait, à lui tout seul, un véritable spectacle de music-hall. Ventriloque, imitateur merveilleux, artiste transformiste, il était avant tout prestidigitateur. Il vous faisait manœuvrer un jeu de cartes comme un capitaine fait manœuvrer une compagnie. Ces rectangles de bristol s'animaient entre ses mains, devenaient des créatures intelligentes, dociles à son commandement.

Son adresse à concevoir et à fabriquer des jouets, des mécaniques ingénieuses était presque incroyable. Il avait, entre autres, imaginé et réalisé, avec l'autorisation de Mr Edison, une marionnette recélant un phonographe, laquelle imitait la nature à peu près à la perfection, et chantait *Home, sweet home* non seulement avec la voix d'un des chanteurs les plus en vogue, mais encore avec son attitude, avec ses gestes. Il se trouvait même de mauvais esprits (des rivaux, pour la plupart) pour insinuer que cette voix et ces gestes avaient, chez la marionnette, plus de naturel que chez leur modèle.

Mr Beck avait fait la connaissance de M. Grabeau au cours de ces manifestations mondaines où la présence d'un détective travesti en laquais ou en musicien est tenue pour une sage précaution. Et de cette prise de contact étaient nées d'heureuses relations, si ce n'est de l'amitié. La profession de Mr Beck intéressait très vivement le Français, qui savait par cœur les œuvres de Gaboriau.

— Ses romans sont si forts, disait-il au placide Mr Beck, avec force gesticulation et un accent anglais exécrable ; ils sont trop forts ! L'énigme du début, c'est quelque chose de superbe. Mais ce que vous appelez le dénouement n'est pas si bon. L'énigme ne se défait pas, comme ceci…

Il brandissait alors une ficelle formant une véritable pelote de nœuds compliqués, et, une seconde après, la ficelle apparaissait nette et lisse. C'était un de ses tours.

— Mais la vie du détective, poursuivait-il, elle est charmante. Cela dépasse la chasse au renard. C'est la chasse à l'homme. L'homme rusé qui se sauve et qui brouille sa piste, comme vous dites, vous autres, et qui se cache, et puis qui se bat aussi quelquefois. C'est magnifique ! C'est la vie !

— Quel gaspillage, murmurait mélancoliquement Mr Beck après une de leurs entrevues où le Français avait décelé et saisi quelque indice à peine discernable. Quel gaspillage ! Ce serait l'un de nos meilleurs détectives, et il est là qui perd son temps à faire le pitre, à fabriquer des bricoles pour gagner de l'argent.

Et Mr Beck hochait tristement la tête en songeant à ce douloureux exemple de génie mal employé.

Bien entendu, lorsque Mr Beck se trouva embarrassé par l'énigme des diamants envolés, il éprouva le vif désir de consulter son ami Grabeau.

Espérons qu'il est là, se dit-il en entrant au restaurant Simpson.

Il fut rassuré au premier coup d'œil. Oui, M. Grabeau était là, à la même table que d'habitude

– une table d'angle – et mangeait son plat favori : un roast-beef saignant. Car M. Grabeau aimait la cuisine anglaise ; honnête et abondant, le menu de Simpson lui plaisait.

M. Grabeau était un gros homme réjoui, l'œil bleu, le regard prompt, des cheveux courts, noirs et lustrés, le visage rasé, d'une pâleur uniforme.

Il vit Mr Beck à l'instant où celui-ci entrait, et, posant le journal du soir qui l'absorbait un instant auparavant, s'écria d'une voix cordiale :

— Hé ho, vous voilà, monsieur Beck ? *Bonsoir,* j'espère que vous allez bien.

M. Grabeau avait ceci de remarquable : encore qu'il pût imiter n'importe quelle voix à la perfection, lorsqu'il s'exprimait dans la vie de tous les jours, c'était avec un fort accent français ; et il truffait ses phrases de bribes de sa langue maternelle.

Mr Beck salua en silence, accrocha son chapeau à une patère et s'assit.

— Un mouton bouilli, dit-il au garçon, et une pinte de stout.

Et, tandis que le garçon s'élançait pour exécuter sa commande, il enchaîna, sensiblement sur le même ton :

— Le fait est, monsieur, que je désirais m'entretenir avec vous.

— Ah ! ah ! Je sais ! dit l'autre avec vivacité. Ce sont les diamants des Harcourt qui vous sont échus, n'est-ce pas ? Les merveilleux diamants dont on a parlé cet après-midi ? Ils ont disparu, et le lord a recouru à Mr Beck, le fameux détective. Je pensais bien que vous viendriez me trouver. C'est ici, tout au long.

Et il tendit la *Westminster Gazette* à son interlocuteur, en soulignant du doigt un article titré en grosses lettres : LES DIAMANTS ÉVAPORÉS.

Mr Beck lut attentivement l'article :

Une vive émotion a été provoquée, dans le Tout-Londres, par la disparition subite – il serait peut-être prématuré d'écrire le vol – des fameux diamants héréditaires des Harcourt, qui sont vraisemblablement, après les joyaux de la couronne, les pierreries les plus célèbres et les plus précieuses de la capitale anglaise. L'éminent joaillier de Bond Street, Mr Ophir, a bien voulu confier à notre envoyé spécial qu'il avait ce matin même placé ces diamants, de ses propres mains, dans un écrin, qu'il en avait fait un paquet et qu'il avait remis ce paquet à l'Honorable Mr Sydney Harcourt.

Mr Harcourt, de son côté, déclare que lorsque l'écrin fut ouvert, en sa présence, par sa fiancée, miss Ray, à qui les bijoux étaient destinés pour sa corbeille de mariage, il se trouva vide. Si Mr Ophir et l'Honorable Sydney Harcourt disent l'un et l'autre la vérité (et nous n'avons pas de raison d'en douter) il faut que les diamants se soient évaporés, à travers écrin et emballage, dans le parcours fait, en cab, entre Bond Street et Upper Belgrave Street.

Il est à peine besoin de rappeler que Mr Ophir est à la tête de sa profession, pour l'importance de sa situation et de sa réputation. Quant à l'Honorable Sydney Harcourt, s'il est exact qu'il se soit, un temps, un peu trop adonné à l'amélioration de la race chevaline, on ne lui connaît pas de sérieuses obligations pécuniaires. D'ailleurs, son rang, sa propre réputation et sa haute position suffisent à le mettre à l'abri du moindre soupçon.

Nous croyons savoir que le fameux détective, Mr Beck, à la demande de Mr Ophir, a été reçu peu après la disparition des diamants à Upper Belgrave Street. Il a une piste, bien entendu. Une piste est un accessoire dont tout détective digne de ce nom n'est jamais démuni.

M. Grabeau guettait avidement Mr Beck, et cherchait à déchiffrer l'expression de sa physionomie pendant qu'il lisait le journal.

— Eh bien ! s'enquit-il avec impatience quand Mr Beck eut enfin achevé. Tout cela est exact ?

— Passablement exact, pour un reporter.

— Et vous la tenez, cette piste, vous, le fameux détective ?

Il y avait parfois un très léger accent de dédain, une très vague ombre d'ironie, dans la voix de M. Grabeau quand il s'adressait à Mr Beck. Mais Mr Beck ne semblait jamais ni s'en formaliser ni même s'en apercevoir.

— Eh oui, monsieur, je tiens un petit bout de piste. Mais je suis venu prendre votre avis sur cette histoire. J'ai comme une idée que vous êtes homme à me mettre sur la bonne voie. Ce ne serait pas la première fois, vous le savez.

À ce gauche compliment, M. Grabeau rayonna :

— Bon, mais d'abord, racontez ; racontez-moi tout.

Mr Beck lui raconta tout avec une admirable sincérité – sans omettre son double de Belgrave Street.

— Alors, conclut-il, qu'en pensez-vous, monsieur ?

— Mr Ophir…, dit M. Grabeau, laconique.

Après quoi il referma la bouche avec le bruit sec d'un piège qui se tend.

— Non ! s'écria Mr Beck, surpris et admiratif. Pas possible ! Alors, vous ne croyez pas que l'insinuation du journal, selon laquelle le jeune Harcourt aurait lui-même subtilisé les diamants pour payer quelque dette de jeu, soit vraisemblable ?

— Non, cher ami, croyez-moi. Ce jeune homme n'en sait pas plus que ce qu'il a dit. Ce n'aurait pas été… comment diriez-vous ? la peine, pour lui. Son père est riche ; sa fiancée est belle – je l'ai vue. Le respectable Mr Ophir lui a remis les joyaux lui-même. Non ! Le risque aurait été trop grand, même s'il a réellement des dettes, ce qui n'est pas établi.

— Mais comment Mr Ophir aurait-il retiré les diamants de l'écrin ?

— Il ne les y a jamais mis.

— Je croyais vous avoir dit que trois personnes l'ont vu le faire : deux de ses employés et le livreur, un certain Mulligan, qui venait de chez le gainier.

— Ce livreur, vous l'avez vu, alors ?

— À vrai dire, non. Il n'était pas revenu à l'atelier quand j'y suis allé.

— Et il n'y reviendra jamais. Il a disparu. Mr Ophir pourrait peut-être vous dire où il est, mais il n'en fera rien, croyez-moi bien.

— Mais deux autres hommes l'ont vu faire le paquet. Je vous dis qu'il y avait deux témoins en sus du livreur.

— *Hélas !* mon fameux détective, est-ce que vous ne seriez pas un tout petit peu, je ne dirai pas idiot, mettons simple, aujourd'hui ? Vous ne voulez pas penser du mal de Mr Ophir. *Très bien.* Mais, votre objection… C'est si facile ! Prêtez-moi un moment votre montre et sa chaîne.

C'étaient une grosse montre d'or, et une lourde chaîne d'or, qu'une barrette retenait à une boutonnière du gilet.

— Regardez bien. Voici notre écrin.

De ses mains expertes, il plia l'exemplaire de la *Westminster Gazette* en forme de boîte, avec un couvercle bien ajusté. Il ouvrit cette boîte toute grande, y plaça la montre et la chaîne de façon que Mr Beck les voie bien, et rabattit le couvercle en ne se servant que de deux doigts.

— Pas d'erreur, pas de truc, vous voyez.

Il poussa la boîte, sur la nappe, vers Mr Beck, qui la prit et l'ouvrit. Elle était vide.

Les yeux grands ouverts et le sourire du détective exprimèrent son étonnement.

— Mais où est-elle partie ? s'écria-t-il.

— Tenez, elle est là, dit M. Grabeau, en tapotant le gilet du détective.

Et, en effet, la montre était confortablement réinstallée dans la poche de Mr Beck, qui la contenait tout juste, soit dit en passant. La barrette d'or terminant la chaîne était de nouveau bien accrochée à sa boutonnière.

— J'aurais juré vous avoir vu les mettre dans la boîte, et qu'elles y étaient restées, dit Mr Beck.

— Eh bien les employés de ce Mr Ophir dont vous me parlez auraient pu en dire autant. J'ai mis la montre dans votre poche, il a mis les diamants dans la sienne, voilà toute la différence. Son plan était tellement simple.

— Mais, monsieur, Mr Ophir a la réputation d'un homme parfaitement honnête et respectable.

M. Grabeau fit claquer ses doigts avec autant d'irritation que de mépris.

— Cet homme-là, dit-il, je le connais. J'ai eu affaire à lui. Il est froid, mais rusé. Il m'a traité moi, moi, Alphonse Grabeau, de faiseur. Eh bien moi, moi, Alphonse Grabeau, je le traite, ce Mr Ophir, de voleur. Et je le prouverai. C'est lui qui a volé les diamants. Je vous aiderai, cher ami, à le confondre.

— Je vous en serai bien obligé, monsieur. Dès le début, j'ai bien pensé que vous pourriez me donner un coup de main dans cette affaire. Où puis-je vous joindre, demain, si j'ai besoin de vous parler ?

— Je serai dans mon petit magasin jusqu'à deux heures de l'après-midi. À quatre heures, je serai ici, en train de dîner. Au cours de la soirée, je serai dans le salon du duc de Doubleditch. Je serai heureux de m'entretenir avec vous de cette affaire – et de ce voleur de Mr Ophir – à n'importe quel moment. Mais il vous faudra être ponctuel, car je suis, moi, à la minute.

— Vous êtes sûr de vous trouver chez le duc dans la soirée ?

— Aussi sûr que… – comment dites-vous ? – la lune se lèvera demain.

— Bon. Si je ne vous vois pas chez vous, je vous retrouverai ici.

M. Grabeau acheva son verre de whisky à l'eau, prit son chapeau, sa canne et ses gants. Mr Beck se leva en même temps que lui.

— Bonsoir, monsieur, dit-il. Il faut que je vous serre la main. Je vous ai toujours tenu pour diantrement intelligent, mais je n'avais jamais bien compris jusqu'à quel point vous l'étiez. C'est vraiment bien grand dommage que…

— Que quoi ? s'enquit vivement M. Grabeau, car Mr Beck s'était interrompu au beau milieu de sa phrase.

— Que vous ne soyez pas parmi nous. Que vos talents n'aient pu librement se déployer dans la bonne direction.

Ce compliment fit s'épanouir M. Grabeau, et il s'en fut, radieux.

Mr Beck commanda une seconde portion de mouton bouilli, et la mangea lentement. Son visage, toute son attitude étaient plus dépourvus d'expression que jamais.

Il fallut qu'un fait particulièrement important ait retenu Mr Beck, car il était deux heures et quart, le lendemain, quand il parvint, d'un pas alerte, devant le petit magasin de M. Grabeau, dans Wardour Street. Il s'arrêta un moment devant la vitrine où toutes sortes de bibelots ingénieux et précieux étaient disposés de façon séduisante ; puis il pénétra dans la boutique.

Un jeune homme d'environ dix-neuf ans se trouvait seul derrière le comptoir. Il avait le nez long et charnu, le teint malsain, et des yeux semblables à deux boutons de bottine.

— Bonjour, Jacob, fit Mr Beck. Le patron est sorti ?

— Il vient de partir, voici à peu près un quart d'heure.

— Il reviendra ?

— Non, pas ce soir.

— Tant pis, je le verrai plus tard. Dites donc, Jacob, c'est nouveau, ce que vous avez là. Le collier et la broche de corail, dans la vitrine. Puis-je les voir ?

Jacob prit un écrin à la devanture et les posa sur le comptoir.

La parure était un bel échantillon de corail travaillé, monté sur or. L'écrin, en maroquin brun, passé, doublé d'un velours jadis blanc, paraissait aussi ancien qu'elle. Mr Beck considéra attentivement le tout pendant cinq bonnes minutes ; manifestant une profonde admiration, il tournait et retournait l'écrin comme pour mieux voir. Une tache, sur le rebord du cuir, qui ressemblait à de la colle humide, parut retenir particulièrement son attention. Enfin, il s'enquit :

— Et ça vaut combien, ça, Jacob ?

— Ce n'est pas à vendre, monsieur. Le patron me l'a bien répété quatre fois : pas à vendre, quelque prix qu'on en offre. D'ailleurs, je ne crois pas courir grand risque ; il n'y a pas là-dedans pour plus d'un demi-souverain d'or.

— Ah ! fit Mr Beck, rêveur. Puis, prenant un ton persuasif : À vrai dire, ce ne sont pas tant ces perles qui m'intéressent, que la boîte qui les contient. Ma tante m'a demandé de lui trouver un écrin pour une broche et un collier qu'elle a eus, pour pas cher, dans une vente, et je crois que celui-ci ferait l'affaire. On ne vous a pas défendu de vendre l'écrin, hein, Jacob ? D'autant plus qu'il ne convient pas aussi bien à ces bijoux que s'il avait été fait exprès pour eux ?

— Il leur convient à la perfection, monsieur Beck. Mais je ne dis pas que je ne veux pas le vendre pour faire plaisir à un ami du patron, si l'on m'en donne un prix convenable.

— Et qu'appelez-vous un prix convenable ?

— Que diriez-vous d'un souverain ?

Mr Beck ne dit rien mais prit la pièce en question dans la poche de son gilet, la posa devant Jacob, s'empara de l'écrin, en fit tinter le contenu en le renversant sur le comptoir, le fourra dans sa poche et s'en fut.

Mr Beck mit sa clef dans sa serrure, ouvrit sa porte et monta à son joli petit salon du premier étage. Il sortit le vieil écrin et le posa près d'un autre vieil écrin – celui qu'il avait rapporté de chez Mr Smithson

– sur un guéridon, au centre de la pièce. Des fleurs s'y trouvaient aussi et Mr Beck en huma le parfum avec satisfaction ; il semblait, ce jour-là, content de tout.

Les deux écrins, sans avoir la même forme, se ressemblaient. Il les ouvrit ; les deux intérieurs étaient presque identiques. Mr Beck leur adressa un petit signe de tête approbateur, comme pour souscrire à quelque chose qu'il venait de se dire à lui-même. Puis il alla à la porte, la ferma sans bruit, et tourna la clef. Qui aurait eu un œil collé à la serrure – un œil tel que celui que décrivit si éloquemment Sam Weller à la barre des témoins[1] – aurait pu voir Mr Beck se laisser tomber dans un fauteuil, tenant l'un des deux écrins et le faisant tourner entre ses doigts d'un air à la fois perplexe et confiant.

Un peu plus tard, qui aurait substitué une oreille à l'œil collé à la serrure aurait pu entendre Mr Beck pousser un profond soupir de soulagement, puis

1. Sam Weller. Serviteur dévoué de l'illustre Mr Pickwick, de Charles Dickens. Le procès auquel il est fait ici allusion n'est autre que le procès en rupture de promesse de mariage, intenté par Mrs Bardell au dit Mr Pickwick. Comme, pour confondre Mr Pickwick, un procureur malintentionné voulait faire dire au témoin Sam Weller qu'il avait vu ce qu'en réalité il n'aurait pu voir, Sam répondit avec éloquence : « Voui m'sieur, j'ai des yeux, et c'est bien le hic. Si c'était une paire de microscopes à gaz extra-puissants, garantis grossir deux millions de fois, p't-êt' ben que je serais capable de voir à travers une porte en chêne à un étage de distance, mais comme c'est que des yeux, j'y vois pas assez bien. »

ricaner tout bas. Enfin, si ladite oreille avait été exceptionnellement fine, elle aurait pu percevoir le bruit que fit Mr Beck en refermant quelque chose dans son gentil petit coffre-fort, lequel, coquettement revêtu d'acajou, se trouvait dans un coin de la pièce.

— Oh, comment peut-on être aussi lâchement méchant ! s'écria Lilian Ray, la voix tremblante d'indignation.

Elle était debout au milieu de son salon, et l'édition spéciale de l'*Evening Talebearer*, en menus morceaux, voltigeait autour d'elle en neige rose[1]. Elle piétinait les morceaux de papier de ses petits pieds furieux.

— Doucement, Lil. Doucement ! lui intima Harcourt, depuis le divan où il était assis. (Son beau visage était tout assombri.) Calmez-vous, ma chère ! Ces goujats sont comme cela. Et d'ailleurs, ce qu'ils disent est assez vrai – en partie, du moins. Ils ont raison : j'ai été *un garnement assez dissipé. Nul ne sait le montant de mes dettes* – pour la bonne raison que je n'en ai pas. *Mr Ophir est une personnalité d'une honnêteté inattaquable. Cette étrange affaire est bien fâcheuse pour l'Honorable Sydney Harcourt.* On ne peut pas dire que cela, du moins, ne soit pas vrai !

— Vous me stupéfiez, Syd. Vous, un homme, grand et fort comme vous l'êtes, vous restez là, bien tranquille, pendant qu'on écrit de pareilles choses !

1. Journal du soir de couleur rose contenant principalement des potins et des ragots.

Lilian se tourna brusquement vers lui, ses yeux bleus étincelant de larmes retenues.

— Je ne les ai pas entendu dire, Lil.

— Enfin ! Vous me comprenez bien. Pourquoi n'écrasez-vous pas cette vilenie dans l'œuf, et n'administrez-vous pas à ces odieux calomniateurs une leçon qu'ils n'oublieraient pas de sitôt ? Pourquoi n'allez-vous pas les trouver dans leur obscure tanière, et… et… Ah, que je voudrais être un homme !

— Eh bien, moi, je suis très content que vous n'en soyez pas un, répliqua-t-il d'un ton significatif ; et le rouge monta aux joues de Lilian.

Impétueuse, elle s'élança vers le jeune homme, et, se penchant tendrement, se mit à jouer avec ses cheveux bouclés.

Mais on frappa brusquement à la porte, et quand celle-ci s'ouvrit pour laisser pénétrer le domestique, Lilian était assise sur le sofa – à sa plus lointaine extrémité. Elle paraissant légèrement essoufflée.

— Mr Beck, monsieur, annonça le valet.

— Faites-le entrer. Que peut-il bien nous vouloir encore ?

— Je n'en ai que pour un instant, monsieur Harcourt, déclara l'imperturbable Mr Beck, tout en s'introduisant tranquillement dans le salon.

— C'est-à-dire, j'étais occupé.

— C'est ce que je vois, monsieur, répondit laconiquement le détective. Mais j'espère que mademoiselle m'accordera une minute ou deux pour me permettre de vous dire et de vous montrer quelque chose.

— Seriez-vous sur une piste ?

— Oui, je le crois.

Mr Beck tira de sa poche le vieil écrin qu'il avait payé un souverain, et, écartant pour lui faire place quelques précieux bibelots, le posa sur une table.

— Voyez ceci, miss. Est-ce que cela ressemble le moins du monde à l'écrin qui devait accompagner les diamants ?

— Celui qui ne les accompagnait pas, voulez-vous dire, fit Lilian avec un sourire. Oui, celui-ci a exactement la même forme mais l'autre, bien entendu, était tout neuf et bien lustré.

— Ce n'est là qu'un détail, miss. Un peu d'adresse, et il suffirait d'une demi-heure pour lui donner l'aspect du vieux. Voudriez-vous avoir l'obligeance de l'ouvrir ?

En obéissant, Lilian fut soudain tout émue à l'idée folle que ses diamants se trouvaient peut-être dedans. Mais l'écrin était vide, aussi vide que fané.

— L'intérieur est aussi tout semblable à celui de l'autre, sauf qu'il est passé. Est-ce tout, monsieur Beck ?

— Soyez encore assez bonne pour garder cet écrin entre vos mains un instant de plus. Non, ne le refermez pas. Placez votre pouce ici, et l'autre là, sur l'autre bord de l'écrin.

Mr Beck guida les doigts délicats, cependant que Harcourt, ébahi, le regardait faire.

— Et maintenant, miss, appuyez des deux côtés à la fois, s'il vous plaît.

Ravie et stupéfaite, Lilian poussa un petit cri étouffé. Car, comme par un tour de passe-passe, un grand cercle éblouissant de diamants, avec, en son centre, une étoile d'une splendeur incomparable, scintillait sur le velours fané…

— Oh ! Oh ! Oh ! s'écria-t-elle, suffoquée. Oh ! Ils sont si beaux ! Oh, Syd ! (Et elle se tourna vers son fiancé, fixant sur lui des prunelles plus brillantes que les pierreries.) Avez-vous jamais rien vu de plus splendide ? J'en ai l'esprit ébloui autant que les yeux. Je ne peux les regarder davantage.

Elle referma l'écrin d'un coup sec, et, s'adressant au détective qui la considérait paisiblement :

— Faut-il que vous soyez habile pour les avoir retrouvés ! N'est-ce pas, Syd ? Racontez-nous comment vous y êtes arrivé, et où, et quand ?

Elle débordait de tant de joie, d'admiration et de gratitude que le froid détective lui-même en fut conquis. Rayonnant comme une pleine lune, il salua avec l'élégance d'un vieil ours. Mais il se contenta de répondre :

— Voulez-vous rouvrir l'écrin, miss ?

Elle souleva le couvercle et demeura muette de stupeur.

L'écrin était vide.

— Il est truqué, proféra Harcourt après un silence.

— Vous l'avez dit, monsieur, c'est toute l'histoire en trois mots. C'est un des plus jolis travaux qui soient jamais sortis de mains humaines. Et cela n'a rien d'étonnant : son auteur pensait bien en tirer une vingtaine de milliers de livres. En fermant l'écrin, on déclenche le ressort, vous voyez, monsieur. Tout le truc est là, et c'est un bien bon truc.

— Et les diamants sont là, bien à l'abri ! Ils sont là tout le temps, et je n'ai qu'à appuyer avec mes pouces pour les faire revenir ! C'est merveilleux ! Merveilleux ! Vraiment, l'écrin me plaît autant que les diamants. J'espère que celui qui l'a fabriqué sera bien payé, monsieur Beck.

— Soyez tranquille, miss, il sera bien payé ; mais peut-être pas tout à fait de la façon qu'il escomptait, répondit Mr Beck, l'air assez sévère.

— Mais comment avez-vous découvert tout cela ? Il faut que vous soyez prodigieusement malin. Je pense que vous avez dû élaborer quelque théorie extraordinaire, que vous étiez seul capable de concevoir !

Mr Beck rougit sous cette averse d'éloges.

— Un peu de bon sens, miss, et voilà tout. Je n'ai pas plus de théorie qu'un chien de chasse qui flaire la piste du renard et ne la lâche plus. Je patauge en suivant le bout de mon nez, et je me débrouille du mieux que je peux.

— Quand avez-vous deviné que les diamants étaient dissimulés dans l'écrin ? demanda Harcourt.

— Je m'en suis douté, monsieur, quand j'ai vu Mr Ophir ; et j'en ai été certain après vous avoir vu. Voyez-vous, puisque Mr Ophir avait mis les diamants dans l'écrin, et puisque personne ne les en avait ôtés, force était de conclure qu'ils s'y trouvaient toujours, pour contraires que soient les apparences !

— Cela a l'air tout simple, murmura Lilian, à vous l'entendre raconter.

— Naturellement, quand j'ai appris que mon double était venu chercher l'écrin, ma certitude aussi en a été doublée !

— Votre double ! Vous aviez donc raison, Lilian, il y avait bien deux messieurs Beck !

— Mais bien sûr. J'ai toujours raison.

— Puis-je vous demander, monsieur, poursuivit Harcourt, lequel des deux vous êtes ?

— Mais, Syd, voyons, ne dites pas de bêtises. Monsieur est *le second* Mr Beck. Mais je voudrais bien savoir où est le premier, le Mr Beck qui avait de si belles mains ?

— Le premier Mr Beck, miss, *alias* Mulligan, *alias* M. Grabeau, est actuellement en prison, où il attend d'être jugé. Il a été arrêté cet après-midi, sur rendez-vous, au restaurant Simpson, par *le second* Mr Beck.

L. T. Meade & Robert Eustace

L'Homme volatilisé

(1901)

On doit à la collaboration de L. T. Meade, pseudonyme d'Elizabeth Thomasina Meade Smith (1854-1914), et de Robert Eustace, pseudonyme d'Eustace Robert Barton (1854-1943), tous deux britanniques, la première anthologie au monde entièrement consacrée aux histoires de crimes impossibles, A Master of Mysteries *(1898).*
On aura une petite idée de la qualité de leur production en lisant la nouvelle suivante, d'une force et d'une originalité peu communes pour son époque, et qui fait regretter que la totalité de ces histoires n'aient encore jamais bénéficié d'une traduction française.

*

Je m'appelle Charles Pleydell et suis agent d'affaires. Ma clientèle s'est, depuis quelque temps, bien étoffée, et je puis justement considérer ma situation comme excellente.

Un matin, vers la fin du mois de septembre 1897, je reçus la lettre suivante :

Monsieur

Je m'adresse à vous de la part d'un ami commun, le général Cornwallis : il s'est trouvé, avec ma belle-fille et moi, à bord de l'Osprey, qui nous a amenées en Angleterre. M'autorisant de cette présentation, je compte me rendre chez vous ou vous envoyer quelqu'un à ma place, aujourd'hui, vers onze heures. Le général m'a dit que vous pourriez me donner un bon conseil au sujet d'une question qui m'intéresse. Espagnole et habitant ordinairement le Brésil, je ne sais rien de l'Angleterre ni des habitudes anglaises. Cependant, je désire louer une maison près de Londres et m'y installer. Ce que je cherche, c'est une maison entourée d'une certaine étendue de terrain, avec de grandes caves et des sous-sols très vastes, car j'ai l'intention d'établir un laboratoire pour y effectuer des recherches scientifiques. Je paierai le prix qu'il faudra. J'insiste seulement sur un point qui pour moi est essentiel : la maison doit être aussi voisine que possible de Londres, en tenant compte des conditions énumérées ci-dessus. Veuillez agréer...

Stella Scaiffe.

Cette lettre était datée de l'hôtel Carlton. Or, il se trouvait qu'un de mes clients m'avait prié, quelques mois auparavant, d'essayer de louer une maison qu'il possédait dans une partie retirée de Hampstead Heath et que son état de vétusté et de délabrement rendait d'un placement difficile. L'occasion était excellente. Rien ne pouvait mieux convenir à la personne dont je venais de lire la lettre. Je réfléchissais à cette affaire lorsqu'un de mes secrétaires m'apporta une carte de visite portant ce nom : « Miss Muriel Scaiffe. » J'ordonnai de faire entrer et, un instant après, une svelte Anglaise, à la chevelure luxuriante, pénétra dans la pièce.

— Je viens de la part de Mrs Scaiffe : elle est un peu fatiguée et m'a envoyée à sa place. Vous avez bien reçu une lettre de ma belle-mère, n'est-ce pas, monsieur ?

— Parfaitement ! Veuillez vous donner la peine de vous asseoir, mademoiselle.

Elle s'assit. Je la regardai attentivement. Elle était jeune et jolie ; l'air de bonté dont ses traits étaient empreints ajoutait à son charme, et, bien que son visage portât les traces d'une anxiété qu'elle ne pouvait dissimuler, son sourire était plein de douceur.

— Votre belle-mère, dis-je, désire une maison qui remplisse certaines conditions particulières ?

— Oui, monsieur, des conditions auxquelles elle tient absolument… Elle voudrait être installée dans les huit jours. Croyez-vous que ce soit possible ?

— Peut-être ; je connais à Hampstead une propriété appelée la Roseraie qui pourrait faire votre affaire.

Nous prîmes rendez-vous pour nous rencontrer à la Roseraie à trois heures.

À l'heure convenue, je me trouvai à la porte de la propriété. Une voiture y était déjà arrêtée : à mon arrivée, une femme, de haute taille, aux yeux noirs et perçants en descendit. Je m'aperçus immédiatement que la jeune fille ne l'avait pas accompagnée.

— Vous êtes monsieur Pleydell ? dit-elle dans un excellent anglais.

— Oui, madame.

— Vous avez vu ma belle-fille, ce matin. Muriel m'a dit que cette maison pourrait sans doute me convenir. Voulez-vous me la montrer ?

J'ouvris la porte : nous nous trouvâmes devant une large allée. La Roseraie, inhabitée depuis plusieurs mois, avait un aspect d'abandon qui ne devait guère tenter le visiteur.

L'Espagnole, cependant, semblait enchantée. Elle faisait l'éloge des arbres, de l'allée, de la maison, et de tout ce qu'elle contenait. Elle remarqua que les pièces étaient spacieuses, les corridors larges : elle se réjouit surtout de constater que les caves étaient gigantesques.

— J'attache beaucoup d'importance aux caves, dit-elle. En voici une immense. Elle conviendra parfaitement pour ce que je me propose de faire. Nous y établirons un laboratoire, mon frère et moi… Ah ! c'est vrai, je ne vous ai pas parlé de mon frère, Mr Merello. Il nous rejoindra la semaine prochaine. Nous sommes des savants, tous deux, des savants d'une haute envergure, j'ose le dire. Nous sommes venus en Angleterre pour nous y livrer à des expériences, de grandes expériences. Sur cette terre de liberté, nous pouvons faire ce que nous voulons. Nous sentons, monsieur (vous m'êtes si sympathique que je ne peux m'empêcher de me fier à vous), nous sentons que nous sommes à la veille d'une énorme, d'une extraordinaire découverte qu'admirera le monde, oui, le monde entier. Cette maison est tout à fait celle qu'il nous faut. Quand pourrons-nous entrer en sa possession ?

Je posai quelques questions : les réponses furent satisfaisantes, et, finalement, je retournai à Londres pour préparer un bail par lequel la Roseraie serait louée à Mrs Scaiffe, moyennant une jolie somme annuelle.

Une semaine ou deux s'écoulèrent. J'avais déjà commencé à oublier l'événement quand, un beau jour, mon premier employé apparut, immédiatement suivi de la jeune fille aux beaux cheveux qui avait dit s'appeler Muriel Scaiffe.

Elle semblait en proie à une vive agitation.

— Je voudrais vous parler, monsieur, dit-elle. Puis-je vous voir seul, tout de suite ?

— Certainement, répondis-je.

Je fis signe au secrétaire de nous laisser, et j'indiquai un siège à la jeune fille.

— Je ne puis m'asseoir, déclara-t-elle. Je n'en ai pas le temps. Je suis sans cesse suivie. Mais vous allez aussitôt comprendre l'importance de ma démarche. Vous connaissez Oscar Digby, le grand voyageur, le grand explorateur. Lui-même m'a dit que vous étiez son meilleur ami ; c'est à cause de cela que j'ai poussé ma belle-mère à s'adresser à vous pour louer une maison. Digby est le plus grand, le plus noble des hommes de son temps…

Elle s'arrêta pour respirer. Ses yeux étaient pleins de larmes.

— Certes oui, répondis-je. Digby est mon plus vieil ami. M'en apportez-vous des nouvelles. Où est-il ? Que fait-il ?

— Il est en route pour l'Angleterre… Peut-être même a-t-il déjà débarqué. Or, sa vie sera en danger à partir du moment où il mettra le pied à Londres.

— Que voulez-vous dire ?

— Je ne peux pas vous expliquer, je n'ose pas. Il est votre ami ; c'est à vous de le sauver.

— Mais, le sauver… de quoi ?

— Je ne puis m'expliquer plus clairement, dit-elle. Je ne puis que répéter mes paroles : votre ami est en danger. À tout prix, retenez-le loin de nous. Quand nous avons loué la Roseraie, je ne croyais pas que les choses en fussent arrivées à ce point. À ce moment, il est vrai, j'ignorais que Mr Digby dût venir à Londres. Mais, hier soir, j'ai entendu… Oh ! monsieur, je ne puis vous en dire davantage. Ayez pitié de moi et ne m'interrogez pas ! Éloignez Oscar Digby de la Roseraie, et, si cela est possible, ne me trahissez pas ! Pourtant, si vous ne pouvez faire autrement pour le persuader de ne pas chercher à nous fréquenter, dites-lui que moi, Muriel Scaiffe, je le désire. Voilà. Impossible de faire plus.

Elle tremblait plus fort encore que tout à l'heure. Prenant son mouchoir, elle épongea son front trempé de sueur et ajouta précipitamment :

— Il faut que je parte ; si l'on s'apercevait de cette visite, je ne donnerais pas cher de ma propre vie.

Cette visite me laissa sous une pénible impression. Le célèbre explorateur Digby était le meilleur de mes camarades de jeunesse. Nous avions jadis vécu dans la plus étroite intimité. Il était resté éloigné de Londres pendant plusieurs années. Mille souvenirs s'évoquaient à la pensée que j'allais bientôt le revoir. Lorsqu'en effet, dès le lendemain, il tomba dans mes bras, j'oubliai d'abord toutes mes préventions. Son rire cordial sonna délicieusement à mes oreilles. Son large front, ses yeux bleus, aux regards aigus et francs, sa bouche souriante, ses mains musclées, tout, en lui, dénotait la vigueur physique et morale.

— Oui, c'est bien moi. Enfin ! J'ai tant de choses à te dire ! J'ai besoin de toi, mon vieil ami. Tu vas avoir à me présenter au financier le plus entreprenant du jour. Je peux faire sa fortune, et la tienne, et la mienne, et encore celle d'une demi-douzaine d'autres.

— Bah ! Raconte-moi cela.

— J'ai fait une découverte extraordinaire, et c'est pour cela que j'arrive ici en toute hâte. Il y a, dans les bassins de l'Amazone et de l'Essequibo, un pays merveilleux, encore assez peu exploré. Là se trouve, près du lac Amakou, un endroit où l'or couvre le sol à foison. Les estimations faites d'après mes spécimens et mes calculs démontrent que ce sont là les mines les plus riches du monde. C'est encore un secret absolu, et je viens à Londres pour mettre l'affaire dans les mains d'un grand financier. Il faut former une société ayant derrière elle un capital se montant à quelque chose comme dix millions. Cela va faire une jolie sensation, continua-t-il, et je deviendrai millionnaire, du moins si le secret ne transpire pas.

— Le secret de l'emplacement exact ?

— C'est cela même.

— Pourtant, il faudra que tu le fasses connaître à tous les commanditaires. Tu as sans doute des relevés, des plans, des cartes ?

— Sans doute, mais, pour le moment, je préférerais ne les montrer à personne, pas même à toi, mon vieux !

Je n'eus garde d'insister.

— Comme financier, repris-je, je n'en connais pas à Londres de mieux posé que Horace Lancaster. C'est certainement l'homme qu'il te faut. Si tu réussis à le convaincre avec tes rapports, tes cartes et tes spécimens, il peut te constituer ta compagnie. Il faut que tu le voies, Digby. Mais il est actuellement à Paris pour une huitaine encore. Peux-tu l'attendre ?

— Il le faut bien. D'ailleurs, continua Digby, des amis à moi, des Brésiliens, doivent être à Londres maintenant : une dame, Mrs Scaiffe, et sa jolie petite belle-fille, une jeune Anglaise. Je voudrais te présenter à elles. Ce sont des gens tout à fait charmants. J'ai reçu une lettre de Mrs Scaiffe, juste au moment où je quittais le Brésil : elle me disait qu'elles étaient en route pour l'Angleterre et me demandait de venir les voir à mon arrivée. Le frère aussi, Mr Merello, est un homme d'un commerce très agréable.

Je restai silencieux un moment, puis je me risquai :

— Si j'étais toi, je ne m'occuperais pas de ces gens-là. J'ai eu l'occasion d'apprendre certaines choses, et…

— Quoi ? interrogea-t-il, étonné.

— La jeune fille désire vivement que tu ne cherches pas à les fréquenter. Suis son conseil ; je ne doute pas qu'elle ne te l'ait donné en toute sincérité.

À ma grande stupéfaction, le grand et fort Digby parut tout bouleversé par mes paroles.

— En vérité ! dit-il, commençant à arpenter la chambre de long en large. Je ne dois revoir ni Mrs Scaiffe ni son frère… Pauvre petite Muriel ! Je t'annonce, Pleydell, que je suis amoureux d'elle. Pas fiancé, ni rien de semblable, mais amoureux. Aurait-elle donc perdu la tête ?

— Elle est effrayée, tremblante. Tout cela semble absurde évidemment, mais il n'en est pas moins vrai qu'elle m'a supplié de t'éloigner de sa belle-mère, et j'ai promis de ne pas te dire le nom de l'endroit où habitent à présent Mrs Scaiffe et Mr Merello.

Visiblement contrarié, Digby essaya de ne rien laisser paraître. Quelques minutes après il me quitta.

Le soir, nous dînâmes ensemble, Digby et moi. Il ne cessa de me parler de sa découverte. Nous ne fîmes aucune allusion à Mrs Scaiffe, et je me pris à espérer que mon ami ne tomberait pas dans les mains de cette femme qui, je commençais à le craindre, devait être une aventurière.

Trois ou quatre jours se passèrent. Un matin, Digby fit irruption chez moi.

— Eh bien ! s'écria-t-il, la petite s'est découverte elle-même. Ah ! parlez-moi des femmes et de leurs inconséquences ! Elle est venue hier me voir à mon hôtel, me déclarant qu'elle n'avait pu s'en empêcher. Ah ! mon ami, maintenant la retraite cachée des Scaiffe n'a plus de secret pour moi. Muriel m'a tout raconté elle-même. Je dîne ce soir à la Roseraie, et ils t'invitent à venir, toi aussi.

J'étais sur le point de refuser, quand une sorte de vision évoqua devant moi le visage étrange, éploré, convulsé de Muriel Scaiffe, tel que je l'avais vu le jour où elle m'avait supplié de sauver mon ami. Si inexplicable que pût être sa conduite présente, j'irai avec Digby ce soir.

Nous arrivâmes à la Roseraie entre sept et huit heures. Mrs Scaiffe nous reçut dans une toilette d'une splendeur tout orientale. Des diamants étincelaient dans sa chevelure d'un noir bleuâtre et scintillaient autour de son cou, remarquable par la pureté de ses lignes. C'était certainement une des plus belles femmes que j'eusse jamais vues. La pâle petite Muriel avait un air effacé et bien insignifiant à côté de cette splendide créature.

Mr Merello était, en homme, le portrait de sa sœur.

Nous fûmes servis par des domestiques espagnols ; un Noir d'aspect repoussant, répondant au nom de Samson, resta tout le temps que dura le dîner debout derrière la chaise de sa maîtresse qui, très excitée, buvait du champagne à longs traits, et faisait ouvertement allusion à la grande découverte.

— Vous devriez nous montrer votre carte, mon ami, dit-elle.

Il se leva soudain.

— Demandez-moi tout ce que vous voudrez, mais pas la carte !

Mrs Scaiffe n'insista pas. Les dames passèrent au salon, et bientôt, Digby et moi prîmes congé pour regagner Londres.

Pendant le trajet, je lui appris que le banquier Lancaster avait télégraphié qu'il serait à son bureau le vendredi suivant, prêt à nous recevoir. Or, nous étions au lundi soir.

Le mardi, je n'entendis pas parler de Digby. Le mercredi soir, de retour chez moi, assez tard, je trouvai la lettre suivante :

Je ne suis pas folle.

J'ai soudoyé l'aide de cuisine, la seule Anglaise qu'il y ait dans la maison, pour qu'elle veuille bien porter ce pli à la poste. Croyez-moi sur parole.

Si je suis allée trouver Mr Digby, comme il a pu vous le dire, c'est que j'y ai été contrainte. Je suis maintenant strictement confinée dans ma chambre ; en réalité, je suis prisonnière. Mr Digby a dîné encore ici hier soir, et, sous l'influence d'une certaine drogue mêlée à son vin, il a livré tous les secrets de sa découverte, sauf l'emplacement exact. Il doit souper ici ; tard dans la soirée de demain jeudi, et apporter la fameuse carte. S'il le fait, il ne sortira pas vivant de la Roseraie. Tout est préparé. Je parle de ce que je sais.

Ne me trahissez pas, mais sauvez-le !

Je n'eus pas l'ombre d'un doute. Muriel n'était pas folle. Sa lettre disait vrai.

Il était tard, près de minuit, mais il n'y avait pas une minute à perdre. J'avais pour ami un certain Dr Garland, qui avait été médecin de la police pendant plusieurs années. Je me rendis immédiatement chez lui. Sans préambule, je lui racontai la longue histoire qui se déroulait depuis plusieurs semaines ; pour le convaincre, je lui montrai la lettre de Muriel. Il m'écouta sans m'interrompre et lut la lettre sans faire de commentaires. Quand il la replia et me la rendit, il garda le silence pendant quelques secondes qui parurent interminables, et enfin :

— Quelques renseignements encore, je vous prie. Lancaster vous a donné un rendez-vous, à Digby et à vous ? Pour quel jour, et à quelle heure ?

— À onze heures, vendredi matin.

— Probablement, Mrs Scaiffe et son frère ne l'ignorent pas ?

— Probablement.

— Si Digby va à la Roseraie demain soir, l'entrevue avec Lancaster n'aura évidemment jamais lieu. Mrs Scaiffe et Mr Merello sont résolus à connaître le secret de Digby. S'il va chez eux, Digby ne sortira pas vivant de leur maison.

— Alors ?

— Laissez-moi faire. Je vais voir immédiatement l'inspecteur Frost. Je vous tiendrai au courant.

Le lendemain matin, j'allai trouver Digby au cercle où il déjeunait. Il parut contrarié de ma visite et me réserva un accueil à peine cordial.

— Quel aspect solennel, Pleydell ! dit-il. Une mauvaise nouvelle ?

— Aucunement. Mais je prends un jour de congé. L'idée m'est venue que nous pourrions aller à Brighton et revenir à temps, demain, pour notre entrevue avec Lancaster.

— Impossible, répondit-il, j'ai une invitation pour ce soir.

— Tu vas à la Roseraie ?

— Oui.

— Tu as livré ton secret aux Scaiffe !

— Qui te l'a dit ? Comment le sais-tu ?

— Essaie donc de le nier !

Il pâlit affreusement, puis, après un effort pour recouvrer son sang-froid, il reprit :

— Et pourquoi pas ? Lancaster ne peut pas trouver mauvais que j'aie tâté de riches commanditaires possibles. En tout cas – son rire sonnait faux –, je prétends en faire à ma tête. Comprends-le, mon vieux, si tu veux que nous restions bons amis ; et maintenant, assez pour aujourd'hui ! Nous nous retrouverons demain, à onze heures, chez Lancaster.

Il n'y avait pas à insister. Je partis donc. Vers cinq heures de l'après-midi, au reçu d'un télégramme, je me rendis chez Garland. L'inspecteur de police Frost s'y trouvait. L'enquête à laquelle il s'était livré, sans retard, confirmait mes soupçons. Mrs Scaiffe et son frère, Merello, étaient affiliés à une redoutable bande de malfaiteurs brésiliens, et chargés de forcer Digby à révéler la position exacte de la mine d'or.

— Maintenant, ajouta le Dr Garland, écoutez bien. Le dénouement est pour cette nuit. Digby doit aller souper à la Roseraie et sera contraint de lâcher le morceau : il apportera sa carte. Nous irons, l'inspecteur Frost, moi et un certain nombre de ses hommes, cerner la maison dès la tombée de la nuit. Il faut empêcher Digby de pénétrer à la Roseraie. Cela, c'est votre affaire. Si Digby veut entrer à tout prix, nous ferons notre possible pour le protéger en cas d'incident.

Nous prîmes nos dispositions d'un commun accord ; les policiers partirent en avant ; je devais les rejoindre avec Garland. À dix heures exactement, le cab que nous avions pris nous déposa au coin d'une des routes bordant la propriété. La grande maison que je connaissais si bien se profilait en noir sur le ciel clair.

La nuit était fraîche. La lune, dans son second quartier, brillait d'un vif éclat. Garland et moi nous suivîmes la ruelle obscure qui longeait la muraille ; un grand gaillard surgit de l'obscurité et s'avança : c'était l'inspecteur Frost.

— Mr Digby n'est pas encore arrivé, dit-il. Faites votre possible auprès de lui, monsieur, car c'est une mauvaise affaire que celle-là. Tous mes hommes sont prêts ; au signal convenu, la maison sera cernée ; mais il faut essayer une dernière fois d'empêcher Mr Digby de passer outre.

À peine achevait-il qu'un cab s'arrêta à la porte et Oscar Digby en descendit, tout près de nous. Je m'approchai de lui ; je lui expliquai les craintes de l'inspecteur Frost et les miennes. Je le suppliai.

Pour toute réponse, Digby plongea sa main dans la poche intérieure de son vêtement, en tira une lettre et me la donna.

J'arrachai la lettre de son enveloppe et lus à la clarté de la lune :

Venez ! Je suis en danger. Ne m'abandonnez pas !

Muriel.

— C'est un piège ! Un faux ! m'écriai-je. Par le ciel, Digby, pas de folie !

— Folie ou non… j'entre !

Ses grands yeux bleus étincelaient de colère. Il haletait.

L'inspecteur lui barra le passage.

— Si vous êtes décidé à entrer, dites-nous du moins combien de temps vous comptez rester.

— Une heure peut-être. Je serai de retour chez moi vers minuit.

— Eh bien, monsieur, si vous n'êtes pas sorti à une heure du matin, nous entrerons à notre tour avec un mandat de perquisition.

Digby resta muet un moment ; il eut un instant d'hésitation, puis il me serra fermement la main et se précipita sur la sonnette.

Il fut immédiatement introduit par le domestique noir ; la porte se referma silencieusement derrière lui. Je restai seul avec Garland. Nous nous étions dissimulés dans l'ombre épaisse d'un grand sapin. Nous attendîmes…

Onze heures sonnèrent à l'horloge de l'église voisine ; puis la demie tinta dans l'air tranquille de la nuit. Mes oreilles s'efforçaient de saisir le bruit tant désiré qu'eût fait la porte d'entrée en s'ouvrant. Mais rien. La maison restait plongée dans le plus profond silence. Une fois pourtant, Garland chuchota :

— Écoutez !

Nous écoutâmes attentivement. Il me sembla, en effet, entendre un bruit sourd, étouffé, comme produit par un marteau-pilon. Mais venait-il ou non de la maison ? Impossible de le deviner.

À minuit moins le quart, la seule fenêtre du premier étage qui fût restée éclairée s'éteignit soudain. De Digby, toujours pas de trace. Minuit sonna. Nous attendîmes encore une heure dans des angoisses extrêmes. Quand le tintement de l'heure retentit, l'inspecteur me frappa sur l'épaule.

— Venez doucement, me dit-il tout bas.

Un léger coup de sifflet avertit ses hommes, et les buissons s'agitèrent autour de nous. Nous franchîmes le perron. Frost pressa le bouton électrique et nous entendîmes le bruit strident de la sonnerie.

Au bout de peu de temps, on tira les verrous ; la porte s'entrebâilla, maintenue par une chaîne de sûreté, et une face noire apparut.

— Qui êtes-vous ? Que voulez-vous ?

— Voir Mrs Scaiffe et Mr Merello, et leur parler tout de suite. Je suis inspecteur de police.

Il y eut une courte conversation à l'intérieur. Puis la porte s'ouvrit toute grande, les lampes électriques s'allumèrent, et tout de suite j'aperçus Mrs Scaiffe.

Elle était en grande toilette. Elle s'avança d'un pas calme et majestueux et s'arrêta toute droite devant nous. Ses yeux étincelaient.

— Eh bien ! monsieur Pleydell, fit-elle d'une voix parfaitement tranquille, pouvez-vous me dire la raison de cette intervention nocturne ? Je suis toujours heureuse de vous accueillir chez moi, mais l'heure n'est-elle pas un peu tardive, aujourd'hui ?

Elle fut interrompue par l'inspecteur Frost :

— Votre attitude, madame, ne nous intimidera pas. Nous sommes venus ici avec un but précis. Mr Oscar Digby est entré dans cette maison à dix heures un quart. À partir de ce moment, la propriété a été soigneusement cernée. Donc il est encore ici.

Mrs Scaiffe se recula. Ce n'était plus la même femme : son visage était devenu dur, plein d'insolence et de défi.

— C'est à moi, monsieur, de vous demander de quel droit vous vous introduisez chez moi ?

Pour toute réponse, l'inspecteur exhiba son mandat. Elle le parcourut d'un coup d'œil et eut un rire aigu.

— Mr Digby n'est pas dans la maison, dit-elle.

À peine achevait-elle sa tirade qu'une porte s'ouvrit, et Mr Merello entra, fort pâle. Elle le regarda et sourit, puis reprit, affectant l'insouciance :

— Messieurs, voici mon frère, Mr Merello.

— Une dernière fois, insista Frost, où est Mr Digby ?

— Une dernière fois, je vous le répète, Mr Digby n'est pas dans cette maison.

Frost s'avança vers Mrs Scaiffe.

— J'ai le regret de vous dire, madame, que vous, monsieur votre frère et tous vos serviteurs serez mes prisonniers jusqu'à ce que nous ayons retrouvé Mr Oscar Digby.

— Ce sera pour toujours, alors, répliqua-t-elle : mais faites comme il vous plaira.

Mon cœur battait ; j'étais sous l'empire d'un sentiment de terreur indéfinissable. Que pouvait vouloir dire cette femme ? Mort ou vivant, il fallait bien que Digby fût dans la maison.

L'opération fut conduite rapidement. Mrs Scaiffe, son frère, deux serviteurs espagnols, deux servantes, dont une Espagnole, et le Noir qui nous avait ouvert la porte furent amenés par les policiers et placés sous la garde d'un brigadier.

Quant à Muriel Scaiffe, impossible de la découvrir.

Alors on se mit à fouiller la maison. Les pièces du rez-de-chaussée, salon, salle à manger, et deux autres grandes pièces n'avaient rien de particulier ; il ne fallut pas longtemps pour les visiter.

Dans les sous-sols, la grande cave, qui avait attiré particulièrement l'attention de Mrs Scaiffe le jour où je lui avais fait visiter la Roseraie, avait été convertie en laboratoire. J'y jetai un coup d'œil étonné. Ce laboratoire était évidemment agencé pour la fabrication de produits chimiques sur une grande échelle. On y apercevait des appareils chimiques et électriques récents, ainsi que plusieurs énormes machines dont on ne devinait pas tout d'abord l'usage. Je remarquai, notamment, une immense cuve accolée à un appareil compliqué servant à produire de l'air liquide en grande quantité.

Mais nous ne songions guère à nous occuper de ce laboratoire. Chacun de nous se sentait le cœur serré. Il nous suffit de constater que Digby n'était pas là. Nos recherches aux étages supérieurs furent également infructueuses. Nous allions redescendre quand Frost me fit remarquer une porte qui n'avait pas été ouverte. Elle était fermée à clef. En réunissant nos forces, Garland et moi, nous la fîmes sauter. Une jeune fille était là, accroupie près du lit, la tête cachée dans ses mains. Nous nous avançâmes ; elle se retourna : c'était Muriel.

Avec effort elle passa ses mains sur son front et, reprenant peu à peu ses sens :

— Où est Digby ? L'avez-vous trouvé ? Est-il sauvé ?

— Je ne sais pas, mon enfant, répondis-je en essayant de la calmer. Nous le cherchons. Que Dieu nous aide !

— J'ai été enfermée ici toute la journée, et l'on m'a fait absorber je ne sais quelle drogue. Je ne sais rien de ce qui s'est passé. Digby est-il dans la maison ?

— Il y est venu. Nous le cherchons et nous espérons le trouver.

— Il est venu ? Alors vous ne le retrouverez jamais !

Elle poussa un cri perçant et tomba sur le plancher, évanouie.

On coucha la malheureuse jeune fille sur le lit. Garland lui fit avaler quelques gouttes.

Quand nous arrivâmes dans l'antichambre, Frost était debout, silencieux.

— L'homme n'est pas là, murmura-t-il.

— Il y est, affirma Garland. Qu'on éventre la maison !

L'inspecteur s'inclina. Ses ordres furent vite donnés, et l'aube paraissait à peine quand dix hommes, qu'il avait envoyé chercher, commencèrent à fouiller systématiquement la maison, depuis les fondations jusqu'au toit.

On usa largement du pic et du levier ; les planchers furent arrachés et les poutres soulevées. Des plâtras jonchaient les pièces, souillant les meubles de prix. Les murs furent percés avec des tarières, les armoires, les buffets mis à sac, les cheminées descellées et explorées. Bref, tout fut bouleversé de fond en comble.

Enfin, notre perquisition se termina par de minutieuses recherches dans les sous-sols et les caves.

Nous étions revenus dans le jardin, et Garland était appuyé contre un arbre les mains dans les poches, les yeux fixés sur le sol. Frost tirait sur ses longues moustaches. Nos nerfs étaient prodigieusement tendus.

Quelques instants après, un bruit de roues nous fit tourner la tête. Un cab s'arrêta à la porte, et nous en vîmes descendre le directeur adjoint du service de la police que Frost avait envoyé chercher. Dès son arrivée, le nouveau venu se dirigea vers la maison, et je le suivis.

Nous traversions l'antichambre pour pénétrer dans la pièce où étaient gardés à vue les habitants de la maison, à l'exception de la pauvre Muriel Scaiffe, quand, à notre grande stupéfaction, nous entendîmes, au-dessous de nous, un long et étrange éclat de rire, suivi d'un autre, et puis d'un autre encore. Cet éclat de rire sortait de la gorge de Garland.

Nous nous regardâmes. Qu'est-ce que cela pouvait bien signifier ? Nous descendîmes quatre à quatre les marches de pierre. Garland avait-il trouvé sain et sauf celui que nous cherchions ? Mais, avant que nous fussions arrivés au laboratoire, le rire se changea tout à coup en une frayeur horrible : ce rire-là, bref et métallique, était à peine humain.

Debout au centre de la pièce, la bouche convulsée, la respiration haletante, Garland avait l'air d'un fou.

— Qu'avez-vous ? m'écriai-je.

Il ne répondit pas, mais montra du doigt une énorme machine avec des masses d'acier, et éclata de rire, une fois de plus, d'un rire guttural qui me fit frissonner.

Le directeur s'approcha rapidement de lui et mit la main sur son épaule.

— Voyons, qu'est-ce que cela veut dire, Garland ? lui dit-il sévèrement. Vous savez ce qu'il est devenu ? Où est-il ?

Garland montra de la main la direction de la campagne. Je crus que la crise nerveuse allait le reprendre ; mais il parvint enfin à se ressaisir et commença, d'une voix claire :

— Il est mort, monsieur, et vous ne trouverez jamais son corps. Vous ne pourrez pas ouvrir d'enquête, car on ne peut pas enquêter sur quelque chose qui n'existe pas. Les vents l'ont pris et l'ont éparpillé sur les champs. Ne me regardez pas ainsi, Pleydell ; je ne suis pas fou, bien qu'il soit fort extraordinaire que nous ne soyons pas tous fous à l'heure qu'il est. Regardez et écoutez.

Il montra la grande cuve en métal.

— Cette cuve que vous voyez, nous dit-il, contenait de l'air liquide. Digby, bâillonné et lié, y a été précipité par les meurtriers, probablement après qu'il leur a livré sa carte. La mort a dû être instantanée.

— Mais, s'il est mort… le cadavre ?

— Attendez. Vous connaissez l'expérience qu'on fait dans les laboratoires : elle consiste à solidifier un lapin qui peut être ensuite réduit en poussière, dans un mortier, comme toute autre pierre friable. Le corps de notre malheureux ami a été ainsi solidifié. Il a suffi d'une quarantaine de minutes. N'oubliez pas qu'il s'agit d'une température de 190 °C en dessous de zéro. Maintenant, regardez !

Il désigna du doigt une grosse machine à masses d'acier, et un banc couvert de scies, de ciseaux, de pilons et de mortiers.

— Cette machine est un broyeur. Dans la poussière adhérente à ces blocs d'acier, j'ai trouvé de quoi faire apparaître, par réaction chimique, ceci.

Il prit un tube à essai contenant un liquide bleu.

— C'est du sang, dit-il. Ce fait, rapproché de ceux que nous connaissons déjà, à savoir que Digby n'a pas quitté la maison, que le seul autre agent de destruction d'un corps, le feu, doit être écarté, que cette cuve est le réceptacle de l'énorme machine destinée à faire de l'air liquide en grandes quantités, enfin que l'opération a pu, pratiquement, être menée à bien par les habitants de cette maison, tout cela m'explique d'une façon indéniable ce qui est arrivé. Le corps de ce malheureux est comme s'il n'avait jamais existé : il n'en reste pas un fragment gros comme une tête d'épingle et pouvant servir à une identification. Les annales du crime ne fournissent aucun exemple semblable à celui-là. Qu'est-ce que la loi peut pour nous ? Pouvez-vous baser une enquête sur le néant ? Pouvez-vous inculper quelqu'un de meurtre quand vous ne pouvez trouver ni victime ni trace de victime ?

C'était ce raffinement dans l'invention atroce, cette nouveauté dans le crime scientifique, qui avait arraché à Garland ce ricanement sardonique. Maintenant tout était bien fini…

Avant de quitter cette horrible maison, je pris des mesures pour faire transporter Muriel Scaiffe dans un hôpital de Londres. La pauvre jeune fille avait été bien éprouvée : pendant plusieurs semaines, elle fut entre la vie et la mort.

Quand elle fut remise, une lacune subsistait dans sa mémoire. Elle avait complètement oublié Oscar Digby, et la maison de Hampstead était pour elle comme si elle n'avait jamais existé. Quant à sa santé générale, elle était parfaite. L'Espagnol et sa sœur ont été quand même mis en jugement pour le meurtre d'Oscar Digby. Mais, ainsi que Garland le prévoyait, ils ont échappé à la condamnation, grâce à certaines considérations techniques et à l'impossibilité où l'on était d'avancer aucune preuve. Ils sont retournés dans leur pays ; on n'a plus jamais entendu parler d'eux.

À force de soins, Muriel a recouvré tout à fait la santé. Depuis un an, elle est devenue ma femme : elle est heureuse, ou du moins je l'espère ; l'affreux passé est oublié, aucun souvenir de la scène épouvantable ne vient la hanter. Quant à moi, je la regarde depuis longtemps comme la meilleure et la plus charmante des épouses.

Jacques Futrelle

Dans la boule de cristal

(1906)

Dans la prestigieuse lignée des grands précurseurs du récit de mystère, Jacques Futrelle (1875-1912) tient une place dont la méconnaissance et l'oubli sont totalement injustifiés. Il fut, entre 1906 et 1912 – année de sa disparition prématurée à 37 ans dans le naufrage du Titanic *–, le créateur d'un prestigieux détective, le professeur S. F. X. Van Dusen, surnommé, grâce à ses exceptionnelles facultés intellectuelles, la Machine à Penser, héros d'une cinquantaine de nouvelles et d'un roman. En mêlant astucieusement un problème policier au phénomène de la voyance,* Dans la boule de cristal *est l'une des plus belles confrontations de la Machine à Penser avec les manifestations dites « supranormales ».*

*

Ses horribles yeux globuleux fixés droit devant lui dans la demi-pénombre, le Bouddha trônait, impassible, les jambes croisées, sur son piédestal. Dans la lueur tremblotante d'un plafonnier en forme de paon qui, toutes plumes déployées, semblait s'abattre sur une proie, il contemplait ce qui aurait pu être le salon d'un palais de maharadjah. Des tentures pendaient ici et là, un peu partout, de nombreux divans richement brodés étaient disposés sur des carpettes aux couleurs violentes, des idoles grotesques souriaient tristement dans les endroits les plus inattendus, tandis que des armes bizarres encombraient les murs. À l'extérieur, retentissait le son métallique et criard des tramways.

L'unique personne qui se tenait là, un homme en habit de soirée, la cigarette aux lèvres, contrastait avec le décor. Il était âgé de cinquante ans, peut-être soixante, et arborait le teint coloré de celui qui a beaucoup vécu au grand air. Seules quelques rares traces de gris marbraient son abondante chevelure et sa moustache, et il avait le regard clair et franc, quoique indolent.

Il demeura un long moment assis ; enfin les rideaux sur sa droite s'écartèrent et une jeune fille, vêtue d'un costume comme on en porte en Orient, entra. Si l'homme semblait ne pas être à sa place, elle, en revanche, s'intégrait parfaitement au tableau. Ses cheveux noirs et brillants flottaient sur ses épaules et de chatoyants mystères se cachaient derrière ses prunelles. Un instant, elle se figea, observant le visiteur, puis avança d'un pas aérien.

— Varick sahib, dit-elle timidement, comme si elle voulait le saluer. Est-ce que je vous dérange ?

L'accent de sa langue maternelle rendait sa voix légèrement gutturale.

— Non, Jadeh. Venez, répondit l'homme.

Elle lui adressa un grand sourire et s'installa près de lui sur un coussin.

— Mon frère ? demanda-t-elle. Il est dans son cabinet.

Varick avait à peine prêté attention à elle et continuait de regarder dans le vide. De temps en temps, la jeune fille levait les yeux vers lui, avec une pointe d'impatience, mais rien dans l'attitude de son compagnon n'indiquait qu'il souhaitait parler. Son esprit était loin.

— Puis-je savoir ce qui vous amène cette fois, sahib ? questionna-t-elle enfin.

— Un petit problème à la Bourse, lâcha négligemment Varick ; et qui semble avoir intrigué Adhem autant que moi.

— Il est enfermé depuis une demi-heure.

Il fuma, toujours perdu dans ses pensées, puis tourna les yeux vers la fine et gracieuse silhouette de Jadeh. Les mains serrées autour des genoux, elle se penchait en arrière, l'air rêveur. Sa tête était renversée et la lueur vacillante tombait en plein sur son visage. Le fait qu'elle était jolie traversa l'esprit de Varick, et il fut sur le point de le lui dire – comme il l'aurait dit à toute autre femme – lorsque les rideaux derrière eux s'ouvrirent.

Un autre homme – un Indien – pénétra dans la pièce.

C'était Adhem Singh, le voyant, dans sa fastueuse robe de prophète. Lui aussi avait sa place dans le tableau. Mêlée à quelque autre impalpable expression, l'inquiétude se lisait sur ses traits énergiques.

— Alors, Adhem ? demanda Varick.

— J'ai vu d'étranges choses, sahib, annonça le devin avec solennité. La boule de cristal m'a averti d'un danger.

— D'un danger ? répéta Varick en haussant imperceptiblement les sourcils. Eh bien, dans ce cas, je m'abstiendrai de participer à cette affaire.

— Il ne s'agit pas de vos affaires, sahib, poursuivit le mage d'une mine soucieuse, mais d'un danger d'une autre sorte.

Jadeh lui lança un coup d'œil alarmé et lui posa une question dans leur langue. Il lui répondit de la même manière ; après quoi, elle se leva brusquement pour aller se jeter aux pieds de Varick. Ce dernier semblait avoir compris et dévisagea le voyant avec appréhension.

— La mort ? s'exclama-t-il. Que voulez-vous dire ?

Adhem garda le silence un moment et inclina respectueusement la tête devant l'homme blanc qui l'interrogeait du regard.

— Excusez-moi, sahib, finit-il par déclarer. Je ne me rappelais plus que vous connaissiez notre langue.

— Qu'y a-t-il ? insista Varick d'un ton sec. Racontez-moi.

— Je ne peux pas, sahib.

— Il le faut, ordonna l'autre. (Il s'était dressé d'un air d'autorité.) Il le faut !

Le voyant se planta devant l'homme et lui mit les mains sur les épaules, étudiant un instant la peur qui transparaissait sur son visage.

— La boule de cristal, sahib… commença-t-il. Elle me dit que… que…

— Non, non, mon frère ! supplia la jeune fille.

— Continuez ! le somma Varick.

— Cela me peine de devoir faire souffrir un être à qui je porte autant d'affection, sahib, dit lentement le devin. Peut-être vaudrait-il mieux que vous vous rendiez compte par vous-même ?

— Alors, allons-y. Est-ce écrit dans la boule de cristal ?

— Oui, par la grâce des dieux.

— Mais je n'ai jamais rien pu y lire, se souvint Varick. J'ai déjà essayé un grand nombre de fois.

— Je crois qu'aujourd'hui ce sera différent, sahib, expliqua tranquillement Adhem. Supporterez-vous le choc ?

Varick montra un léger agacement.

— Oui. Bien entendu, assura-t-il.

— Un choc brutal ?

À nouveau, un mouvement d'impatience agita les épaules de Varick.

— Oui, je suis prêt à tout, s'écria-t-il sèchement. Qu'y a-t-il ? Allons voir.

Il se dirigea à grands pas vers les tentures d'où était sorti Adhem, tandis que la jeune femme, à genoux, les mains jointes, tentait de l'arrêter.

— Non, non ! l'implora-t-elle.

— Je vous en prie ! la gronda Varick, fâché, tout en se baissant et en l'aidant à se relever. Je ne suis pas un enfant… ni un sot !

Il poussa les rideaux. Comme ils se refermaient sans bruit sur lui, il entendit un gémissement à fendre l'âme échapper à Jadeh et serra les dents.

Il se trouvait dans le cabinet de consultation, une pièce un peu plus grande qu'un débarras qu'on avait rendue impénétrable à la lumière en la tendant de velours noir. Pendant quelque temps, il ne bougea pas, afin que ses yeux s'accoutument à l'obscurité totale, puis, graduellement, la sinistre et fascinante boule de cristal apparut, à peine visible, par sa propre luminescence. Elle reposait sur un socle également recouvert de velours noir.

Varick était habitué à l'atmosphère ; il avait franchi à plusieurs reprises le seuil de ce saint des saints. Pour l'heure, il se laissa tomber sur un tabouret, devant le guéridon qui supportait la boule de cristal, et, s'appuyant sur les coudes, plongea son regard dans ses profondeurs limpides. Sans ciller pendant une, deux, trois minutes, il resta là, submergé par ses pensées chaotiques.

Après un moment, il se produisit un changement dans le globe. Il sembla s'éclairer progressivement, d'une lumière autre que la sienne propre, puis il s'éteignit complètement, et du noir total surgirent des formes vagues et floues qu'il ne parvenait pas à identifier. Finalement, un voile parut se lever, car la boule se mit à briller, et il se pencha en avant, à la fois impatient et effrayé. Un second voile se dissipa et une lueur encore plus vive illumina le cristal.

À présent, Varick était en mesure de distinguer les objets : ici une table encombrée de livres et de papiers, là une chaise, plus loin un manteau de cheminée. Petit à petit, la clarté augmenta au point que ses yeux lui firent mal, mais il continua de regarder. Puis l'intensité lumineuse s'accrut encore et tout devint net. Il examina quelques secondes les meubles avec incrédulité et reconnut ce qu'il contemplait : c'était une pièce de son appartement – son bureau – située à des kilomètres de là.

Un frisson glacé le parcourut, mais il crispa les mâchoires et fixa la boule dont les contours commençaient à disparaître. Lorsqu'ils furent entièrement effacés, il en vit davantage. Une porte s'ouvrit et un personnage pénétra dans la pièce.

Varick eut un petit hoquet en l'identifiant. Il s'agissait de... lui-même. L'homme arpenta le bureau, sans but, comme s'il était préoccupé, avant de s'effondrer dans un fauteuil. Varick lut clairement sur le visage de l'apparition les sentiments qu'il éprouvait personnellement. Tandis qu'il observait l'homme lever les bras au ciel de désespoir – ses bras !... – et enfouir sa tête dans ses mains, Varick frémit.

Un long moment, sembla-t-il, l'homme resta assis, sans bouger ; ensuite Varick se rendit compte d'une autre présence dans le bureau. Une forme – masculine – était entrée dans son champ de vision, lui tournant le dos, la face cachée.

La silhouette lui était étrangère, mais il aperçut quelque chose qui le fit bondir de terreur. Il y avait un couteau dans la main de l'apparition qui avançait à pas de loup, plus près, toujours plus près, vers la personne immobile dans le fauteuil... c'est-à-dire lui-même.

Un son inarticulé franchit les lèvres décolorées de Varick – une sorte d'avertissement – comme l'homme poursuivait inexorablement sa progression. Il se vit remuer légèrement et l'inconnu se pencher.

L'arme frappa et fut enfoncée jusqu'au manche. Un second cri inintelligible s'échappa de la bouche de Varick ; son cœur battit à tout rompre, la transpiration inonda son visage. Et, marmonnant de manière incohérente, il s'écroula en avant.

Combien de temps demeura-t-il ainsi, il ne le sut jamais ; cependant, après un moment, se ressaisissant, il se força à regarder de nouveau. La boule de cristal scintillait, pure et froide, sur son socle de velours, mais le hideux spectacle s'était évaporé. L'idée lui vint de le faire réapparaître, d'en apprendre plus, mais la peur s'empara de lui. Il se leva et sortit en titubant du cabinet. Son teint était blafard et il serrait et desserrait nerveusement les poings. Jadeh était allongée sur un divan, en train de sangloter.

Elle se mit debout d'un bond lorsqu'il s'approcha et, rien qu'en examinant ses traits elle comprit. Une nouvelle fois, elle se couvrit le visage avec les mains et fondit en larmes. Adhem, l'air contrit, avait les yeux rivés sur le Bouddha.

— J'ai vu, souffla Varick entre ses dents. Et pourtant, je n'y crois pas.

— La boule de cristal ne ment jamais, sahib, dit tristement le devin.

— Mais… ce n'est pas possible, protesta Varick.

— Soyez prudent, sahib, supplia la jeune fille.

— Évidemment que je serai prudent, rétorqua Varick d'un ton bref. (Soudain, il se tourna vers le voyant et sa voix se fit menaçante.) Avez-vous déjà assisté à une telle chose auparavant ?

— Une seule fois, sahib.

— Et la prédiction s'est-elle réalisée ?

Adhem inclina lentement la tête.

— Je reviendrai demain, s'écria brusquement Varick. Cette pièce est étouffante. Il faut que je prenne l'air.

Les mains crispées, il jeta un manteau sur son habit de soirée, mit son chapeau et se replongea dans le monde des réalités. Le mage resta immobile un instant, tandis que Jadeh, tremblante, se cramponnait à son bras.

— Les dieux en seront juges, annonça-t-il enfin.

Le professeur Augustus S.F.X. Van Dusen reçut Howard Varick dans le petit salon et l'invita à s'asseoir. Le visage de Varick était blême ; il avait de gros cernes sous ses yeux, où se lisait une irrépressible terreur. Chacun de ses mouvements trahissait sa nervosité. Le savant l'observa furtivement, puis se renversa dans son fauteuil.

Pendant plusieurs minutes, Varick ne dit rien ; il semblait lutter pour garder le contrôle de lui-même. Soudain, il lança :

— Je vais mourir un jour de la semaine prochaine. Y a-t-il un moyen de l'empêcher ?

La Machine à Penser tourna sa tête aux cheveux couleur de paille et le considéra d'un air proche de la surprise.

— Si vous avez pris votre décision, déclara-t-il avec agacement, je ne vois pas ce qu'on peut y faire. (Il y avait un soupçon d'ironie dans sa voix, une froideur qui décontenança Varick.) Comment cela se passera-t-il au juste ?

— Je vais être assassiné – poignardé dans le dos – par un homme que je ne connais pas, s'empressa d'expliquer Varick.

— Diable ! Quel malheur ! commenta le professeur Van Dusen. Éclairez-moi davantage… Attendez !

Il se leva et partit dans son laboratoire. Au bout d'un moment, il revint et tendit un verre rempli d'un liquide effervescent à son visiteur, qui l'avala d'un trait.

— Prenez le temps de vous ressaisir, conseilla le savant.

Il regagna son siège et garda le silence, les extrémités de ses doigts jointes. Graduellement Varick recouvra ses esprits.

Ce fut pour lui un dur combat que de maîtriser ses émotions.

— Alors, proposa la Machine à Penser, racontez-moi !

Varick lui exposa les faits avec assez de lucidité, et le professeur écouta avec un intérêt poli. Une ou deux fois, il se pencha vers son interlocuteur et le regarda.

— Croyez-vous aux forces psychiques ? demanda Varick.

— Je ne refuse rien jusqu'à ce que j'aie prouvé que cela ne se peut pas, fut la réponse. Le dieu qui a accroché un soleil là-haut a accompli d'autres miracles que nous ne comprendrons jamais.

Après une courte pause, il reprit :

— Comment avez-vous fait la connaissance de cet Adhem Singh ?

— Depuis des années, je m'intéresse à la parapsychologie, à l'occulte, et j'ai étudié ces phénomènes dans le monde entier, dit Varick. Ma fortune confortable me permet de ne pas travailler, et n'ayant aucune personne à charge je puis me consacrer à ce violon d'Ingres. J'ai rencontré Adhem Singh aux Indes, il y a dix ans, puis je l'ai revu en Angleterre où il a suivi des études à Oxford grâce à l'aide financière que je lui ai apportée, et enfin ici, aux États-Unis. Voilà deux ans, il m'a convaincu qu'il existe un pouvoir dans la boule de cristal ; appelez ça comme vous voulez : télépathie, hypnotisme, action mentale du subconscient. Depuis lors, cette science – je ne saurais employer un autre mot – m'a guidé dans tous les actes importants de ma vie.

— Grâce à Adhem Singh ?

— Oui.

— Et sous le sceau du secret, j'imagine, pour ce qui est de la nature de ses révélations ?

— Oui.

— Aucune tare héréditaire dans votre famille ?

Varick se demanda si la question était un simple besoin d'information, ou de la pure insolence. Il opta pour la première option.

— Non. Pas la moindre trace.

— Combien de fois avez-vous consulté Mr Singh ?

— Souvent. Il lui est arrivé de refuser de me dire quoi que ce soit, parce que, expliquait-il, la boule de cristal restait muette. En revanche, à d'autres occasions, il m'a renseigné correctement. Il ne m'a jamais donné de mauvais conseils, même pour des opérations de Bourse compliquées ; par conséquent, cela m'a poussé à lui faire aveuglément confiance.

— Vous n'avez jamais pu lire quelque chose par vous-même dans le cristal, avant la vision de votre propre mort, mardi dernier ?

— Ce fut la première fois.

— Comment savez-vous que le meurtre doit avoir lieu à une date précise, c'est-à-dire au cours de la semaine prochaine ?

— C'est ce que m'a affirmé Adhem Singh. Il est capable de décrypter les images – elles ont plus de signification pour lui que…

— En d'autres termes, il en fait sa profession, constata le savant en lui coupant la parole.

— Oui.

— Poursuivez.

— L'horreur de cette apparition m'a tellement impressionné – nous a tellement impressionnés, tous les deux – qu'à ma demande il a évoqué les esprits par deux fois depuis cette nuit-là. Lui comme moi voulions connaître le jour où se produirait l'événement. Il y a un agenda sur mon bureau, et à la dernière séance, il l'a aperçu. Le carnet était ouvert à la page commençant dimanche prochain, le 21 de ce mois. La seule conclusion que nous avons pu en tirer était que cela se passerait au cours de cette semaine-là.

Le professeur Van Dusen se leva et, plongé dans une profonde méditation, marcha de long en large. Enfin, il s'arrêta en face de son visiteur.

— C'est stupéfiant ! s'exclama-t-il. Cela frise l'incroyable !

La réponse de Varick fut un regard presque reconnaissant.

— Alors, vous ne pensez pas que c'est impossible ? questionna-t-il avec empressement.

— Rien n'est impossible, déclara l'autre d'un air agressif. Dites-moi, Mr Varick, êtes-vous fermement persuadé que ce que vous avez vu était prophétique ? Que vous mourrez de cette manière et à cet endroit ?

— Je ne peux pas croire autre chose.

— Et vous n'avez pas une idée de l'identité du « futur meurtrier », si j'ose me permettre cette expression ?

— Pas la moindre. La silhouette m'était totalement étrangère.

— Et vous êtes certain – *certain* – qu'il s'agissait bien de votre bureau, dans la boule de cristal ?

— Absolument. Les tapis, les meubles, le manteau de la cheminée, les livres… enfin tout était comme chez moi.

Pendant un moment, le savant resta à nouveau silencieux.

— Dans ce cas, finit-il par dire, l'affaire est d'une simplicité enfantine. Êtes-vous d'accord pour vous en remettre à moi et obéir aveuglément à mes instructions ?

— Oui.

Il y avait à présent une note à la fois pleine d'impatience et d'espoir dans le ton de Varick.

— Je vais essayer de bousculer un peu le Destin, expliqua gravement la Machine à Penser. J'ignore ce qui se produira, mais ce sera intéressant de glisser un grain de sable dans la mécanique du prédéterminé, de l'inévitable.

Avec un sourire ironique sur ses lèvres minces, le professeur Van Dusen se rendit dans la pièce voisine pour appeler quelqu'un au téléphone. Varick n'entendit ni le nom du correspondant ni ce qui fut dit ; à peine discerna-t-il la voix irascible du savant, qu'il dévisagea comme celui-ci le rejoignait.

— Avez-vous des domestiques ? Un valet de chambre, par exemple ? demanda la Machine à Penser.

— Oui. Un homme âgé, depuis longtemps à mon service ; mais il se trouve actuellement en France. Je lui ai donné quelques jours de congé. Il ne m'est plus d'une grande utilité maintenant que je vis dans un appartement qui offre presque les mêmes services qu'un hôtel.

— Je suppose que vous n'avez pas sur vous trois ou quatre mille dollars ?

— Non, pas autant que cela. S'il s'agit de vos honoraires…

— Je n'accepte jamais d'argent, l'interrompit le professeur. Je me penche sur les problèmes de ce genre parce qu'ils me passionnent. Ce sont de bons exercices pour l'esprit. Rédigez un chèque d'un montant de – disons – quatre mille dollars à l'ordre de Hutchinson Hatch.

— Qui est-ce ? fit Varick.

Il n'obtint pas de réponse. Le chèque fut signé et remis sans plus de commentaires.

Quinze à vingt minutes plus tard, un taxi s'arrêta devant la maison. Le journaliste Hutchinson Hatch et un autre homme, qu'il présenta comme Philip Byrne, furent introduits.

Tandis que Hatch serrait la main de Varick, le professeur Van Dusen les compara mentalement – ils étaient à peu près de la même taille – et hocha la tête d'un air apparemment satisfait.

— Prenez ce chèque, Mr Hatch, ordonna-t-il, et allez l'encaisser immédiatement, puis revenez ici. Pas un mot à qui que ce soit.

Hatch sortit et Byrne parla politique avec Varick jusqu'au retour du journaliste avec l'argent. La Machine à Penser fourra les billets dans la main de Byrne et en prit un certain nombre qu'il mit ensuite dans sa poche.

— À présent, la clé de votre appartement, monsieur Varick, je vous prie, demanda le savant.

On la lui tendit.

— Désormais, ajouta-t-il, vous vous appelez John Smith. Vous partez en voyage, sur l'heure, avec Mr Byrne. Vous n'enverrez ni lettre, ni colis, ni télégramme ; vous ne ferez aucun achat, ne signerez pas de chèque, n'engagerez la conversation avec personne, ne chercherez pas à téléphoner ni à entrer en communication avec quiconque, pas même avec moi. Vous suivrez à la lettre les directives de Mr Byrne.

Les yeux de Varick étaient devenus de plus en plus ronds au fur et à mesure qu'il écoutait.

— Mais, mes affaires… protesta-t-il.

— C'est une question de vie ou de mort, lança sèchement la Machine à Penser.

Pendant un instant, Varick hésita. Il avait l'impression d'être traité comme un enfant.

— Comme vous voudrez, acquiesça-t-il enfin.

— Monsieur Byrne, continua le professeur, vous avez entendu mes instructions. Votre rôle consiste à les respecter. Il faut que vous vous cachiez, vous et cet homme. Emmenez-le loin. Vous disposez de suffisamment d'argent pour vos besoins de tous les jours. Lorsque vous apprendrez qu'il y a eu une arrestation en rapport avec la menace qui pèse sur Mr Varick, rentrez à Boston – chez moi. C'est tout.

Mr Byrne se leva, l'air sérieux.

— Venez, monsieur Smith, dit-il.

Varick le suivit comme il quittait la pièce.

Ici, une table encombrée de livres et de papiers, là, une chaise, plus loin, un manteau de cheminée… Une porte s'est ouverte et un homme est entré… Il a marché de long en large dans le bureau, comme s'il était préoccupé, puis s'est effondré dans son fauteuil, derrière la table… Il a levé les bras au ciel de désespoir et a enfoui la tête dans ses mains.

Un second personnage dans le décor… un couteau à la main, avançant à pas de loup vers l'homme immobile, plus près, toujours plus près…

Il y eut un éclair aveuglant, une flamme, de la fumée, puis un bruit sec, et au milieu de tout cela monta la voix froide de Hutchinson Hatch.

— Ne bougez pas, s'il vous plaît.

— La photo doit être bonne, déclara la Machine à Penser.

La fumée se dissipa et il vit Adhem Singh considérant avec une vive inquiétude le revolver que Hatch avait pris dans le bureau de Varick. Le professeur Van Dusen se frotta les mains d'un air réjoui.

— Ah, je pensais bien que c'était vous, dit-il au devin. Reposez votre couteau, je vous prie. Parfait. Cela peut paraître insolent de s'immiscer dans votre plan, mais vous vous êtes laissé submerger par les détails, monsieur Singh. Vous auriez réussi à assassiner votre ami si vous n'aviez pas employé autant d'effets théâtraux totalement superflus.

— Je suppose que je suis en état d'arrestation, dit le mage.

— Absolument, confirma la Machine à Penser avec bonne humeur. Vous êtes accusé de tentative de meurtre contre Mr Varick. Votre sœur sera appréhendée d'ici à une demi-heure avec vos autres complices.

Il se retourna vers le journaliste qui souriait de toutes ses dents. Hatch songeait au magnifique cliché enregistré par l'appareil que tenait le savant – à sa connaissance, la seule photographie au monde d'un homme en train d'essayer de commettre un assassinat.

— Monsieur Hatch, reprit le professeur, je vais téléphoner à l'inspecteur Mallory pour qu'il vienne chercher ce monsieur et envoie ses hommes se saisir de toutes les personnes se trouvant dans la maison de Mr Singh. Si cet individu tente de s'enfuir, tirez !

La Machine à Penser sortit et Hatch s'intéressa au prisonnier maussade, à qui il posa une douzaine de questions. N'obtenant pas de réponse, il renonça. Peu après, apparut l'inspecteur Mallory avec son air habituel de stupéfaction contenue, et le voyant fut emmené.

Ensuite, le journaliste et la Machine à Penser se rendirent au domicile d'Adhem Singh. La police les y avait précédés et était repartie avec quatre prisonniers, dont Jadeh. Ils purent néanmoins pénétrer à l'intérieur de la maison grâce à l'obligeance de l'agent de faction, et fouiller le cabinet du mage. Les deux hommes se penchèrent sur le globe brillant tandis que Hatch craquait une allumette.

— Je ne comprends toujours pas comment on a procédé, dit le journaliste après qu'ils eurent examiné la boule de cristal.

Le professeur Van Dusen déplaça et reposa le globe une demi-douzaine de fois sur son socle, cherchant apparemment à repérer un petit déclic. Ensuite, il passa les mains sur le pourtour de la table, au-dessus et au-dessous. Sur son ordre, Hatch souleva très lentement la boule pendant que le savant glissait ses doigts fins sous la base.

— Ah ! s'exclama-t-il enfin. Je ne m'étais pas trompé. C'est astucieux, monsieur Hatch ; très astucieux ! Restez ici quelques minutes dans le noir, et je vais voir si je peux parvenir à faire fonctionner le système.

La Machine à Penser s'éclipsa, et Hatch se concentra à tel point sur la boule de cristal qu'il en attrapa des frissons dans le dos. Tout à coup, une lueur scintilla dans le globe qui était jusqu'alors à peine visible, et il se retrouva contemplant… le bureau de Howard Varick, situé à des kilomètres de là ! Comme il regardait, ébahi, il aperçut le professeur qui agitait les bras. Son malaise disparut instantanément devant cette manifestation évidente pour attirer son attention.

C'est plus tard dans la soirée que la Machine à Penser éclaira Hatch et l'inspecteur Mallory sur la méthode analytique qui lui avait permis de résoudre le problème.

— Le charlatanisme est un luxe qui coûte des sommes astronomiques aux habitants de notre planète, commença-t-il. Son origine remonte à la nuit des temps, lorsque l'âme humaine recherchait une preuve tangible d'un pouvoir infini et, à cause de sa grande impatience, se contentait de n'importe quel substitut. Ensuite, les faux prophètes ont fait leur proie des hommes ; aujourd'hui encore, ils prolifèrent sous différents costumes et différents noms. Et cela durera jusqu'à ce que la Lumière se répande sur le monde de manière générale, afin qu'on ne gobe plus des sornettes comme, par exemple, la nature, ou d'autres forces, prenant la peine de prédire les fluctuations des cours de la Bourse. Son sens de l'humour devrait convaincre l'être humain que des esprits désincarnés ne viennent pas frapper sur des guéridons en réponse à des questions stupides. Ces choses-là ne sont rien d'autre qu'une prostitution des révélations divines.

Hatch esquissa un sourire devant le ton doctoral de son ami, et l'inspecteur Mallory mâcha son cigare d'un air mal à l'aise. Il était là pour recevoir des informations sur un crime ; ce genre de discours lui passait au-dessus de la tête.

— Ce n'était qu'un préliminaire, poursuivit la Machine à Penser après un moment. Venons-en maintenant à cette histoire de voyance… Un peu de raisonnement, un peu de logique. Lorsque Mr Varick est arrivé chez moi, je me suis tout de suite rendu compte que c'était un homme intelligent ayant consacré des années à faire des recherches sur les forces prétendues occultes. Étant intelligent, il n'était pas facile à piéger, et pourtant on l'avait trompé. J'en ai donc déduit que celui qui l'avait abusé ne devait pas appartenir à la catégorie d'imbéciles maladroits qu'on rencontre habituellement dans ces sortes d'affaires.

» Rappelez-vous que Mr Varick n'a personnellement jamais aperçu *quoi que ce soit* dans la boule de cristal jusqu'à la « vision » de sa mort. Lorsque j'ai appris cela, j'ai su qu'il y avait machination ; le simple fait qu'il ait observé cette scène en particulier de ses propres yeux le prouvait. Toutefois, le décor contenait tant de détails familiers qu'il s'est laissé berner. Quel était le mobile de cette imposture ? Lui soutirer de l'argent ? Je conçois que de judicieux conseils pour la Bourse pouvaient apporter des dividendes à Adhem Singh ; par contre, annoncer sa mort à un homme n'est pas le meilleur chemin vers son portefeuille. Si ce n'était pas pour toucher des pourcentages, alors dans quel dessein agissait-il ?

» Un motif plus grave apparaît immédiatement. Mr Varick est riche et n'a ni famille ni descendants ; il connaît Singh depuis des années, s'est pris d'amitié pour lui et lui a payé des études à Oxford. Il semble donc probable qu'il existe un testament, ou que, par un autre moyen, Singh tirerait un bénéfice du décès de Mr Varick. Comme celui-ci avait déjà le cœur malade, le but de la « vision » consistait d'abord à l'effrayer au point de provoquer chez lui une crise cardiaque.

» J'ai deviné tout cela dès mon premier entretien avec Varick, plusieurs jours après les événements, mais je ne lui en ai pas soufflé mot. Si je l'avais fait, il n'aurait jamais cru une chose aussi sordide, car il avait confiance en Singh ; et il serait mort, assassiné ou terrassé par la peur, comme le souhaitait le mage.

» Informé de ces choses, il ne me restait plus qu'à tendre un piège au petit malin. La pensée indienne suit d'étranges voies ; elle adore le mystique, la mise en scène ; et je me suis dit qu'étant allé aussi loin, Singh ferait en sorte que la « vision » devienne une réalité. Il supposait, évidemment, que Mr Varick garderait cette histoire pour lui.

» Sauver la vie de Mr Varick était un jeu d'enfant. S'il devait mourir à un moment déterminé dans une pièce déterminée, il suffisait de le mettre dans l'impossibilité d'atteindre cet endroit durant la même période. Je vous ai téléphoné, monsieur Hatch, pour vous demander d'amener un détective privé qui obéirait aux ordres et vous avez fait venir

Mr Byrne. Vous m'avez entendu lui donner mes instructions. Il était nécessaire de cacher l'identité de Mr Varick, et toutes les précautions servaient à empêcher quiconque de se douter de son départ et de son nouveau lieu de résidence. J'ignore moi-même où il est actuellement.

» Dès que je n'eus plus le souci de Mr Varick, j'ai prié Martha, ma gouvernante, d'écrire un mot à Mr Singh, expliquant que le vieil homme était malade, cloué au lit et, pour l'heure, incapable de recevoir des visites. Dans le message était précisée la date à laquelle il passerait chez le mage. Bien entendu, Martha rédigea la lettre de manière à laisser croire qu'elle était une infirmière de service uniquement *de jour*.

» Cela fait, ce ne fut plus qu'une question de patience. Mr Hatch et moi-même, nous nous sommes rendus chaque nuit dans l'appartement de Mr Varick – Martha assurait la permanence dans la journée pour répondre à d'éventuels curieux – et nous avons attendu. Mr Hatch est à peu près de la taille de Varick, et une perruque a complété le déguisement. Ce qui est arrivé ensuite, vous le savez. J'ajouterai qu'au moment où Mr Varick m'a raconté son aventure, je lui ai déclaré qu'elle était presque incroyable. Il a pensé, comme je l'espérais, que je parlais de la « vision » ; en fait, je voulais dire que la machination montée par Singh dépassait l'entendement. Le mage aurait tout aussi bien pu le tuer en lui faisant absorber du poison ou je ne sais quoi.

La Machine à Penser se tut, comme si c'était tout.

— Et la boule de cristal ? demanda Hatch. Comment fonctionnait-elle ? Comment se fait-il que je vous voyais ?

— C'était un ingénieux système, plutôt coûteux, dit le savant ; tellement coûteux que Singh devait espérer récolter une grosse somme. Je ne saurais mieux décrire la fabrication de la « vision » que comme une variation du principe de la *camera obscura*.

» D'abord, le bureau de Mr Varick a été reconstitué, jusqu'aux tapis, livres et décorations murales, dans le sous-sol de la maison du voyant. Là, deux comparses déguisés – ceux qui ont été arrêtés chez Singh avec Jadeh – mimaient la scène du meurtre. Vous avez déjà regardé par l'autre bout d'une longue-vue ? Eh bien, l'image a été réduite de la même façon avant d'être reportée sur un minuscule miroir. De celui-ci partait ensuite un tuyau, constitué d'une succession de lentilles de différentes grosseurs, qui courait à travers le bâtiment pour aboutir le long du pied du guéridon et sous le socle, réfléchissant ce qui se passait en dessous, mais si vaguement que les silhouettes étaient tout juste discernables.

» Monsieur Hatch, vous m'avez vu déplacer la boule de cristal à plusieurs reprises, et à chaque fois, vous auriez pu entendre un léger déclic. J'essayais alors de découvrir comment l'image atteignait le globe. Lorsque vous l'avez soulevé lentement et que j'ai glissé mes doigts dessous, j'ai compris. Il y avait, dans le socle, une trappe recouverte de velours.

Elle se refermait automatiquement quand on ôtait la boule, et s'ouvrait quand on la remettait. Ainsi l'image frappait le verre qui l'inversait une dernière fois et la reproduisait dans le bon sens pour l'observateur. L'augmentation d'intensité de la lumière était commandée du sous-sol. Quelqu'un retirait tout simplement des voiles de gaze les uns après les autres devant la première lentille.

— Fichtre ! s'exclama l'inspecteur Mallory. C'est l'affaire la plus compliquée dont j'aie jamais entendu parler !

— En effet, acquiesça le professeur Van Dusen ; et nous ignorons le nombre des victimes de Singh. Toutes les « visions » étaient possibles en changeant le décor. Comme il existe beaucoup de gogos de par le monde, je présume que c'était un investissement rentable.

— Quel rôle jouait la jeune femme ? s'enquit Hatch.

— Je ne sais pas, fit le savant. Elle est jolie. Peut-être servait-elle en quelque sorte d'appât pour attirer une certaine catégorie d'hommes. Elle était un personnage de première importance dans la comédie destinée à Varick. Grâce à son aide, le plan de Singh devenait beaucoup plus crédible.

Quelques jours plus tard, Howard Varick rentra en ville en compagnie de Philip Byrne. La Machine à Penser ne lui posa qu'une seule question :

— Combien d'argent aviez-vous l'intention de laisser à Singh ?

— Deux cent cinquante mille dollars environ, fut la réponse. Il devait l'utiliser pour approfondir ses recherches sur le psychisme. Lui et moi avions déterminé de quelle manière il serait dépensé.

En ce qui le concerne, Mr Varick ne s'intéresse plus à l'occultisme.

Melville Davisson Post

Le Mystère Doomdorf

(1914)

Parallèlement à ses innombrables activités d'homme politique (il fut un membre éminent du parti Démocrate) et d'homme de loi, Melville Davisson Post (1869-1930) était devenu, à sa mort prématurée à la suite d'une chute de cheval, l'un des auteurs de magazine les plus talentueux et les plus populaires de son temps. Parmi une demi-douzaine de personnages emblématiques, le plus célèbre reste l'oncle Abner, dont les aventures se situent dans la décennie qui précède la guerre de Sécession.
Le Mystère Doomdorf *propose une énigme déconcertante, avec un assassin fantôme qui s'éclipse comme par enchantement des lieux de son forfait.*

*

Le pionnier n'était pas le seul à s'être aventuré dans les hautes montagnes situées à l'ouest de la Virginie. Après les guerres coloniales, des étrangers bizarres s'y étaient retrouvés. Toutes les forces étrangères ont leur ivraie, ces aventuriers qui prennent racine dans le pays où ils sont allés combattre. Soldats de l'armée de Braddock et de La Salle, ils étaient remontés vers le nord après l'effondrement des nombreux empires du Mexique.

Je crois que Doomdorf avait traversé les mers avec Iturbide au moment où cet aventurier infortuné était revenu se faire fusiller contre un mur ; mais il n'y avait pas en lui de sang du Sud. Il était issu d'une lointaine et barbare race européenne.

Il suffisait de le regarder pour en avoir la preuve : c'était un immense bonhomme avec une barbe noire abondante et des mains larges et fortes aux doigts plats et carrés.

Il avait découvert un lopin de terre enclavé entre la concession que la Couronne d'Angleterre avait accordée à Daniel Davisson et les terres que Washington avait fait arpenter. Comme c'était un triangle nu qui ne valait pas grand-chose, il fut sans doute laissé de côté, simple rocher qui avait pour base le lit de la rivière et, derrière lui, un pic montagneux s'élevant vers le nord qui lui servait de sommet.

Doomdorf s'installa sur ce rocher. Il avait dû avoir sur lui une ceinture garnie de pièces d'or quand il avait enfourché son cheval, car il embaucha les esclaves du vieux Robert Steuart et il se fit construire une maison sur le roc, apportant le mobilier à bord d'une frégate jusqu'à la baie de Chesapeake ; puis, partout où il y avait une once de terre où des racines pouvaient prendre, il fit planter des pêchers dans la montagne qui se trouvait derrière sa maison. L'or s'épuisa ; mais le diable ne manque pas de ressources. Doomdorf fabriqua un alambic et transforma les premiers fruits récoltés en un bouillon de l'enfer.

Les oisifs et les dépravés vinrent avec leurs cruches en terre et la violence et les troubles se déchaînèrent.

Le gouvernement de Virginie était loin et son bras n'était ni long ni puissant, mais les hommes qui défendaient contre les sauvages les terres que leur avait attribuées le roi George à l'ouest des montagnes, et qui ensuite les défendirent contre George lui-même, étaient efficaces et expéditifs. Ils avaient beaucoup de patience, mais quand ils s'aperçurent que cela ne suffisait pas, ils abandonnèrent leurs champs et allèrent chercher l'alambic pour lui faire quitter la région en le poussant devant eux comme un fléau de Dieu.

Puis arriva un jour où l'oncle Abner et Mr Randolph, le juge de paix, franchirent le col de la montagne à cheval pour aller régler les choses avec Doomdorf. L'œuvre de son breuvage, qui avait l'odeur de l'Éden mais renfermait l'esprit du diable, ne pouvait pas être plus longtemps tolérée. Les Noirs ivres avaient tiré sur le bétail du père Duncan et mis le feu à ses meules de foin, et la région se mobilisait.

Ils y allaient seuls, mais à eux deux ils valaient bien une armée d'hommes quelconques. Randolph était vaniteux, suffisant, et il avait tendance à parler avec exagération, mais sous ces dehors peu flatteurs c'était un gentleman, et la peur lui était parfaitement étrangère. Quant à Abner, il était son bras droit.

C'était au début de l'été et le soleil était chaud. Ils traversèrent les arêtes brisées des versants et longèrent la rivière à l'ombre des grands châtaigniers. La route n'était qu'un chemin étroit et les chevaux avançaient l'un derrière l'autre. Ils s'éloignèrent de la rivière quand le roc commença à s'élever, et en faisant un détour par le verger de pêchers, ils atteignirent la maison construite à flanc de montagne. Randolph et Abner mirent pied à terre, dessellèrent leurs chevaux et les libérèrent pour les laisser paître, car l'affaire qu'ils avaient à régler avec Doomdorf les retiendrait plus d'une heure. Puis ils grimpèrent un chemin en pente raide qui les amena à la maison, du côté où elle donnait sur la montagne.

Un homme était monté sur un gros cheval rouan dans la cour pavée, devant la porte. C'était un vieillard décharné. Il était assis tête nue, les paumes de ses mains reposant sur le pommeau de sa selle, le menton baissé sur son plastron noir, une expression de profonde réflexion peinte sur son visage, tandis que le vent agitait doucement son épaisse toison de cheveux blancs. Son énorme cheval roux avait les pattes écartées et ressemblait à une statue de pierre.

Il n'y avait pas de bruit. La porte de la maison était fermée.

Des insectes s'agitaient au soleil, l'ombre progressait sous le cavalier immobile et des nuées de papillons jaunes manœuvraient comme une armée.

Abner et Randolph s'arrêtèrent. Ils connaissaient cette silhouette tragique, c'était un pasteur itinérant qui prêchait la parole virulente d'Isaïe comme s'il était le porte-parole d'un surdieu militant et vengeur ; comme si le gouvernement de Virginie était l'horrible théocratie du Livre des Rois. Le cheval ruisselait de sueur et on remarquait sur l'homme de la poussière et les signes d'un long voyage.

— Bronson, où est Doomdorf ? demanda Abner.

Le vieil homme releva la tête et baissa les yeux sur Abner par-dessus le pommeau de sa selle.

— Il doit être dans la chambre haute où l'on prend le frais, dit-il.

Abner traversa la cour et frappa à la porte close. Le visage blanc et effrayé d'une femme apparut. C'était une étrangère, petite, fanée, avec des cheveux blonds, un large visage mais des traits délicats attestant une haute naissance. Abner répéta sa question.

— Où est Doomdorf ?

— Oh, monsieur, il est allé s'allonger dans la chambre sud après son déjeuner, comme toujours, répondit-elle avec un étrange zozotement. Et moi, je suis allée au verger cueillir les fruits mûrs.

Elle hésita et sa voix zézayante se fit murmure :

— Il n'est pas sorti et je ne peux pas le réveiller.

Les deux hommes la suivirent dans le couloir et montèrent l'escalier qui menait à la chambre.

— C'est toujours verrouillé quand il va s'allonger, dit-elle.

Elle frappa faiblement, du bout des doigts. Il n'y eut pas de réponse et Randolph secoua le loquet.

— Sortez, Doomdorf ! beugla-t-il de sa grosse voix.

Pour toute réponse, il n'y eut que le silence et l'écho de ces mots dans les combles. Randolph appuya alors l'épaule contre la porte qu'il enfonça.

Ils entrèrent. La pièce était baignée par le soleil qui pénétrait par les hautes fenêtres exposées au sud.

Doomdorf était allongé sur un divan installé un peu en retrait, une grosse tache écarlate sur la poitrine et, par terre, une flaque de la même couleur.

La femme resta un moment les yeux écarquillés. Puis elle s'écria :

— Enfin, je l'ai tué !

Et elle s'enfuit comme un lièvre effarouché.

Les deux hommes refermèrent la porte et s'approchèrent du divan. Doomdorf avait été abattu. Il y avait un gros trou aux bords effilochés dans son gilet. Ils se mirent à chercher l'arme avec laquelle cet acte avait été accompli et ils la trouvèrent rapidement. C'était un fusil de chasse posé sur deux potences de cornouiller fixées au mur. Le fusil venait de servir ; sous le chien, il y avait encore le carton d'une cartouche qui venait d'exploser.

Il n'y avait pas grand-chose d'autre dans la pièce : par terre, une carpette tissée artisanalement, des volets de bois ouverts, une grande table de chêne sur laquelle se trouvait une grosse carafe de verre remplie jusqu'au bouchon d'alcool brut provenant de l'alambic. Le liquide était limpide et clair comme de l'eau de source et, s'il n'y avait pas eu cette odeur âcre, on aurait pu le prendre pour un breuvage de Dieu, et non de Doomdorf. Le soleil venait frapper sur la carafe et sur le mur où était suspendue l'arme qui avait expédié l'homme dans l'autre monde.

— Abner, c'est un meurtre ! dit Randolph. La femme a décroché ce fusil et elle a abattu Doomdorf dans son sommeil.

Abner se tenait près de la table, le menton dans la main.

— Randolph, qu'est-ce qui a amené Bronson ici ? répliqua-t-il.

— Les mêmes indignités que celles qui nous y ont amenés, dit Randolph. Ce vieux pasteur fou partait en croisade contre Doomdorf dans toutes les collines.

Abner dit sans enlever la main de son menton :

— Vous croyez vraiment que c'est cette femme qui a tué Doomdorf ? Si nous allions demander son avis à Bronson ?

Laissant le mort sur son divan, ils refermèrent la porte et sortirent de la maison.

Le cheval n'était plus dans la cour et le vieux pasteur itinérant s'était emparé d'une hache. Il avait enlevé son veston et retroussé les manches de sa chemise au-dessus de ses longs avant-bras. Il s'apprêtait à détruire les fûts d'alcool. Il s'arrêta en voyant arriver les deux hommes. Abner l'appela.

— Bronson, qui a tué Doomdorf ? dit-il.

— C'est moi, répliqua le vieillard en se dirigeant vers la distillerie.

Randolph jura à voix basse.

— Dieu Tout-Puissant, dit-il, tout le monde n'a pas pu le tuer !

— Qui sait combien de gens peuvent y être pour quelque chose ? répliqua Abner.

— Deux personnes ont déjà avoué ! s'écria Randolph. Il y en avait peut-être une troisième ? Vous l'avez tué, Abner ? Et moi aussi ? Mais enfin, c'est impossible !

— L'impossible prend ici une allure de vérité, répondit Abner. Venez avec moi, Randolph, je vais vous montrer quelque chose d'encore plus impossible.

Ils entrèrent à nouveau dans la maison et montèrent l'escalier qui menait à la chambre. Abner referma la porte derrière eux.

— Regardez ce verrou, dit-il. Il est placé à l'intérieur et il n'est pas commandé par la serrure. Comment le meurtrier a-t-il fait pour entrer puisque le verrou était mis ?

— Il est entré par la fenêtre, rétorqua Randolph.

Il n'y avait que deux fenêtres, donnant au sud et laissant pénétrer le soleil ; Abner y conduisit Randolph.

— Regardez ! dit-il. Le mur de la maison est prolongé par un roc à pic. La rivière se trouve trente mètres plus bas et la paroi du rocher est aussi lisse que du verre. Mais ce n'est pas tout. Regardez les châssis de ces fenêtres : ils sont cimentés par la poussière et les coins sont tapissés de toiles d'araignées. On n'a pas ouvert ces vitres. Alors comment l'assassin est-il entré ?

— La réponse est évidente, dit Randolph. Celui qui a tué Doomdorf s'est caché dans la pièce en attendant qu'il s'endorme. Ensuite, il l'a tué et il est ressorti.

— Cette explication est excellente à une exception près, répliqua Abner. Comment l'assassin a-t-il fait pour verrouiller la porte de l'intérieur après être sorti ?

Randolph écarta les bras d'un air impuissant.

— Qui sait ? s'écria-t-il. Doomdorf s'est peut-être suicidé.

Abner se mit à rire.

— Et après s'être tiré une volée de plombs dans le cœur, il s'est levé et il a soigneusement replacé le fusil sur les potences, contre le mur !

— Eh bien, il y a une manière de se sortir de ce mystère, s'écria Randolph. Bronson et cette femme disent qu'ils ont tué Doomdorf, et s'ils l'ont fait, ils savent sûrement comment ils s'y sont pris. Descendons le leur demander.

— Dans un tribunal, cette procédure serait considérée comme sensée, répliqua Abner. Mais nous sommes devant le tribunal de Dieu et les choses y sont conduites d'une manière un peu plus étrange. Avant de descendre, essayons de découvrir à quelle heure Doomdorf est mort.

Il s'approcha du cadavre, dans la poche duquel il trouva une grosse montre d'argent. Elle était brisée par un projectile et les aiguilles s'étaient arrêtées à une heure. Abner resta un moment à se frotter le menton.

— À une heure, dit-il. Bronson, je pense, était en chemin pour venir ici, et la femme, dans la montagne au milieu des pêchers.

Randolph rejeta les épaules en arrière.

— Pourquoi perdre du temps à échafauder des conjectures, Abner ? dit-il. Nous savons qui a fait ça. Allons leur demander ce qui s'est passé. Doomdorf est mort de la main de Bronson ou de celle de cette femme.

— J'y croirais davantage s'il n'y avait pas une certaine loi horrible, répondit Abner.

— Quelle loi ? dit Randolph. S'agit-il d'une disposition de l'État de Virginie ?

— C'est un commandement d'une autorité supérieure, répliqua Abner. Notez bien les mots employés : « Quiconque a tué par l'épée doit périr par l'épée. »

Il s'approcha de Randolph et lui prit le bras.

— Doit périr ! Randolph, vous avez bien remarqué le mot « doit » ? C'est une loi impérative. Elle ne laisse aucune place au hasard ou à la chance. On ne peut pas interpréter ce mot autrement. Donc, nous récoltons ce que nous avons semé ; donc, nous recevons ce que nous avons donné et rien d'autre. C'est l'arme qui est entre nos mains qui finit par nous détruire. Et c'est elle que vous voyez maintenant.

Il fit se retourner Randolph pour que la table, l'arme et l'homme mort soient devant lui.

— « Quiconque a tué par l'épée doit périr par l'épée. » Et maintenant, essayons les méthodes des tribunaux, dit-il. Vous avez confiance en leur sagesse.

Ils trouvèrent le vieux pasteur itinérant à l'œuvre dans la distillerie. Il détruisait les tonneaux de chêne qui contenaient l'alcool de Doomdorf, les faisant voler en éclats à coups de hache.

— Bronson, comment avez-vous tué Doomdorf ? lui demanda Randolph.

Le vieil homme s'arrêta et s'appuya sur sa hache.

— Je l'ai tué, tout comme Élie a tué les capitaines d'Ochosias et leurs cinquante soldats. Je n'ai cependant pas prié pour que Doomdorf soit détruit par la main d'un homme, mais par le feu du ciel, dit-il avant de se relever et de tendre les bras. Ses mains étaient couvertes de sang. Avec l'abomination de son verger de Baal, il a poussé les gens à la discorde, à la lutte et au meurtre. La veuve et l'orphelin ont adressé au ciel leurs griefs contre lui. « J'entendrai leurs plaintes », c'est la promesse contenue dans la Bible. La région était lasse de lui. J'ai prié le Seigneur de le détruire avec le feu du ciel, tout comme il a détruit les princes de Gomorrhe dans leurs palais !

Randolph agita la main pour écarter cette idée invraisemblable, mais Abner eut une expression posée et étrange.

— Avec le feu du ciel, répéta-t-il lentement pour lui-même avant de poser une question : tout à l'heure, quand nous sommes arrivés, je vous ai demandé où était Doomdorf et vous m'avez répondu dans le langage du troisième chapitre du Livre des Juges. Bronson, pourquoi n'avez-vous répondu : « Il doit être dans la chambre haute où on prend le frais » ?

— La femme m'a dit qu'il n'était pas descendu de la pièce dans laquelle il était allé dormir et que la porte en était fermée, répondit le vieil homme. Je savais qu'il était mort dans sa chambre haute comme Loth, père de Moab.

Il tendit la main vers le sud.

— Je suis venu de la Grande Vallée pour détruire ce verger de Baal et mettre un terme à cette abomination. Mais jusqu'à ce que j'arrive à sa porte, dans ses montagnes, je ne savais pas que le Seigneur avait entendu ma prière et avait envoyé Sa colère sur Doomdorf. Quand la femme a parlé, j'ai compris.

Et il s'en alla vers son cheval, laissant la hache au milieu des tonneaux éventrés.

Randolph intervint :

— Venez, Abner, dit-il. Nous perdons notre temps. Bronson n'a pas tué Doomdorf.

Abner répondit lentement, de sa voix profonde et égale :

— Est-ce que vous comprenez de quelle manière est mort Doomdorf, Randolph ?

— En tout cas, pas par le feu du ciel, dit Randolph.

— Randolph, en êtes-vous sûr ? répliqua Abner.

— Abner, s'écria Randolph, vous aimez la plaisanterie, mais je suis on ne peut plus sérieux. Un crime a été commis ici contre l'État. Je suis juge de paix et j'ai l'intention de découvrir l'assassin si je le peux.

Il s'avança vers la maison et Abner le suivit, les mains derrière le dos, ses larges épaules projetées en avant, un sourire sardonique sur les lèvres.

— Il est inutile de parler à ce vieux prédicateur fou, poursuivit Randolph. Laissons-le vider les fûts et s'en aller. Je ne délivrerai pas de mandat contre lui. La prière est peut-être un moyen commode d'assassiner quelqu'un, Abner, mais elle n'est pas considérée comme une arme mortelle par la loi de Virginie. Doomdorf était mort quand le père Bronson est arrivé ici avec son jargon biblique. C'est cette femme qui a tué Doomdorf. Je vais la soumettre à un interrogatoire.

— Comme vous voudrez, répliqua Abner. Je vois que votre foi dans les méthodes des tribunaux demeure intacte.

— Vous en connaissez de meilleures ? demanda Randolph.

— Peut-être, répondit Abner. Je vous le dirai quand vous aurez terminé.

L'obscurité était tombée sur la vallée. Les deux hommes entrèrent dans la maison et se mirent à préparer le corps pour l'enterrer. Ils sortirent des bougies, fabriquèrent un cercueil et y allongèrent Doomdorf en lui repliant les bras sur son cœur transpercé. Puis ils installèrent le cercueil sur des bancs, dans le vestibule.

Ils allumèrent un feu dans la salle à manger et s'assirent devant l'âtre, laissant la porte ouverte. La lueur rouge des flammes frappait l'étroit cercueil, dernière demeure du défunt.

La femme avait posé sur la table de la viande froide, du fromage doré et une miche de pain. Ils ne la voyaient pas mais ils l'entendaient aller et venir dans la maison. Finalement, ils perçurent ses pas sur le gravier, dans la cour, ainsi que le hennissement d'un cheval. Puis elle entra, vêtue d'une tenue de voyage.

Randolph se leva brusquement.

— Où allez-vous ? dit-il.

— Vers la mer et vers un bateau, répondit la femme avant de montrer le vestibule de la main. Il est mort et je suis libre.

Son visage s'illumina soudain. Randolph fit un pas vers elle et lui dit d'une voix forte et dure :

— Qui a tué Doomdorf ?

— C'est moi, répondit la femme. C'était justice !

— Justice ! répéta le juge de paix. Que voulez-vous dire par là ?

La femme haussa les épaules et agita les mains à la manière de son pays.

— Je me souviens d'un homme très vieux, assis contre un mur, au soleil, et d'une petite fille. Et quelqu'un est venu, il a parlé pendant longtemps avec le vieil homme pendant que la petite fille cueillait des fleurs jaunes dans l'herbe pour se les mettre dans les cheveux. Finalement, l'étranger a donné au vieil homme une chaîne en or et il a emmené la petite fille, dit-elle en ouvrant les bras. Oh, c'était justice de le tuer !

Elle leva les yeux en faisant un étrange et pathétique sourire.

— Le vieil homme ne sera plus là aujourd'hui, dit-elle. Mais peut-être retrouverai-je le mur ensoleillé là-bas et les fleurs jaunes dans l'herbe. Et maintenant, je peux partir ?

L'art du conteur consiste à ne pas raconter une histoire. C'est l'auditeur qui la raconte. Le conteur ne fait que l'y inciter.

Randolph se leva et arpenta la pièce. Il était juge de paix à une époque où cette charge n'était assumée que par des propriétaires terriens, selon la coutume anglaise. Les obligations de la loi étaient fortement ancrées en lui. S'il ne les respectait pas à la lettre, comment pouvait-il contraindre les faibles et les malfaiteurs à le faire ? Voilà une femme qui avait avoué un meurtre. Pouvait-il la laisser partir ?

Abner était assis sans bouger près de l'âtre, le coude appuyé sur le bras de son fauteuil, le menton dans la main, le visage assombri par de profondes rides. Randolph était pétri de vanité et il avait la faiblesse d'aimer parader, mais il savait prendre ses responsabilités. Il s'arrêta alors et considéra la femme, blême et fanée comme une prisonnière de légende qui sortirait au soleil après s'être échappée d'un donjon fabuleux.

Derrière elle, la lueur du feu allait frapper le cercueil posé sur les bancs, dans le vestibule, et la justice céleste, immense et insondable, inspira Randolph.

— Oui, dit-il. Vous pouvez partir ! Il n'y a pas un seul jury en Virginie qui condamnerait une femme pour avoir tiré sur une brute pareille.

Et il tendit le bras, les doigts écartés, vers le mort. La femme fit une petite révérence maladroite.

— Je vous remercie, monsieur, dit-elle, puis elle hésita et zézaya : Mais je n'ai pas tiré sur lui.

— Vous n'avez pas tiré sur lui ! s'écria Randolph. Alors que son cœur est criblé de projectiles !

— Oui, monsieur, dit-elle simplement, sur un ton de petite fille. Je le tue, mais je ne tire pas sur lui.

Randolph s'approcha de la femme en deux longues enjambées.

— Vous n'avez pas tiré sur lui ! répéta-t-il. Alors, au nom du ciel, comment avez-vous tué Doomdorf ?

Sa grosse voix remplissait tous les recoins de la pièce.

— Je vais vous montrer, monsieur, dit-elle.

Elle se retourna et s'éloigna dans la maison. Elle revint un peu plus tard avec un objet enveloppé dans un linge. Elle le posa sur la table entre la miche de pain et le fromage jaune. Randolph se pencha au-dessus de la table et les doigts agiles de la femme dénouèrent le paquet pour exposer son mortel contenu.

C'était une grossière petite statue de cire représentant un être humain. Une aiguille était plantée dans sa poitrine. Randolph se redressa en prenant une profonde inspiration.

— De la magie ! Par l'Éternel !

— Oui, monsieur, expliqua la femme avec la voix et l'attitude d'une petite fille. J'essaie de le tuer beaucoup de fois, oh, tant de fois ! avec des mots de sorcière que je me rappelle. Mais jamais, ça réussit. Et puis, finalement, je le fais en cire et je mets une aiguille dans son cœur. Je le tue très vite.

Il était clair comme le jour, même aux yeux de Randolph, que la femme était innocente. Sa petite magie inoffensive représentait l'effort pathétique d'un enfant voulant terrasser un dragon. Randolph hésita un instant avant de parler, puis il prit une décision de gentleman, puisqu'il en était un. Si ça pouvait aider la petite fille de croire que sa baguette magique avait tué le monstre… eh bien, il la laisserait le croire.

— Et maintenant, je peux partir, monsieur ?

Randolph regarda la femme dans une sorte d'émerveillement.

— Vous n'avez pas peur de l'obscurité, des montagnes et de la longue route que vous avez à faire ? dit-il.

— Oh, non, monsieur, répondit-elle simplement. Maintenant, le bon Dieu sera partout.

Dans son innocence, cette femme portait un jugement terrible sur le défunt puisqu'elle croyait que tout le mal du monde s'en était allé avec lui et que maintenant qu'il était mort, le soleil céleste allait éclairer chaque coin et chaque recoin.

Les deux hommes ne souhaitaient pas ébranler cette foi et ils la laissèrent partir. Ce serait bientôt l'aube, et la route de montagne menant vers la baie de Chesapeake était ouverte. Randolph revint s'installer au coin du feu après avoir aidé la femme à monter en selle. Distraitement, il tapota un moment l'âtre avec le tisonnier. Finalement, il prit la parole.

— C'est la chose la plus étrange qui se soit jamais produite, dit-il. Voilà un vieux prédicateur fou qui pense avoir tué Doomdorf avec le feu du ciel, comme Élie le Prophète ; et voilà une femme, en fait une simple enfant, qui pense l'avoir tué avec son tour de magie remontant au Moyen Âge… tous deux n'étant pas plus coupables de meurtre que moi. Et pourtant, par l'Éternel, la brute est bien morte !

Il tambourina avec son tisonnier, le levant et le laissant retomber entre ses doigts.

— Quelqu'un a tiré sur Doomdorf. Mais qui ? Et comment a-t-il fait pour entrer et ressortir de cette pièce fermée ? Il a bien fallu que l'assassin de Doomdorf entre dans la pièce pour le tuer. Alors, comment est-il entré ?

Il se parlait tout seul. Mais l'oncle Abner, qui était assis de l'autre côté de l'âtre, répondit :

— Par la fenêtre.

— Par la fenêtre ! répéta Randolph. Allons, vous m'avez vous-même fait remarquer que les fenêtres n'avaient pas été ouvertes et que même une mouche n'aurait pas pu grimper le long de la paroi d'un tel précipice. Et maintenant, vous prétendez que la fenêtre était ouverte ?

— Non, dit Abner, elle n'a jamais été ouverte.

Randolph se leva.

— Abner, s'écria-t-il, êtes-vous en train de dire que celui qui a tué Doomdorf a escaladé un mur, est entré par une fenêtre fermée sans déranger la poussière et les toiles d'araignées du châssis ?

L'oncle Abner regarda Randolph dans les yeux.

— L'assassin de Doomdorf a même fait plus, dit-il. Le meurtrier ne s'est pas contenté d'escalader la paroi rocheuse de ce précipice et d'entrer par une fenêtre fermée, mais il a tiré sur Doomdorf, il l'a tué, et il est ressorti par la fenêtre fermée sans laisser la moindre trace ou la moindre piste derrière lui et sans déranger un seul grain de poussière ou un seul fil de toile d'araignée.

Randolph poussa un énorme juron.

— C'est impossible ! s'écria-t-il. Aujourd'hui, en Virginie, on ne tue pas des gens à coups de magie noire ou de malédiction divine.

— De magie noire, non, répliqua Abner. Mais de malédiction divine, oui. Je pense qu'on en meurt.

Randolph abattit son poing droit dans sa main gauche.

— Par l'Éternel ! s'écria-t-il. Je voudrais bien voir le meurtrier qui pourrait assassiner de cette manière, qu'il soit un démon de l'enfer ou un ange du ciel.

— Très bien, répondit Abner sans perdre contenance. Quand il reviendra demain, je vous montrerai le meurtrier qui a tué Doomdorf.

Quand le jour se leva, ils creusèrent une tombe et enterrèrent le mort à flanc de montagne, au milieu de ses pêchers. Il était midi quand cette tâche fut terminée. Abner rejeta sa pelle et leva les yeux vers le soleil.

— Randolph, allons tendre un piège à cet assassin, dit-il. Il est maintenant en chemin.

Et c'était un piège bien étrange qu'ils tendirent là. Quand ils revinrent dans la pièce où Doomdorf était mort, Abner verrouilla la porte, puis il chargea le fusil et le replaça soigneusement sur son support mural. Ensuite, il fit une autre chose curieuse : il prit le veston taché de sang, qu'ils avaient retiré à l'homme au moment où ils avaient préparé son corps pour l'enterrer, il y glissa un oreiller et il l'étendit sur le divan à l'endroit précis où Doomdorf s'était endormi. Pendant qu'il faisait tout cela, Randolph le considérait avec stupéfaction.

Abner lui dit :

— Écoutez, Randolph… Nous allons jouer un tour au meurtrier… Nous allons le prendre sur le fait.

Puis il traversa la pièce et attrapa le juge de paix perplexe par le bras.

— Attention ! dit-il. L'assassin s'approche le long du mur !

Mais Randolph n'entendait rien, ne voyait rien. Seul le soleil entrait dans la pièce. La main d'Abner exerça une pression sur son bras.

— Il est là ! Regardez !

Et il montra le mur. Suivant le doigt tendu d'Abner, Randolph vit un minuscule disque de lumière vive monter lentement le long du mur, vers le fusil. La main d'Abner devint un étau et sa voix sonna d'un timbre métallique.

— « Quiconque a tué par l'épée doit périr par l'épée. » C'est la carafe, pleine du breuvage de Doomdorf, qui a capté le soleil. Et regardez, Randolph, comme la prière de Bronson a été exaucée !

Le minuscule disque de lumière avança sur la platine du fusil.

— C'est bien le feu du ciel !

Ces mots s'entendirent par-dessus le rugissement du fusil et Randolph vit le veston du mort sauter sur le divan, atteint par le coup de feu. L'arme, telle qu'elle était posée sur les potences, pointait vers le divan qui se trouvait au bout de la pièce, en retrait du mur, et le soleil capté par la carafe avait mis le feu à l'amorce.

Randolph fit un grand geste, bras tendu.

— Nous sommes dans un monde habité par la conjonction de mystérieuses coïncidences, dit-il.

— Nous sommes dans un monde habité par la mystérieuse justice de Dieu ! répliqua Abner.

Arthur Conan Doyle

Le Problème du pont de Thor

(1922)

En dehors de Sherlock Holmes, sa création la plus célèbre, sir Arthur Conan Doyle fut un prolifique auteur de romans (plus de vingt-cinq) et surtout de nouvelles (près de cent cinquante) touchant aussi bien au domaine criminel qu'au fantastique et même à la science-fiction, publiés en cinquante ans de carrière (de 1879 à 1930). Son style, qui captive toujours autant l'attention de ses lecteurs, a le mérite d'avoir gardé une incroyable jeunesse.

Il n'a que rarement confronté son célèbre limier à des problèmes impossibles – sauf dans la célèbre affaire de La Bande mouchetée *(1892), l'une des aventures les plus connues de Sherlock Holmes, dans* La Maison vide *(1905), et enfin dans la présente histoire.*

*

Quelque part sous les voûtes de la Banque Cox & Cie, à Charing Cross, il y a une malle en fer-blanc cabossée qui a beaucoup voyagé et qui porte sur le couvercle mon nom : « John H. Watson, docteur en médecine, démobilisé de l'armée des Indes. » Elle est bourrée de papiers, de notes, de dossiers concernant les divers problèmes qu'eut à résoudre Mr Sherlock Holmes. Certains, et pas les moindres, se sont soldés par des échecs et ne méritent donc pas d'être contés puisqu'ils demeurent inexpliqués. Un problème sans solution peut intéresser un amateur, mais il ennuierait le lecteur occasionnel. Au nombre de ces histoires sans conclusion figure celle de Mr James Philimore qui, rentrant chez lui pour prendre son parapluie, ne reparut plus jamais. Non moins remarquable, celle du *cutter*[1] *Alicia* qui, par une matinée de printemps, s'enfonça dans un petit banc de brume d'où il ne ressortit point. Une troisième histoire digne d'être citée est celle d'Isadora Persano, le journaliste et duelliste bien connu, qui un matin fut trouvé fou devant une boîte d'allumettes contenant un ver mystérieux que la science ignorait. En dehors de ces énigmes impénétrables, quelques problèmes relatifs à des secrets de famille sèmeraient, s'ils étaient révélés, l'effroi et la consternation dans de hautes sphères de la société. Je n'ai nul besoin de préciser qu'une semblable indiscrétion est impensable, et que ces archives seront mises à part et détruites, puisque mon ami a maintenant le temps de consacrer son énergie au classement de ses dossiers. Il reste une quantité considérable d'affaires d'un intérêt variable que j'aurais publiées déjà si je n'avais pas craint de saturer le public et d'affecter ainsi la réputation d'un homme que je révère par-dessus tout. J'ai été mêlé

1. Petite embarcation.

à certaines et je puis en parler en qualité de témoin oculaire. Pour d'autres au contraire, ou bien j'étais absent ou bien j'ai joué un rôle si modeste qu'elles ne pourraient être contées que par une troisième personne. L'histoire que voici est tirée de mon expérience personnelle.

Par un triste matin d'octobre, j'observais tout en m'habillant l'envol des dernières feuilles que le vent arrachait au platane solitaire qui égayait la cour derrière la maison. Puis je quittai ma chambre pour prendre mon petit-déjeuner et je m'apprêtai à affronter la morosité de mon compagnon, car, semblable en cela à tous les grands artistes, il était fréquemment impressionné par l'ambiance extérieure. Erreur : il me témoigna une humeur joyeuse, avec cette sorte de gaieté sinistre qui caractérisait ses meilleurs moments.

— Vous avez en vue une affaire intéressante, Holmes ?

— La faculté de déduction est certainement contagieuse, Watson ! Elle vous a permis de percer mon secret. Oui, j'ai une affaire intéressante en vue. Après un mois de banalités et de stagnation, la roue recommence à tourner.

— Pourrai-je prendre ma part dans cette affaire ?

— Il y a peu à partager. Mais nous en discuterons quand vous aurez dégusté les deux œufs à la coque que nous a préparés notre nouvelle cuisinière. Ils sont plus durs que mollets. Leur médiocrité n'est peut-être pas sans rapport avec l'exemplaire du *Family Herald* que j'ai remarqué hier sur la table de l'entrée.

Un problème aussi vulgaire que la cuisson d'un œuf requiert une attention concentrée sur la marche du temps, incompatible donc avec le roman d'amour de cet excellent hebdomadaire.

Un quart d'heure plus tard, la table étant desservie, nous nous installâmes face à face. Il tira une lettre de sa poche.

— Vous connaissez de nom Neil Gibson, le roi de l'or ? me demanda-t-il.

— Le sénateur américain ?

— C'est-à-dire qu'il a été autrefois sénateur de je ne sais plus quel État de l'Ouest, mais il est aujourd'hui célèbre en tant que propriétaire des plus importantes mines d'or du monde.

— Oui, je le connais. Il a dû vivre quelque temps en Angleterre. Son nom m'est très familier.

— Exact. Il a acheté il y a cinq ans un domaine immense dans le Hampshire. Vous avez entendu parler de la fin tragique de sa femme ?

— Bien sûr ! Je me la rappelle maintenant. Voilà pourquoi son nom me disait quelque chose. Mais je ne sais rien des détails.

Holmes balança sa main vers quelques journaux sur une chaise.

— Je ne me doutais nullement que j'aurais à m'occuper de cette affaire. Autrement j'aurais découpé tous les extraits de presse pour m'aider. De fait, le problème, bien que très sensationnel, ne semblait pas présenter de difficultés majeures. La personnalité intéressante de l'accusée ne diminue pas l'évidence des preuves. Ce point de vue fut soutenu par le coroner et aussi dans les délibérations du tribunal. L'affaire est à présent inscrite au rôle des assises de Winchester. Je crains que ce ne soit une affaire ingrate. Je peux découvrir des faits, Watson. Mais je ne peux pas les modifier. S'il n'en surgit pas de tout à fait neufs et imprévus, je ne vois pas ce que mon client a le droit d'espérer.

— Votre client ?

— Ah ! j'oubliais que je ne vous avais pas informé ! Vous voyez, Watson, je prends vos mauvaises habitudes : je raconte les histoires en commençant par la fin ! Lisez ceci.

La lettre qu'il me tendit et dont voici le texte était d'une écriture ferme, imposante :

Claridge's Hotel, 3 octobre

Cher Monsieur Sherlock Holmes,

Il m'est impossible d'assister à la condamnation à mort de la meilleure femme que Dieu ait créée sans tenter le maximum pour la sauver. Je ne puis expliquer les choses. Je ne puis même pas essayer de les expliquer. Mais je sais, au-delà de tout doute, que miss Dunbar est innocente. Vous connaissez les faits. Qui les ignore ? Tout le pays en a parlé. Et jamais une voix ne s'est élevée en sa faveur ! C'est une pareille injustice qui me rend fou. Cette femme a un cœur tel qu'elle ne ferait pas de mal à une mouche. Je me rendrai donc chez vous demain à onze heures pour voir si vous ne pouvez pas apporter un rayon de lumière dans ces ténèbres. Peut-être ai-je un indice sans le savoir. N'importe comment, je mets à votre disposition si vous pouvez la sauver tout ce que je sais, tout ce que je possède et tout ce que je suis. Si jamais au cours de votre vie vous avez montré votre pouvoir, jetez-le tout entier dans cette affaire.

Votre dévoué,

J. Neil Gibson.

— Voilà ! fit Sherlock Holmes en secouant les cendres de sa première pipe de la journée et en la remplissant à nouveau. Voilà le gentleman que j'attends. Pour ce qui est de l'histoire, vous manquez de temps pour assimiler tous les journaux. Aussi, je vais vous la résumer en quelques phrases afin que vous vous intéressiez intelligemment à ce cas. Gibson est la plus grande puissance financière du monde. Il a un caractère, je crois, aussi violent que formidable. Il a épousé une femme, la victime de cette tragédie, dont je ne sais rien sinon qu'elle n'était plus de la première jeunesse, ce qui me paraît d'autant plus regrettable qu'une gouvernante pleine d'attraits dirigeait l'éducation de deux jeunes enfants. Voilà les trois personnes en cause. Pour théâtre, un grand vieux manoir au centre d'un domaine anglais historique. Venons-en à la tragédie. On a trouvé l'épouse dans le parc, à près de huit cents mètres de la maison, tard dans la nuit, vêtue d'une robe de dîner et d'un châle sur les épaules, avec une balle de revolver dans la tête. Pas d'arme auprès d'elle. Aucun indice sur les lieux quant au meurtrier. Pas d'arme auprès d'elle, Watson ! Attention à ce point-là ! Le crime semble avoir été commis tard dans la soirée. Le corps a été découvert par un garde-chasse vers onze heures. Il a été examiné par la police et par le médecin avant d'avoir été ramené à la maison. Est-ce trop condensé, ou suivez-vous bien ?

— Tout est très clair. Mais pourquoi suspecter la gouvernante ?

— Eh bien ! parce que d'abord il y a eu une sorte de preuve très directe. Un revolver, avec une balle en moins et d'un calibre correspondant, a été trouvé sur le plancher de son armoire…

Ses yeux s'immobilisèrent et il répéta :

— … sur… le… plancher… de… son… armoire…

Puis il sombra dans un silence qui m'indiqua qu'il avait mis en route un raisonnement. Je n'étais pas assez stupide pour l'interrompre. Soudain il tressaillit et retomba dans la vie.

— Oui, Watson, ce revolver a été trouvé. Sale coup, n'est-ce pas ? La justice a pensé que c'était plutôt condamnable. Par ailleurs, la victime avait sur elle un billet lui donnant rendez-vous à cet endroit et signé de la gouvernante. Qu'en pensez-vous, eh ? Enfin, voici le mobile du crime : le sénateur Gibson ne manque pas de charme. Si sa femme meurt, qui peut la remplacer mieux que cette jeune demoiselle déjà comblée, selon tous les témoignages, d'attentions pressantes de la part de son employeur ? L'amour, la fortune, la puissance : tout cela dépendant d'une seule existence parvenue à mi-course… C'est laid, Watson ! Très laid !

— Oui, bien sûr, Holmes !

— Et elle n'a pas pu non plus se prévaloir d'un alibi. Au contraire, elle a dû admettre qu'elle était descendue près du pont de Thor – la scène du drame – vers la même heure. Elle n'a pas pu le nier, car un villageois qui passait par là l'avait vue.

— Décisif, non ?

— Et pourtant, Watson ! Et pourtant !… Ce pont – une seule arche de pierre avec parapets – passe au-dessus de la partie la plus étroite d'une longue nappe d'eau profonde et bordée de roseaux. On l'appelle l'étang de Thor. À l'entrée du pont gisait le cadavre de la femme de notre client. Tels sont les faits essentiels. Mais voici, si je ne me trompe, Mr Gibson : il est bien en avance !

Billy avait ouvert la porte, mais le nom qu'il annonça n'était pas celui que nous escomptions. Mr Marlow Bates nous était inconnu à tous deux. C'était un tout petit bout d'homme maigre et nerveux. Il avait des yeux pleins d'effroi et des manières hésitantes. Un seul regard professionnel m'avertit qu'il était au bord de la dépression nerveuse.

— Vous semblez agité, monsieur Bates ! dit Holmes. Asseyez-vous, je vous prie. Je crains de ne pouvoir vous accorder beaucoup de temps, car j'ai un rendez-vous à onze heures.

— Je le sais, balbutia notre visiteur qui expulsait ses phrases comme quelqu'un qui aurait perdu haleine. Mr Gibson va venir. Mr Gibson est mon patron. Je suis le régisseur de son domaine. Monsieur Holmes, c'est un scélérat… Un infernal scélérat !

— Vous parlez raide, monsieur Bates !

— Je mets de l'emphase, monsieur Holmes, parce que mon temps est limité. Je ne voudrais pour rien au monde qu'il me trouve ici. Il ne va pas tarder maintenant. Mais je n'ai pas pu venir plus tôt. Son secrétaire, Mr Ferguson, ne m'a informé que ce matin de son rendez-vous avec vous.

— Et vous êtes son régisseur ?

— Je lui ai remis ma démission. Dans quinze jours, j'en aurai terminé avec un maudit esclavage. C'est un homme dur, monsieur Holmes, dur pour tous ceux qui l'entourent. Ses charités publiques lui servent d'écran pour masquer ses iniquités privées. Mais sa femme a été sa principale victime. Il était brutal envers elle… Oui, monsieur, brutal ! Comment elle est morte, je n'en sais rien, mais je suis sûr qu'il l'avait rendue très malheureuse. Elle était originaire des tropiques, brésilienne de naissance. Vous le savez sans doute ?

— Non. Cela m'avait échappé.

— Tropicale de naissance, tropicale de tempérament. Fille du soleil et de la passion. Elle l'avait aimé comme peuvent aimer ce genre de femmes. Seulement quand ses charmes physiques ont perdu de leur éclat – il paraît qu'ils avaient été extraordinaires –, plus rien ne l'a retenu. Tous nous aimions cette femme, nous compatissions, et nous le détestions pour la manière dont il la traitait. Mais il est enjôleur et rusé. Voilà ce que je voulais vous dire. Ne le jugez pas sur son extérieur. Il dissimule tant de choses derrière ! Maintenant je m'en vais. Non, ne me retenez pas ! Il va arriver !

Sur un ultime regard à notre horloge, notre étrange visiteur courut littéralement vers la porte et disparut.

— Eh bien ! fit Holmes au bout d'un bref silence. Mr Gibson semble avoir des employés d'une loyauté peu banale ! Mais cet avertissement n'est pas inutile. Nous n'avons plus qu'à attendre l'homme lui-même.

À l'heure convenue, un pas lourd retentit dans l'escalier, et le célèbre millionnaire fut introduit. À le voir, je compris non seulement les frayeurs et la haine du régisseur, mais aussi les exécrations que tant de ses rivaux en affaires avaient entassées sur sa tête. Si j'étais sculpteur et si je désirais symboliser l'homme d'affaires qui réussit, ses nerfs d'acier et sa conscience en cuir, je choisirais Mr Neil Gibson comme modèle. Sa grande silhouette maigre et osseuse suggérait la faim et la rapacité. Un Abraham Lincoln voué à des sentiments bas et non aux idéaux élevés donnerait une idée de l'homme. On aurait pu croire sa figure ciselée dans le granit, tant elle était dure, marquée, impitoyable. Des rides profondes évoquaient toutes sortes de crises. Ses yeux gris, glacés, pleins de finesse, nous dévisagèrent successivement. Il s'inclina courtoisement quand Holmes me présenta, puis, avec un air incomparable de propriétaire, tira une chaise vers mon compagnon et s'assit à côté de lui presque genoux contre genoux.

— Permettez-moi de vous dire dès l'abord, monsieur Holmes, commença-t-il, que dans cette affaire l'argent ne compte pas. Vous pouvez le brûler si c'est nécessaire pour que la vérité éclate. Cette femme est innocente. Elle doit être lavée de ce dont elle est accusée. À vous de le prouver. Fixez-moi votre chiffre !

— Mes frais professionnels sont établis d'après un barème fixe, répondit froidement Holmes. Je ne les modifie pas, sauf quand j'en tiens quittes certains clients.

— Eh bien ! puisque les dollars vous importent peu, songez à votre réputation. Si vous tirez cette jeune femme d'affaires, tous les journaux d'Amérique et d'Angleterre chanteront vos louanges. Vous serez la coqueluche des deux continents.

— Merci, monsieur Gibson. Je ne crois pas que j'aie besoin que l'on chante mes louanges. Vous serez sans doute surpris d'apprendre que je préfère travailler anonymement, et que seul le problème m'intéresse... Mais nous perdons du temps. Venons-en aux faits.

— Je crois que vous trouverez les principaux dans les comptes rendus de la presse. Je ne vois pas ce que je pourrais ajouter. Mais s'il y a un détail sur lequel vous souhaiteriez être éclairé, je suis ici pour vous aider.

— Un point seulement.

— Lequel ?

— Quelle était exactement la nature de vos relations avec miss Dunbar ?

Le roi de l'or sursauta et se souleva de son siège. Puis il reprit possession de son calme massif.

— Je suppose que vous êtes dans votre droit, et même dans l'exercice de votre devoir, pour me poser une telle question, monsieur Holmes.

— Nous sommes deux à le supposer, répondit Holmes.

— Alors je puis vous assurer que nos relations ont toujours été celles d'un employeur à l'égard d'une jeune demoiselle avec laquelle il ne s'est jamais entretenu et qu'il n'a jamais vue que lorsqu'elle était en compagnie des enfants.

Holmes se leva.

— Je suis un homme occupé, monsieur Gibson ! dit-il. Je n'ai ni le loisir ni le goût des conversations inutiles. Je vous souhaite le bonjour.

Notre visiteur s'était également levé, et il dominait Holmes de toute sa masse. Un éclair de fureur jaillit sous ses sourcils hérissés. Ses joues se colorèrent.

— Que diable entendez-vous par cela, monsieur Holmes ? Vous récusez mon offre ?

— Eh bien ! monsieur Gibson, vous du moins, je vous récuse. J'aurais cru que mes mots étaient clairs.

— Tout à fait clairs, mais qu'y a-t-il derrière eux ? Une majoration de votre prix, ou la peur de vous mêler de l'affaire, ou quoi ? J'ai droit à une réponse claire.

— En effet, dit Holmes. Et je vais vous la donner. Cette affaire est suffisamment compliquée au départ pour qu'il n'y soit pas ajouté la difficulté supplémentaire d'un faux renseignement.

— Ce qui veut dire que je mens ?

— Ma foi, j'essayais de l'exprimer avec toute la délicatesse possible, mais si vous insistez sur le terme, je ne vous contredirai point.

Je me levai précipitamment, car le millionnaire était devenu apoplectique, et il avait levé son gros poing noueux. Holmes lui répliqua par un sourire nonchalant et il allongea le bras pour prendre sa pipe.

— Ne soyez pas bruyant, monsieur Gibson ! Je considère qu'après le petit-déjeuner la moindre discussion peut provoquer des troubles physiologiques. Je pense qu'une marche à pied au grand air du matin et un peu de repos vous feraient beaucoup plus de bien.

Avec effort, le roi de l'or maîtrisa sa fureur. Je ne pus que l'admirer, car au prix d'un suprême domptage de ses nerfs la flamme de sa colère s'éteignit pour faire place à une indifférence glacée et méprisante.

— Bien. Vous avez choisi. Je suppose que vous savez comment mener vos affaires. Je ne peux pas vous obliger contre votre volonté à vous occuper de ce cas. Vous vous êtes fait du tort ce matin, monsieur Holmes, car j'ai brisé plus forts que vous. Personne ne s'est mis en travers de ma route, jamais !

— J'ai souvent entendu des menaces, dit Holmes en souriant. Et pourtant je vis encore. Au revoir, monsieur Gibson. Vous avez encore beaucoup à apprendre.

Notre visiteur fit une sortie bruyante, mais Holmes se mit à tirer sur sa pipe dans un silence imperturbable en fixant le plafond d'un regard rêveur.

— Rien à me dire, Watson ? me demanda-t-il enfin.

— Eh bien ! Holmes, je dois vous avouer que lorsque je considère qu'il s'agit d'un homme qui a l'habitude d'écarter de son chemin tout obstacle, et quand je me rappelle que sa femme a pu devenir un obstacle et un objet de répulsion, comme nous l'a expliqué ce Bates, il me semble…

— Exactement. À moi aussi, il semble.

— Mais quelles étaient ses relations avec la gouvernante et comment les avez-vous découvertes ?

— J'ai bluffé, Watson ! Quand j'ai comparé le ton passionné, tout à fait hors des conventions et pas du tout commercial, de sa lettre avec son apparente maîtrise de soi et son attitude ici, il m'a paru évident que sa profonde émotion était plus axée sur l'accusée que sur la victime. Pour atteindre la vérité, il est indispensable que nous sachions l'exacte nature des relations entre les acteurs. Vous avez vu l'attaque frontale que j'ai déclenchée, et comme il l'a accueillie imperturbablement. Alors je l'ai bluffé en lui donnant l'impression que j'étais absolument sûr de la chose, tandis que je n'avais que de forts soupçons.

— Peut-être reviendra-t-il ?

— Il reviendra certainement ! Il est obligé de revenir, il ne peut pas en rester là. Ah ! n'a-t-on pas sonné ? Si, et je reconnais son pas. Monsieur Gibson, je venais justement de dire au Dr Watson que vous étiez légèrement en retard.

Le roi de l'or fit dans notre pièce une entrée beaucoup moins bruyante que sa précédente sortie. La blessure infligée à son orgueil avait laissé une trace dans son regard, mais son bon sens lui avait montré que s'il voulait obtenir gain de cause il lui fallait céder.

— J'ai réfléchi, monsieur Holmes, et je crois que j'ai été un peu trop vif en prenant mal vos observations. Vous avez raison de vouloir connaître tous les faits, quels qu'ils soient, et je vous en estime davantage. Je puis vous assurer néanmoins que les relations existant entre miss Dunbar et moi n'affectent en rien l'affaire.

— C'est à moi d'en décider, n'est-ce pas ?

— Oui, sans doute. Vous êtes comme le médecin qui veut connaître tous les symptômes avant d'établir son diagnostic.

— En effet. La comparaison est juste. Et le malade qui voudrait taire quelques-uns de ses symptômes ne cherche qu'à tromper son médecin dans un but précis.

— Peut-être. Mais vous conviendrez, monsieur Holmes, que la plupart des hommes s'échaufferaient quelque peu quand on leur demande de but en blanc d'indiquer la nature de leurs relations avec une femme… surtout si un sentiment sérieux y est mêlé. Je crois que la plupart des hommes possèdent un petit domaine privé dans un recoin de leur âme, où ils n'acceptent pas volontiers les intrus.

Et vous l'avez forcé avec une certaine brusquerie… Mais votre but vous excuse, puisque vous avez agi pour essayer de la sauver. Bref, les jeux sont faits, le domaine vous est ouvert, vous pouvez l'explorer comme vous l'entendez. Que voulez-vous savoir ?

— La vérité.

Le roi de l'or demeura un instant silencieux, comme quelqu'un qui met de l'ordre dans ses pensées. Son visage s'assombrit et devint encore plus grave.

— Je vous la dirai en quelques mots, monsieur Holmes. Certaines choses sont assez difficiles à exprimer, aussi n'irai-je pas plus profond qu'il n'est indispensable. J'ai fait la connaissance de ma femme pendant que j'étais chercheur d'or au Brésil. Maria Pinto était la fille d'un fonctionnaire du gouvernement à Manaus. Elle était très belle. À cette époque j'étais jeune et ardent. Mais aujourd'hui encore, quand je me reporte en arrière avec un esprit plus rassis et plus critique, je reconnais que sa beauté était extraordinairement rayonnante. Elle avait une nature riche, profonde, passionnée, entière, tropicale, mal équilibrée, très différente de celle des Américaines que j'avais connues. En résumé, je l'ai aimée et épousée. Ce n'est que lorsque le romanesque s'est épuisé, et il s'est maintenu pendant plusieurs années, que j'ai compris que nous n'avions rien, rien du tout de commun. Mon amour s'est affaibli. Si le sien avait suivi un cours parallèle, les choses se seraient simplifiées. Mais vous connaissez les femmes ! J'aurais pu faire n'importe quoi, elle ne se serait pas détournée de moi. Lorsque j'ai été dur envers elle, brutal même comme on a pu le dire, c'était parce que je savais que si je pouvais tuer son amour, ou s'il se transformait en haine, tout deviendrait plus facile pour l'un comme pour l'autre. Mais rien n'a pu la faire changer. Elle m'a adoré dans ces bois d'Angleterre comme elle m'avait adoré vingt ans plus tôt sur les rives de l'Amazone. Quoi que je fisse, elle m'était aussi attachée qu'au premier jour. Alors est apparue miss Grace Dunbar. Nous avions fait insérer une annonce pour trouver une gouvernante : elle est venue et a été engagée. Vous avez peut-être vu son portrait dans les journaux. Le monde entier a proclamé qu'elle aussi était une très jolie femme. Je ne me prétendrai pas plus moral que mon prochain, et je vous avouerai que je n'ai pas pu vivre sous le même toit avec une femme pareille et en contact quotidien avec elle sans éprouver pour elle un sentiment passionné. M'en blâmez-vous, monsieur Holmes ?

— Je ne vous blâme pas d'avoir éprouvé ce sentiment. Je vous blâmerais si vous l'aviez exprimé, car cette jeune demoiselle se trouvait en un sens sous votre protection.

— Peut-être ! fit le millionnaire, qui frémit sous le reproche. Je ne me fais pas meilleur que je suis. Je crois que toute ma vie je n'ai eu qu'à allonger le bras pour obtenir ce que je convoitais, et je n'ai jamais rien convoité davantage ni plus ardemment que l'amour et la possession de cette femme. Je le lui ai dit.

— Oh ! vous le lui avez dit ?

Holmes, quand il était ému, pouvait paraître formidable !

— Je lui ai dit que si je pouvais l'épouser, je l'épouserais, mais que c'était au-delà de mon pouvoir. Je lui ai dit que l'argent ne comptait pas et que je ferais tout mon possible pour son bonheur et son confort.

— C'était très généreux, bien entendu ! fit Holmes en ricanant.

— Écoutez, monsieur Holmes ! Je suis venu vous voir pour que vous démontriez son innocence, pas pour que vous me fassiez un cours de morale. Je ne sollicite pas vos critiques.

— C'est uniquement à cause de la jeune fille que je m'intéresse à l'affaire, répondit Holmes. Je ne sais pas si ce dont on l'accuse est réellement pire que ce que vous venez d'admettre, à savoir que vous avez essayé de séduire une jeune fille sans défense qui était sous votre toit. Quelques hommes riches dans votre genre doivent apprendre que vous n'achèterez pas tout le monde pour racheter vos fautes.

À mon étonnement, le roi de l'or accueillit le reproche sans protester.

— C'est ainsi qu'aujourd'hui je vois les choses, dit-il. Je remercie Dieu que mes projets n'aient pas abouti comme je l'espérais. Elle n'a rien voulu entendre. Elle voulait quitter immédiatement la maison.

— Pourquoi n'est-elle pas effectivement partie ?

— D'abord parce que son salaire aidait à vivre d'autres personnes, et que la perte de sa situation aurait été catastrophique pour ses proches. Quand je lui ai promis, et je le lui ai promis avec toute la sincérité de mon cœur, que plus jamais je ne lui causerais de motifs d'inquiétude, elle a consenti à rester. Mais il y avait une autre raison. Elle connaissait l'influence qu'elle exerçait sur moi : influence plus puissante que n'importe laquelle au monde. Elle voulait l'utiliser pour le bien.

— Comment cela ?

— Elle était un peu au courant de mes affaires. Elles sont immenses, monsieur Holmes : plus importantes qu'on ne le croit généralement. Je peux faire et défaire. Et le plus souvent je défais, c'est-à-dire je brise. Pas seulement les individus ; les collectivités, les villes, même les nations. Les affaires, c'est un jeu dur ; le faible succombe. J'ai joué le jeu à fond. Je n'ai jamais gémi, et jamais je ne me suis soucié des gémissements des autres. Mais elle voyait les choses sous un angle différent, et je crois qu'elle avait raison. Elle pensait et elle disait que toute fortune qui était plus importante que les besoins d'un homme ne devait pas être édifiée sur la ruine de dix mille hommes privés de leurs moyens d'existence. Voilà comment elle jugeait : elle regardait au-delà des dollars, vers quelque chose de plus durable. Elle s'est aperçue que je l'écoutais, et elle a cru faire le bien en influençant mes actions. Aussi est-elle restée… Et puis le drame est arrivé.

— Pouvez-vous me donner là-dessus quelques lueurs ?

Le roi de l'or s'interrompit encore une fois. Il avait plongé sa tête entre ses mains pour réfléchir.

— Tout est très noir contre elle. Je ne peux pas le nier. Et les femmes mènent une vie intérieure, peuvent accomplir des choses qui dépassent le jugement de l'homme. Au début j'ai été si bouleversé, si abattu que j'ai été enclin à croire qu'elle avait été entraînée d'une manière extraordinaire, tout à fait contraire à sa nature habituelle. Puis une explication m'est venue en tête. Je vous la donne, monsieur Holmes, pour ce qu'elle vaut. Il n'y a aucun doute que ma femme était terriblement jalouse. La jalousie de l'âme peut être aussi fanatique que n'importe quelle jalousie charnelle. Bien que ma femme n'eût eu aucun motif pour être charnellement jalouse, et je crois qu'elle l'avait compris, elle se rendait compte que cette jeune Anglaise exerçait sur mon esprit et mes actes une influence qu'elle n'avait jamais acquise. C'était une bonne influence, mais qu'elle fût bonne n'arrangeait rien. Ma femme était folle de haine, et son sang brûlait de toute la chaleur de l'Amazonie. Elle a pu projeter de tuer miss Dunbar… ou, dirons-nous, de la menacer d'un revolver et de lui faire peur pour l'obliger à partir. Une sorte de bagarre aurait peut-être éclaté entre elles, le revolver serait parti tout seul et aurait tué celle qui le tenait.

— J'avais déjà envisagé cette possibilité, dit Holmes. C'est vraiment la seule hypothèse, en dehors du meurtre délibéré.

— Mais elle le nie absolument.

— Certes, mais ce n'est pas décisif, n'est-ce pas ?… On peut comprendre qu'une femme placée devant une situation aussi épouvantable ait pu rentrer en courant à la maison après avoir pris le revolver dans son affolement, qu'elle l'ait jeté parmi ses robes sans trop savoir ce qu'elle faisait, et que, lorsque le revolver a été découvert, elle ait essayé de s'en tirer par une dénégation totale puisque toute explication était impossible. Qu'y a-t-il contre une telle hypothèse ?

— Miss Dunbar elle-même.

— Eh bien ! peut-être… (Holmes regarda sa montre.) Je suis sûr que nous pourrons obtenir ce matin les permis nécessaires et arriver à Winchester par le train du soir. Quand j'aurai vu miss Dunbar, il est possible que je vous sois utile. Je ne peux pourtant pas vous promettre que mes conclusions seront conformes à vos désirs.

L'obtention des permis s'avéra moins rapide que Holmes l'avait cru. Au lieu d'arriver à Winchester ce jour-là, nous descendîmes à Thor, dans la propriété du Hampshire de Mr Neil Gibson. Il ne nous accompagna pas personnellement, mais nous avions l'adresse du sergent Coventry, de la police locale, qui avait instruit l'affaire le premier. C'était un homme long et maigre au visage cadavérique. Il avait des manières bizarrement mystérieuses qui donnaient l'impression qu'il en savait ou en soupçonnait beaucoup plus qu'il ne voulait dire. Il avait aussi la manie de baisser subitement la voix pour chuchoter comme s'il en était arrivé à un point d'une importance capitale, alors qu'il ne s'agissait que d'un détail assez banal. Mais derrière cette attitude, il se révéla bientôt un policier convenable, honnête, pas très fier d'avouer qu'il avait perdu pied et qu'il souhaitait de l'aide.

— En tout état de cause, nous dit-il, j'aime mieux vous avoir ici que Scotland Yard ! Quand le Yard est appelé pour une affaire, alors la police locale perd tout crédit en cas de succès et elle se fait accabler en cas d'échec. Vous, vous jouez le jeu loyalement, à ce que l'on m'a dit.

— Je ne tiens pas du tout à paraître dans l'affaire, répondit Holmes au soulagement visible de notre mélancolique interlocuteur. Si je peux l'éclaircir, je ne veux pas que mon nom soit mentionné.

— Eh bien ! c'est très chic de votre part ! Et je peux aussi faire confiance à votre ami le Dr Watson, n'est-ce pas ? Maintenant, monsieur Holmes, avant que nous nous rendions sur les lieux, je vais vous poser une question. Je me garderais bien de la poser à quelqu'un d'autre…

Il regarda autour de lui comme s'il craignait même de prononcer ces mots :

— Ne pensez-vous pas qu'un dossier pourrait être constitué contre Mr Neil Gibson en personne ?

— J'y ai pensé.

— Vous n'avez pas vu miss Dunbar. C'est sur tous les plans une femme merveilleuse. Peut-être a-t-il voulu se débarrasser de sa femme. Et ces Américains sont plus prompts que nous au revolver. C'était son revolver à lui, vous savez !

— Ce fait a-t-il été prouvé ?

— Oui, monsieur. Il possédait deux revolvers. C'était l'un des deux.

— Deux revolvers ? Où est l'autre ?

— Ma foi, ce gentleman possède tout un lot d'armes à feu de marques et de calibres différents. Nous n'avons jamais identifié l'autre en particulier. Mais l'étui était indubitablement fait pour deux revolvers.

— Si le revolver que vous avez trouvé faisait partie d'une paire, vous auriez dû identifier l'autre.

— Oh ! nous les avons tous mis de côté dans la maison ! Si cela vous intéresse d'y jeter un coup d'œil…

— Plus tard, oui. Pour l'instant, allons sur les lieux du drame.

Cette conversation avait eu lieu dans la petite pièce principale de l'humble villa du sergent Coventry, laquelle servait de commissariat de police. Une marche de huit cents mètres à travers la lande balayée par le vent et toute dorée par les fougères qui se fanaient nous mena devant une petite porte secondaire de la propriété de Thor. Une allée traversait la réserve de faisans. D'une clairière nous aperçûmes la grande maison, mi-Tudor mi-géorgienne, sur la crête de la colline. À côté de nous était situé l'étang, resserré en son milieu, là où l'enjambait, sur un pont, l'avenue qu'empruntaient les voitures. De chaque côté, il se divisait en petits lacs. Notre guide s'arrêta à l'entrée du pont et il désigna un endroit sur le sol.

— Voilà où était étendu le corps de Mrs Gibson. J'ai placé une pierre à l'endroit exact.

— Je crois que vous êtes arrivé avant que le corps ait été ramené au manoir ?

— Oui. On m'a tout de suite convoqué.

— Qui ?

— Mr Gibson. Dès que l'alarme a été donnée, il a accouru avec les autres, et il a insisté pour qu'il ne soit touché à rien avant l'arrivée de la police.

— Bonne idée ! J'ai lu dans la presse que le coup de feu avait été tiré de très près ?

— Oui, monsieur, de très près.

— Près de la tempe droite ?

— Juste derrière la tempe droite, monsieur.

— Comment le corps était-il placé ?

— Sur le dos, monsieur. Aucune trace de lutte. Pas d'empreintes. Pas d'arme. Le petit billet de miss Dunbar était coincé dans sa main gauche.

— Coincé ?

— Oui, monsieur. Nous avons eu du mal à desserrer les doigts.

— Ce fait est d'une grande importance ! Il exclut l'idée que quelqu'un aurait pu placer le billet dans la main de Mrs Gibson après sa mort afin de lancer les enquêteurs sur une fausse piste. Mon Dieu ! Le billet, si je me rappelle bien, était fort bref : « Je serai au pont de Thor à neuf heures. G. Dunbar. » Est-ce bien cela ?

— Oui, monsieur.

— Miss Dunbar a-t-elle reconnu l'avoir écrit ?

— Oui, monsieur.

— Quelle explication en a-t-elle donnée ?

— Aucune. Elle réserve sa défense pour les assises.

— Le problème est vraiment très intéressant ! Cette histoire de billet est bien obscure, n'est-ce pas ?

— Ma foi, monsieur, le billet m'a paru à moi, si je suis assez hardi pour le dire, le seul point tout à fait clair dans l'affaire.

Holmes secoua la tête.

— En admettant que le billet soit authentique et ait été bel et bien écrit par l'accusée, il a certainement été reçu quelque temps auparavant : disons une heure ou deux. Alors pourquoi cette dame le tenait-elle encore serré dans sa main gauche ? Pourquoi l'avait-elle si soigneusement emporté ? Au cours de l'entretien projeté avec la gouvernante, elle n'avait nul besoin de s'y référer. Cela ne vous semble-t-il pas bizarre ?

— De la façon dont vous exposez les choses, oui, en effet, monsieur !

— Je crois que j'aimerais bien m'asseoir tranquillement par ici et réfléchir quelques minutes, dit Holmes.

Il s'assit sur le rebord de pierre du pont. Je vis ses yeux gris et vifs interroger chaque direction. Soudain il sauta sur ses pieds, courut vers le parapet opposé, essuya la loupe qu'il avait tirée de sa poche, et inspecta la maçonnerie.

— Voici qui est curieux ! dit-il.

— Oui, monsieur. Nous avons vu l'éraflure sur le rebord. Je pense qu'elle a été faite par un passant.

La maçonnerie était grise, mais à ce seul endroit elle était blanche sur une surface grande comme une petite pièce de monnaie. En l'examinant de près, on pouvait observer que la pierre avait été écornée par un coup sec.

— Il a fallu de la force, et même de la violence, pour abîmer cette pierre ! murmura pensivement Holmes.

Avec sa canne, il cogna à plusieurs reprises sur le parapet sans laisser de traces.

— Un coup très violent ! reprit-il. Et à un endroit étrange, également. Un coup qui n'a pas été assené de dessus, mais de dessous, car la trace se trouve sur le bord inférieur du parapet.

— Mais au moins à cinq mètres du corps.

— Oui, à cinq mètres du corps. Peut-être cela n'a-t-il rien à voir avec l'affaire, mais le détail est à noter. Je ne crois pas que nous ayons à apprendre ici quelque chose de plus. Pas d'empreintes de pas, m'avez-vous dit ?

— Le sol était dur comme du fer, monsieur. Il n'y avait aucune empreinte.

— Alors nous pouvons partir. Nous monterons d'abord à la maison pour jeter un coup d'œil sur les armes dont vous m'avez parlé. Puis nous nous rendrons à Winchester. Je voudrais en effet voir miss Dunbar avant de poursuivre mon enquête.

Mr Gibson n'était pas encore rentré, mais nous trouvâmes au manoir le neurasthénique Mr Bates qui était venu nous voir le matin. Avec un soupir sinistre, il nous montra le formidable assortiment d'armes à feu de tous modèles et de toutes tailles qu'avait accumulées son patron tout au long de sa vie aventureuse.

— Mr Gibson a ses ennemis, ce qui n'étonnera pas ceux qui connaissent sa personne et ses méthodes, dit-il. Il dort avec un revolver chargé dans un tiroir à la tête de son lit. C'est un violent, monsieur, et en certaines occasions il nous a fait peur. Je suis sûr que la pauvre dame a été souvent terrorisée par lui.

— Avez-vous été une fois le témoin oculaire de ses violences à l'égard de sa femme ?

— Non, cela je ne peux pas le dire ! Mais j'ai entendu des mots qui valaient des actes : des mots de mépris glacial, coupant, même devant les domestiques.

— Notre millionnaire ne paraît pas brillant dans sa vie privée, observa Holmes quand nous nous dirigeâmes vers la gare. Eh bien ! Watson, nous avons réuni quantité de faits, dont certains tout à fait nouveaux, et pourtant je me trouve encore assez loin de ma conclusion ! En dépit des sentiments que voue Mr Bates à son maître, j'ai obtenu de lui l'assurance que lorsque l'alarme a été donnée, Gibson était incontestablement dans sa bibliothèque. Le dîner avait été servi à huit heures et demie et tout jusqu'alors avait été normal. Il est exact que l'alarme a été donnée assez tard dans la soirée, mais la tragédie s'est certainement déroulée à l'heure mentionnée dans le billet. Il n'y a aucune preuve que Mr Gibson soit sorti après être rentré de Londres à cinq heures. Par ailleurs, miss Dunbar reconnaît qu'elle avait fixé un rendez-vous à Mrs Gibson devant le pont. Cela mis à part, elle ne veut rien expliquer, comme le lui a conseillé son avocat, et elle se réserve pour les assises. Nous avons plusieurs questions capitales à poser à cette jeune fille, et je n'aurai pas l'esprit en repos avant de l'avoir vue. Je confesse que l'affaire se présente très défavorablement pour elle, sauf un point.

— Lequel, Holmes ?

— La découverte du revolver dans son armoire.

— Voyons, Holmes ! m'exclamai-je. À mon avis, c'est la preuve la plus concluante !

— Non, Watson. Ce point m'avait frappé tout de suite. Maintenant que j'examine l'affaire de plus près, je le considère comme l'unique base solide pour espérer. Nous avons le devoir de trouver du consistant. Quand il en manque, nous avons le devoir d'envisager une tromperie.

— Je vous suis mal.

— Voyons, Watson ! Supposez un instant que vous soyez cette femme qui, froidement, avec préméditation, entreprend de se débarrasser de sa rivale. Vous avez mûri votre plan. Vous avez écrit le billet. La victime est venue. Vous avez votre arme. Le crime est accompli. Me direz-vous qu'après avoir combiné et agi avec autant d'astuce et de précision, vous allez compromettre votre réputation de criminel en oubliant de jeter votre revolver dans l'un de ces petits lacs pleins de roseaux qui l'auraient englouti à jamais, et qu'au contraire vous auriez éprouvé le besoin de le rapporter chez vous, de le placer dans votre armoire qui est bien le premier endroit à fouiller ? Vos meilleurs amis, Watson, auraient du mal à vous prendre pour un homme capable de projets délibérés. Et pourtant je me refuse à croire que vous auriez fait quelque chose d'aussi stupide !

— Dans l'énervement du moment !...

— Non, Watson ! Ce n'est pas possible, croyez-moi ! Lorsqu'un crime a été froidement prémédité, les camouflages ne sont pas prémédités moins froidement. J'espère donc que nous nous trouvons en présence d'une grave erreur de conception.

— Mais il y a tellement de choses à expliquer !

— Eh bien ! nous allons essayer ! À partir du moment où vous changez de point de vue, tout ce qui était une lourde présomption devient un indice de vérité. Par exemple, le revolver. Selon notre nouvelle théorie, elle dit la vérité. Donc il a été placé dans son armoire. Qui l'y a placé ? Quelqu'un qui voulait lui faire endosser la responsabilité du crime. Ce quelqu'un n'est-il pas le vrai criminel ? Vous voyez comme ce raisonnement nous ouvre de nouveaux horizons !

Nous fûmes contraints de passer la nuit à Winchester, car toutes les formalités n'avaient pas été remplies. Mais le lendemain matin, en compagnie de Mr Joyce Cummings, avocat dont la réputation montait en flèche et qui devait assurer sa défense, nous fûmes autorisés à voir la jeune fille dans sa cellule. Je m'étais attendu, d'après tout ce qui m'avait été dit, à une fort jolie femme. Mais jamais je n'oublierai l'effet que miss Dunbar produisit sur moi. Il n'était pas étonnant que le millionnaire lui-même eût trouvé là un pouvoir supérieur au sien : pouvoir capable de le contrôler, de le guider. On avait aussi l'impression, en regardant ce visage ferme, net et pourtant sensible, que même si elle pouvait accomplir un acte impétueux, une noblesse innée de caractère la dirigeait constamment vers le bien. Elle était brune, grande, élancée. Elle nous en imposa. Mais dans ses yeux noirs luisait quelque chose qui ressemblait à l'expression de l'animal désespéré qui voit les filets se refermer sur lui et qui ne discerne pas le moyen de passer à travers. Quand elle comprit ce que signifiaient pour elle la présence et l'assistance de mon illustre ami, alors ses joues reprirent un peu de couleur et l'espoir se ralluma dans son regard.

— Mr Gibson vous a peut-être dit ce qui s'était passé entre nous ? demanda-t-elle d'une voix sourde, frémissante.

— Oui, répondit Holmes. Vous pouvez vous éviter un surcroît de chagrin avec ce chapitre de votre histoire. Après vous avoir vue, je suis disposé à tenir pour exactes les déclarations de Mr Gibson, en ce qui concerne à la fois l'influence que vous aviez sur lui et l'innocence de vos relations communes. Mais pourquoi toute cette situation n'a-t-elle pas été révélée à l'instruction ?

— Il me semblait incroyable qu'une accusation pareille pût être retenue. Je croyais que si nous attendions, toute l'affaire s'éclaircirait sans que nous fussions obligés d'entrer dans les détails pénibles de la vie privée de la famille. Mais je comprends à présent qu'au lieu de s'éclaircir, elle s'est au contraire aggravée.

— Ma chère demoiselle, s'écria Holmes, je vous supplie de ne vous faire aucune illusion sur ce point ! Mr Cummings qui est ici vous dira que toutes les cartes sont à présent contre nous, et que nous devons tenter l'impossible pour gagner. Prétendre que vous ne courez pas un grand danger serait vous tromper cruellement. Donnez-moi toute l'assistance en votre pouvoir pour que nous fassions éclater la vérité !

— Je ne vous cacherai rien !

— Alors parlez-nous de vos véritables relations avec la femme de Mr Gibson.

— Elle me détestait, monsieur Holmes ! Elle me détestait avec toute la violence de son tempérament tropical. C'était une femme qui ne faisait rien à demi. Elle aimait son mari autant qu'elle me détestait. Il est probable qu'elle s'est trompée sur la nature de nos relations. Je n'ai pas voulu lui nuire, mais elle aimait avec une telle intensité physique qu'elle ne pouvait guère comprendre le lien intellectuel, et même spirituel, qui attachait son mari à moi, ni imaginer que je ne désirais qu'exercer sur lui une bonne influence, et que c'était pour cela que je restais sous son toit. Je m'aperçois maintenant que j'ai eu tort de ne pas partir. Rien ne pouvait justifier ma présence là où j'étais une cause de malheur. Et cependant le malheur aurait certainement subsisté même si j'avais quitté la maison.

— Miss Dunbar, dit Holmes, je vous prierai maintenant de nous confier exactement ce qui s'est passé ce soir-là.

— Je puis vous dire la vérité pour autant qu'elle me soit connue, monsieur Holmes. Mais je suis dans l'impossibilité de prouver quoi que ce soit. Or il y a des faits, des faits essentiels, que je ne peux pas expliquer et à propos desquels je ne peux imaginer aucune explication.

— Si vous nous communiquez les faits, peut-être d'autres que vous en trouveront l'explication.

— En ce qui concerne, donc, ma présence au pont de Thor cette nuit-là, j'ai reçu le matin un billet de Mrs Gibson. Je l'ai trouvé sur la table de la salle d'étude, et c'est peut-être elle qui l'a déposé. Ce billet me suppliait de la voir après le dîner, m'informait qu'elle avait quelque chose d'important à me dire, et me priait de lui laisser ma réponse sur le cadran solaire du jardin, car elle désirait que notre entretien fût secret. Je ne voyais pas pourquoi elle désirait le secret, mais j'ai accepté le rendez-vous. Elle me demandait aussi de détruire sa lettre. Je l'ai brûlée dans la cheminée de la salle d'étude. Elle avait très peur de son mari, qui la traitait avec une rudesse que je lui ai souvent reprochée. J'ai donc pensé qu'elle agissait ainsi parce qu'elle ne souhaitait pas qu'il fût au courant de notre entretien.

— Et pourtant elle avait conservé soigneusement votre réponse ?

— Oui. J'ai été surprise d'apprendre qu'elle la tenait dans sa main quand elle mourut.

— Que se passa-t-il ?

— Je suis descendue comme je l'avais promis. Quand je suis arrivée au pont, elle m'attendait. Jamais je n'avais mesuré jusque-là le degré de haine que me vouait cette pauvre femme. Elle était comme folle… En vérité, je crois qu'elle était folle, folle avec cette puissance d'hypocrisie que peuvent avoir les déséquilibrés. Autrement, comment aurait-elle pu me rencontrer chaque jour avec une indifférence apparente tout en nourrissant contre moi une pareille haine dans son cœur ? Je ne répéterai pas ce qu'elle m'a dit. Elle a déversé toute sa fureur dans un torrent de mots horribles. Je n'ai même pas répliqué. Je ne l'aurais pas pu ! C'était terrible. Je me suis bouché les oreilles et je me suis enfuie. Quand je l'ai quittée, elle se tenait debout à l'entrée du pont et m'accablait encore de malédictions.

— Là où elle a été découverte ensuite ?

— À quelques mètres.

— Et cependant, en supposant qu'elle ait été tuée très peu de temps après votre départ, vous n'avez rien entendu ?

— Non. Mais vraiment, monsieur Holmes, j'étais si bouleversée et horrifiée par cette explosion que je n'ai eu qu'une idée : retrouver la paix de ma chambre. J'ai été incapable de remarquer quoi que ce soit.

— Vous dites que vous êtes retournée dans votre chambre. L'avez-vous quittée avant le lendemain matin ?

— Oui. Quand l'alarme a été donnée, quand le bruit s'est répandu que cette pauvre femme avait été tuée, alors j'ai couru avec les autres.

— Avez-vous vu Mr Gibson ?

— Oui. Il revenait du pont. Il avait envoyé des gens pour quérir le médecin et la police.

— Vous a-t-il semblé très troublé ?

— Mr Gibson est un homme fort, très maître de lui. Je ne crois pas qu'il soit capable de trahir grand-chose de ses émotions. Mais moi qui le connaissais bien, j'ai pu constater qu'il était profondément touché.

— Nous en venons maintenant au point le plus important. Ce revolver a été trouvé dans votre chambre. L'aviez-vous déjà vu ?

— Jamais, je le jure !

— Quand a-t-il été découvert ?

— Le lendemain matin, quand la police a commencé son enquête.

— Parmi vos affaires ?

— Oui. Sur le plancher de mon armoire, sous mes robes.

— Vous ne savez pas depuis combien de temps il avait été placé là ?

— Il n'y était pas la veille au matin.

— Comment le savez-vous ?

— Parce que j'avais nettoyé mon armoire.

— Cela ne souffre pas de discussion. Donc quelqu'un est entré dans votre chambre et a placé ce revolver afin de vous faire inculper.

— Sans doute.

— Et quand ?

— Il n'a pu le faire qu'à l'heure du repas, ou pendant les heures où je me trouvais dans la salle d'étude avec les enfants.

— Là où vous étiez quand vous avez reçu le billet ?

— Oui. J'y suis restée pendant toute la matinée.

— Merci, miss Dunbar. Voyez-vous autre chose qui pourrait m'aider dans mes recherches ?

— Non. Je ne vois rien.

— J'ai relevé la marque d'un coup violent sur la maçonnerie du pont. Une trace toute fraîche. Une éraflure juste en face du corps. Vous ne voyez aucune explication possible là-dessus ?

— Ce doit être une coïncidence.

— Elle est étrange, miss Dunbar, très étrange ! Pourquoi cette trace au moment de la tragédie, et pourquoi précisément à cet endroit ?

— Mais comment a-t-elle pu être faite ? Il aurait fallu un choc d'une extrême violence !

Holmes ne répondit pas. Son visage aigu et pâle avait brusquement revêtu cette expression lointaine, tendue que je connaissais bien pour l'avoir toujours vue dans ses moments d'inspiration géniale. Sa transformation indiquait un tel travail dans son esprit que personne n'osa l'interrompre et que tous, avocat, prisonnière et moi-même, nous demeurâmes assis à le regarder. Tout à coup il bondit de sa chaise, frémissant d'une énergie passionnée et dévoré du besoin d'agir.

— Venez, Watson, venez ! s'écria-t-il.

— Qu'y a-t-il, monsieur Holmes ?

— Ne vous inquiétez pas, chère mademoiselle ! Vous aurez de mes nouvelles, monsieur Cummings. Avec l'aide du Dieu de justice, je vous remettrai un dossier qui fera du bruit en Angleterre ! Vous aurez demain de mes nouvelles, miss Dunbar, et jusque-là, croyez-en ma parole : les nuages se dissipent. J'ai tout lieu d'espérer que la lumière de la vérité va les transpercer !

Le voyage n'était pas long de Winchester à Thor, mais il parut interminable à mon impatience, comme à celle de Holmes. Dans son agitation, il était incapable de rester calme. Il arpentait le compartiment, où il tambourinait des doigts contre les coussins. Toutefois, alors que nous approchions du lieu de notre destination, il s'assit en face de moi – notre compartiment de première classe ne contenait pas d'autres voyageurs – et, posant une main sur chacun de mes genoux, il plongea dans mes yeux un regard spécialement malicieux qui était l'une des caractéristiques de son humeur espiègle.

— Watson, me dit-il, il me semble me rappeler que vous êtes toujours armé quand nous partons en promenade ?

Il était bien heureux qu'il en fût ainsi ! Car il se souciait si peu de sa propre sécurité quand son esprit l'absorbait dans un problème que plus d'une fois mon revolver s'était avéré un ami sûr. Je ne me gênai nullement pour le lui rappeler.

— Oui, oui ! Je suis légèrement distrait pour ces sortes d'affaires. Mais vous avez bien un revolver sur vous ?

Je le tirai de ma poche : c'était une arme courte, maniable, petite, mais très utile. Il mit le cran de sûreté, fit tomber les cartouches et l'examina avec soin.

— Il est lourd ! Bien lourd ! fit-il.

— Oui, mais c'est un joli joujou !

Il rêvassa quelques instants.

— Savez-vous, Watson ? Je crois que votre revolver va avoir un rapport très étroit avec le mystère que nous nous efforçons d'élucider.

— Holmes ! Vous plaisantez !

— Non, Watson, je suis très sérieux. Un test s'offre à nous. Si le test se vérifie, tout s'éclaircira. Or le test dépend du comportement de cette petite arme. Mettons de côté une cartouche. Replaçons les cinq autres et n'oublions pas le cran de sûreté. Voilà !

Je n'avais aucune idée de ce qu'il avait en tête, et il se garda bien de me renseigner. Il se plongea dans ses réflexions jusqu'à notre arrivée à la petite gare du Hampshire. Nous louâmes une vieille guimbarde. Un quart d'heure plus tard, nous étions rendus chez notre ami discret, le sergent.

— Un nouvel indice, monsieur Holmes ?

— Tout dépend du comportement du revolver du Dr Watson, répondit mon ami. Le voici. Maintenant, pouvez-vous me donner dix mètres de ficelle ?

Le bazar du village nous vendit la quantité souhaitée.

— Je crois que nous avons ce qu'il nous faut, dit Holmes. Si vous le voulez bien, en route pour ce qui sera, je l'espère, la dernière étape de notre voyage.

Le soleil déclinait et transformait la lande ondulée du Hampshire en un magnifique paysage d'automne. Le sergent, dont les regards critiques et incrédules en disaient long sur ses doutes quant à l'équilibre mental de mon ami, marchait à côté de nous. Quand nous nous approchâmes de la scène du crime, je constatai que, sous son habituelle froideur, mon ami était réellement nerveux.

— Oui, me dit-il en réponse à la remarque que je lui en fis, vous m'avez déjà vu manquer le but, Watson. J'ai un instinct pour ce genre de choses. Et cependant il m'a parfois joué des tours. J'ai eu dans la cellule de Winchester la révélation d'une certitude. Mais l'esprit agile a un inconvénient : c'est qu'il peut toujours concevoir des explications diverses qui rendraient cette certitude tout à fait illusoire. Et pourtant… pourtant ! Ma foi, Watson, nous ne pouvons qu'essayer.

Tout en marchant, il avait solidement attaché une extrémité de la ficelle à la crosse du revolver. Nous arrivions à présent devant le pont. Avec de grandes précautions, il marqua sur le sol, sous les directives du policier, l'endroit exact où avait été étendu le cadavre. Puis il fouilla la bruyère et les fougères jusqu'à ce qu'il eût trouvé une grosse pierre. Il attacha cette pierre à l'autre extrémité de la ficelle, et il la suspendit par-dessus le parapet du pont de façon qu'elle se balançât librement au-dessus de l'eau. Il se tint alors à la place du corps de Mrs Gibson, à quelque distance du bout du pont, mon revolver à la main, la ficelle étant tendue entre l'arme et la lourde pierre.

— Allons-y ! cria-t-il.

À ces mots il leva son revolver à hauteur de sa tête, puis le lâcha. En une seconde, le revolver avait été entraîné par le poids de la pierre, avait heurté le parapet avec un bruit sec et avait été projeté pardessus pour tomber dans l'eau. À peine avait-il quitté la main de Holmes que celui-ci courait s'agenouiller à côté de la maçonnerie du pont : un cri de joie nous avertit qu'il avait découvert ce qu'il cherchait.

— Y a-t-il jamais eu démonstration plus parfaite ? s'exclama-t-il. Vous voyez, Watson, votre revolver a résolu le problème !

Tout en parlant, il me désigna une deuxième éraflure exactement de la même taille et de la même forme que la première.

— Nous coucherons à l'auberge cette nuit ! reprit-il en regardant le sergent ahuri. Vous avez bien une épuisette avec laquelle vous récupérerez le revolver de mon ami ? Vous trouverez également à côté le revolver, la ficelle et le poids avec lesquels cette femme vindicative a tenté de déguiser son suicide et d'accabler une innocente d'une inculpation de meurtre. Vous ferez savoir à Mr Gibson que je le verrai dans la matinée, quand le nécessaire aura été fait pour la défense de miss Dunbar.

Tard dans la soirée, tandis que nous fumions paisiblement nos pipes à l'auberge du village, Holmes me donna un résumé de ce qui s'était passé.

— Je crains, Watson, que vous n'ajoutiez rien à la réputation que j'ai pu acquérir en ajoutant l'affaire de Thor à vos archives. J'ai eu l'esprit paresseux et j'ai manqué de ce mélange d'imagination et de réalisme qui est la base de mon art. J'avoue que l'éraflure sur la maçonnerie du pont était un indice suffisant pour me suggérer la vraie solution, et je me reproche de ne pas l'avoir entrevue plus tôt.

» Je conviens que le travail mental de cette malheureuse femme a été subtil et profond. Il était donc assez difficile de le deviner. Je ne crois pas que dans nos aventures nous ayons jamais rencontré un exemple plus étrange de ce que peut produire l'amour déçu. Que miss Dunbar fût sa rivale sur le plan physique ou sur le plan purement intellectuel, ces deux rivalités lui semblaient également impardonnables. Sans aucun doute rendait-elle cette innocente jeune fille responsable de tous les gestes discourtois et des grossièretés par lesquels son mari essayait de rebuter son amour. Elle résolut donc : 1° de mettre un terme à sa propre vie, 2° de le faire d'une manière qui pût enchaîner sa victime à un destin bien pire qu'une mort brutale.

» Nous pouvons suivre les étapes avec netteté, et elles montrent un étonnant esprit de finesse. Très habilement, la rédaction d'un billet fut imposée à miss Dunbar. Ce billet faisait apparaître clairement que c'était la gouvernante qui avait choisi la scène du drame. Tenant absolument à ce que ce billet fût découvert, elle exagéra en le gardant dans sa main jusqu'à la fin. Cela seul aurait dû éveiller plus tôt mes soupçons.

» Puis elle s'empara de l'un des revolvers de son mari. Vous savez que la maison était un véritable arsenal. Elle le prit pour se tuer. Elle en dissimula un autre, exactement le même, pendant la matinée dans l'armoire de miss Dunbar après avoir brûlé une cartouche, ce qu'elle pouvait faire dans les bois sans attirer l'attention. Puis elle se rendit au pont où elle inventa cette méthode très ingénieuse pour se débarrasser de son arme. Quand miss Dunbar apparut, elle utilisa ses derniers souffles à expulser toute sa haine et puis, lorsque la gouvernante ne put plus l'entendre, elle exécuta son horrible dessein. Chaque maillon est à présent en place et la chaîne est complète. Les journaux pourront déplorer que l'étang n'ait pas été immédiatement dragué, mais il est toujours facile d'être malin après coup, et d'ailleurs un étang aussi étendu et aussi encombré de roseaux n'est pas d'un curage facile tant que l'on ne sait pas ce que l'on recherche exactement et où le rechercher… Eh bien ! Watson, nous avons assisté une femme remarquable, ainsi qu'un homme formidable ! Si dans l'avenir ils unissent leurs forces, comme c'est probable, le monde de la finance s'apercevra peut-être que Mr Neil Gibson a appris quelque chose dans cette école du chagrin où nous sont enseignées nos leçons d'ici-bas.

Frederick Irving Anderson

La Chambre de la mort

(1922)

Pratiquement inconnu en France, l'Américain Frederick Irving Anderson (1877-1947), né dans l'Illinois et mort à la Jamaïque, fut l'un des plus brillants auteurs d'histoires criminelles de son époque, surtout connu pour sa création de l'Infaillible Godahl, un maître voleur, pendant américain du Raffles britannique et du Français Arsène Lupin. Comme ce dernier, Godahl est un aventurier de charme audacieux, sentimental et plein de ressources. Les récits de F. I. Anderson ont toujours été considérés dans son pays natal comme d'excellents exercices d'intelligence, à la fois originaux sur le plan de l'inspiration et brillants sur le plan du style.
À vous d'en juger avec La Chambre de la mort, *étrange récit qui se rattache au fantastique en exploitant le thème ô combien fascinant de la hantise.*

*

La pendule ancienne égrena neuf coups. Grinder, le grand épagneul, s'ébroua près de la cheminée et releva soudain la tête, fixant sur son maître un regard aigu. Belden, le bâtisseur de ponts, jouait aux échecs avec son ami Armiston. Les deux hommes, vêtus à la diable et les joues couvertes d'une barbe de trois jours, continuaient de jouer sans se soucier de l'attitude inquiète du chien. Seuls le tic-tac monotone de la pendule et les craquements des bûches dans l'âtre troublaient le silence. Grinder se dressa sur ses pattes.

Il sentait quelque chose d'anormal. Quelque chose qui approchait. Il vint tout près de son maître et tendit le cou, attentif aux bruits environnants. Il frotta sa truffe contre le poignet de son maître ; ce dernier le caressa d'un geste distrait. Grinder ne pouvait comprendre que ces deux humains puissent rester assis à rêver dans de telles circonstances.

Belden devait partir pour l'Amérique du Sud afin de construire un pont. Auparavant, il était venu se réfugier dans cette demeure ancestrale pour méditer dans la solitude. Oliver Armiston, autrefois auteur de romans policiers à succès, s'était invité en disant qu'il se chargerait de la cuisine et du ménage.

La vieille bâtisse était loin de connaître l'animation qu'elle avait eue autrefois. La diligence gravissant la rue s'annonçait par un coup de corne triomphant. La vieille enseigne qui pendait encore à la façade lançait ses lamentations rythmiques. Palefreniers et servantes accouraient. Les quatre chevaux qui tiraient le coche de Hartford à Albany s'arrêtaient à la barrière ; les dames entraient dans un froufrou soyeux et les messieurs s'accoudaient au comptoir pour lamper un whisky et discuter des dernières nouvelles. Mais il y avait bien longtemps que tout ceci ne s'était plus produit. L'enseigne représentant trois corneilles grinçait toujours, mais les mineurs avaient disparu et la route ne montait même plus jusque-là : seul le lit d'un torrent desséché permettait d'accéder à l'ancienne hôtellerie.

— Échec à la reine ! lança Belden.

Grinder alla à la porte et pointa son museau à ras du sol. Il poussa un grognement. Belden se leva pour laisser le chien sortir. Il faisait un temps épouvantable, cette nuit-là. La bruine gelait sur le sol à mesure qu'elle tombait. Belden scruta les ténèbres.

— On dirait un moteur, dit-il, intrigué.

On eût dit que des ailes immenses frémissaient dans la nuit. Soudain deux lueurs fantomatiques apparurent : les phares d'une voiture. Le véhicule avançait lentement, comme en tâtonnant. Il atteignit la barrière et poursuivit sa route.

Le chien aboya. Mais la voiture roulait toujours. Belden courut jusqu'au-dessous de l'enseigne et tira une chaîne. Un tintement sinistre retentit dans la nuit. Le véhicule s'arrêta et recula lentement jusqu'à la barrière.

— Hé là ! cria une voix. Où mène ce chemin ?

— Nulle part, répondit Belden. Vous ne pouvez aller plus loin. Vous auriez dû suivre la rivière. Comment avez-vous pu venir jusqu'ici ?

— Dieu seul le sait, répondit la voix.

Un faisceau lumineux enveloppa Belden et le chien, debout sous la vieille enseigne. Puis la torche électrique monta et les trois corneilles qui ornaient la plaque de métal rouillé apparurent.

— Oh ! Une auberge ! s'exclama le conducteur. Quelle aubaine !

— Ce n'est plus une auberge. Vous ne trouverez pas à vous loger ici, répliqua Belden.

— Je regrette. Il y a bien une enseigne, n'est-ce pas ?

La voix devint soudain agressive.

— Cette enseigne date de cent cinquante ans, rétorqua Belden.

— Lisez Blackstone, dit la voix. Il a réglé ce genre d'histoire à peu près à l'époque où cette plaque a été accrochée. Ses conclusions font encore autorité en la matière. De toute manière je n'ai pas l'intention de redescendre dans la vallée avant demain matin.

— Je ne ferai pas un mètre de plus, dit une voix de femme, de l'intérieur de la voiture.

Belden eut un haut-le-corps. Il allait falloir se résigner. Oliver parut avec la lanterne.

— Ils se figurent qu'ils sont devant une auberge, lui murmura Belden. Laissons-leur leurs illusions.

Il aida le conducteur à manœuvrer pour entrer la voiture dans la remise. Deux vagues silhouettes emmitouflées dans des fourrures apparurent.

— Vous trouverez deux valises dans le coffre, dit l'homme.

— J'en prends une. Chargez-vous de l'autre.

Il posa son fardeau sur le carrelage de la cuisine et sortit chercher du bois. Quand il revint, l'homme retirait ses gants, debout devant le feu. La femme caressait l'épagneul, accroupie auprès de lui. Elle se releva en riant et laissa sa cape de fourrure glisser le long de ses épaules, révélant une silhouette d'une grande élégance.

Ses cheveux étaient d'une blancheur prématurée. De fines gouttelettes de pluie scintillaient au sommet des mèches. Son visage rond et rosé comme celui d'un enfant exprimait une grande vivacité.

Elle fit, d'un coup d'œil, l'inventaire de la pièce.

— Merveilleux ! s'écria-t-elle.

Et elle battit des mains avec frénésie. À la lueur des bûches qui se consumaient dans l'âtre et des bougies qui brillaient dans les chandeliers, la grande salle était particulièrement accueillante. Elle aperçut le comptoir et s'en approcha.

— Et ceci, c'est le registre ? demanda-t-elle gaiement en découvrant un vieux livre attaché par une chaîne. Faut-il que nous y consignions notre nom ?

— La loi l'exige, madame, dit Belden en ouvrant le livre à la dernière page.

Il prit une plume d'oie dans un tiroir. La femme eut un rire charmé quand il la lui tendit.

— Qui donc est venu ici pour la dernière fois ?

Elle Iut : « Jonathan Croydon, sa femme et deux domestiques dont un affranchi. Jeudi 17 mai 1854. » Elle inspira longuement.

— 1854 ! dit-elle. Et maintenant c'est moi !

Puis, les yeux brillants, elle écrivit, en caractères élégants, essayant d'imiter la calligraphie du lointain Jonathan Croydon.

— Les affaires n'ont pas très bien marché, ces dernières années, dit Belden sans rire à l'homme qui examinait maintenant la page du registre.

La femme se tourna vers son compagnon et dit :

— N'est-ce pas romantique ? Notre arrivée dans ces lieux par une nuit pareille.

À l'adresse de Belden, elle reprit :

— Je me demande comment Jonathan Croydon a pu venir jusqu'ici avec sa femme et ses deux domestiques.

— Avec sa voiture. Tirée par quatre chevaux, madame.

— Oui, quatre chevaux, dit-elle. Et nous aussi nous sommes venus en voiture. Avec combien de chevaux, Angus ? Quarante ?

— Quatre-vingts, je crois, dit l'homme.

Elle s'écria avec emphase :

— Une nuit pareille ! Avec des brigands sur la grand-route ! (Un sourire effleura ses lèvres.) Le propriétaire n'était pas très gentil. Il voulait se débarrasser de nous. Mais… nous ne nous sommes pas laissé faire.

Elle lança à son compagnon un clin d'œil complice :

— Ah ! ça, l'homme ! Pourquoi avez-vous cette enseigne ? Ne savez-vous point que Blackstone a dit que quiconque mettait une telle enseigne devant sa porte était tenu de fournir le logement et la nourriture à qui les lui demanderait ?

— J'ai bien peur que nous ayons commis quelque méprise, dit l'homme d'un air contrit.

— Mon père n'a jamais refusé de recevoir qui que ce soit en cependant cinquante ans, dit Belden. Je ne pouvais pas le renier par une nuit pareille. Avez-vous dîné ?

— Oh oui, dit l'homme.

C'est alors que pour la première fois il remarqua l'échiquier posé sur le guéridon. Il s'en approcha et s'assit devant.

— Ah ! Le coup de Philidor, hein ? dit-il. Plutôt archaïque.

— Nous étions en train d'essayer…

— Continuez, dit l'homme. Cela m'intéresse.

— Je peux jeter un coup d'œil sur la maison ? demanda la femme.

— Mais où sommes-nous donc ? demanda l'homme soudain.

— Ne nous le dites pas, s'exclama-t-elle en posant sa main sur les lèvres de son compagnon. Nous ne voulons pas le savoir.

Les trois hommes s'absorbèrent dans un silence total. Les hauts talons de la femme martelèrent un moment le plancher en bois d'érable de la salle, tandis qu'elle allait d'un sujet d'admiration à un autre. Le silence était si profond que les trois hommes sursautèrent lorsqu'elle demanda :

— Puis-je jeter un coup d'œil là-haut ?

— Mais, ma chérie, protesta l'homme.

— Je vais vous donner une bougie, dit Belden.

Quand elle redescendit, la partie était terminée. Les trois hommes bavardaient tranquillement devant le feu. Une sorte d'intimité s'était établie entre eux. On se serait cru dans le salon d'un club.

— Y a-t-il un fantôme ? demanda la femme en s'asseyant près de Grinder.

— Je crois qu'il y a un cheval.

Les deux étrangers s'exclamèrent ensemble :

— Un cheval ?

— Oui, un cheval.

— Mais comment se fait-il ? Les fantômes sont les résidus de l'âme. Un cheval n'a pas d'âme.

— Je ne suis pas très au courant de ces choses, dit Belden.

— Toujours est-il que ce cheval vient paître sur la pelouse la nuit. Et il piaffe. Il y a un mort attaché à ses sabots.

Un volet cogna violemment le mur. Tous sursautèrent puis éclatèrent de rire.

— Nous ne racontons pas souvent certains épisodes de l'histoire de notre famille, expliqua Belden. Cette maison et ses dépendances ont, paraît-il, été gagnées au cours d'une partie de cartes, à l'aide d'un miroir, à quelque pauvre diable par un de mes distingués ancêtres. Ils étaient deux d'ailleurs. C'est la femme qui tenait le miroir.

— Et la victime n'a pas cherché à se venger ? demanda la femme d'une voix à peine perceptible.

— Si. Le malheureux a volé un cheval dans l'écurie – l'un de ses chevaux qu'il avait perdus au cours de la partie. Il avait tout perdu. Il s'est attaché très solidement aux sabots de la bête et il s'est fait sauter la cervelle. Et le cheval est rentré au galop jusqu'à la maison. On l'a entendu piaffer toute la nuit. Le lendemain matin, ils ont retrouvé le mort.

— Je vois.

Elle caressait la tête de Grinder.

— Angus, dit-elle à mi-voix.

— Oui, ma chérie.

— C'est l'endroit que je cherchais.

— Voyons, ma chérie, je t'en prie…

— Absolument, dit-elle en levant la gueule de Grinder et en plongeant son regard dans celui de la bête. J'en ai eu la conviction dès que je suis entrée dans cette pièce.

— Ma chérie, je t'en supplie. Nous sommes venus importuner ces messieurs et ils ont été d'une parfaite obligeance à notre égard.

Il se tourna vers Belden comme pour lui demander d'avoir quelque indulgence pour un enfant capricieux.

— Cette dame, ajouta-t-il avec une emphase non dénuée d'ironie, est sujette à des fantaisies subites. Et, quand quelque chose lui plaît, il le lui faut immédiatement. J'ai bien l'impression qu'elle s'est entichée de votre demeure ancestrale, monsieur, je vous avertis.

— Je n'ai jamais vu une pareille maison, murmura-t-elle. Votre famille en a toujours eu la propriété ?

— Depuis 1789, depuis que cette dame a manié le miroir avec un tel bonheur.

Belden l'observait étroitement.

— Et tous ces objets ?

— Ils sont venus ici petit à petit. Mais il n'y en a pas eu de nouveaux depuis soixante-dix ans. Voyez-vous, la route a disparu. Il n'y a plus que le vide devant notre porte.

— Je veux cette maison. Telle qu'elle est.

Ses yeux brillaient d'un éclat fiévreux.

— C'est trop fort ! s'exclama l'homme en se levant, sans chercher à dissimuler son irritation.

— Et je veux qu'on ne change rien. Pas même les cendres dans l'âtre.

— Et le fantôme ? demanda Belden.

— Le fantôme, je le veux aussi.

— Avez-vous vu la chambre rose ? À l'autre angle ? demanda Belden en montrant le plafond.

— Celle où il y a un grand lit à baldaquin ?

— Oui. Voilà encore quelque chose dont on ne parle guère dans notre famille. Et qui pourrait bien refroidir votre enthousiasme. Personne n'ose aller y dormir. Plusieurs ont essayé ; ils se sont réveillés morts le lendemain matin.

— Angus ! Angus ! s'exclama-t-elle d'une voix extasiée.

Elle se leva d'un bond et entoura de ses deux bras le cou de son compagnon. D'un geste boudeur, il tenta de se dégager, mais sans succès.

— Tu te rends compte. Il y a tout ce que je cherchais. Un cheval fantôme et une chambre de mort. Et cette pièce ! Je veux tout cela pour moi ! Je m'en suis tout de suite doutée en entrant.

Elle se tourna vers Belden.

— Quel est votre prix ? Je la veux tout de suite. Sans délai.

Le visage de l'homme se contorsionna en une grimace.

— Voilà qui va terminer curieusement une soirée pourtant prometteuse, dit-il d'une voix brève. Je ne sais pas votre nom, monsieur, ni le vôtre, ajouta-t-il en se tournant vers Oliver. Vous ne m'avez pas demandé le mien. Aussi bizarre que cela puisse paraître, j'ignore totalement si je me trouve dans l'État de New York, dans le Connecticut ou dans le Massachusetts. Tout ce que je sais, c'est qu'après m'être montré d'une incorrection gratuite, je suis l'invité d'un hôte des plus charmants.

Il se tourna vers la femme.

— Et voilà que vous lui demandez de quitter ces lieux, ajouta-t-il avec amertume.

Elle éclata d'un rire léger.

— Tu ne sais pas où tu es ? Que pourrais-tu souhaiter de mieux ? dit-elle.

Il y eut un silence tendu. Oliver lança un regard inquisiteur à Belden.

— Vous accepteriez vraiment de lui céder cette demeure ? demanda l'homme. Excusez-moi, mais ceci me paraît un véritable sacrilège.

— Bien au contraire. Je serais trop content de m'en débarrasser. Elle est trop pleine de souvenirs gênants. Sa valeur véritable est très faible. Il y a cent hectares de terrain inculte. Quant à la maison, elle est pratiquement abandonnée, comme vous pouvez le voir. Il est presque impossible d'y accéder. Vous avez eu de la chance de pouvoir monter jusque-là ce soir. La prochaine fois, vous risquez fort de vous casser le cou. Non, voyez-vous, tous ces objets, ajouta Belden en balayant l'espace d'un geste de la main, ne sont que des antiquités de pacotille. Pour d'autres, ils pourraient avoir une valeur sentimentale. Pas pour moi ! Je n'ai jamais aimé cette maison… Et puis il y a quelque chose, là-haut, dans la chambre rose… Je ne sais pas quoi, mais c'est dangereux, je vous préviens.

La femme aspira l'air, les narines dilatées.

— Dix mille dollars comptant ?

— C'est beaucoup trop. Il vous faudra cette somme pour construire la route.

— Pour moi, ça me va, dit l'homme d'une voix brève.

— Ah ! s'écria la femme en tombant à genoux sur le tapis devant l'âtre.

Elle saisit Grinder par le cou. Belden se leva et alla à l'écritoire. Il écrivit en disant tout haut, au fur et à mesure :

— Pour la somme d'un dollar, je reconnais avoir accordé l'option sur la vente de l'auberge des Trois Corneilles et des terrains avoisinants, sis sur le territoire de…

— Non ! je vous en prie, s'écria la femme d'une voix impérieuse. Nous ne désirons pas savoir où cette maison est située.

— Dans la ville, le comté et l'État de… Je laisse un blanc, poursuivit Belden d'un ton impassible. « À monsieur » qui, au fait ? Je ne puis vendre une maison située nulle part à une personne qui n'a pas de nom.

Du regard, la femme interrogea l'homme. Un silence plana dans la pièce. Belden alla jusqu'au registre et lut à haute voix l'inscription qu'elle y avait laissée : « Agnes Witcherley et son mari. Tous deux libres. »

— Mettez cela au nom d'Agnes, dit-elle.

Belden retourna s'asseoir à son bureau.

— À Agnes Witcherley, de la ville et l'État de… un autre blanc ? (Elle acquiesça d'un bref signe de tête.) Avec le contenu des habitations, granges et dépendances, y compris les cendres de l'âtre. Et il a été convenu en outre que ladite Agnes Witcherley fera parvenir à la banque Newsboy's Home de New York la somme de dix mille dollars dans moins de trente jours. Signé Webster Belden.

— Webster Belden ? dit l'homme en se tournant légèrement sur sa chaise.

— Webster Belden, répéta Belden. « Était témoin Oliver. » Vous signez aussi, madame. Merci. Voulez-vous lire ce papier, monsieur ?

L'homme parcourut le document, le posa sur la cheminée et tendit une pièce d'un dollar à Belden. Il y eut un silence embarrassé. L'atmosphère avait subi une transformation étonnante. L'homme frissonna ; il jeta quelques bûches dans le feu. Il s'efforça de prendre un ton léger pour lancer :

— Je suppose que j'en ai le droit, maintenant, puisque cette maison m'appartient. Enfin, elle est à Agnes.

La femme se mit à fredonner et elle monta l'escalier en tenant une bougie au-dessus de sa tête. Ils l'entendirent fourrager au premier. Elle redescendit au bout d'un moment, portant deux valises qu'elle laissa tomber à terre. Elle se rendit dans le vestibule et en revint avec un manteau de fourrure.

— C'est bien votre manteau, monsieur Belden ? demanda-t-elle d'une voix suave.

— En effet, madame.

— Voulez-vous que je vous aide à le passer ?

— Voyons, ma chérie, tu vas tout de même un peu loin ! s'écria son compagnon.

— Vous me comprenez, n'est-ce pas ? dit-elle en se tournant en direction de Belden.

— Parfaitement, répliqua-t-il en lui prenant le manteau.

Elle retourna dans le vestibule et revint avec le pardessus d'Oliver.

— Je ne sais pas où sont vos chapeaux. J'ai emballé vos affaires dans les valises. Tout ce qui était dans votre chambre. Il n'y avait rien d'autre, n'est-ce pas ?

— Mais tu ne peux pas les mettre à la porte ainsi !

— Cette maison m'appartient. Elle est à moi, rétorqua-t-elle.

Elle ouvrit la porte.

— La lune est revenue. Il gèle. Je suis certaine que cela vous fera du bien de marcher, messieurs. Merci.

Une rafale d'un vent glacial s'engouffra dans la pièce faisant voler les cendres du foyer en un tourbillon fantastique. Grinder attendait, les oreilles dressées. Les deux hommes franchirent le seuil.

— Un jeune garçon du village viendra de bonne heure demain matin pour nettoyer le fourneau et faire du feu, dit Belden.

Quand la porte se fut refermée derrière eux, Belden releva le col de son manteau et dit à Oliver :

— Je n'ai jamais vu une femme aussi décidée.

Quatre jours plus tard, Belden pénétrait dans le bureau d'Armiston.

— Tiens ! s'exclama Oliver, je te croyais parti pour Antofagasta.

— Non, je suis encore là, dit Belden en jetant un coup d'œil inquisiteur en direction du visiteur d'Armiston.

Ce dernier se trémoussa sur sa chaise d'un air gêné.

C'était Parr, l'inspecteur de police. Belden s'assit.

— Qu'est-ce qui ne va pas ? demanda Oliver.

— Les fonds sont en baisse, grommela Belden.

Avec un sourire gêné il ajouta :

— Pourrais-tu me procurer deux millions ?

— C'est à ce point-là ?

— Pire encore. As-tu vu les cours de Bourse ce matin ?

— Mon cher ami, dit Oliver d'un ton doucement réprobateur, je ne boursicote pas. Je me contente d'investir. Seuls les cours de l'après-midi m'intéressent.

— Ça a encore baissé, dit Belden d'une voix morne. Je ne sais pas ce qui se passe. Personne n'a l'air au courant. Sans doute une grosse légume qui a eu mal aux dents. Moi, je dois construire un pont, une voie ferrée et une usine. Il me faut des fonds. Ils m'ont dit : « Attendez un peu, les cours sont bas. » Je ne puis attendre. Je ne le leur ai pas caché. Ils m'ont dit alors d'aller voir Winchester.

Armiston et Parr tendirent l'oreille. Ils échangèrent un regard.

— Winchester, expliqua Belden, c'est le grand manitou. Rien d'important ne peut se faire sans sa permission.

— Et vous l'avez vu ? demanda Parr.

— J'y suis allé, comme un imbécile, dit Belden. Il n'y avait personne.

— Que vous a-t-on raconté ?

— Il paraît qu'il est en conférence à Kalamazoo, ou à Kamchatka. Vous savez si on peut se fier aux dires de ces employés constipés ! Mais moi, j'ai un délai à respecter. Il me faut de l'argent. Il faut que je retrouve Winchester.

— Moi aussi, remarqua l'inspecteur de police d'une voix neutre.

— Pardon ? demanda Belden.

Armiston pouffa de rire.

— Je n'aime pas beaucoup faire appel aux coïncidences dans mes romans, dit-il, mais il faut reconnaître qu'il s'en produit parfois de bien singulières dans la vie réelle. N'est-ce pas, Parr ? (Il lança un regard entendu au vieux limier.) Il semble qu'un certain nombre de gentlemen respectables soient venus rendre visite hier soir à Parr. Ils avaient une mission secrète à lui confier. Ils lui ont expliqué qu'un certain magnat de la finance avait tout envoyé promener, ses biens, sa femme et ses enfants à Coronado, pour disparaître en compagnie d'une charmante personne avec laquelle il file le parfait amour.

— Winchester ? s'exclama Belden.

Oliver acquiesça d'un signe de tête.

— Ils voudraient bien qu'il revienne. Non pour sauver son âme, ils n'en ont cure, mais pour se sauver eux-mêmes.

Belden étouffa un juron. Il lui semblait incroyable qu'une entreprise nécessitant des millions de dollars et le concours de milliers de travailleurs soit ainsi suspendue au bon vouloir d'un seul être tout-puissant.

— Le reconnaîtriez-vous si vous le voyiez ? demanda Parr.

Belden fit non de la tête et Parr sortit une photographie de sa poche.

— Grands dieux ! s'écrièrent Belden et Oliver à l'unisson en bondissant sur leurs pieds.

— Vous le reconnaissez donc ! s'étonna Parr.

— Si je le reconnais ! rugit Belden, tous ses muscles galvanisés par la volonté d'agir. Si je le reconnais ! N'a-t-il pas laissé son amie me jeter à la porte de chez moi il y a quatre jours ! (Il saisit sa canne et son chapeau.) Il va me reconnaître moi aussi, n'ayez pas peur !

Un chien hurlait longuement. Ils venaient de parvenir au faîte de la colline.

— On dirait Grinder ! s'exclama Oliver d'une voix étonnée.

Belden et Armiston se précipitèrent en avant. Parr leur emboîta le pas.

— C'est bien Grinder. Là, près de cette fenêtre.

Ils accélérèrent l'allure.

Devant la porte de la cuisine s'entassaient des provisions apportées par le jeune livreur du village voisin. Le garçon avait glissé un billet sous la porte ; « Cher Monsieur. Les œufs et le lait sont dans le cellier. J'ai allumé le feu. J'ai vu un rat. J'ai mis la ratière. »

— Ils ont pris la poudre d'escampette, n'est-ce pas ? dit Parr d'une voix sarcastique.

Belden se précipita vers la remise. La voiture n'avait pas bougé. Il leva les yeux vers les cheminées. Aucune trace de fumée.

Oliver et lui joignirent leurs efforts pour faire céder le lourd ventail. La porte céda avec un craquement sinistre. La pièce n'avait pas changé depuis leur départ. Le manteau de vison de la femme et sa toque étaient posés sur un divan ; l'échiquier était sur le guéridon, devant l'âtre. Le feu ne brûlait plus. Les cendres refroidies emplissaient la grille. La gorge bizarrement nouée, Belden s'en fut vers l'escalier. Ses compagnons le suivirent. Il ne se décida à aller dans la chambre rose qu'après avoir constaté que les autres étaient vides.

— Cette sacrée bonne femme ! grommela Belden, l'esprit plein de visions d'horreur.

Il ouvrit la porte toute grande. Une faible odeur de moisi parvint à ses narines.

La lumière hivernale qui perçait à travers les rideaux leur révéla ce qu'ils cherchaient. Leurs regards furent d'abord attirés par le linge luxueux qui était posé sur une chaise ; il y avait aussi une paire de mules minuscules sur la descente de lit et un peignoir jeté négligemment sur l'édredon. Sur la couche, comme plongée dans un sommeil serein, gisait la femme, une longue main blanche à plat sur la couverture. En entrant dans la chambre, ils virent le corps de Winchester là où il était tombé. Près de la fenêtre.

— Il essayait d'ouvrir cette croisée, dit Parr d'une voix neutre.

Il faisait nuit lorsque le vieux docteur du village arriva. Parr s'était rendu sans tarder à la gare pour lui téléphoner et aussi pour prévenir les personnalités du monde de la banque afin qu'elles puissent prendre leurs dispositions. Le vieillard entra, sa longue barbe et son manteau de fourrure pailletés de flocons de neige. Il s'ébroua comme un vieux chien. Son regard se posa sur les vêtements de la femme étalés sur le divan. Puis il suivit les deux hommes au premier ; à la porte de la chambre rose, il s'arrêta pour humer l'air.

— Humph ! fit-il.

Il prit la bougie des mains de Belden.

— C'est bien dans cette chambre. Je croyais pourtant que le vieux Jeduthalum avait fini d'aiguiser sa cognée.

— Sa cognée ? dit Oliver.

— Ah ! Voici l'autre.

Le docteur s'approcha du cadavre de Winchester. Il se pencha pour l'examiner.

— Empoisonnés au cyanure, vous voyez ?

Armiston hocha la tête.

— Ne savaient-ils pas l'histoire de cette chambre ? demanda le docteur.

— Je la leur ai dite, mais cette femme !... Il a fallu qu'elle se rende compte par elle-même ! dit Belden.

— Eh bien, elle sait, maintenant.

Au bout d'un moment, le vieux praticien reprit :

— Je ne crois pas aux fantômes, mais j'aime l'air frais.

Il ouvrit les fenêtres toutes grandes et rejoignit les deux hommes sur le palier. Lorsqu'ils arrivèrent dans la grande salle, Parr entrait.

— Que s'est-il passé, docteur ? demanda le policier.

Le vieil homme secoua la tête et caressa sa barbe.

— Un mystère qu'il faudra résoudre. Ils sont morts depuis plusieurs jours.

Belden pensait aux coups terribles que cette disparition allait frapper.

— Il ne faudra pas parler de cette femme, dit-il.

— Ni de cette chambre, dit le vieux docteur.

Belden prit sur la cheminée le papier qui, rédigé seulement quatre jours plus tôt, établissait l'option sur la vente de cette propriété pour la somme d'un dollar. Il enfouit le document dans sa poche.

Les journaux du soir annoncèrent la mort subite de Winchester. D'après eux, le financier avait succombé à une crise cardiaque au cours d'un séjour qu'il effectuait dans les montagnes du comté de Litchfiel afin de prospecter de nouvelles réserves. Wall Street accusa nettement le coup, mais, grâce à Parr, la catastrophe put être évitée.

À une autre page des quotidiens, un article discret relatait le décès d'Agnes Witcherley, nom qui n'éveilla l'attention de personne.

— Je retourne en ville pour essayer de me procurer des fonds, dit Belden. Peux-tu rester ici avec Grinder pour monter la garde ?

— Avec plaisir, dit le vieux romancier. Surtout si je peux fouiner un peu partout. Y a-t-il des papiers de famille ?

Belden lui donna la vieille bible et une liasse de documents établis par ses ancêtres. Pendant qu'Armiston récupérait les œufs et le lait dans le cellier,

Grinder découvrit avec force aboiements une cage pleine de rats emprisonnés.

Le vieil auteur de romans policiers sauta sur cette aubaine avec joie. Il transporta la cage au premier, dans la chambre rose, et il distribua à ses pensionnaires une provision de fromage et d'eau.

Puis il ferma les fenêtres et se retira.

Belden revint trois jours plus tard.

— Alors, où en sommes-nous ? demanda-t-il. Pour moi, c'est encore la nuit complète.

— Je n'y comprends rien, moi non plus, dit Oliver. Je voudrais te poser quelques questions.

Belden hocha la tête.

— Deux de tes grands-oncles sont morts le même jour, le 5 décembre 1844. Ebenezer et Jeduthalum. Jeduthalum, c'était l'homme à la cognée. Ton grand-père, le dernier des trois frères, a écrit à ce propos, dans la bible familiale : « Dieu est juste. Jeduthalum a été châtié. » Que voulait-il dire ? Soupçonnait-il Jed du meurtre de son frère ?

— Mon grand-père a toujours répété que Jed était responsable de la mort de son frère, dit Belden.

— C'est Ebenezer qui est mort le premier dans cette chambre. Aussitôt qu'on a constaté le décès, on est allé au moulin à eau pour prévenir Jeduthalum. Il aiguisait sa cognée. Ils l'ont trouvé agonisant dans la neige, le crâne fracassé. Il est mort presque aussitôt : une courroie s'était brisée et l'avait littéralement assommé. Pourtant rien ne prouvait qu'il y avait un rapport entre sa mort et celle de son frère.

— Et puis, un mois plus tard, Constance Hagar, ta grand-tante, est morte dans cette chambre, dit Oliver.

— Oui.

— Et alors ?

— Mon grand-père n'a pas établi de rapprochement, dit Belden. Les mortels meurent dans leur lit – un lit ou un autre, cela revient au même. Pourtant, on a condamné cette chambre. Personne n'y a plus jamais couché.

Il s'interrompit.

— Attends, reprit-il. Quelqu'un y est allé, dix ans plus tard. Aucun rapport avec les précédents, d'ailleurs. Mon grand-père ne l'a pas consigné dans sa bible. Une nuit d'hiver, en 1854, un certain Cyrus Whitman, ivrogne notoire, s'est glissé dans la chambre rose à l'insu de tous et il a passé la nuit. On l'a retrouvé mort le lendemain matin.

— Et ensuite ?

— C'est tout. Les choses ont été de mal en pis, la route a été abandonnée, etc. Mon grand-père a fini par fermer l'auberge et par s'en aller. Quand mon père en a hérité, il y est venu passer les vacances… Chose bizarre, murmura Belden, j'ai couché personnellement dans cette chambre à maintes reprises.

— Vraiment ?

— Simple bravade. Quand j'étais étudiant, mon père et moi nous venions par ici l'été pour pêcher. Ça te surprend ?

— Non, dit Armiston. J'ai monté là-haut une cage pleine de rats. Je leur donne à manger chaque matin. Ils se portent à merveille. Parle-moi encore de Jeduthalum. C'est de lui que tout semble provenir.

Belden réfléchit un moment. Puis il égrena ses souvenirs au fur et à mesure qu'ils se présentaient à son esprit. Jeduthalum avait été un type bizarre, tour à tour marin, chercheur d'or, vannier ambulant. Il avait dépensé son patrimoine très vite et il revenait de temps à autre au bercail pour vivre aux crochets de ses frères. Quand il était en fonds, il rapportait avec lui quelque invention dernier cri. C'est lui qui avait persuadé les autres d'installer l'eau dans la cuisine. Il avait aussi acheté la chaudière, une innovation à l'époque.

Oliver arpentait la salle de long en large pendant que Belden parlait. Lorsque son ami se tut, il se mit à fureter d'une pièce à l'autre. Quand il revint, Belden était dans la cave. Il avait allumé la chaudière pour la nuit.

Juste avant le petit déjeuner le lendemain matin, Armiston entra dans la salle avec sa cage à rats. Tous morts. Il examina les cadavres des animaux d'un œil intrigué.

— C'est la nuit dernière que ça s'est passé ? demanda Belden.

Oliver hocha la tête. La mort avait frappé une fois de plus, pendant leur sommeil.

— Maintenant, je touche le fond de cette affaire ! s'écria Belden sauvagement. Il faut que cette maison me livre son secret.

— Tu as une idée ?

Belden secoua négativement la tête.

— Moi, je commence à entrevoir vaguement la vérité, dit Armiston.

Il tourna la tête en entendant le chien aboyer.

— D'ailleurs, voici l'homme qui a expédié Winchester et sa maîtresse dans l'autre monde.

Le livreur montait les marches du perron d'un pas lourd.

— Dites donc, demanda Oliver, quelle heure était-il quand vous avez allumé le feu l'autre matin, je veux dire mardi dernier ?

— Six heures à peu près, dit le jeune homme. Pourquoi ? Il s'est éteint ? Je n'ai pas réussi à réveiller qui que ce soit, mais j'ai laissé un mot.

— Non, le feu a tenu. Je voulais seulement savoir. Voudriez-vous avoir l'amabilité de dire au docteur que nous aimerions le voir avant ce soir ? Ça ne vous dérangera pas ?

Comme le jeune épicier s'éloignait, Belden fixa sur son ami un regard interrogateur :

— Où veux-tu en venir ?

— C'est en hiver qu'Ebenezer, Constance et l'ivrogne en question sont morts, n'est-ce pas ? demanda Armiston.

— Oui. Et alors ?

— Et c'est en se conformant à tes instructions que ce garçon a allumé le feu l'autre matin ?

— Oui. Et après ?

— Hier soir, tu as allumé la chaudière et mes rats étaient morts ce matin. Tu me suis ?

— Oui, oui.

— Or, c'est Jeduthalum qui a monté cette chaudière, continua Armiston. Nous y voilà donc. Il y a quelque chose dans cette chambre, quoi, je n'en sais rien, mais il est certain qu'il se dégage des vapeurs mortelles à chaque fois que les murs sont chauffés. Si Jeduthalum y a disposé un produit quelconque pour en finir avec Ebenezer, il avait probablement l'intention de l'en retirer aussitôt le résultat atteint. Mais la main de Dieu l'a frappé au moment où il aiguisait sa cognée. Et le produit n'a pas bougé de cette chambre depuis. Chaque fois que la chambre rose a été chauffée, quelqu'un a péri. Il ne reste plus qu'à découvrir la réponse. Mais d'abord, il faut éteindre le feu.

Ils attendirent un long moment avant de pénétrer dans la chambre fatidique pour écarter tout danger, puis ils se mirent au travail. Ils avaient déjà enlevé une partie du plancher quand le docteur arriva.

Il entra en flairant l'air.

— Qu'est-ce que c'est que ça ? demanda le docteur.

Oliver lui passa les restes d'une vieille boîte qu'il avait disposés dans une pelle à poussière. Le docteur les examina soigneusement.

— C'est donc bien Jed qui a fait le coup, hein ? J'en ai toujours été persuadé. Je me demandais aussi quelle pouvait bien être cette odeur… Elle m'a poursuivi sans cesse.

— Mais qu'est-ce donc ? demanda Belden.

Le docteur isola avec un crayon un bloc poussiéreux de la taille d'un œuf de pigeon.

— Du cyanure, dit-il. Si vous le chauffez à trente, trente-cinq degrés, il dégage un gaz mortel, le cyanogène.

L'auberge des Trois Corneilles existe encore. Elle a été restaurée. On a refait la route. On a installé un chauffage central moderne. Les volets ont été si bien réparés que les nuits de tempête, on n'entend plus le cheval fantôme piaffer. Quant à la chambre rose, elle est devenue un solarium.

Maurice Leblanc

Thérèse et Germaine

(1923)

Et voici qu'entre en scène le voleur des princes et le Prince des voleurs, Arsène Lupin en personne qui, sous l'identité du prince Rénine, va résoudre un authentique crime en chambre close ou, plus précisément, dans une cabine de plage fermée de l'intérieur. Face à la gloire universelle de Sherlock Holmes, le Roi des détectives, Maurice Leblanc (1864-1941) a créé, à la suite d'une commande de l'éditeur Pierre Lafitte, son pendant négatif, un anti-héros par excellence, qui « fit du cambriolage un des beaux-arts » (Juliette Raabe et Francis Lacassin), devenu une gloire nationale et qu'il a bien fallu, la célébrité aidant, repositionner du bon côté de la loi afin de concurrencer sur son propre terrain le détective le plus célèbre du monde. Les aventures d'Arsène Lupin totalisent une quarantaine de nouvelles et quinze romans publiés entre 1905 et 1939.

*

Cette arrière-saison fut si douce que, le 2 octobre, au matin, plusieurs familles attardées dans leurs villas d'Étretat étaient descendues au bord de la mer. On eût dit, entre les falaises et les nuages de l'horizon, un lac de montagne assoupi au creux des roches qui l'emprisonnent, s'il n'y avait eu dans l'air ce quelque chose de léger, et dans le ciel ces couleurs pâles, tendres et indéfinies, qui donnent à certains jours de ce pays un charme si particulier.

— C'est délicieux, murmura Hortense.

Et elle ajouta, après un moment :

— Mais tout de même, nous ne sommes pas venus pour jouir des spectacles de la nature, ou pour nous demander si cette énorme aiguille de pierre qui se dresse à notre gauche fut réellement la demeure d'Arsène Lupin.

— Non, déclara le prince Rénine, et je dois reconnaître, en effet, qu'il est temps de satisfaire votre légitime curiosité… ou du moins de la satisfaire en partie, car deux jours d'observations et de recherches ne m'ont encore rien appris de ce que j'espérais trouver ici.

— Je vous écoute.

— Ce ne sera pas long. Pourtant, quelques mots de préambule… Vous admettrez, chère amie, que si je m'efforce d'être utile à mes semblables, je suis obligé d'avoir, de droite et de gauche, des amis qui me signalent les occasions d'agir. Bien souvent les avertissements qu'on me donne me semblent futiles ou peu intéressants, et je passe. Mais, la semaine dernière, j'ai reçu avis d'une communication téléphonique surprise par un de mes correspondants et dont l'importance ne vous échappera pas.

» De son appartement, sis à Paris, une dame communiquait avec un monsieur de passage dans un hôtel d'une grande ville des environs. Le nom de la ville, le nom du monsieur, le nom de la dame, mystères. Le monsieur et la dame causaient espagnol, mais en utilisant cet argot que nous appelons le javanais, et, même, en supprimant beaucoup de syllabes. Quoi qu'il en soit des difficultés accumulées par eux, si toute leur conversation ne fut pas notée, on réussit cependant à saisir l'essentiel des choses très graves qu'ils se disaient et qu'ils mettaient tant de soin à cacher !

» Et cela peut se résumer en trois points : premièrement, ce monsieur et cette dame, qui sont frère et sœur, attendaient un rendez-vous avec une tierce personne, mariée, et *désireuse de recouvrer à tout prix sa liberté* ; deuxièmement, ce rendez-vous, destiné à se mettre d'accord et fixé en principe au 2 octobre, devait être confirmé par une annonce discrète dans un journal ; troisièmement, l'entrevue du 2 octobre serait suivie, en fin de journée, d'une promenade sur les falaises, à laquelle la tierce personne amènerait celui ou celle dont on cherchait à se débarrasser. Voilà les bases de l'affaire. Inutile de vous dire avec quelle attention je surveillai et fis surveiller les petites correspondances des feuilles parisiennes. Or, avant-hier matin, je lus dans l'une d'elles cette ligne :

Rz-vous, 2 oct. midi, 3-Mathildes.

» Comme il était question de falaises, j'en ai déduit que le crime serait commis au bord de la mer, et comme je connais à Étretat un lieu-dit des

Trois-Mathildes, et que ce n'est pas une appellation courante, le jour même nous partions pour mettre obstacle au projet de ces vilains personnages.

— Quel projet ? demanda Hortense. Vous parlez de crime. Simple supposition, sans doute ?

— Nullement. La conversation entendue faisait allusion à un mariage, mariage du frère ou de la sœur avec la femme ou avec le mari de la tierce personne, ce qui implique l'éventualité d'un crime, c'est-à-dire, en l'occurrence, que la victime désignée, femme ou mari de la tierce personne, sera précipitée ce soir, 2 octobre, du haut de la falaise. Tout cela est parfaitement logique, et ne laisse aucune espèce de place au doute.

Ils étaient assis sur la terrasse du casino, en face de l'escalier qui descend à la plage. Ils dominaient ainsi quelques cabines de propriétaires installées sur le galet, et devant lesquelles quatre messieurs jouaient au bridge, tandis qu'un groupe de dames causaient en travaillant à des ouvrages de broderie. Plus loin, et plus en avant, il y avait une autre cabine, isolée et fermée. Une demi-douzaine d'enfants, les jambes nues, jouaient dans l'eau.

— Eh bien ! dit Hortense, toute cette douceur et ce charme d'automne ne me prennent pas. J'accorde malgré tout un tel crédit à toutes vos suppositions que je ne peux me distraire du problème redoutable.

— Redoutable, chère amie, le mot est juste, et croyez bien que, depuis avant-hier, je l'ai étudié sur toutes ses faces… Vainement, hélas !

— Vainement, répéta-t-elle. Alors, qu'arrivera-t-il ?

Et, presque en elle-même, elle continua :

— Qui, parmi ceux-là, est menacé ? La mort a déjà choisi sa victime. Laquelle ? Est-ce cette jeune blonde qui se balance en riant ? Est-ce ce grand monsieur qui fume ? Et quel est celui qui cache au fond de lui-même l'idée du crime ? Tous ces gens sont paisibles et s'amusent. Pourtant la mort rôde autour d'eux.

— À la bonne heure, fit Rénine, vous vous passionnez, vous aussi. Hein ! je vous l'avais bien dit ? Tout est aventure, et rien ne vaut, que l'aventure. Au souffle de ce qui peut advenir, vous voilà toute frémissante. Vous participez à tous les drames qui palpitent autour de vous, et le sens du mystère s'éveille au fond de votre être.

» Tenez, avec quel regard aigu vous observez ce ménage qui arrive ! Sait-on jamais ? Peut-être est-ce ce monsieur qui veut supprimer son épouse ?... Ou cette dame qui rêve d'escamoter son mari ?

— Les d'Imbreval ? Jamais de la vie ! Un ménage excellent ! Hier, à l'hôtel, j'ai causé longtemps avec la femme et vous-même...

— Oh ! moi, j'ai joué au golf avec Jacques d'Imbreval, qui pose un peu à l'athlète, et j'ai joué à la poupée avec leurs deux petites filles qui sont charmantes.

Les d'Imbreval s'étaient approchés, on échangea quelques mots. Mme d'Imbreval raconta que ses deux filles étaient retournées le matin à Paris avec leur gouvernante. Son mari, grand gaillard à barbe blonde, qui portait sa veste de flanelle sous le bras et faisait bomber son torse sous une chemise de cellular, se plaignit de la chaleur.

— Thérèse, tu as la clef de la cabine ? demanda-t-il à la femme, lorsqu'ils eurent quitté Rénine et Hortense et qu'ils se furent arrêtés au haut de l'escalier, dix pas plus loin.

— La voici, dit la femme. Tu vas lire les journaux ?

— Oui. À moins que nous ne fassions un tour ensemble…

— Cet après-midi, plutôt, veux-tu ? Ce matin, j'ai dix lettres à écrire.

— Entendu. Nous monterons sur la falaise.

Hortense et Rénine se regardèrent avec surprise. L'annonce de cette promenade était-elle fortuite ? Ou bien se trouvaient-ils, contrairement à leur attente, en présence du couple même qu'ils cherchaient ?

Hortense essaya de rire.

— Mon cœur bat violemment, murmura-t-elle, Cependant, je me refuse absolument à croire une chose aussi invraisemblable. « Mon mari et moi nous n'avons jamais eu une seule discussion », m'a-t-elle dit. Non, il est clair que ce sont des gens qui s'entendent à merveille.

— Nous verrons bien tout à l'heure, aux Trois-Mathildes, si l'un des deux vient retrouver le frère et la sœur.

M. d'Imbreval avait descendu l'escalier, tandis que sa femme demeurait appuyée à la balustrade de la terrasse. Elle avait une jolie silhouette, fine et souple. Son profil se détachait nettement, accentué par un menton qui avançait un peu trop. Au repos, quand il ne souriait pas, le visage donnait une impression de tristesse et de souffrance.

— Jacques, tu as perdu quelque chose ? cria-t-elle à son mari, qui s'était baissé sur le galet.

— Oui, la clef, dit-il, elle m'a échappé des mains…

Elle le rejoignit et se mit à chercher également. Durant deux ou trois minutes, ayant obliqué vers la droite et restant en contrebas du talus, ils disparurent aux yeux d'Hortense et de Rénine. Le bruit d'une querelle qui s'était élevée plus loin, entre les joueurs de bridge, couvrait leurs voix.

Ils se redressèrent presque en même temps. Mme d'Imbreval remonta lentement quelques marches de l'escalier et s'arrêta, tournée du côté de la mer. Lui, il avait jeté la veste sur ses épaules et s'en allait vers la cabine isolée.

Mais, en route, les joueurs de bridge le prirent à témoin en lui montrant leurs cartes étalées sur la table. D'un geste, il refusa de donner son avis, et puis s'éloigna, franchit les quarante pas qui le séparaient de sa cabine, ouvrit et entra.

Thérèse d'Imbreval regagna la terrasse et resta durant dix minutes assise sur un banc. Ensuite, elle sortit du casino. En se penchant, Hortense la vit qui pénétrait dans un des chalets qui forment l'annexe de l'hôtel Hauville, et elle la revit un instant plus tard au balcon de ce chalet.

— Onze heures, dit Rénine. Que ce soit elle ou lui, ou l'un des joueurs, ou l'une des compagnes de ces joueurs, ou n'importe qui, il ne se passera plus beaucoup de temps avant que quelqu'un ne s'en aille au rendez-vous.

Il se passa tout de même vingt minutes, puis vingt-cinq, et personne ne bougeait.

— Mme d'Imbreval y est peut-être partie, insinua Hortense qui devenait nerveuse. Elle n'est plus sur le balcon.

— Si elle est aux Trois-Mathildes, fit Rénine, nous allons l'y surprendre.

Il se levait, lorsqu'une nouvelle dispute surexcita les joueurs, et l'un d'eux s'exclama :

— Consultons d'Imbreval.

— Soit, dit un autre. J'accepte… Si toutefois il veut bien nous servir d'arbitre. Il était maussade, tout à l'heure.

On appela :

— D'Imbreval ! D'Imbreval !

Ils remarquèrent alors que d'Imbreval avait dû refermer sur lui le battant de la porte, ce qui le maintenait dans une demi-obscurité, ces sortes de cabines n'ayant pas de fenêtre.

— Il dort, cria-t-on. Réveillons-le.

— D'Imbreval ! D'Imbreval !

Tous quatre se rendirent là-bas, commencèrent par l'appeler et, ne recevant pas de réponse, cognèrent à la porte.

— Eh bien ! quoi, Imbreval, vous dormez ?

Sur la terrasse, Serge Rénine s'était levé soudain d'un air si inquiet qu'Hortense en fut surprise. Il mâchonna :

— Pourvu qu'il ne soit pas trop tard !

Et comme Hortense l'interrogeait, il dégringola l'escalier et se mit à courir jusqu'à la cabine. Il y arriva au moment où les joueurs essayaient d'ébranler la porte.

— Halte ! commanda-t-il. Les choses doivent être faites régulièrement.

— Quelles choses ? lui demanda-t-on.

Il examina les persiennes qui surmontaient chacun des battants et, s'avisant qu'une des lamelles supérieures était à moitié brisée, il se suspendit tant bien que mal au toit de la cabine et jeta un coup d'œil à l'intérieur.

On l'interrogea vivement.

— Qu'y a-t-il ? Vous pouvez voir ?

Il se retourna et dit aux quatre messieurs :

— Je pensais bien que, si M. d'Imbreval ne répondait pas, c'est qu'un événement grave l'en empêchait.

— Un événement grave ?

— Oui, il y a tout lieu de penser que M. d'Imbreval est blessé… ou mort.

— Comment, mort ! s'écria-t-on. Il vient de nous quitter.

Rénine tira son couteau, fit jouer la serrure, et ouvrit un des deux battants.

Il y eut des cris de terreur. M. d'Imbreval gisait sur le plancher, à plat ventre, les deux mains crispées à son veston et à son journal. Du sang coulait de son dos et rougissait sa chemise.

— Ah ! fit quelqu'un, il s'est tué.

— Comment se serait-il tué ? dit Rénine. La blessure est au plein milieu du dos, à un endroit où la main ne peut atteindre. Et puis, d'ailleurs, il n'y a pas d'armes dans la cabine.

Les joueurs protestèrent.

— Un crime, alors ? Mais c'est impossible. Personne n'est venu. Nous aurions bien vu… Personne ne pouvait passer sans que nous voyions…

Les autres messieurs, toutes les dames et les enfants qui jouaient au bord de l'eau étaient accourus. Rénine défendit l'approche de la cabine. Il y avait là un docteur : lui seul entra. Mais il ne put que constater la mort de M. d'Imbreval, mort provoquée par un coup de poignard.

À ce moment, le maire et le garde champêtre arrivèrent avec des gens du pays. Les constatations d'usage furent faites et l'on emporta le cadavre.

Quelques personnes étaient déjà parties afin de prévenir Thérèse d'Imbreval, que l'on apercevait de nouveau sur son balcon.

Ainsi le drame s'était accompli sans qu'aucune indication permît de comprendre comment un homme, enfermé dans une cabine, protégé par une porte close dont la serrure était intacte, avait pu être assassiné en l'espace de quelques minutes et devant vingt témoins, autant dire vingt spectateurs. Personne n'était entré dans la cabine. Personne n'en était sorti. Quant au poignard dont M. d'Imbreval avait été frappé entre les deux épaules, on ne parvint pas à le découvrir. Et tout cela eût évoqué l'idée d'un tour de passe-passe accompli par un habile magicien, s'il ne se fût agi d'un crime effroyable, exécuté dans les conditions les plus mystérieuses.

Hortense ne put suivre, comme l'eût voulu Rénine, le petit groupe de gens qui se rendaient auprès de Mme d'Imbreval. L'émotion la paralysait. C'était la première fois que ses aventures avec Rénine la menaient au cœur même de l'action et qu'au lieu d'apercevoir les conséquences d'un crime ou d'être mêlée à la poursuite des coupables elle se trouvait en face du crime lui-même.

Elle en demeurait toute frissonnante et balbutiait :

— Quelle horreur !… Le malheureux !… Ah ! Rénine, vous n'avez pas pu le sauver, celui-là… Et c'est cela qui me bouleverse par-dessus tout, c'est que nous aurions pu… que nous aurions dû le sauver, puisque nous connaissions le complot…

Rénine lui fit respirer un flacon de sels, et quand elle eut recouvré tout son sang-froid, il lui dit, en l'observant avec attention :

— Vous croyez donc qu'il y a corrélation entre cet assassinat et le complot que nous voulions déjouer ?

— Certes, fit-elle, étonnée de cette question.

— Alors, puisque ce complot était ourdi par un mari contre sa femme ou par une femme contre son mari, et, puisque c'est le mari qui a été tué, vous admettez que Mme d'Imbreval ?…

— Oh ! non, impossible, dit-elle. D'abord Mme d'Imbreval n'a pas quitté son appartement… et ensuite je ne croirai jamais que cette jolie femme soit capable… non… non… il y a autre chose, évidemment…

— Quelle autre chose ?

— Je ne sais pas… On a peut-être mal entendu ce qui s'est dit entre le frère et la sœur… Vous voyez bien que le crime a été commis dans des conditions toutes différentes… à une autre heure, à un autre endroit…

— Et par conséquent, acheva Rénine, que les deux affaires n'ont aucun rapport ?

— Ah ! fit-elle, c'est à n'y rien comprendre ! Tout cela est si étrange !

Rénine eut un peu d'ironie.

— Mon élève ne me fait pas honneur aujourd'hui.

— En quoi donc ?

— Comment ! Voilà une histoire toute simple, qui s'est accomplie sous vos yeux, que vous avez vue se dérouler comme une scène de cinéma, et tout cela demeure pour vous aussi obscur que si vous entendiez parler d'une affaire qui se serait passée dans une cave, à trente lieues d'ici !

Hortense était confondue.

— Qu'est-ce que vous dites ? Quoi ! vous auriez compris ? Sur quelles indications ?

Il regarda sa montre.

— Je n'ai pas *tout* compris, dit-il. Le crime lui-même, dans sa brutalité, oui. Mais l'essentiel, c'est-à-dire la psychologie de ce crime, là-dessus aucune indication. Seulement, il est midi. Le frère et la sœur, voyant que personne ne vient au rendez-vous des Trois-Mathildes, descendront jusqu'à la plage. Ne pensez-vous pas qu'alors nous serons renseignés sur le complice que je les accuse d'avoir, et sur le rapport qu'il y a entre les deux affaires ?

Ils gagnèrent l'esplanade que bordent les chalets Hauville, et où les pêcheurs remontent leurs barques à l'aide de cabestans. Il y avait beaucoup de curieux à la porte d'un des chalets. Deux douaniers de faction en défendaient l'entrée.

Le maire fendit vivement la foule. Il arrivait de la poste où il avait téléphoné avec Le Havre. Au parquet, on avait répondu que le procureur de la République et un juge d'instruction se rendraient à Étretat dans le courant de l'après-midi.

— Cela nous donne tout le temps de déjeuner, dit Rénine. La tragédie ne se jouera pas avant deux ou trois heures. Et j'ai idée que ce sera corsé.

Ils se hâtèrent cependant. Hortense, surexcitée par la fatigue et par le désir de savoir, ne cessait d'interroger Rénine qui répondait évasivement, les yeux tournés vers l'esplanade que l'on apercevait par les vitres de la salle à manger.

— C'est eux que vous épiez ? demanda-t-elle.

— Oui, le frère et la sœur.

— Vous êtes sûr qu'ils se risqueront ?...

— Attention ! Les voici.

Il sortit rapidement.

Au débouché de la rue principale, un monsieur et une dame avançaient d'un pas indécis, comme s'ils n'eussent point connu l'endroit. Le frère était un petit homme chétif, au teint olivâtre, coiffé d'une casquette d'automobiliste.

La sœur, petite aussi, assez forte, vêtue d'un grand manteau, leur parut une femme d'un certain âge, mais belle encore, sous la voilette légère qui lui couvrait la figure.

Ils virent les groupes qui stationnaient et s'approchèrent. Leur marche trahissait de l'inquiétude et de l'hésitation.

La sœur aborda un matelot. Dès les premières paroles, sans doute lorsque la mort d'Imbreval lui fut annoncée, elle poussa un cri et tâcha de se frayer un passage. Le frère, à son tour, s'étant renseigné, joua des coudes et proféra, en s'adressant aux douaniers :

— Je suis un ami d'Imbreval… Voici ma carte, Frédéric Astaing… Ma sœur, Germaine Astaing, est intime avec Mme d'Imbreval… Ils nous attendaient… Nous avions rendez-vous !…

On les laissa passer. Sans un mot, Rénine, qui s'était engagé derrière eux, les suivit, accompagné d'Hortense.

Au deuxième étage, les Imbreval occupaient quatre chambres et un salon. La sœur se précipita dans l'une de ces chambres et se jeta à genoux devant le lit où l'on avait étendu le cadavre. Thérèse d'Imbreval se trouvait dans le salon et sanglotait au milieu de quelques personnes silencieuses. Le frère s'assit près d'elle, lui saisit les mains ardemment et prononça d'une voix qui tremblait :

— Ma pauvre amie… ma pauvre amie…

Rénine et Hortense examinèrent longtemps le couple qu'ils formaient, et Hortense chuchota :

— Et c'est pour cet individu qu'elle aurait tué ? Impossible.

— Cependant, fit remarquer Rénine, ils se connaissent, et nous savons que Frédéric Astaing et sa sœur connaissent une tierce personne qui était leur complice. De sorte que…

— Impossible ! répéta Hortense.

Et, malgré toutes les présomptions, elle éprouvait pour la jeune femme une telle sympathie que, Frédéric Astaing s'étant levé, elle alla s'asseoir auprès de Mme d'Imbreval et la consola d'une voix douce. Les larmes de la malheureuse la troublaient profondément. Rénine, lui, s'attacha dès l'abord à la surveillance du frère et de la sœur, comme si cela eût eu de l'importance, et il ne quitta pas des yeux Frédéric Astaing qui, d'un air indifférent, commença une inspection minutieuse de l'appartement, visita le salon, entra dans toutes les chambres, se mêla aux groupes, et posa des questions sur la façon dont le crime avait été commis. Deux fois, sa sœur vint lui parler. Puis il retourna près de Mme d'Imbreval et s'assit de nouveau à ses côtés, plein de compassion et d'empressement. Enfin, il eut avec sa sœur, dans l'antichambre, un long conciliabule à la suite duquel ils le séparèrent, comme des gens qui se sont mis d'accord sur tous les points. Frédéric s'en alla. Le manège avait bien duré trente à quarante minutes.

C'est à ce moment que déboucha devant les chalets l'automobile qui amenait le juge d'instruction et le procureur. Rénine, qui n'attendait leur arrivée que plus tard, dit à Hortense :

— Il faut se hâter. À aucun prix ne quittez Mme d'Imbreval.

On fit prévenir les personnes dont le témoignage pouvait avoir quelque utilité, qu'elles eussent à se réunir sur la plage où le juge d'instruction commençait une enquête préliminaire. Il devait ensuite se rendre auprès de Mme d'Imbreval. Toutes les personnes présentes sortirent donc. Il ne restait que les deux gardes et Germaine Astaing.

Celle-ci s'agenouilla une dernière fois près du mort, et, courbée devant lui, la tête entre ses mains, pria longuement. Ensuite elle se releva et elle ouvrit la porte de l'escalier, quand Rénine s'avança.

— J'aurais quelques mots à vous dire, madame.

Elle parut surprise et répliqua :

— Dites, monsieur. J'écoute.

— Pas ici.

— Où donc, monsieur ?

— À côté, dans le salon.

— Non, fit-elle vivement.

— Pourquoi ? Bien que vous ne lui ayez même pas serré la main, je suppose que Mme d'Imbreval est votre amie ?

Il ne lui laissa pas le temps de réfléchir, l'entraîna vers la pièce dont il ferma la porte, et, tout de suite, se précipitant sur Mme d'Imbreval qui voulait sortir et regagner sa chambre, il dit :

— Non, madame, écoutez, je vous en conjure. La présence de Mme Astaing ne doit pas vous éloigner. Nous avons à causer de choses très graves, et sans perdre une minute.

Dressées l'une devant l'autre, les deux femmes se regardèrent avec une même expression de haine implacable, où l'on devinait chez toutes deux le même bouleversement de l'être et la même rage contenue. Hortense, qui les croyait amies, qui aurait pu, jusqu'à un certain point, les croire complices, fut effrayée du choc qu'elle prévoyait et qui fatalement allait se produire. Elle força Thérèse d'Imbreval à se rasseoir, tandis que Rénine se plaçait au milieu de la pièce et articulait d'une voix ferme :

— Le hasard, en me mettant au courant de la vérité, me permettra de vous sauver toutes deux, si vous voulez m'aider par une explication franche qui me donnera les renseignements dont j'ai besoin. Le péril, chacune de vous le connaît, puisque chacune de vous, au fond d'elle, connaît le mal dont elle est responsable. Mais la haine vous emporte et c'est à moi de voir clair et d'agir. Dans une demi-heure, le juge d'instruction sera ici. À cette minute-là, il faut que l'accord soit fait.

Elles sursautèrent toutes deux, comme heurtées par un tel mot.

— Oui, l'accord, répéta-t-il plus impérieusement. Volontaire ou non, il sera fait. Vous n'êtes pas seules en cause. Il y a vos deux petites filles, madame d'Imbreval. Puisque les circonstances m'ont placé sur leur route, c'est pour leur défense et pour leur salut que j'interviens. Une erreur, un mot de trop, et elles sont perdues. Cela ne sera point.

À l'évocation de ses enfants, Mme d'Imbreval s'était effondrée et sanglotait. Germaine Astaing haussa les épaules, et fit vers la porte un mouvement auquel Rénine s'opposa de nouveau.

— Où allez-vous ?

— Je suis convoquée par le juge d'instruction.

— Non.

— Si, de même que tous ceux qui ont à témoigner.

— Vous n'étiez pas là. Vous ne savez rien de ce qui s'est passé. Personne ne sait rien de ce crime.

— Moi, je sais qui l'a commis.

— Impossible !

— Thérèse d'Imbreval.

L'accusation fut lancée dans un éclat de colère et avec un geste de menace furieuse.

— Misérable ! s'écria Mme d'Imbreval, en s'élançant vers elle. Va-t'en ! Va-t'en ! Ah ! quelle misérable que cette femme !

Hortense essayait de la contenir, mais Rénine lui dit à voix basse :

— Laissez-les, c'est ce que j'ai voulu… les lancer l'une contre l'autre et provoquer ainsi la pleine lumière.

Sous l'insulte, Mme Astaing avait fait, pour plaisanter, un effort qui convulsait ses lèvres, et elle ricana :

— Misérable ? Pourquoi ? Parce que je t'accuse ?

— Pour tout ! Pour tout ! Tu es une misérable ! Tu entends, Germaine, une misérable !

Thérèse d'Imbreval répétait l'injure, comme si elle en avait ressenti du soulagement. Sa colère s'apaisait. Peut-être, d'ailleurs, n'avait-elle plus assez de force pour soutenir la lutte, et ce fut Mme Astaing qui reprit l'attaque, les poings tendus, la figure décomposée et vieillie de vingt années.

— Toi ! Tu oses m'injurier, toi ! Toi ! Après ton crime ! Tu oses lever la tête quand l'homme que tu as tué est là, sur son lit de mort ! Ah ! Si l'une de nous deux est une misérable, tu sais bien que c'est toi, Thérèse ! Tu as tué ton mari ! Tu as tué ton mari !

Elle bondit, surexcitée par les mots affreux qu'elle prononçait, et ses ongles touchaient presque au visage de son amie.

— Ah ! Ne dis pas que tu ne l'as pas tué, s'écria-t-elle. Ne dis pas cela, je te le défends. Ne le dis pas ! Le poignard est là, dans ton sac. Mon frère y a touché tandis qu'il te parlait, et sa main en est sortie avec des taches de sang. Le sang de ton mari, Thérèse. Et puis même si je n'avais rien découvert, penses-tu que dès les premières minutes je n'aie pas deviné ? Mais tout de suite, Thérèse, j'ai su la vérité. Lorsqu'un matelot m'a répondu en bas : « M. d'Imbreval ? Il a été assassiné », aussitôt, je me suis dit : « C'est elle, c'est Thérèse, elle l'a tué. »

Thérèse ne répondait pas. Elle n'avait plus eu un mouvement de protestation. Hortense, qui l'observait avec angoisse, crut deviner en elle l'accablement de ceux qui se savent perdus. Les joues se creusaient, et le visage avait une telle expression de désespoir qu'Hortense, apitoyée, la conjura de se défendre.

— Expliquez-vous, je vous en prie. Durant le crime, vous étiez ici, sur le balcon… Alors, ce poignard, comment avez-vous pu ?… Comment expliquer ?…

— Des explications ! ricana Germaine Astaing. Est-ce qu'il lui serait possible d'en donner ? Qu'importent les apparences du crime ? Qu'importe ce qu'on a vu ou ce qu'on n'a pas vu ! L'essentiel, c'est la preuve… C'est le fait que le poignard est là, dans ton sac, Thérèse. Oui, oui, c'est toi !… Tu l'as tué ! Tu as fini par le tuer ! Ah ! Que de fois je l'ai dit à mon frère : « Elle le tuera ! »

» Frédéric essayait de te défendre. Frédéric a toujours eu un faible pour toi. Mais, au fond, il prévoyait l'événement…

» Et voilà que la chose atroce est accomplie ! Un coup de poignard dans le dos. Lâche ! Lâche !… Et je ne dirais rien ? Mais je n'ai pas hésité une seconde !… Frédéric non plus ! Tout de suite, nous avons cherché des preuves… Et c'est avec toute ma raison et avec toute ma volonté que je vais te dénoncer… Et c'est fini, Thérèse. Tu es perdue. Rien ne peut plus te sauver. Le poignard est dans ce sac autour duquel ta main se crispe. Le juge va revenir, et on l'y trouvera, taché du sang de ton mari… Et on y trouvera aussi son portefeuille. Ils y sont. On les trouvera…

Une telle rage l'exaspérait qu'elle ne put continuer et qu'elle demeura le bras tendu et le menton agité de convulsions nerveuses.

Rénine saisit doucement le sac de Thérèse d'Imbreval. La jeune femme s'y cramponna. Mais il insista et lui dit :

— Laissez-moi faire, madame. Votre amie Germaine a raison. Le juge d'instruction va revenir, et le fait que le poignard est entre vos mains provoquera votre arrestation immédiate. Il ne faut pas qu'il en soit ainsi. Laissez-moi faire.

Sa voix insinuante amollissait la résistance de Thérèse. Un à un ses doigts se dénouèrent. Il prit le sac, l'ouvrit, en sortit un petit poignard à manche d'ébène et un portefeuille de maroquin gris, et, paisiblement, mit les deux objets dans la poche intérieure de son veston. Germaine Astaing le regardait avec stupeur.

— Vous êtes fou, monsieur ! De quel droit ?...

— Ce sont des objets qu'il ne faut pas laisser traîner. Comme ça je suis tranquille. Le juge n'ira pas les chercher dans ma poche.

— Mais je vous dénoncerai, monsieur ! fit-elle indignée. La justice sera avertie.

— Mais non, mais non, fit-il en riant, vous ne direz rien ! La justice n'a rien à voir là-dedans. Le conflit qui vous divise doit être réglé entre vous deux. Quelle idée de mêler la justice à tous les incidents de la vie !

Mme Astaing était suffoquée.

— Mais vous n'avez aucun titre pour parler ainsi, monsieur ! Qui donc êtes-vous ? Un ami de cette femme ?

— Depuis que vous l'attaquez, oui.

— Mais si je l'attaque, c'est qu'elle est coupable. Car vous ne pouvez pas le nier... elle a tué son mari...

— Je ne le nie pas, déclara Rénine, d'un air calme. Nous sommes tous d'accord sur ce point. Jacques d'Imbreval a été tué par sa femme. Mais, je le répète, la justice ne doit pas connaître la vérité.

— Elle la saura par moi, monsieur, je vous le jure. Il faut que cette femme soit punie... elle a tué.

Rénine s'approcha d'elle, et, lui touchant l'épaule :

— Vous me demandiez tout à l'heure à quel titre j'intervenais. Et vous, madame ?

— J'étais l'amie de Jacques d'Imbreval.

— L'amie seulement ?

Elle fut un peu décontenancée, mais se redressa aussitôt et reprit :

— J'étais son amie, et mon devoir est de le venger.

— Vous garderez le silence, cependant, comme il l'a gardé.

— Il n'a pas su, lui, avant de mourir.

— C'est ce qui vous trompe. Il aurait pu accuser sa femme, il a eu tout le temps de l'accuser, et il n'a rien dit.

— Pourquoi ?

— À cause de ses enfants.

Mme Astaing ne désarmait pas, et son attitude marquait la même volonté de vengeance et la même exécration. Mais, malgré tout, elle subissait l'influence de Rénine.

Dans la petite pièce close où tant de haine s'entrechoquait, il devenait peu à peu le maître, et Germaine Astaing comprenait que Mme d'Imbreval sentait tout le réconfort de cet appui inattendu qui s'offrait au bord de l'abîme.

— Je vous remercie, monsieur, dit Thérèse d'Imbreval. Puisque vous avez vu clair dans tout cela, vous savez aussi que c'est pour mes enfants que je ne me suis pas livrée à la justice. Sans quoi, je suis si lasse !…

Ainsi la scène changeait et les choses prenaient un aspect différent. Grâce à quelques mots jetés dans le débat, il arrivait que la coupable redressait la tête et se rassurait, tandis que l'accusatrice hésitait et semblait inquiète. Et il arrivait que celle-ci n'osait plus parler, et que l'autre touchait à cet instant où l'on éprouve le besoin de sortir du silence pour prononcer tout naturellement les paroles qui avouent et qui soulagent.

— Maintenant, lui dit Rénine avec la même douceur, je crois que vous pouvez et que vous devez vous expliquer.

— Oui… oui… je le crois également, dit-elle… Je dois répondre à cette femme… La vérité toute simple, n'est-ce pas ?…

Elle pleurait de nouveau, prostrée dans un fauteuil, montrant elle aussi un visage vieilli et ravagé par la douleur, et, tout bas, sans colère, en petites phrases hachées, elle scanda :

— Voilà quatre ans qu'elle était sa maîtresse… Ce que j'ai souffert… C'est elle-même qui m'a révélé leur liaison ; par méchanceté… Elle me détestait plus encore qu'elle n'aimait Jacques… et, chaque jour, c'étaient de nouvelles blessures… des coups de téléphone où elle me parlait de ses rendez-vous… À force de me faire souffrir, elle espérait que je me tuerais… J'y ai pensé quelquefois, mais j'ai tenu bon, pour les enfants… Jacques faiblissait cependant. Elle exigeait de lui le divorce… et il s'y laissait aller peu à peu… dominé par elle et par son frère, qui est plus sournois qu'elle, mais aussi dangereux. Je sentais tout cela… Jacques devenait dur avec moi… Il n'avait pas le courage de partir, mais j'étais l'obstacle, et il m'en voulait… Mon Dieu, quelle torture !

— Il fallait lui rendre sa liberté, s'écria Germaine Astaing. On ne tue pas un homme parce qu'il veut divorcer.

Thérèse secoua la tête et répondit :

— Ce n'est pas parce qu'il voulait divorcer que je l'ai tué. S'il l'avait voulu réellement, il serait parti et que pouvais-je faire ? Mais tes plans avaient changé, Germaine, le divorce ne te suffisait pas, et c'est une autre chose que tu avais obtenue de lui, une autre chose bien plus grave que ton frère et toi aviez exigée… et à laquelle il avait consenti… par lâcheté… malgré lui…

— Que veux-tu dire ? balbutia Germaine… Quelle autre chose ?

— Ma mort.

— Tu mens ! s'écria Mme Astaing.

Thérèse ne haussa pas la voix. Elle ne fit aucun geste de haine ou d'indignation, et répéta simplement :

— Ma mort, Germaine. J'ai lu tes dernières lettres, six lettres de toi qu'il avait eu la folie d'oublier dans son portefeuille, six lettres où le mot terrible n'est pas écrit, mais où chaque ligne le laisse entrevoir. J'ai lu cela en tremblant ! Jacques en arriver là !… Pourtant, pas une seconde l'idée de le frapper, lui, ne m'est venue. Une femme comme moi, Germaine, ne tue pas volontairement… Si j'ai perdu la tête… c'est plus tard… par ta faute…

Elle tourna la tête du côté de Rénine, comme pour lui demander s'il n'y avait point péril à ce qu'elle parlât et divulguât la vérité.

— Soyez sans crainte, dit-il, je réponds de tout.

Elle passa sa main sur son front. L'horrible scène revivait en elle et la torturait... Germaine Astaing ne remuait pas, les bras croisés, les yeux troubles, tandis qu'Hortense Daniel attendait éperdument l'aveu du crime et l'explication de l'impénétrable mystère.

— C'est plus tard, reprit-elle, et par ta faute, Germaine. J'avais remis le portefeuille dans le tiroir où il était caché, et, ce matin, je ne dis rien à Jacques... Je ne voulais pas lui dire que je savais... C'était trop affreux !... Pourtant, il fallait se hâter... tes lettres annonçaient ton arrivée secrète pour aujourd'hui. Je pensai d'abord à m'enfuir, à sauter dans le train. Machinalement, j'avais pris ce poignard pour me défendre... Mais quand Jacques et moi nous sommes venus sur la plage, j'étais résignée... Oui, j'acceptais de mourir... Que je meure, pensai-je, et que tout ce cauchemar finisse ! Seulement, pour mes enfants, je voulais que ma mort parût accidentelle et que Jacques n'en fût pas accusé. C'est pour cela que ton plan de promenade sur la falaise me convenait... Une chute du haut d'une falaise semble toute naturelle... Jacques me quitta donc pour aller dans sa cabine, d'où il devait plus tard te rejoindre aux Trois-Mathildes. En route, au-dessous de la terrasse, il laissa tomber la clef de cette cabine. Je descendis et me mis à chercher avec lui... Et c'est là... par ta faute... oui, Germaine, par ta faute. Le portefeuille de Jacques avait glissé de la poche de son veston sans qu'il s'en aperçût, et, en même temps que ce portefeuille, une photographie que je reconnus aussitôt... une photographie qui date de cette année et qui me représente avec mes deux enfants. Je la ramassai… et je vis… Tu sais bien ce que je vis, Germaine. Au lieu de moi, sur l'épreuve, c'était toi… Tu m'avais effacée et remplacée par toi, Germaine ! C'était ton visage ! Un de tes bras enlaçait le cou de ma fille aînée et l'autre reposait sur tes genoux… C'était toi, Germaine, la femme de mon mari… toi, la future mère de mes enfants… toi, qui allais les élever… toi… toi !… Alors, j'ai perdu la tête. J'avais le poignard… Jacques était baissé… J'ai frappé…

Il n'y avait pas un mot de sa confession qui ne fût rigoureusement vrai. Ceux qui l'écoutaient en avaient l'impression profonde, et, pour Hortense et Rénine, rien n'était plus poignant et plus tragique.

Elle s'était rassise, à bout de forces. Cependant, elle continuait à prononcer des mots inintelligibles, et ce n'est que peu à peu, en se penchant sur elle, que l'on put entendre :

— Je croyais qu'on allait crier autour de nous et m'arrêter… Rien. Cela s'était produit de telle façon et dans de telles conditions que personne n'avait rien vu. Bien plus, Jacques s'était redressé en même temps que moi, et voilà qu'il ne tombait pas ! Non, il ne tombait pas ! Lui que j'avais frappé, il restait debout ! De la terrasse où j'étais remontée, je l'aperçus. Il avait remis sa veste sur ses épaules, évidemment pour cacher sa blessure, et il s'éloignait sans vaciller… ou si peu que moi seule pouvais m'en rendre compte. Il causa même avec des amis qui jouaient aux cartes, puis il se dirigea vers sa cabine et disparut. Moi, au bout d'un moment, je rentrai. J'étais persuadée que tout cela n'était qu'un mauvais rêve… que je n'avais pas tué… ou que du moins la blessure était légère. Jacques allait sortir… J'en étais certaine. De mon balcon je surveillais… Si j'avais pu croire une seconde qu'il avait besoin d'assistance, j'aurais couru là-bas… Mais, vraiment, je n'ai pas su… je n'ai pas deviné… On parle de pressentiment… c'est faux. J'étais absolument calme, comme on l'est justement après un cauchemar dont le souvenir s'efface. Non, je vous le jure… Je n'ai rien su jusqu'à l'instant…

Elle s'interrompit. Les sanglots l'étouffaient.

Rénine acheva :

— Jusqu'à l'instant où l'on vint vous avertir, n'est-ce pas ?

Thérèse balbutia :

— Oui. C'est alors seulement que j'eus conscience de mon acte et je sentis que je devenais folle et que j'allais crier à tous ces gens : « Mais c'est moi ! Ne cherchez pas. Voici le poignard… C'est moi la coupable. » Oui, j'allais crier cela, quand tout à coup je le vis, lui, mon pauvre Jacques. On l'apportait… Il avait une figure très paisible… très douce… Et, devant lui, je compris mon devoir… comme il avait compris le sien… Pour les enfants, il s'était tu. Je me tairais aussi. Coupables tous les deux du meurtre dont il était victime, l'un et l'autre nous devions tout faire pour que le crime ne retombât pas sur eux… Dans son agonie, il avait eu la vision claire de cela…

» Il avait eu le courage inouï de marcher, de répondre à ceux qui l'interrogeaient, et de s'enfermer pour mourir. Il avait fait cela, effaçant d'un coup toutes ses fautes, et, par là même, m'accordant son pardon, puisqu'il ne me dénonçait pas... et qu'il m'ordonnait de me taire... et de me défendre... contre tous... contre toi, surtout, Germaine.

Elle prononça ces dernières paroles avec plus de fermeté.

Bouleversée d'abord par l'acte inconscient qu'elle avait commis en tuant son mari, elle retrouvait un peu de force en pensant à ce qu'il avait fait, lui, et en s'armant elle-même d'une pareille énergie. En face de l'intrigante dont la haine les avait conduits tous deux jusqu'à la mort et jusqu'au crime, elle serrait les poings, prête à la lutte, toute frémissante de volonté.

Elle ne bronchait pas, Germaine Astaing. Elle avait écouté sans un mot, avec un visage implacable dont l'expression prenait plus de dureté à mesure que les aveux de Thérèse devenaient plus précis. Aucune émotion ne semblait l'attendrir et aucun remords la pénétrer. Tout au plus, vers la fin, ses lèvres minces eurent-elles un léger sourire, comme si elle se fût réjouie de la façon dont les événements avaient tourné. Elle tenait sa proie.

Lentement, les yeux levés vers une glace, elle rajusta son chapeau et se mit de la poudre de riz. Puis elle marcha vers la porte. Thérèse se précipita.

— Où vas-tu ?

— Où ça me plaît.

— Voir le juge d'instruction ?

— Probable.

— Tu ne passeras pas !

— Soit. Je l'attendrai ici.

— Et tu lui diras ?…

— Parbleu ! Tout ce que tu as dit, tout ce que tu as eu la naïveté de me dire. Comment douterait-il ? Tu m'as donné toutes les explications.

Thérèse la saisit aux épaules.

— Oui, mais je lui en donnerai d'autres en même temps, Germaine, et qui te concernent, toi. Si je suis perdue, tu le seras aussi.

— Tu ne peux rien contre moi.

— Je peux te dénoncer, montrer les lettres.

— Quelles lettres ?

— Celles où ma mort est résolue.

— Mensonges ! Thérèse. Tu sais bien que ce fameux complot contre toi n'existe que dans ton imagination. Ni Jacques ni moi ne voulions ta mort.

— Tu la voulais, toi. Tes lettres te condamnent.

— Mensonges ! C'étaient des lettres d'une amie à un ami. Des lettres de maîtresse et de complice.

— Prouve-le.

— Elles sont là, dans le portefeuille de Jacques.

— Non.

— Qu'est-ce que tu dis ?

— Je dis que ces lettres m'appartenaient. Je les ai reprises. Ou plutôt mon frère les a reprises.

— Tu les as volées, misérable ! Et tu vas me les rendre, s'écria Thérèse en la bousculant.

— Je ne les ai plus. Mon frère les a gardées. Il les a emportées.

— Il me les rendra.

— Il est parti.

— On le retrouvera.

— On le retrouvera certainement, mais pas les lettres. De telles lettres se déchirent.

Thérèse chancela et tendit les mains du côté de Rénine d'un air désespéré.

Rénine prononça :

— Ce qu'elle dit est la vérité. J'ai suivi le manège du frère, tandis qu'il fouillait dans votre sac. Il a pris votre portefeuille, il l'a visité devant sa sœur, il est revenu le remettre en place, et il est parti avec les lettres.

Rénine fit une pause et ajouta :

— Ou du moins avec cinq des lettres.

La phrase fut prononcée négligemment, mais, tous, ils en saisirent l'importance considérable. Les deux femmes se rapprochèrent de lui. Que voulait-il dire ? Si Frédéric Astaing n'avait emporté que cinq lettres, où donc se trouvait la sixième ?

— Je suppose, dit Rénine, que, quand le portefeuille a glissé sur le galet, cette sixième lettre s'en est échappée en même temps que la photographie, et que M. d'Imbreval a dû la ramasser.

— Qu'en savez-vous ? Qu'en savez-vous ? demanda Mme Astaing d'un ton saccadé.

— Je l'ai retrouvée dans la poche de son veston de flanelle, que l'on avait accroché près du lit. La voici. Elle est signée Germaine Astaing, et elle suffit amplement à établir les intentions de celle qui l'écrivit et les conseils de meurtre qu'elle donnait à son amant. Je suis même confondu qu'une telle imprudence ait pu être commise par une femme aussi habile.

Mme Astaing était livide et si décontenancée qu'elle ne chercha pas à se défendre. Rénine continua, en s'adressant à elle :

— Pour moi, madame, vous êtes responsable de tout ce qui s'est passé. Ruinée sans doute, à bout de ressources, vous avez voulu profiter de la passion que vous inspiriez à M. d'Imbreval pour vous faire épouser malgré tous les obstacles et pour mettre la main sur sa fortune.

» Cet esprit de lucre, ces calculs abominables, j'en ai la preuve et je pourrai la fournir. Quelques minutes après moi, vous avez fouillé dans la poche de ce veston de flanelle.

» J'en avais enlevé la sixième lettre, mais j'y avais laissé un bout de papier, que vous cherchiez ardemment et qui, lui aussi, avait dû tomber du portefeuille. C'était un chèque au porteur de 100 000 francs : signé par M. d'Imbreval au profit de votre frère… Simple cadeau de noces… ce qu'on appelle une épingle de cravate. Selon vos instructions, votre frère a filé en auto vers Le Havre et, sans aucun doute, s'est présenté avant quatre heures à la banque où cette somme était déposée. Je dois vous avertir, en passant, qu'il ne la touchera pas, car j'ai fait téléphoner à cette banque pour annoncer l'assassinat de M. d'Imbreval, ce qui suspend tout paiement. De tout cela, il résulte que la justice aura entre les mains, si vous persistez dans vos projets de vengeance, toutes les preuves nécessaires contre vous et votre frère. Je pourrais y ajouter, comme témoignage édifiant, le récit de la conversation téléphonique que l'on a surprise entre votre frère et vous la semaine dernière, conversation où vous parliez en espagnol mitigé de javanais. Mais je suis sûr que vous ne m'obligerez pas à ces mesures extrêmes et que nous sommes bien d'accord, n'est-ce pas ?

Rénine s'exprimait avec un calme impressionnant et la désinvolture d'un monsieur qui sait que personne n'élèvera la moindre objection contre ses paroles. Il semblait vraiment ne pas pouvoir se tromper. Il évoquait les événements tels qu'ils s'étaient produits et en tirait les conclusions inévitables qu'ils comportaient en bonne logique.

Il n'y avait qu'à se soumettre.

Mme Astaing le comprit. Des natures comme la sienne, violentes, acharnées tant que le combat est possible et qu'il reste un peu d'espoir, se laissent aisément dominer dans la défaite. Germaine était trop intelligente pour ne pas sentir que la moindre tentative de révolte serait brisée par un tel adversaire. Elle était entre ses mains. En de pareils cas, on s'incline.

Elle ne joua donc aucune comédie, et ne se livra à aucune démonstration, menaces, explosion de rage, crise de nerfs, etc. Elle s'inclina.

— Nous sommes d'accord, dit-elle. Qu'exigez-vous ?

— Allez-vous-en.

— Si jamais on invoque mon témoignage ?

— On ne l'invoquera pas.

— Cependant…

— Répondez que vous ne savez rien.

Elle s'en alla. Au seuil de la porte, elle hésita, puis, entre ses dents :

— Le chèque ? dit-elle.

Rénine regarda Mme d'Imbreval qui déclara :

— Qu'elle le garde. Je ne veux pas de cet argent.

Lorsque Rénine eut donné à Thérèse d'Imbreval des instructions précises sur la façon dont elle devait se comporter et répondre aux questions qui lui seraient posées, il quitta le chalet, accompagné d'Hortense Daniel.

Là-bas, sur la plage, le juge et le procureur continuaient leur enquête, prenaient des mesures, interrogeaient les témoins et se concertaient entre eux.

— Quand je songe, dit Hortense, que vous avez sur vous le poignard et le portefeuille de M. d'Imbreval !

— Et cela vous semble infiniment dangereux ? dit-il en riant. Moi, cela me semble infiniment comique.

— Vous n'avez pas peur ?

— De quoi ? Que l'on se doute de quelque chose ? Seigneur Dieu ! On ne se doutera de rien ! Nous allons raconter à ces braves gens ce que nous avons vu, témoignage qui ne fera qu'augmenter leur embarras, puisque nous n'avons rien vu du tout. Par prudence, nous resterons un jour ou deux pour veiller au grain. Mais l'affaire est réglée. Ils n'y verront jamais que du feu.

— Cependant, vous avez deviné, vous, et dès la première minute. Pourquoi ?

— Parce que, au lieu de chercher midi à quatorze heures, comme on le fait en général, je me pose toujours la question comme elle doit être posée, et la solution vient tout naturellement. Un monsieur entre dans sa cabine et s'y enferme. On l'y trouve mort, une demi-heure plus tard. Personne ne s'y est introduit. Que s'est-il passé ? Pour moi, la réponse est immédiate. Pas même besoin de réfléchir. Puisque le crime n'a pas été commis dans la cabine, c'est qu'il a été commis auparavant et que le monsieur, en entrant dans sa cabine, était déjà frappé à mort. Et tout de suite, en l'espèce, la vérité m'est apparue. Mme d'Imbreval, qui devait être tuée ce soir, a pris les devants, et, tandis que son mari se baissait, en une seconde d'égarement, elle a tué. Il n'y avait plus qu'à chercher les motifs de son acte. Quand je les ai connus, j'ai marché à fond pour elle. Voilà toute l'histoire.

Le soir commençait à tomber. Le bleu du ciel devenait plus sombre, la mer plus paisible encore.

— À quoi pensez-vous ? demanda Rénine au bout d'un moment.

— Je pense, dit-elle, que si j'étais victime à mon tour de quelque machination, je garderais confiance en vous, quoi qu'il arrive, confiance envers et contre tout. Je sais, comme je sais que j'existe, que vous me sauveriez, quels que soient les obstacles. Il n'y a pas de limite à votre volonté.

Il dit, très bas :

— Il n'y a pas de limites à mon désir de vous plaire.

Gilbert Keith Chesterton

Le Vengeur ailé

(1924)

Non seulement Chesterton (1874-1936) est demeuré à la postérité comme poète, critique, polémiste, philosophe, essayiste, journaliste, biographe, romancier et auteur de nouvelles, mais il est aussi le créateur de l'un des trois plus grands détectives de la littérature policière alors naissante, le Père Brown (les deux autres étant Auguste Dupin et Sherlock Holmes, d'après le maître Ellery Queen). Le fameux prêtre détective intervient dans une cinquantaine de nouvelles écrites entre 1910 et 1936. Une forme littéraire à laquelle leur auteur était très attaché parce que, estimait-il, tout le charme d'un récit à énigme réside avant tout « dans le moment de surprise ». Il en a ménagé un particulièrement surprenant dans cette histoire où un homme est retrouvé mort au beau milieu d'une couche de neige immaculée.

*

Pendant une période de sa vie, le Père Brown eut du mal à accrocher son chapeau à une patère sans devoir réprimer un léger frisson. Ce comportement avait son origine dans un simple détail parmi des événements beaucoup plus complexes, mais c'était peut-être le seul détail qui lui restait dans son existence bien remplie pour lui rappeler toute l'affaire. Son origine lointaine remontait à certains faits qui avaient amené le Dr Boyne, le médecin de la police, à inviter le prêtre à venir chez lui un certain matin de décembre particulièrement froid.

Le Dr Boyne était un grand Irlandais au teint sombre, l'un de ces Irlandais assez étonnants que l'on trouve de par le monde, qui vous parleront en long et en large de scepticisme scientifique, de matérialisme et de cynisme, mais qui n'imagineraient jamais de se référer aux aspects religieux autrement qu'à travers la religion traditionnelle de leur pays natal. Il serait bien difficile de dire si leur croyance est un vernis superficiel ou un substrat fondamental. C'est probablement l'un et l'autre, avec une solide couche de matérialisme entre les deux. Toujours est-il que lorsqu'il rencontrait quelque chose qui lui semblait toucher à ces domaines, il demandait au Père Brown de passer le voir, sans pour autant prétendre éprouver une préférence pour cet aspect des choses.

— Je ne suis pas vraiment sûr d'avoir besoin de vous, dit-il d'emblée en accueillant le prêtre. Je ne suis sûr de rien pour l'instant. Je n'arrive fichtre pas à me décider s'il s'agit d'une affaire qui concerne un médecin, un policier ou un prêtre.

— Ma foi, dit le Père Brown en souriant, comme vous êtes à la fois policier et médecin, il semblerait que je sois en minorité.

— Je dois reconnaître que vous êtes ce que les politiciens appellent une minorité instruite, répliqua le docteur. Je veux dire par là que vous avez eu l'occasion de vous impliquer un peu dans nos affaires. Mais il est diablement difficile de savoir si celle-ci est plus dans vos cordes que dans les nôtres, ou si elle ne devrait pas simplement intéresser la Commission de la santé mentale. Nous avons reçu récemment un message d'un homme qui habite près d'ici, dans cette grande bâtisse blanche sur la colline, et qui nous demande de le protéger contre une persécution meurtrière. Nous avons examiné les faits dans la mesure du possible, et je ferais peut-être mieux de vous raconter l'histoire telle qu'elle est censée s'être passée, en commençant par le commencement.

» Il semblerait qu'un certain Aylmer, un riche propriétaire terrien de l'Ouest, se soit marié assez tard et qu'il ait eu trois fils, Philip, Stephen et Arnold. Mais du temps où il était encore célibataire, alors qu'il pensait ne pas avoir d'héritier, il avait adopté un garçon qu'il trouvait brillant et prometteur, du nom de John Strake. L'origine de ce garçon est assez obscure.

» On dit que c'était un enfant trouvé, et certains disent que c'était un bohémien. Je crois que ce détail résulte d'un amalgame avec le fait que, dans son vieil âge, Aylmer s'est intéressé à différentes formes d'occultisme un peu louches, y compris la chiromancie et l'astrologie, et ses trois fils ont affirmé que c'était Strake qui l'avait encouragé dans cette voie. Mais ils ont dit bien d'autres choses encore. Ils ont dit que Strake était une remarquable canaille, et surtout un menteur exceptionnel. C'est un génie pour ce qui est d'inventer des mensonges dans l'inspiration du moment, et de les débiter si bien qu'il peut abuser un détective. Mais ce ne sont peut-être que des préjugés naturels, à la lumière de ce qui s'est passé. Vous imaginez sans doute la suite. Le vieil homme a légué pratiquement toute sa fortune à son fils adoptif. Quand il est mort, ses trois vrais fils ont contesté le testament, en disant que leur père avait été terrifié au point de tout céder, et même, il faut le dire, de sombrer dans la démence. Ils ont affirmé que Strake avait eu recours aux ruses les plus bizarres et les plus ingénieuses qui soient pour s'approcher de lui, malgré les infirmières et la famille, et le terroriser sur son lit de mort. Toujours est-il qu'ils semblent avoir apporté des preuves suffisantes sur l'état mental du défunt, car les tribunaux ont annulé le testament et ce sont les fils qui ont hérité. On dit que Strake s'est emporté de façon épouvantable, et qu'il a juré de les tuer tous les trois, l'un après l'autre, et que rien ne pourrait les soustraire à sa vengeance. C'est le troisième et dernier des frères, Arnold Aylmer, qui demande la protection de la police.

— Le troisième et dernier, dit le prêtre en regardant son interlocuteur d'un air grave.

— Oui, dit Boyne. Les deux autres sont morts. (Il y eut un silence avant qu'il ne reprenne.) C'est là qu'un élément de doute s'introduit. Il n'y a aucune preuve qu'ils ont été assassinés, mais il se peut qu'ils l'aient été. L'aîné, qui était devenu le châtelain, est censé s'être suicidé dans son jardin. Le deuxième, qui s'était lancé dans l'industrie, a reçu une machine sur la tête dans son usine. Il est possible qu'il ait fait un faux pas et qu'il soit tombé. Mais, si Strake les a tués, il est certainement très habile dans sa façon d'opérer sans se faire prendre. D'un autre côté, il est plus que probable que toute cette histoire n'est qu'une manie de la persécution fondée sur des coïncidences.

» Écoutez, voici ce que j'aimerais. J'aimerais qu'une personne de bon sens, sans fonction officielle, puisse rencontrer cet Arnold Aylmer afin de bavarder avec lui et se faire une idée du genre d'homme qu'il est. Vous savez faire la différence entre un homme qui délire et un homme qui dit la vérité. J'aimerais que vous y alliez en reconnaissance, avant que nous ne prenions l'affaire en charge.

— Cela me paraît plutôt bizarre, dit le Père Brown, que vous n'ayez pas eu à la prendre en charge plus tôt. S'il y a quelque chose de sérieux dans cette histoire, il y a sans doute pas mal de temps qu'elle dure. Y a-t-il une raison particulière pour qu'il ne fasse appel à vous que maintenant ?

— Je me suis posé la même question, comme vous pouvez vous en douter, répondit le Dr Boyne. Il a fourni une explication, mais je dois avouer que c'est une des choses qui m'amènent à me demander si toute cette affaire n'est pas une simple lubie qui a germé dans un cerveau à moitié fêlé. Il a déclaré que tous ses domestiques s'étaient mis en grève et l'avaient quitté, de sorte qu'il est obligé de faire appel à la police pour s'occuper de sa maison. Et après m'être informé, j'ai effectivement constaté qu'il y a bien eu un exode général des domestiques de cette maison sur la colline. Bien sûr, la ville bourdonne de ragots, qui vont d'ailleurs tous dans le même sens. Il semblerait que leur employeur soit devenu parfaitement insupportable avec ses craintes et ses exigences, et qu'il leur ait demandé de garder la maison comme des sentinelles, ou de veiller toute la nuit comme des infirmières dans un hôpital. Ils n'avaient pas un instant de répit car il ne fallait jamais le laisser seul. Ils ont donc tous déclaré haut et fort qu'il était fou à lier, et ils sont partis. Bien sûr, ça ne prouve pas qu'il soit vraiment fou. Mais c'est assez bizarre d'attendre aujourd'hui de son valet ou de sa bonne qu'ils jouent le rôle de garde du corps.

— Et c'est pourquoi, dit le prêtre en souriant, il veut un policier qui lui serve de bonne parce que sa bonne refuse de lui servir de policier.

— J'ai trouvé ça un peu fort, moi aussi, acquiesça le docteur, mais je ne peux pas prendre la responsabilité de refuser tout net avant d'avoir essayé de trouver un compromis. Et le compromis, c'est vous.

— Très bien, dit simplement le Père Brown. Je vais aller lui rendre visite, puisque vous le souhaitez.

Le paysage vallonné autour de la petite ville était couvert de givre, et le ciel était clair et froid comme l'acier, sauf au nord-est où des nuages rougeâtres commençaient à se former. Sur ce fond de couleurs sombres et sinistres, la maison sur la colline se détachait avec sa rangée plus pâle de colonnes dans le style classique. Une route y menait, serpentant sur le flanc de la colline et plongeant à travers une masse de buissons foncés. Juste avant d'atteindre ces buissons, le Père Brown eut l'impression que la température de l'air baissait de plus en plus, comme s'il s'approchait d'une usine frigorifique ou du pôle Nord. Mais il avait l'esprit éminemment pratique, et savait maintenir son imagination à sa place. Il se contenta de jeter un coup d'œil au gros nuage qui s'apprêtait à survoler la maison, et se dit gaiement : « Tiens, il va bientôt neiger. »

Après avoir franchi une petite grille en fer forgé de style italien, il se retrouva dans un jardin qui avait cet air de désolation qui n'appartient qu'au désordre des choses ordonnées.

Les feuilles vert foncé étaient couvertes d'une couche de givre grisâtre, et les mauvaises herbes formaient une sorte de cadre autour du tracé à moitié effacé des parterres de fleurs. Quant à la maison, elle était entourée jusqu'à mi-hauteur d'une forêt d'arbustes et de buissons. La végétation, qui consistait principalement en plantes à feuillage persistant ou très robustes, était épaisse et drue, mais sa nature était trop nordique pour qu'on puisse la qualifier de luxuriante. On aurait pu la décrire comme une sorte de jungle arctique. Il en allait de même, en un sens, pour la maison, avec ses colonnes et sa façade classique qui auraient pu surplomber la Méditerranée, mais qui semblait maintenant se recroqueviller dans le vent de la mer du Nord. Les ornementations classiques qu'on voyait ici et là accentuaient ce contraste : des caryatides et des masques de comédie contemplaient à chaque angle du bâtiment la confusion grisâtre des allées du jardin, mais les visages semblaient figés par le froid. Les volutes mêmes des chapiteaux auraient pu être tordues par le gel.

Le Père Brown gravit les marches moussues jusqu'à un porche carré flanqué de piliers, et il frappa à la porte. Au bout de quelques minutes, il frappa de nouveau, puis il attendit patiemment en tournant le dos à la maison afin de contempler le paysage que l'obscurité commençait à envahir. Cette pénombre provenait du grand continent nuageux venu du nord, et alors même qu'il regardait au-delà des colonnes du porche, qui semblait immense et noir au-dessus de lui dans le crépuscule, il put voir le bord opalescent du gros nuage survoler le toit et former comme une voûte. Cet auvent céleste aux contours légèrement colorés sembla descendre lentement sur le jardin, jusqu'à ce qu'il ne reste plus du pâle ciel d'hiver que quelques lambeaux argentés évoquant un coucher de soleil maladif. Le Père Brown attendit encore, et il n'y avait toujours aucun bruit à l'intérieur.

Il redescendit alors rapidement les marches et fit le tour de la maison à la recherche d'une autre entrée. Il finit par en trouver une, une petite porte sur le côté, sur laquelle il tambourina et devant laquelle il attendit, là aussi. Puis il essaya la poignée et constata que la porte était apparemment verrouillée.

Il longea alors le côté de la maison en réfléchissant aux possibilités qui s'offraient à lui, et en se demandant si Mr Aylmer ne s'était pas trop profondément barricadé dans sa demeure pour pouvoir entendre un appel de l'extérieur. Ou peut-être s'était-il barricadé encore davantage, considérant qu'un tel appel ne pouvait être qu'un défi lancé par Strake le vengeur. Les domestiques avaient pu ne déverrouiller qu'une seule porte le matin de leur départ, et leur maître l'avait peut-être refermée. Mais quoi qu'il ait fait, les domestiques, dans l'humeur qui devait être la leur à ce moment-là, n'avaient pas dû vérifier soigneusement toutes les protections. Le Père Brown continua de faire le tour de la maison. Elle n'était pas vraiment très grande, simplement un peu prétentieuse, et il eut vite terminé son circuit. Un instant plus tard, il trouva ce dont il avait soupçonné l'existence. La porte-fenêtre d'une pièce, tendue de rideaux et assombrie par une masse de lierre, était restée légèrement entrebâillée, probablement par inadvertance, et il se retrouva dans une pièce centrale, confortablement aménagée quoique dans un style assez démodé. D'un côté, un escalier menait à l'étage, tandis que de l'autre une porte donnait sur une pièce contiguë. Juste devant lui, il y avait une autre porte dans laquelle était serti un carreau de verre rouge, un peu criard pour le goût moderne, un vitrail médiocre représentant un personnage en robe écarlate. Sur une table ronde à sa droite était posé une sorte d'aquarium, un grand bocal rempli d'une eau verdâtre dans laquelle se déplaçaient des poissons et autres créatures. Juste en face se dressait une grande plante de la famille des palmiers, avec de très larges feuilles vertes. Tout cela semblait si poussiéreux et tellement dans le style victorien que le téléphone qu'on apercevait derrière la tenture de l'alcôve était presque une surprise.

— Qui est là ? cria sèchement une voix plutôt soupçonneuse venant de derrière la porte vitrée.

— Pourrais-je voir Mr Aylmer ? demanda le prêtre d'un ton contrit.

La porte s'ouvrit et un homme vêtu d'une robe de chambre bleu canard jeta un regard inquisiteur. Il était quelque peu ébouriffé, comme s'il venait d'être tiré du lit, mais ses yeux étaient bien éveillés et vigilants, avec une lueur d'inquiétude.

Le Père Brown savait que cette contradiction était plausible chez un homme qui se laissait aller sous le poids d'un fantasme ou d'un danger réel. Vu de profil, son visage était fin et aquilin, mais lorsqu'on le regardait de face, il donnait d'abord une impression de négligence avec sa barbe brune en désordre.

— Je suis Arnold Aylmer, dit-il, mais j'ai perdu l'habitude de recevoir des visiteurs.

Quelque chose dans son regard sans cesse en mouvement amena le prêtre à aborder directement le sujet. Si l'homme souffrait simplement d'un délire de persécution, cela risquait moins de le braquer.

— Je me demandais, dit doucement le Père Brown, s'il est vraiment exact que vous n'attendez jamais de visiteurs.

— Vous avez raison, répondit posément son hôte. J'attends toujours un visiteur… qui pourrait être le dernier.

— J'espère que non, fit le Père Brown, mais je suis soulagé d'en déduire que je ne lui ressemble pas beaucoup.

Mr Aylmer fut secoué d'un rire presque brutal.

— Non, vous ne lui ressemblez pas du tout.

— Monsieur Aylmer, dit le Père Brown en allant droit au but, vous voudrez bien excuser les libertés que je prends, mais certains de mes amis m'ont parlé de votre problème et m'ont demandé de voir si je pouvais faire quelque chose pour vous. Et de fait, j'ai une petite expérience des affaires comme celle-ci.

— Il n'y a pas d'autres affaires comme celle-ci, répliqua Aylmer.

— Vous voulez dire que les tragédies qui se sont produites dans votre malheureuse famille n'étaient pas des morts naturelles ?

— Ce n'étaient même pas des meurtres naturels, répondit l'autre. L'homme qui veut notre mort est un monstre tout droit sorti de l'enfer.

— Le mal a une seule origine, dit gravement le prêtre. Mais qu'est-ce qui vous fait penser que ces meurtres n'étaient pas naturels ?

D'un geste vers un fauteuil, Aylmer proposa à son invité de s'asseoir, puis il s'assit lui-même lentement en fronçant les sourcils, les mains posées sur les genoux. Mais quand il releva les yeux, son expression s'était faite plus douce et plus pensive, et sa voix était tout à fait cordiale et assurée.

— Je ne voudrais pas que vous pensiez que je suis le moins du monde déraisonnable. Je suis parvenu à ces conclusions en faisant usage de la raison, car malheureusement c'est à cela que la raison conduit. J'ai beaucoup lu sur ces sujets, car je suis le seul à avoir hérité de mon père son érudition dans des domaines assez obscurs, et j'ai également hérité de sa bibliothèque. Cependant, ce que je vais vous dire ne repose pas sur ce que j'ai lu, mais sur ce que j'ai vu.

Le Père Brown hocha la tête et l'autre poursuivit lentement, comme s'il choisissait soigneusement ses mots :

— Dans le cas de mon frère aîné, je n'étais pas tout à fait sûr au début. Il n'y avait aucune trace ni empreinte de pied là où on a retrouvé son corps, et le pistolet était à côté de lui.

» Mais il venait de recevoir une lettre de menace, certainement envoyée par notre ennemi car elle comportait un signe ressemblant à une dague ailée, l'une de ses infernales astuces cabalistiques. Et une domestique nous a dit avoir vu quelque chose bouger le long du mur du jardin, dans le crépuscule, quelque chose de beaucoup trop gros pour n'être qu'un chat. J'en resterai là. Tout ce que je peux dire, c'est que si un assassin est venu, il a réussi à le faire sans laisser aucune trace de son passage. Mais la mort de mon frère Stephen était différente et, à présent, je n'ai plus aucun doute. Une machine était en train de fonctionner sur un échafaudage placé sous la cheminée de l'usine. Je suis monté sur la plate-forme juste après que le marteau d'acier a frappé mon frère. Je n'ai rien vu d'autre le frapper, mais j'ai bien vu ce que j'ai vu.

» Une grande traîne de fumée se déployait entre la cheminée et moi, mais j'ai pu apercevoir un instant, à travers une déchirure, une silhouette humaine debout à son sommet, enveloppée d'une sorte de manteau noir. La fumée sulfureuse s'est de nouveau interposée et, quand elle s'est éclaircie quelques instants plus tard, j'ai regardé la cheminée… et il n'y avait plus personne. Je suis un homme rationnel, et je demande à tout homme rationnel de m'expliquer comment il a pu atteindre le sommet de cette tour vertigineuse, et comment il a pu le quitter.

Il regarda fixement le prêtre un instant, tel un sphinx le mettant au défi de répondre, puis il reprit brusquement :

— Mon frère avait eu le crâne fracassé, mais son corps était presque intact. Dans sa poche, on a trouvé un de ces messages d'avertissement daté de la veille, et marqué du signe de la dague ailée.

» Je suis certain, poursuivit-il d'une voix grave, que ce symbole de la dague ailée n'est ni arbitraire ni fortuit. Rien n'est fortuit chez cet homme abominable. Tout en lui est calcul, même si ses calculs sont d'une nature effectivement sombre et complexe. Son esprit est habité non seulement de plans élaborés, mais également de toutes sortes de signes et de langages secrets, de signaux muets et d'images sans paroles qui représentent les noms des choses qui n'en ont pas. Cet homme est du pire genre qui soit au monde : c'est un mystique maléfique. Notez bien que je ne prétends pas pouvoir pénétrer toutes les significations de ce symbole, mais il me paraît certain qu'il a un rapport avec ses agissements les plus remarquables, et même incroyables, depuis qu'il rôde autour de ma malheureuse famille. N'y a-t-il pas un lien entre l'idée d'une arme pourvue d'ailes et le mystère de mon frère Philip, frappé sur sa pelouse sans qu'il y ait la moindre trace de pas dans l'herbe ou dans la poussière ? N'y a-t-il pas une relation entre ce poignard ailé volant comme une flèche et cette silhouette perchée au sommet de l'immense cheminée, vêtue d'un manteau évoquant des ailes noires ?

— Vous voulez dire, intervint le Père Brown d'un air pensif, qu'il est dans un état de lévitation permanent.

— Simon Magus en était capable, répondit Aylmer, et c'est l'une des prophéties les plus courantes au Moyen Âge que l'Antéchrist serait capable de voler. De toute façon, la dague ailée était bien sur le document. Et, qu'elle puisse voler ou non, elle a bel et bien été capable de frapper.

— Avez-vous remarqué le genre de papier sur lequel elle était dessinée ? demanda le Père Brown. Était-ce du papier ordinaire ?

L'homme au visage de sphinx éclata d'un rire grinçant.

— Vous allez pouvoir vous rendre compte par vous-même, car j'en ai reçu une ce matin.

Il était maintenant penché en arrière dans son fauteuil, ses longues jambes étendues devant lui sous sa robe de chambre, qui était un peu courte pour lui, et son menton barbu rentré sur sa poitrine. Il plongea simplement la main dans sa poche et, le bras raide, en sortit un bout de papier. Toute son attitude semblait évoquer une sorte de paralysie, une sorte de raideur prête à s'effondrer. Mais la remarque que fit ensuite le prêtre sembla curieusement le réveiller.

Le Père Brown examina le document en clignant ses yeux de myope. C'était une espèce de papier étrange, rugueux sans être pour autant ordinaire, comme un feuillet arraché à un carnet de croquis. On pouvait y voir, dessinée à grands traits à l'encre rouge, une dague munie d'ailes comme la baguette d'Hermès, avec ces quelques mots : « La mort viendra dans le jour qui suit, comme elle est venue pour tes frères. » Le Père Brown jeta le papier à terre et se redressa brusquement dans son fauteuil.

— Vous ne devez pas vous laisser démonter par ce genre de choses, dit-il sèchement. Ces démons essaient toujours de vous faire perdre vos moyens en vous faisant perdre tout espoir.

Le Père Brown fut plutôt étonné de voir l'homme prostré frissonner et se lever d'un bond de son fauteuil, comme s'il venait d'être réveillé au milieu d'un rêve.

— Vous avez raison, vous avez raison ! s'écria Aylmer avec une agitation presque inquiétante. Et ces démons vont bien voir que je n'ai pas perdu tout espoir, et que je ne suis pas non plus dépourvu de moyens. J'ai peut-être plus d'espoir et de moyens que vous ne l'imaginez.

Il se tenait debout, les mains dans les poches, et regardait le prêtre en fronçant les sourcils. Celui-ci craignit un instant, pendant ce silence tendu, que l'homme n'ait eu le cerveau affecté par le danger qu'il courait. Mais lorsque Aylmer reprit la parole, ce fut d'une voix très calme.

— Je pense que mes frères ont échoué parce qu'ils n'ont pas su utiliser les bonnes armes. Philip avait un revolver sur lui, et c'est ainsi qu'on a qualifié sa mort de suicide. Stephen était sous la protection de la police, mais il avait également le sens du ridicule, et il ne pouvait laisser un policier grimper à l'échelle derrière lui pour l'accompagner sur un échafaudage où il ne s'est tenu qu'un instant. Mes frères avaient réagi au mysticisme des derniers jours de mon père par un scepticisme moqueur. Mais j'ai toujours su que les idées de mon père étaient beaucoup plus profondes qu'ils ne le pensaient. Il est vrai qu'en étudiant la magie il a fini par succomber aux sortilèges de la magie noire, celle de cette canaille de Strake. Mais mes frères se sont trompés sur la nature de l'antidote. L'antidote de la magie noire n'est pas le matérialisme brut ni la science de ce monde. L'antidote de la magie noire, c'est la magie blanche.

— Cela dépend de ce que vous entendez par « magie blanche »…

— Je veux parler de la magie argentée, dit l'autre à voix basse comme s'il révélait un grand secret.

Il s'interrompit un instant, puis il demanda

— Savez-vous ce que je veux dire par magie argentée ? Veuillez m'excuser un instant.

Il se retourna et ouvrit la porte centrale, celle avec un vitrail rouge, et sortit dans le couloir. La maison était moins profonde que Brown ne l'avait cru. Au lieu de mener à des pièces intérieures, le couloir conduisait à une porte donnant directement sur le jardin. Il y avait une autre porte sur le côté, s'ouvrant vraisemblablement sur la chambre à coucher du propriétaire, d'où il avait dû sortir précipitamment, simplement vêtu de sa robe de chambre. Il n'y avait rien d'autre de ce côté, hormis un banal portemanteau auquel étaient accrochés de vieux chapeaux et des pardessus. Mais de l'autre côté, il y avait quelque chose de plus intéressant : un vieux buffet en chêne foncé sur lequel était disposée de l'argenterie, et surmonté d'une panoplie d'armes anciennes. C'est devant ce meuble qu'Arnold s'arrêta pour examiner un long pistolet au canon évasé.

La porte au fond du couloir était tout juste entrebâillée, et l'on pouvait distinguer un rai de lumière blanche. Le prêtre avait un instinct très sûr concernant les choses naturelles, et quelque chose dans l'éclat inhabituel de cette lumière lui fit comprendre ce qui s'était passé dehors. La prédiction qu'il avait faite en s'approchant de la maison s'était réalisée. Il courut jusqu'à la porte en passant à côté de son hôte, qui parut plutôt étonné, et l'ouvrit toute grande. Il se retrouva devant une étendue à la fois unie et étincelante. Ce qu'il avait vu briller par l'entrebâillement n'était pas simplement la blancheur négative du jour, mais la blancheur positive de la neige. Le paysage aux alentours était recouvert de cette pâleur brillante qui semble à la fois vieille comme le monde et pleine d'innocence.

— En tout cas, voici de la magie blanche, dit le Père Brown d'une voix enjouée. (Puis il se retourna en murmurant :) Et aussi de la magie argentée, je suppose.

En effet, l'éclat de la neige immaculée projetait des reflets magnifiques sur l'argenterie et sur l'acier du panneau d'armurerie. Les cheveux en broussaille d'Aylmer semblaient entourés d'un halo de flammes argentées lorsqu'il se retourna, le visage dans l'ombre et l'étrange pistolet à la main.

— Savez-vous pourquoi j'ai choisi ce genre de vieux tromblon ? demanda-t-il. Parce que je peux le charger avec ce genre de balle. (Il avait pris une cuillère d'apôtre sur le buffet, et en avait brutalement cassé le manche avec sa petite figurine.) Retournons dans l'autre pièce, ajouta-t-il.

Une fois qu'ils se furent rassis, il demanda :

— Avez-vous déjà lu l'histoire de la mort de Dundee ? (Il semblait s'être remis de son agacement devant l'agitation du prêtre.) Vous savez, Graham de Claverhouse, celui qui avait persécuté les Covenantaires et dont le cheval noir était capable de galoper sur les flancs d'un précipice. Eh bien, saviez-vous qu'il ne pouvait être tué que par une balle en argent, parce qu'il avait vendu son âme au Diable ? Voilà une chose qui me rassure, chez vous : au moins, vous en savez assez pour croire au Diable.

— Oh oui, fit le Père Brown. Je crois au Diable. Mais je ne crois pas à ce Dundee. Je veux dire le Dundee des légendes des Covenantaires, avec son destrier de cauchemar. John Graham était un simple soldat de métier du XVIIIe siècle, peut-être plus compétent que la plupart. S'il s'est livré à des dragonnades, c'est que c'était un dragon à cheval, et non un dragon de légende. Je dois dire que, dans mon expérience, ce ne sont pas ces grands manieurs d'épée qui vendent leur âme au Diable. Les adorateurs du Diable que j'ai connus étaient très différents. Plutôt que de révéler des noms et de risquer de provoquer un scandale, je prendrai un homme de l'époque de Dundee. Avez-vous déjà entendu parler de Dalrymple de Stair ?

— Non, bougonna l'autre.

— Vous avez dû entendre parler de ce qu'il a fait, dit le Père Brown, et c'était pire que tout ce que Dundee a jamais pu commettre. Et pourtant, il a échappé à l'infamie grâce à l'oubli. C'est lui qui fut responsable du massacre de Glencoe. C'était un homme très instruit, un avocat éclairé, un homme d'État aux idées larges et profondes, un homme tranquille au visage intellectuel raffiné. Voilà le genre d'homme qui se vend au Diable.

Aylmer s'était à moitié levé de son fauteuil, avec un air d'approbation enthousiaste.

— Par Dieu, vous avez raison ! s'écria-t-il. Un visage intellectuel raffiné ! C'est bien le visage de John Strake.

Il se leva et regarda le prêtre avec une expression étrangement concentrée.

— Si vous voulez bien m'attendre un instant, dit-il, j'aurai quelque chose à vous montrer.

Il franchit de nouveau la porte centrale qu'il referma derrière lui. Il était sans doute retourné auprès du buffet, pensa le prêtre, ou peut-être dans sa chambre. Le Père Brown resta assis à contempler distraitement le tapis, faiblement éclairé d'une lumière rougeâtre à travers le vitrail de la porte. Elle sembla un instant briller comme un rubis, puis elle s'atténua de nouveau, comme si le soleil était provisoirement sorti de derrière un nuage. Rien ne bougeait dans la pièce, si ce n'est les créatures aquatiques flottant dans le grand bocal verdâtre. Le Père Brown était plongé dans ses réflexions.

Une ou deux minutes plus tard, il se leva de son fauteuil et se glissa silencieusement dans l'alcôve où était posé le téléphone.

Il appela son ami le Dr Boyne au quartier général de la police.

— Je voulais vous tenir au courant pour Aylmer et ses affaires, dit-il à voix basse. C'est une étrange histoire, mais je crois qu'il y a quelque chose de sérieux derrière tout cela. Si j'étais vous, j'enverrais tout de suite quelques hommes ici, quatre ou cinq, à mon avis, pour qu'ils encerclent la maison. S'il se passe quelque chose, il y a de fortes chances pour qu'il y ait une tentative d'évasion étonnante.

Puis il retourna s'asseoir et se replongea dans la contemplation du tapis sombre, faiblement éclairé par la lumière rouge sang venant du vitrail de la porte. Il y avait quelque chose dans cette lumière filtrée qui faisait vagabonder ses pensées jusqu'aux frontières de la conscience, avec cette grande luminosité blanche avant la tache de couleur, et tout ce mystère qui se voile et se dévoile dans la symbolique des portes et des fenêtres.

Un hurlement inhumain, mais provenant d'une gorge humaine, se fit entendre derrière les portes closes, accompagné presque simultanément d'une détonation. Avant que l'écho du coup de feu ne se soit estompé, la porte s'ouvrit brutalement et l'hôte du Père Brown entra en titubant dans la pièce, sa robe de chambre à moitié déchirée à l'épaule et son arme fumante à la main. Il tremblait de tous ses membres, mais il était également secoué d'un rire qui ne semblait pas naturel.

— Louée soit la magie blanche ! s'écria-t-il. Louée soit la balle d'argent ! Le démon de l'enfer a voulu chasser une fois de trop, et mes frères sont enfin vengés !

Il s'affaissa dans un fauteuil, et son pistolet glissa de sa main pour tomber à terre. Le Père Brown franchit précipitamment la porte vitrée pour se rendre dans le couloir. En passant devant la porte de la chambre, il posa un instant la main sur la poignée comme s'il voulait y entrer, mais il se baissa simplement comme pour examiner quelque chose… puis il courut ouvrir la porte donnant sur le jardin. Sur le tapis de neige, qui avait été immaculé il y a peu encore, était étendue une forme noire. À première vue, on aurait dit une sorte d'énorme chauve-souris, mais un examen plus attentif révéla qu'il s'agissait en fait d'une forme humaine, allongée face contre terre et la tête entièrement couverte d'un chapeau noir à larges bords à l'aspect vaguement latino-américain. L'impression qu'elle donnait d'avoir une paire d'ailes noires provenait des deux larges manches d'un très grand manteau noir, étalées de chaque côté sur toute leur longueur, peut-être par hasard. Les mains étaient cachées, mais le Père Brown crut percevoir la position de l'une d'elles, et en se rapprochant, il distingua sous le revers du manteau l'éclat métallique d'une arme. L'effet général était assez curieusement celui d'un blason héraldique, comme un grand aigle noir dessiné sur un fond blanc. Mais en jetant un coup d'œil sous le chapeau, le prêtre aperçut le visage qui était bien tel que son hôte l'avait décrit : un visage raffiné et intellectuel, et même sceptique et austère. Le visage de John Strake.

— Ma foi, je suis épaté, marmonna le Père Brown. On dirait vraiment un énorme vampire qui se serait abattu comme un oiseau.

— Comment aurait-il pu venir ici autrement ? fit une voix depuis le seuil de la porte.

Le Père Brown releva les yeux et vit Aylmer qui était revenu.

— Est-ce qu'il n'aurait pas pu marcher, tout simplement ? demanda le Père Brown d'un air évasif.

Aylmer balaya le paysage d'un large geste de la main.

— Regardez cette neige, dit-il d'une voix grave qui semblait recéler une sorte d'excitation. N'est-elle pas immaculée, aussi pure que la magie blanche, ainsi que vous l'avez appelée ? Y a-t-il la moindre empreinte sur des kilomètres à la ronde, à part cette ignoble tache noire qui est tombée ici ? Il n'y a aucune trace de pas, à part les vôtres et les miennes. On n'en voit aucune qui s'approche de la maison. (Puis il regarda un moment le prêtre avec une curieuse expression concentrée, avant de poursuivre.) Je vais vous dire quelque chose d'autre. Ce manteau dont il se servait pour voler était trop long pour qu'il puisse marcher avec. Ce n'était pas un homme très grand, et le manteau aurait fait comme une traîne royale derrière lui. Allez-y, déployez-le sur son corps, vous verrez.

— Que s'est-il passé entre vous deux ? demanda brusquement le Père Brown.

— Tout s'est déroulé trop vite pour que je puisse le décrire, répondit Aylmer. J'avais jeté un coup d'œil par la porte et je m'apprêtais à rentrer dans la maison quand j'ai senti une sorte de bourrasque autour de moi, comme si j'étais ballotté par les remous d'une roue tournant dans les airs. Je me suis aussitôt retourné et j'ai tiré instinctivement. Et ensuite, je n'ai rien vu d'autre que ce que vous avez sous les yeux. Mais je suis convaincu au plus profond de moi-même que vous ne le verriez pas si je n'avais pas chargé mon pistolet d'une balle d'argent. C'est un corps très différent que vous verriez. Étendu dans la neige.

— À ce propos, fit remarquer le Père Brown, devons-nous le laisser comme ça, ou ne faudrait-il pas plutôt le transporter dans votre chambre – j'imagine que c'est bien la porte de votre chambre, dans le couloir ?

— Non, non, répondit précipitamment Aylmer, nous devons le laisser là jusqu'à ce que la police l'ait vu. Et puis, je crois ne pas pouvoir en supporter davantage pour l'instant. Quoi qu'il arrive maintenant, je vais boire quelque chose, et après, ils pourront me pendre s'ils le veulent.

De retour dans la pièce principale, entre la plante verte et le bocal de poissons, Aylmer se prit les pieds dans un fauteuil. Il avait failli renverser l'aquarium en entrant dans la pièce, mais il avait fini par trouver la carafe de cognac après avoir fouillé dans plusieurs placards. Il n'avait pas jusqu'ici donné l'impression d'être quelqu'un de très ordonné, mais, en ce moment, sa distraction paraissait extrême. Il but une longue gorgée et se mit à parler avec une certaine fébrilité, comme s'il cherchait à combler le silence.

— Je vois que vous doutez encore, dit-il, bien que vous ayez vu la scène de vos propres yeux. Croyez-moi, il y avait quelque chose de plus vaste derrière cette querelle entre l'esprit de Strake et celui de la maison des Aylmer. D'ailleurs, vous n'avez pas à être incroyant, car vous devriez soutenir tout ce que les gens stupides appellent des superstitions. Voyons, ne pensez-vous pas qu'il y a un fond de vérité derrière ces contes de bonne femme, les amulettes et les porte-bonheur, les balles en argent ? Qu'en dites-vous, en tant que catholique ?

— J'en dis que je suis agnostique, répondit le Père Brown en souriant.

— Allons, c'est absurde, répliqua Aylmer avec agacement. C'est votre métier de croire à ces choses.

— Eh bien, je crois à certaines choses, naturellement, reconnut Père Brown, ce qui veut dire, bien sûr, qu'il y a d'autres choses auxquelles je ne crois pas.

Aylmer était penché en avant et le regardait avec une étrange intensité, presque semblable à celle d'un hypnotiseur.

— Vous y croyez, dit-il. Vous croyez à tout. Nous croyons tous à tout, même quand nous nions tout. Ceux qui nient croient quand même. Les incroyants croient. Ne sentez-vous pas, au fond de vous-même, que ces contradictions ne sont pas vraiment contradictoires, et qu'il existe un cosmos qui les englobe toutes ? L'âme tourne sur une roue d'étoiles et toutes choses se répètent. Il est possible que Strake et moi ayons combattu sous de nombreuses formes, bête contre bête et oiseau contre oiseau, et nous continuerons peut-être de combattre pour l'éternité. Mais puisque nous nous cherchons l'un l'autre, et que chacun a besoin de l'autre, même cette haine éternelle est un amour éternel. Le bien et le mal tournent sur une roue qui est une chose unique, et non plusieurs. Ne comprenez-vous pas au fond de votre cœur, ne croyez-vous pas que derrière toutes ces croyances il n'y a qu'une seule réalité, et que nous en sommes les ombres ? Et que toutes choses ne sont que des aspects d'une seule chose : un centre où les hommes se confondent dans l'Homme, et l'Homme en Dieu ?

— Non, dit le Père Brown.

Dehors, le crépuscule commençait à tomber, dans cette phase typique de ces soirs de neige où la terre semble plus lumineuse que le ciel. Sous le porche de l'entrée principale, visible à travers une fenêtre au rideau à moitié tiré, le Père Brown distingua vaguement une silhouette massive. Il jeta discrètement un coup d'œil au travers de la porte-fenêtre par laquelle il était entré dans la maison, et vit qu'elle était assombrie par deux autres silhouettes également immobiles.

La porte intérieure au vitrail coloré était légèrement entrebâillée, et il aperçut dans le petit couloir l'extrémité de deux ombres, exagérées et déformées par la lumière du soir, mais évoquant encore des caricatures de silhouettes humaines. Le Dr Boyne avait donné suite à son message téléphonique. La maison était encerclée.

— À quoi bon dire non ? insista son hôte avec toujours ce regard hypnotique. Vous avez vu de vos propres yeux cette scène du drame éternel. Vous avez vu la menace de John Strake cherchant à tuer Arnold Aylmer à l'aide de la magie noire. Vous avez vu Arnold Aylmer tuer John Strake avec la magie blanche. Vous avez devant vous Arnold Aylmer vivant, et qui vous parle. Et pourtant, vous n'y croyez pas.

— Non, je n'y crois pas, dit le Père Brown en se levant de son fauteuil comme pour mettre fin à une visite.

— Et pourquoi n'y croyez-vous pas ? demanda l'autre.

Le prêtre éleva à peine la voix, mais elle résonna dans la pièce comme une immense cloche.

— Parce que vous n'êtes pas Arnold Aylmer, dit-il. Je sais qui vous êtes. Vous vous appelez John Strake, et vous venez d'assassiner le dernier des frères, qui gît en ce moment dans la neige.

Un anneau blanc apparut autour de l'iris des yeux de l'homme. Il sembla faire un dernier effort, les yeux exorbités, pour hypnotiser et dominer son compagnon, puis il fit un brusque mouvement de côté. Et c'est à ce moment que la porte derrière lui s'ouvrit et qu'un grand policier en civil lui posa tranquillement une main sur l'épaule. L'autre main était restée le long du corps, mais elle tenait un revolver. L'homme jeta un regard affolé autour de lui, et se vit entouré de policiers dans tous les coins de la pièce.

Ce soir-là, le Père Brown eut une autre longue conversation avec le Dr Boyne à propos de la tragédie de la famille Aylmer. Il ne subsistait à ce moment-là plus aucun doute sur les éléments principaux de l'affaire, car John Strake avait avoué son identité et même confessé ses crimes. Il serait seulement plus exact de dire qu'il s'était vanté de ses victoires. Maintenant qu'il avait parachevé l'œuvre de sa vie en tuant le dernier des Aylmer, tout le reste, y compris son existence, semblait lui être indifférent. Encore des caricatures de silhouettes humaines. Le Dr Boyne avait donné suite à son message téléphonique. La maison était encerclée.

— Cet homme est une sorte de mononaniaque, dit le Père Brown. Il ne s'intéresse à rien d'autre, même pas à un autre meurtre. Je lui dois beaucoup à cause de cela, et cette pensée m'a réconforté plusieurs fois au cours de cet après-midi. Comme l'idée vous en est sans doute venue, au lieu de tisser toute cette folle toile romanesque, par ailleurs fort ingénieuse, avec des vampires et des balles en argent, il aurait pu se contenter de me loger une balle en plomb dans la tête et de quitter la maison. Je vous assure que j'y ai pensé à de nombreuses reprises.

— Je me demande pourquoi il ne l'a pas fait, fit remarquer Boyne. Je ne comprends pas, mais il est vrai que je n'ai encore rien compris à cette affaire. Comment diable avez-vous su de quoi il retournait, et quels éléments avez-vous découverts ?

— Oh, vous m'aviez fourni des informations fort précieuses, répondit modestement le Père Brown, et en particulier le détail qui comptait vraiment. Je pense au fait que Strake était un menteur très inventif et plein d'imagination, doté d'une très grande présence d'esprit pour débiter ses mensonges. Cet après-midi, il en avait bien besoin, mais il s'est montré à la hauteur de la situation. Sa seule erreur est peut-être d'avoir choisi une histoire surnaturelle. Il a pensé que, puisque j'étais un prêtre, je devais être prêt à croire n'importe quoi. Beaucoup de gens raisonnent ainsi.

— Mais, pour moi, cette affaire n'a ni queue ni tête, dit le docteur. Il faut vraiment que vous commenciez par le commencement.

— L'affaire commence avec la robe de chambre, dit simplement le Père Brown. C'était vraiment le meilleur déguisement que j'aie jamais vu. Quand on rencontre un homme vêtu d'une robe de chambre dans une maison, on pense automatiquement qu'il est chez lui. C'est ce que j'ai moi-même pensé, mais il y a eu ensuite des petits détails bizarres. Quand il a décroché le pistolet, il l'a actionné à bras tendu, comme le fait un homme qui s'assure qu'une arme inconnue n'est pas chargée. En principe, il aurait bien dû savoir si les armes exposées dans son couloir étaient chargées ou pas. Je n'ai pas aimé non plus la façon dont il a cherché le cognac, ni celle dont il a failli renverser le bocal de poissons. Lorsqu'un homme a dans son mobilier ce genre d'objet fragile, il apprend vite à l'éviter machinalement. Mais tout cela aurait pu être le simple fruit de mon imagination. J'en viens au détail véritablement important : il est apparu venant du petit passage entre les deux portes, et dans ce passage, il n'y a qu'une porte donnant sur une pièce. J'ai donc supposé qu'il s'agissait de sa chambre, et que c'était de là qu'il venait. J'ai essayé la poignée, mais la porte était fermée à clef. J'ai trouvé cela étrange, et j'ai regardé par le trou de la serrure. C'était une pièce entièrement vide, manifestement désaffectée. Pas de lit, rien du tout. Il ne venait donc pas d'une pièce de la maison, mais de l'extérieur. Et quand j'ai vu cela, je crois que j'ai tout compris.

» Le malheureux Arnold Aylmer dormait sans doute à l'étage, et c'est peut-être là qu'il habitait la plupart du temps. Il est descendu en robe de chambre et il a franchi la porte au vitrail rouge. Au bout du couloir, se détachant en noir sur la lumière de l'hiver, il a vu l'ennemi de sa famille. Il a vu un grand homme barbu coiffé d'un chapeau noir à larges bords et vêtu d'un grand manteau noir. Il n'a plus vu grand-chose d'autre dans ce monde. Strake a bondi sur lui et l'a étranglé, ou peut-être poignardé. Nous ne pouvons en être sûrs avant d'avoir les résultats de l'enquête. C'est alors que Strake, debout dans cet étroit passage entre le portemanteau et le vieux buffet, contemplant triomphalement le dernier de ses ennemis étendu à ses pieds, a entendu un bruit auquel il ne s'attendait pas. Il a entendu des pas dans le salon à côté. C'était moi, lorsque j'y suis entré par la porte-fenêtre.

» Sa mascarade a été un miracle de célérité. Elle nécessitait non seulement un déguisement, mais également une invention romanesque… parfaitement improvisée. Il a ôté son grand chapeau noir et son manteau, et il a revêtu la robe de chambre de sa victime. Il s'est ensuite livré à un acte assez horrible, ou du moins mon imagination le trouve-t-elle plus horrible que le reste. Il a accroché le corps à une patère, comme un vieux vêtement. Il s'est alors servi de son long manteau pour le recouvrir, et il a pu constater qu'il descendait bien au-dessous des pieds. Il a entièrement caché la tête sous son grand chapeau.

» C'était la seule façon de dissimuler le cadavre dans ce petit couloir avec la porte fermée à clef, mais elle était vraiment très ingénieuse. Je suis passé devant ce portemanteau sans y voir autre chose qu'un portemanteau. Je crois que cette inconscience de ma part ne cessera jamais de me donner des frissons.

» Il aurait peut-être pu en rester là, mais il n'était pas impossible que je découvre le corps à tout instant, et accroché ainsi à une patère, c'était un corps qui exigeait ce que vous pourriez appeler une explication. Il a donc choisi la démarche encore plus audacieuse de le découvrir et de fournir l'explication lui-même.

» C'est alors qu'est née dans cet esprit étrange et effroyablement fertile l'idée de cette histoire de substitution, une inversion des rôles. Puisqu'il venait de prendre la place d'Arnold Aylmer, pourquoi son ennemi mort ne prendrait-il pas la place de John Strake ? Quelque chose dans cette façon de mettre les choses sens dessus dessous a dû enflammer l'imagination de cet homme aussi sombrement imaginatif. C'était comme une sorte d'effroyable bal masqué auquel se rendent deux ennemis jurés, chacun déguisé en l'autre. Mais ce bal masqué devait être une danse de mort, dans laquelle un des danseurs devait périr. C'est pourquoi j'imagine assez bien cet homme se mettant cette idée en tête, et je le vois sourire.

Le Père Brown regardait dans le vague avec ses grands yeux gris qui, lorsqu'ils n'étaient pas voilés par son habitude de battre des paupières, constituaient le seul aspect remarquable de son visage. Il poursuivit, sur un ton empreint de simplicité et de gravité :

— Toutes choses nous viennent de Dieu, et par-dessus tout, la raison, l'imagination et les grands talents de l'esprit. Ces choses sont bonnes en soi, et nous ne devons jamais oublier leur origine même lorsqu'elles sont perverties. Cet homme possédait un très noble pouvoir qui peut être perverti : celui de raconter des histoires. C'était un grand romancier, mais voilà… il a dévoyé son pouvoir de fiction à des fins pratiques et maléfiques, en cherchant à tromper les hommes avec des faits truqués plutôt que de la vraie fiction. Cela a commencé avec le vieil Aylmer, lorsqu'il l'a abusé avec des excuses élaborées et des mensonges ingénieusement détaillés. Mais il est possible qu'au début tout cela n'ait été que les fables et les fariboles d'un enfant qui peut aussi bien affirmer qu'il a rencontré le roi d'Angleterre ou la reine des fées. Cette tendance a grandi en lui à travers le vice qui perpétue tous les vices : la vanité. Il est devenu de plus en plus fier de sa rapidité à inventer des histoires originales, et de la subtilité avec laquelle il les développait. C'est ce que voulaient dire les frères Aylmer lorsqu'ils l'accusaient d'être toujours capable de jeter un sortilège sur leur père. Et c'est vrai : c'est le genre de sortilège que le conteur jette sur le tyran dans les *Mille et une Nuits*. Et jusqu'au bout, il aura parcouru le monde avec l'orgueil d'un poète, et avec le courage, faux mais immense, d'un fabuleux menteur. Il était toujours capable de produire un autre conte des *Mille et une Nuits* s'il se sentait en danger. Et aujourd'hui, il s'est senti en danger.

» Mais, comme je l'ai dit, je suis certain qu'il a apprécié son histoire autant pour son côté fantastique que pour sa nécessité pratique. Il s'est attaché à raconter la vérité, mais à l'envers, en traitant le mort comme un vivant et le vivant comme un mort. Il avait déjà revêtu la robe de chambre d'Aylmer : il a donc entrepris de revêtir son corps et son âme. Il a regardé le cadavre comme si c'était le sien étendu dans la neige, puis il l'a disposé les bras en croix de cette étrange façon qui évoquait un oiseau de proie descendu du ciel. Il l'a ensuite enveloppé non seulement de ses propres vêtements flottants, mais également d'une sombre fable à propos d'un oiseau noir que seule une balle d'argent pouvait abattre. Je ne sais pas si c'est l'argenterie brillant sur le buffet ou la neige étincelant dehors qui a inspiré à son tempérament artistique le thème de la magie blanche et du métal blanc utilisé contre les magiciens. Mais quelle qu'en soit la source d'inspiration, il se l'est approprié comme un poète. Et il l'a fait très rapidement, comme un homme à l'esprit pratique. Il a complété la substitution et l'inversion des rôles en jetant le corps sur la neige comme si c'était celui de Strake. Il a fait de son mieux pour bâtir l'étrange concept d'un Strake lévitant en permanence, une harpie aux ailes puissantes et aux serres mortelles, pour expliquer l'absence d'empreintes de pieds et autres traces de passage. Je l'admire beaucoup pour une de ses impudences artistiques. Il a réussi à transformer une de ses contradictions en un argument en sa faveur, en disant que ce manteau trop long prouvait que l'homme ne pouvait marcher sur le sol comme les simples mortels. Mais il m'a regardé fixement en me disant cela, et j'ai senti qu'il tentait un très gros coup de bluff.

Le Dr Boyne avait l'air songeur.

— Aviez-vous déjà compris la vérité à ce moment-là ? demanda-t-il. Je trouve qu'il y a toujours quelque chose de bizarre, quelque chose qui touche de près aux nerfs, dans les questions qui affectent l'identité. Je ne sais pas ce qui serait le plus étrange, deviner rapidement ou en prendre lentement conscience ? Je me demande à quel moment vous l'avez soupçonné, et quand vous en avez été certain.

— Je crois que j'ai vraiment commencé à le soupçonner quand je vous ai téléphoné, répondit son ami.

Et ce n'était rien de plus que la lumière rouge à travers la porte fermée, qui a brillé un instant sur le tapis. On aurait dit une tache de sang qui s'illuminait en criant vengeance. Pourquoi avait-elle changé ainsi ? Je savais que le soleil était toujours caché, donc que la deuxième porte, celle qui donne sur le jardin, avait été ouverte puis refermée. Mais s'il était sorti et avait vu son ennemi à ce moment-là, il aurait forcément donné l'alarme. Or, ce n'est que quelque temps après qu'il y a eu le cri et le coup de feu. J'ai commencé à penser qu'il était sorti pour faire quelque chose… pour préparer quelque chose… mais quant à dire à quel moment j'en ai acquis la certitude, c'est une autre affaire. J'ai su que, jusqu'au bout, il a essayé de m'hypnotiser, de me dominer par la science occulte des yeux utilisés comme des talismans et de la voix comme une incantation. C'est sans aucun doute ce qu'il pratiquait sur le vieil Aylmer. Mais ce n'était pas seulement la façon dont il parlait, c'était aussi ce qu'il disait. C'était la religion et la philosophie qu'il y mettait.

— Je suis un homme à l'esprit pratique, j'en ai bien peur, dit le docteur d'un ton bourru, et je ne m'intéresse guère à la religion ni à la philosophie.

— Vous n'aurez jamais l'esprit pratique tant que vous ne vous y intéresserez pas, répliqua le Père Brown. Écoutez, docteur. Vous me connaissez bien, et vous savez certainement que je ne suis pas un dévot. Vous savez que je n'ignore pas qu'il existe toutes sortes d'hommes dans toutes les religions. Il y a des hommes de bien dans de mauvaises religions, et de mauvais hommes dans les bonnes. Mais il y a une petite chose que j'ai apprise simplement parce que j'ai l'esprit pratique, un détail tiré de mon expérience, un peu comme les tours qu'on enseigne à un animal ou la caractéristique d'un bon vin. Parmi les criminels enclins à philosopher, je n'en ai pratiquement jamais rencontré dont la philosophie ne tournait pas autour de l'orientalisme, la récurrence et la réincarnation, avec la roue du destin et le serpent qui se mord la queue. J'ai simplement constaté en pratique qu'une malédiction pèse sur les serviteurs de ce serpent : ils ramperont sur le ventre et mangeront la poussière de la terre. Je n'ai jamais connu de canaille ou de débauché qui ne sache débiter ce genre de thèmes spirituels. Ce n'était peut-être pas le cas à l'origine, mais ici, dans notre monde moderne, c'est la religion des scélérats, et j'ai su que c'était un scélérat qui me parlait.

— Pourtant, dit Boyne, j'aurais cru qu'un scélérat serait capable d'afficher n'importe quelle religion de son choix.

— Oui, acquiesça l'autre, il pourrait afficher n'importe quelle religion, c'est-à-dire qu'il pourrait feindre de la professer, s'il ne s'agissait que d'une feinte. Sans aucun doute, un simple hypocrite peut se livrer à ce genre d'hypocrisie. On peut mettre n'importe quel masque sur n'importe quel visage. N'importe qui peut apprendre certaines expressions ou déclarer qu'il adhère à certains points de vue. Je peux sortir dans la rue et proclamer que je suis un méthodiste wesleyen ou un disciple de Sandeman, quoique je craigne de ne pas être très convaincant. Mais dans le cas présent, nous avons affaire à un artiste, et pour un artiste, le masque doit être dans une certaine mesure moulé sur le visage. Ce qu'il fait en dehors de lui doit correspondre à quelque chose en lui. Il ne peut produire ses effets qu'en utilisant certains matériaux de son âme. J'imagine qu'il aurait pu prétendre être un méthodiste, mais il n'aurait jamais fait un méthodiste aussi éloquent que le mystique fataliste qu'il incarnait. Je veux parler du genre d'idéal auquel un tel homme pense lorsqu'il veut vraiment passer pour un idéaliste. Tout son jeu avec moi consistait à paraître aussi idéaliste que possible, et quand ce genre d'homme joue à ce jeu, vous constaterez généralement que c'est ce genre d'idéal qu'il adopte. Un tel homme aurait beau être couvert du sang de ses victimes, il serait encore capable de vous dire sincèrement que le bouddhisme est supérieur au christianisme. Non, mieux encore, il vous dirait que le bouddhisme est plus chrétien que le christianisme. Rien que cela suffit à projeter un rayon de lumière effroyable sur l'idée qu'il se fait du christianisme.

— Grands dieux ! dit le docteur en riant. Je n'arrive pas à voir si vous le dénoncez ou si vous le défendez.

— Ce n'est pas défendre un homme que de dire que c'est un génie, répondit le Père Brown. Loin de là, même. Et c'est un simple constat psychologique qu'un artiste sera toujours trahi par une certaine forme de sincérité. Léonard de Vinci n'aurait pas pu faire semblant de ne pas savoir dessiner. Même s'il avait essayé, il n'aurait obtenu qu'une caricature de mauvais dessin. Si cet homme avait tenté de se faire passer pour un méthodiste, il en aurait fait quelque chose de bien trop merveilleux et effrayant.

Lorsque le prêtre sortit et prit le chemin du retour, le froid était devenu plus intense, tout en étant d'une certaine façon enivrant. Les arbres se dressaient tels des candélabres d'argent pour une étrange Chandeleur de purification glacée. C'était un froid perçant, comme cette épée d'argent, cette épée de souffrance, qui avait autrefois percé le cœur même de la pureté. Mais ce n'était pas un froid mortel, sauf au sens où il semblait tuer tous les obstacles mortels à notre vitalité immortelle et insondable. Par une étrange contradiction, le ciel vert pâle du crépuscule, où brillait une étoile comme celle de Bethléem, ressemblait à une caverne de clarté. C'était comme s'il existait une fournaise verte et glacée capable d'éveiller toutes choses à la vie, comme le fait la chaleur, et que plus elles s'enfonçaient profondément dans ces couleurs cristallines, plus elles devenaient légères comme des créatures ailées, et translucides comme du verre coloré. Le froid vibrait de vérité, et il séparait la vérité de l'erreur avec un scalpel de glace, mais ce qu'il en restait ne s'était jamais senti aussi vivant. C'était comme si toute joie était une pierre précieuse au cœur d'un iceberg. Le prêtre comprenait à peine son humeur, tandis qu'il poursuivait sa route toujours plus avant dans le soir tombant, avalant des goulées toujours plus profondes de cet air vif et virginal. Il semblait avoir laissé derrière lui une confusion morbide, à moins qu'elle n'ait été effacée comme la neige avait effacé les traces de pas de l'homme de sang. En continuant d'avancer péniblement dans la neige, il murmura : « Et pourtant, il n'a pas tort de dire qu'il existe une magie blanche, mais le tout est de savoir où la trouver. »

Edgar Jepson & Robert Eustace

L'Indice de la feuille de thé

(1925)

Anglais de naissance, Robert Eustace (1854-1943) n'a publié, à part deux romans, que des travaux en collaboration : entre 1898 et 1903, cinq recueils de nouvelles avec l'Anglaise L. T. Meade qui font figure de précurseurs (voir L'Homme volatilisé *dans les pages qui précèdent). Quant à Edgar Alfred Jepson (1863-1938), également d'origine britannique, il écrivit une quinzaine de romans policiers entre 1907 et 1938.*
Dès sa première parution en 1925, L'Indice de la feuille de thé *fut considéré comme un classique et, à ce titre, fréquemment réédité. À en croire Dorothy L. Sayers, avec qui il écrivit* Les Pièces du dossier *(1930), Robert Eustace, qui était médecin et doué d'une imagination débridée, apportait le matériau brut et laissait ensuite à son associé(e) le soin de lui donner l'élégance littéraire dont il se sentait incapable.*

*

Arthur Kelstern et Hugh Willoughton se rencontrèrent au bain turc de Duke Street, à St. James, et, un peu plus d'un an après, dans ce même bain turc, ils se séparèrent. Tous deux avaient mauvais caractère.

Kelstern était querelleur et Willoughton violent. Il était vraiment difficile de déterminer lequel était le plus irascible ; et quand je découvris qu'ils étaient soudain devenus amis, j'accordai trois mois à cette amitié. Elle dura presque un an.

La fille de Kelstern, Ruth, fut le motif de leur première dispute. Willoughton s'éprit d'elle et elle de lui, puis ils se fiancèrent. Six mois plus tard, bien qu'ils fussent de toute évidence très amoureux, les fiançailles furent rompues. Ni l'un ni l'autre ne fournirent de raison à cette rupture. Je pensai alors que Willoughton avait donné à Ruth un avant-goût de son satané caractère, et qu'elle lui avait rendu la monnaie de sa pièce.

Non pas que Ruth fût du tout une Kelstern. Comme les membres de la plupart des vieilles familles du Lincolnshire, descendants des Vikings et partisans de Canute, un Kelstern ressemble beaucoup à un autre Kelstern, avec des cheveux blonds, un teint clair, des yeux bleu pâle et une belle arête nasale. Mais Ruth tenait de sa mère. Elle était brune avec un nez droit, des yeux brun sombre de ceux que l'on décrit souvent comme limpides, des cheveux châtains, et des lèvres appétissantes comme je n'en avais jamais vu. C'était une jeune fille fière, assez indépendante, pleine de vivacité, avec un caractère bien à elle. Elle en avait besoin pour vivre avec cette vieille bête querelleuse de Kelstern. Assez étrangement, bien qu'il essayât toujours de la tyranniser, elle l'aimait bien ; et je dirais quant à lui qu'il lui vouait une profonde tendresse.

Elle était probablement la seule créature au monde qu'il aimât vraiment. C'était un expert dans l'application des découvertes scientifiques à l'industrie, et elle travaillait avec lui dans son laboratoire. Il la payait cinq cents livres par an, elle devait donc être extraordinairement calée.

La rupture des fiançailles de Ruth contraria fortement Kelstern.

Il soutenait que Willoughton l'avait laissée tomber. Ruth le prit mal, elle aussi : ses chaudes couleurs perdirent un peu de leur vigueur, ses lèvres devinrent plus minces et moins appétissantes. Le caractère de Willoughton empira ; il était constamment d'une humeur massacrante. J'essayai de tâter le terrain à la fois auprès de lui et de Ruth pour tenter une réconciliation. On m'envoya au diable, c'est le moins qu'on puisse dire. Willoughton pesta contre moi ; Ruth s'emporta et m'enjoignit de m'occuper de mes affaires. Toutefois j'eus la forte impression qu'ils se manquaient beaucoup l'un à l'autre, et qu'ils auraient été ravis de renouer malgré leur stupide vanité.

Kelstern s'ingéniait à entretenir la colère de Ruth contre Willoughton. Un soir je lui dis – ça ne me regardait pas, mais je m'étais toujours soucié comme de l'an quarante de son caractère – qu'il était ridicule de s'en mêler et qu'il ferait bien mieux de les laisser se débrouiller. Je le mis en rage, bien sûr ; il soutint que Willoughton était une sale canaille et une vile fripouille – ce fut du moins ce qu'il exprima de plus modéré à son sujet. Il me vint soudain à l'idée que cette rupture devait cacher quelque chose de beaucoup plus grave.

Ce soupçon fut confirmé par le mal extraordinaire que se donnait Kelstern pour nuire à Willoughton. Dans ses clubs, l'Athenaeum, le Devonshire et le Saville, il faisait preuve d'une ingéniosité ahurissante pour amener la conversation sur Willoughton ; puis il déclarait que ce dernier était un vaurien et un gredin de la pire espèce. Bien sûr, cela faisait du tort à Willoughton, quoique pas tout à fait autant que Kelstern le désirait, car Willoughton connaissait son métier comme peu d'ingénieurs le connaissent ; et il est vraiment très difficile de discréditer un homme aussi compétent. Les gens ont besoin de lui. Mais évidemment cela le déprécia quand même aux yeux de beaucoup ; et Willoughton savait que Kelstern était derrière tout ça. Je tombai un jour sur deux hommes qui me racontèrent qu'ils le lui avaient fait gentiment comprendre. Cela n'arrangea pas son humeur.

Expert dans la construction de ces bâtiments en béton armé qui s'élèvent partout dans Londres, il était aussi renommé dans son domaine que Kelstern dans le sien. S'ils se ressemblaient en matière d'intelligence et de mauvais caractère, je crois aussi que leurs cerveaux fonctionnaient de façon analogue.

En tout cas, tous deux semblaient résolus à ne pas laisser la rupture de ces fiançailles modifier le moins du monde le déroulement habituel de leur existence.

Ils avaient pour coutume de prendre un bain turc à Duke Street, à quatre heures de l'après-midi tous les deuxième et quatrième mardis de chaque mois. Ils gardèrent cette habitude.

Qu'ils fussent contraints de se rencontrer ces mardis-là n'incita aucun d'eux à décaler l'heure à laquelle il prenait son bain, ce qui leur aurait permis, seulement, de se croiser. Des obstinés ? Oui, c'étaient des obstinés. Ni l'un ni l'autre ne cherchaient à s'éviter ; Kelstern dévisageait Willoughton d'un air mauvais, lequel, en retour, lui lançait des regards assassins presque tout le temps. Je le sais, car moi aussi j'étais parfois dans les lieux à cette heure-là.

Ce fut environ trois mois après la rupture des fiançailles qu'ils se rencontrèrent pour la dernière fois dans ce bain turc, et qu'ils se séparèrent pour de bon.

Kelstern paraissait malade depuis à peu près six semaines : son visage était gris et tiré ; il perdait du poids. Le deuxième mardi d'octobre, il arriva à l'établissement à quatre heures pile, apportant avec lui, selon son habitude, une bouteille Thermos remplie d'un délicat thé de Chine. S'il estimait qu'il ne transpirait pas assez abondamment, il le buvait dans la salle la plus chaude ; s'il transpirait suffisamment, il le buvait après son bain. Willoughton arriva environ deux minutes plus tard. Kelstern acheva de se dévêtir et entra dans l'eau deux minutes avant Willoughton. Ils restèrent dans la salle chaude à peu près aussi longtemps l'un que l'autre ; Kelstern pénétra dans le sauna environ une minute après Willoughton. Avant d'y entrer, il envoya chercher sa bouteille Thermos qu'il avait laissée au vestiaire, et l'emporta avec lui.

Il se trouva qu'ils étaient les deux seules personnes présentes dans la pièce ; et ils n'y étaient pas depuis deux minutes que les autres hommes dans la salle contiguë les entendirent se disputer : Kelstern traitait Willoughton de sale canaille et de vile fripouille, entre autres noms, et assurait qu'il ne tarderait pas à le supprimer. Willoughton lui cria par deux fois d'aller au diable. Kelstern continua à l'injurier, et bientôt Willoughton s'exclama : « Oh, ferme-la, espèce de vieux fou ! Ou je te fais ton affaire ! »

Kelstern ne la ferma pas. Environ deux minutes plus tard Willoughton sortit, la mine renfrognée, traversa la salle chaude pour se rendre à la salle de massage. Deux ou trois minutes plus tard un homme du nom de Helston entra dans le sauna et hurla à tue-tête. Kelstern était étendu sur un lit de repos inondé de sang, et le sang continuait à jaillir d'une blessure au cœur.

Il y eut un sacré remue-ménage. On appela la police ; Willoughton fut arrêté. Il se mit bien sûr en colère et, protestant avec fureur qu'il n'avait absolument rien à voir avec le crime, insulta les policiers. Ce qui ne les incita pas à le croire.

Après avoir examiné la salle et le cadavre, l'inspecteur chargé de l'enquête conclut que Kelstern avait été poignardé pendant qu'il buvait son thé. La bouteille Thermos gisait sur le sol devant lui et une certaine quantité de liquide avait manifestement été renversée, car quelques feuilles de thé – le breuvage avait dû être mal filtré – étaient répandues sur le sol autour du goulot de la bouteille vide. On aurait dit que l'assassin avait profité de ce que Kelstern buvait son thé pour le poignarder pendant que la Thermos l'empêchait de voir ce qu'il préparait.

L'affaire aurait été de tout repos, si on avait pu découvrir l'arme… Il avait été assez facile pour Willoughton de l'emporter au bain dans la serviette dont il s'était drapé. Mais comment s'en était-il débarrassé ? Où l'avait-il cachée ? Un bain turc n'est pas un endroit où dissimuler quoi que ce soit. C'est aussi nu qu'une grange – peut-être plus nu encore – et Willoughton s'était trouvé dans la partie la plus vide de l'établissement.

La police en avait fouillé le moindre recoin, bien que cela ne servît pas à grand-chose, car Willoughton était sorti du sauna, avait traversé la salle chaude et était entré dans le salon de massage. Quand Helston avait commencé à crier au meurtre, Willoughton s'était précipité avec les masseurs dans le sauna, et il y était resté. Comme il était évident qu'il avait commis le crime, les employés et les baigneurs avaient gardé un œil sur lui. Tous assuraient qu'il ne les avait pas quittés pour se rendre au vestiaire ; ils ne l'auraient pas laissé faire.

Il était certain qu'il avait dû apporter l'arme au bain, cachée dans les plis de sa serviette, et qu'il l'avait remportée de la même manière. Il avait étalé la serviette à côté du lit sur lequel on le massait ; et elle y était toujours quand ils entrèrent pour la chercher, sans arme ni trace de sang. Qu'elle ne fût pas tachée ne signifiait pas grand-chose, car Willoughton aurait pu essuyer le couteau ou le poignard, ou l'arme qu'il avait utilisée, sur le lit où Kelstern était étendu. Il n'y avait pas de marque d'un tel essuyage sur le lit ; mais le sang, ruisselant de la blessure, avait pu la recouvrir. Le poignard restait introuvable ; sa disparition intrigua la police, et plus tard le public.

Puis les médecins qui procédèrent à l'autopsie conclurent que la blessure avait été infligée par une arme circulaire et pointue d'environ deux centimètres de diamètre. Elle avait pénétré à un peu plus de huit centimètres de profondeur et, en supposant que son manche ne mesurât que dix centimètres de long, l'objet devait être d'une grandeur telle qu'il était tout à fait impossible de ne pas le remarquer. Les médecins apportèrent également la preuve que Kelstern buvait son thé quand il avait été poignardé : à mi-profondeur de la blessure, ils trouvèrent une feuille de thé coupée en deux, tombée de toute évidence sur le corps de Kelstern, puis introduite dans la blessure et tranchée net par le coup mortel. Ils s'aperçurent aussi que Kelstern était atteint d'un cancer. Cette nouvelle ne fut pas publiée dans les journaux ; je l'appris au Devonshire. Willoughton fut traduit en justice et, à l'étonnement d'un grand nombre de gens, se défendit comme un beau diable. Il se présenta à la barre et jura qu'il n'avait jamais eu le moindre geste agressif envers Kelstern, qu'il n'avait jamais apporté la moindre arme au bain turc, qu'il n'avait donc rien eu à dissimuler et qu'il n'avait même jamais vu un objet semblable à celui que les médecins décrivaient. Il fut inculpé.

Les journaux ne parlaient que du crime ; il était au centre de toutes les conversations ; et la question qui obsédait chacun était la suivante : où Willoughton avait-il caché l'arme ? Des gens écrivirent aux journaux pour suggérer qu'il l'avait ingénieusement placée dans un endroit bien en vue et qu'on ne l'avait pas remarquée tellement c'était évident. D'autres affirmèrent que, circulaire et pointue, elle devait ressembler beaucoup à un gros crayon à mine de plomb ; et voilà pourquoi la police ne l'avait pas découverte au cours de la fouille. Les policiers parcoururent toute l'Angleterre – Willoughton faisait beaucoup de promenades en automobile – pour trouver l'homme qui lui avait vendu cette arme étrange et singulière : sans résultat. Alors ils conclurent que Kelstern avait été assassiné avec un bout de tige d'acier, ou de fer, limée en pointe.

En dépit du fait que seul Willoughton avait pu assassiner Kelstern, je n'arrivais pas à y croire. Que Kelstern se fût ingénié à lui nuire sur le plan professionnel et sur le plan social ne constituait en aucun cas un mobile assez solide. Willoughton était un homme beaucoup trop intelligent pour ignorer que les gens ne prêtaient pas grande attention aux déclarations jetant le discrédit sur un homme dont les compétences leur étaient nécessaires ; quant aux préjudices sociaux, il s'en souciait fort peu. En revanche, il était tout à fait capable de blesser, ou même de tuer, un homme dans une crise de colère ; mais il n'avait pas le tempérament à combiner un meurtre de sang-froid ; et si un meurtre avait jamais été organisé de façon délibérée, c'était bien celui de Kelstern…

J'étais ce que Willoughton avait de plus proche en matière d'amis, et j'allai le voir en prison. Il parut assez touché de ma visite, et reconnaissant. J'appris que j'étais la seule personne à être venue. Il était abattu et paraissait beaucoup plus aimable.

Il discuta assez volontiers du meurtre et comme de juste d'un air soucieux. Il déclara très franchement qu'il n'attendait pas de moi que je le croie innocent, vu les circonstances ; c'était pourtant le cas, disait-il, et il ne parvenait absolument pas à comprendre qui était le coupable. Je le crus : quelque chose dans sa façon d'en discuter me persuada tout à fait. Je lui répondis que j'étais absolument sûr de son innocence ; et il me regarda comme s'il doutait de ma conviction, mais sembla me remercier de mon attitude.

Ruth pleurait son père ; mais la situation terriblement critique et dangereuse de Willoughton détournait un peu son esprit de ce deuil. Une femme peut se disputer âprement avec un homme sans désirer le voir pendu ; or les chances de Willoughton d'échapper à la pendaison étaient bien minces. Toutefois, elle ne voulait pas croire un seul instant qu'il ait assassiné son père.

— Non, ça ne rime à rien, absolument à rien, assura-t-elle d'un ton ferme. Si papa avait assassiné Hugh, j'aurais pu le comprendre. Il avait des raisons – ou du moins il s'était persuadé qu'il en avait. Mais quel motif avait donc Hugh d'assassiner papa ? C'est ridicule de penser qu'il ait pu être affecté du fait que papa s'ingéniait à lui nuire. Des tas de gens s'efforcent de mettre des bâtons dans les roues à d'autres gens, mais ils ne leur causent guère de préjudices ; et Hugh le sait pertinemment.

— Bien sûr ! Et Hugh ne pensait pas que votre père lui causait beaucoup de tort. Cependant vous oubliez son satané caractère.

— Non, pas du tout, protesta-t-elle. Il pourrait tuer un homme dans un accès de fureur, sous l'impulsion du moment. Mais là ce n'était pas l'impulsion du moment. Celui qui a commis ce crime avait tout organisé et avait apporté l'arme.

Je dus admettre que ce raisonnement se tenait assez bien. Mais qui donc avait commis le crime ? Je lui signalai que la police s'était renseignée avec beaucoup de soins sur toutes les personnes présentes au bain à ce moment-là, les employés et les clients, mais qu'elle n'avait pas pu établir de liens – sinon professionnels avec le masseur – entre ces gens et son père.

— Ou c'était l'un d'eux, ou il y avait une autre personne qui est repartie aussitôt, ou alors il y a une manigance quelque part, observa-t-elle en fronçant les sourcils, pensive.

— Je ne vois pas qui d'autre aurait pu se trouver dans l'établissement à part ceux que nous avons déjà nommés, dis-je.

En fait, c'est impossible.

Puis la Couronne assigna Ruth à comparaître comme témoin à charge. Cela parut plutôt inutile et même un peu étrange, car on aurait pu faire la preuve d'un grand nombre de désaccords entre les deux hommes sans la mêler au procès. De toute évidence les autorités étaient résolues à tout mettre en œuvre pour bien établir le mobile. Ruth parut plus contrariée que je ne l'aurais pensé à l'idée de se présenter à la barre. Mais il était vrai qu'elle venait de subir une très dure épreuve.

Le matin du procès, je passai chez elle après le petit déjeuner pour la conduire à New Bailey. Elle était pâle, semblait avoir passé une mauvaise nuit et, de façon assez compréhensible, paraissait en proie à une fébrilité qu'il lui fallait maîtriser. Elle n'était pas du genre à trahir ses sentiments. Nous avions bien sûr été en contact étroit avec Hamley, l'avoué de Willoughton ; et il nous avait réservé des places juste derrière lui. Il désirait avoir Ruth tout près de lui pour la consulter au cas où serait évoqué un point qu'elle pourrait éclaircir, puisqu'elle en savait plus que quiconque sur les relations entre Willoughton et son père. J'avais très bien minuté notre arrivée ; le jury venait de prêter serment. Évidemment, le tribunal était plein de femmes : les épouses des pairs, des bookmakers et des politiciens, toutes trop bien habillées et trop parfumées.

Puis le juge entra ; et, avec lui, l'atmosphère du tribunal se chargea de cette tension proche de l'angoisse si particulière aux procès pour homicide.

Il était regrettable pour Willoughton que le juge fût Garbould. Homme au visage dur, au physique ordinaire, peu raffiné, il avait une réputation bien fondée de magistrat « à potence facile » et l'habitude de faire le jeu de l'accusation. Willoughton vint à la barre, l'air très abattu. Mais il était plein de dignité et déclara d'une voix encore assez ferme qu'il n'était pas coupable. Greatorex, l'avocat de la Couronne, énonça les charges. Rien n'indiqua dans son discours que la police avait découvert quoi que ce fût de nouveau.

Puis Helston témoigna qu'il avait trouvé le corps du défunt ; ensuite, lui et les trois autres hommes qui s'étaient trouvés dans la salle chaude affirmèrent qu'ils avaient perçu les éclats de voix entre Kelstern et Willoughton, et que ce dernier était sorti, la mine renfrognée, manifestement furieux. L'un d'eux, un vieux monsieur pointilleux du nom d'Underwood, déclara que c'était la dispute la plus âpre qu'il ait jamais entendue. Aucun des quatre ne pouvait donner le moindre indice qui laissât supposer que Willoughton transportait ou non l'arme disparue dans les plis de sa serviette ; mais tous en tout cas étaient certains qu'il avait les mains vides.

Le rapport d'expertise médicale vint ensuite. En faisant subir un contre-interrogatoire aux médecins qui avaient procédé à l'autopsie, Hazeldean, l'avocat de Willoughton, établit de façon tout à fait catégorique que l'arme « manquante » était d'une bonne taille ; que sa lame ronde avait dû mesurer plus d'un centimètre de diamètre et entre huit et dix centimètres de long. Il fut estimé que pour enfoncer une lame de cette épaisseur dans le cœur, un manche d'au moins dix centimètres de long était nécessaire afin de fournir une prise suffisante. Il avait pu s'agir d'un bout de tige d'acier, ou de fer, taillée en pointe. De toute façon, c'était sans aucun doute un objet assez gros, impossible à cacher rapidement, ou à faire disparaître totalement dans un bain turc. Hazeldean ne réussit pas à ébranler la certitude des médecins au sujet de la feuille de thé ; ils étaient persuadés qu'elle avait été enfoncée dans la blessure et coupée en deux par la lame de l'arme introuvable, et que cela prouvait que la blessure avait été infligée pendant que Kelstern buvait son thé.

L'inspecteur de police principal Brackett, chargé de l'affaire, subit un contre-interrogatoire très long au sujet de la fouille menée pour trouver l'arme du crime. Il précisa bien qu'elle ne se trouvait nulle part dans ce bain turc, ni dans les saunas, ni dans la salle de massage, ni dans les vestiaires, ni dans le bureau, ni dans le hall d'entrée. Il avait fait vider le bassin ; il avait fouillé les toits, bien qu'il fût pratiquement certain que la lucarne au-dessus de la salle chaude était fermée au moment du crime. Interrogé à nouveau, il émit l'idée que Willoughton ait pu avoir un complice qui avait emporté l'arme.

Il avait examiné cette hypothèse avec le plus grand sérieux.

Le masseur déclara que Willoughton était venu à lui la mine si renfrognée qu'il se demanda ce qui l'avait mis de si mauvaise humeur. Au cours du contre-interrogatoire, Arbuthnot, le stagiaire d'Hazeldean, précisa plus clairement que jamais que, si Willoughton n'avait pas dissimulé l'arme dans la salle la plus chaude, elle était forcément cachée dans la serviette. Ensuite, il obtint du masseur cette déclaration catégorique : Willoughton avait bien étalé sa serviette à côté du lit sur lequel il s'était allongé ; avant de repartir en toute hâte en direction des salles chaudes ; puis, le masseur était revenu, laissant Willoughton discuter du crime et avait retrouvé la serviette exactement à la même place, sans trace de sang ni arme glissée à l'intérieur.

Puisque l'inspecteur avait rejeté la possibilité qu'un complice fût entré en cachette, ait pris l'arme dans la serviette et ait quitté furtivement le bain, ce témoignage établissait que l'arme n'avait jamais quitté la salle du crime.

Puis l'accusation invoqua à titre de preuve les mauvais rapports entre Kelstern et Willoughton. Trois hommes connus et influents informèrent le jury des efforts de Kelstern pour nuire à Willoughton auprès d'eux, et des propos préjudiciables qu'il avait tenus à son égard. L'un d'eux avait considéré de son devoir de le signaler à Willoughton ; et l'intéressé avait été furieux. Au cours du contre-interrogatoire, Arbuthnot souligna qu'en raison de la nature querelleuse de Kelstern les propos venimeux que ce dernier tenait sur les autres étaient considérablement amoindris.

Je remarquai que pendant la fin du contre-interrogatoire du masseur, Ruth avait manifesté des signes de nervosité et s'était retournée impatiemment pour surveiller l'entrée du tribunal, comme si elle attendait quelqu'un. Puis, juste au moment où on l'appela à la barre, entra un homme grand, voûté, à la chevelure et à la barbe grises, d'environ soixante ans, portant un paquet enveloppé dans du papier kraft. Son visage m'était familier; mais je ne réussis pas à le remettre. Il croisa le regard de Ruth et lui fit un signe de tête. Elle poussa un soupir de soulagement, se pencha en avant, tendit une lettre qu'elle tenait à la main à l'avoué de Willoughton et lui désigna l'homme à la barbe grise. Puis elle se rendit à la barre d'un pas pressé.

Hamley lut la lettre et se pencha aussitôt pour la tendre à Hazeldean et lui parler. Je saisis une note d'excitation dans sa voix étouffée. Hazeldean lut la lettre et eut l'air de s'exciter à son tour. Hamley quitta discrètement sa place, se dirigea vers l'homme à la barbe grise qui se tenait toujours à l'entrée du tribunal et se mit à lui parler avec animation.

Greatorex commença à interroger Ruth; naturellement je portai mon attention sur elle. Cet interrogatoire tendait encore à montrer en quels mauvais termes avaient été Kelstern et Willoughton. Ruth fut priée de rapporter au jury quelques-unes des menaces précises de son père. Puis – c'est surprenant, le peu de choses qui échappent à la police dans une affaire vraiment importante – l'interrogatoire prit un tour singulier. Greatorex commença à questionner Ruth sur ses relations avec Willoughton, et l'orientation évidente de ses questions visait à établir qu'ils n'avaient pas été seulement fiancés mais aussi amants.

Je vis aussitôt ce que cherchait l'accusation. Elle s'efforçait, et ceci dans un souci d'ordre moral, d'inciter le jury et le juge à condamner à la pendaison un homme dont le comportement pouvait passer pour immoral. Il n'y avait pas de façon plus efficace de nuire à Willoughton que de prouver qu'il avait séduit Ruth en lui promettant le mariage.

Bien sûr Hazeldean bondit aussitôt sur ses pieds, en protestant que ce témoignage était inadmissible et hors de propos ; et bien sûr Garbould se dressa contre lui – ce n'était pas pour rien qu'il n'aimait pas le sobriquet dont on l'affublait chez les avocats stagiaires. Hazeldean fut splendide. Il eut avec Garbould l'une de ses célèbres prises de bec ; et pourtant on ne les compte plus. Garbould était un imbécile de le laisser faire. Hazeldean triomphait toujours de lui, ou paraissait en triompher, et mettait le jury de son côté. Garbould ne devait pas sa nomination de juge à son intelligence mais à sa valeur politique. Il déclara donc que les questions étaient permises et en posa une ou deux lui-même à Ruth.

Alors Willoughton se mit en colère et protesta que cela n'avait rien à voir avec l'affaire et que c'était un scandale.

Willoughton a une voix très sonore. Ce n'est pas du tout un homme facile à faire taire ; et on mit du temps à le réduire au silence. Quand on y arriva, Garbould était blanc de colère. Tout ce qu'il pourrait faire pour pendre Willoughton serait fait, c'était certain. Mais, en observant le jury, mon impression fut que l'éclat de Willoughton avait été bien reçu et que les protestations d'Hazeldean avaient ébranlé l'assurance de Garbould.

Quand j'aperçus la mine un tantinet mal en point du représentant de l'accusation, je fus convaincu que la Couronne avait assez mal engagé cette histoire.

Greatorex, assisté par Garbould, poursuivit ses questions ; et Ruth, sans se laisser décontenancer, le rose de l'animation la faisant paraître plus charmante que jamais, reconnut que Willoughton et elle avaient été amants ; qu'il était resté avec elle plus d'une fois après une soirée dansante ou une pièce de théâtre. L'une des domestiques les avait espionnés ; et la Couronne détenait les faits.

Malgré les protestations d'Hazeldean, je craignais que le fait que Willoughton l'ait séduite sous promesse de mariage – comme l'avait formulé Greatorex – lui nuisît beaucoup auprès du jury et très probablement le fît pendre.

Alors Ruth, toujours rougissante, mais pas très troublée, lança :

— Ce serait une raison pour que mon père ait assassiné Mr Willoughton, et non pour que Mr Willoughton ait assassiné mon père.

Aussitôt Garbould lui passa un savon phénoménal. Elle était là pour répondre aux questions et non pour lancer des remarques oiseuses.

Puis Greatorex en arriva à la rupture des fiançailles et affirma que Willoughton en était le responsable, qu'il avait en fait laissé tomber la jeune femme après l'avoir compromise. Elle refusa tout de go de l'admettre. Elle déclara qu'ils s'étaient disputés et qu'elle avait rompu. Elle n'en démordit pas et il fut impossible de l'ébranler, bien que Garbould en personne donnât un vigoureux coup de main pour y parvenir.

En plein milieu, Willoughton, qui paraissait dans son élément maintenant que l'atmosphère du tribunal était, pourrait-on dire, saturée d'une certaine violence, lança d'une voix désagréable et moqueuse :

— Ce qu'elle dit est la stricte vérité ; à quoi bon l'importuner ?

De nouveau Garbould se manifesta, le blâma avec colère d'avoir parlé, lui ordonna de se taire, et déclara qu'il n'accepterait pas de voir son tribunal transformé en pétaudière.

— Avec le roi Pétaud dans le rôle du juge, souffla Hazeldean à Arbuthnot dans un murmure sonore.

Deux ou trois personnes rirent. Dont un membre du jury.

Quand Garbould en eut terminé avec lui, je ne pense pas que ce juré aurait condamné Willoughton, même s'il l'avait vraiment vu poignarder Kelstern.

Willoughton écrivit un mot qu'il fit passer à Hazeldean.

D'un air confiant, Hazeldean se leva pour faire subir à Ruth un contre-interrogatoire. Il lui fit établir que son père avait été en excellents termes avec Willoughton jusqu'à la rupture des fiançailles ; qu'à ce sujet il l'avait chaudement soutenue ; et que lorsque la domestique qui les avait espionnés l'avait informé de ses relations avec Willoughton, il avait été à peine plus furieux qu'il ne l'était déjà.

Puis Hazeldean demanda :

— Est-il vrai que, depuis la rupture de vos fiançailles, le prisonnier vous a suppliée plus d'une fois de lui pardonner et de renouer ?

— Quatre fois, dit Ruth.

— Et vous avez refusé ?

— Oui, dit Ruth.

Elle jeta un regard étrange à Willoughton et ajouta :

— Il méritait une leçon.

— Vous supplia-t-il au moins de l'épouser, et vous promit-il de vous mener à la porte de l'église ?

— Oui.

— Et vous avez refusé ?

— Oui, dit Ruth.

Garbould se pencha en avant et lança de son ton le plus déplaisant :

— Et pourquoi avez-vous repoussé l'occasion de réparer votre honteuse conduite ?

— Je n'avais pas honte, riposta Ruth d'une voix assez sèche ; et elle lui lança un regard mauvais.

Puis elle ajouta avec naïveté :

— J'ai refusé parce que rien ne pressait. Il serait toujours prêt à m'épouser si je changeais d'avis.

Il y eut un silence. Pour moi il était plus clair que jamais que la Couronne avait tout gâché en soulevant la question des relations entre elle et Willoughton, puisque de toute évidence il était disposé à la sauver de tout préjudice moral occasionné par leur conduite.

D'un ton compatissant le juge demanda :

— Est-il vrai que votre père était atteint d'un cancer ?

— Oui, et il commençait à en souffrir beaucoup, répondit Ruth avec tristesse.

— Rédigea-t-il son testament et mit-il toutes ses affaires en ordre quelques jours avant de mourir ?

— Trois jours avant, précisa Ruth.

— N'exprima-t-il jamais l'intention de se suicider ?

— Il disait qu'il tiendrait encore un peu et puis qu'il en finirait pour de bon, répondit Ruth.

Elle fit une pause puis ajouta :

— Et c'est ce qu'il fit.

On pourrait presque dire que le tribunal sursauta. Je crois que toutes les personnes présentes remuèrent un peu, ce qui causa une sorte de bruissant murmure. Garbould se rejeta dans son fauteuil avec un grognement incrédule et fusilla Ruth du regard.

— Voudriez-vous exposer au tribunal les raisons de cette déclaration ? demanda Hazeldean.

Ruth parut se ressaisir ; la rougeur avait quitté son visage ; elle avait l'air très fatigué ; puis elle commença d'une voix calme et égale :

— Je n'ai jamais cru un instant que Mr Willoughton ait assassiné mon père. Si mon père avait assassiné Mr Willoughton, cela aurait été une autre histoire.

Garbould se pencha en avant et lança d'un ton hargneux qu'on ne lui demandait pas ses convictions ou ses impressions, mais des faits. Je ne crois pas qu'elle l'entendit : elle se concentrait pour exposer ses raisons avec exactitude ; elle poursuivit du même ton calme :

— Bien sûr, comme tout le monde, j'essayais de résoudre le problème de l'arme : ce qu'elle était, et où elle avait disparu. Je ne croyais pas qu'il s'agissait d'un bout de tige d'acier d'un centimètre d'épaisseur. Si quiconque était venu au bain turc dans l'intention d'assassiner mon père et de cacher l'arme, il n'en aurait pas choisi une si grosse, quand une épingle à chapeau aurait tout aussi bien fait l'affaire et pouvait être dissimulée beaucoup plus facilement. Ce qui m'intriguait le plus, c'était la feuille de thé dans la blessure. Toutes les autres feuilles de thé sorties de la bouteille étaient répandues sur le sol. C'est ce que me précisa l'inspecteur Brackett. Et je n'arrivais pas à croire qu'une feuille de thé était tombée sur le cœur de mon père à l'endroit exact où la pointe du couteau avait percé la peau et pénétré. La coïncidence était trop grande pour que j'avale ça. Mais pas plus que les autres je n'entrevis une solution.

Garbould la coupa d'un ton plutôt exaspéré et lui ordonna d'en venir aux faits. Hazeldean se leva et protesta que la jeune femme ne devrait pas être interrompue ; qu'elle avait résolu un mystère qui avait laissé perplexes certains des plus grands esprits d'Angleterre, et qu'on devait l'autoriser à raconter son histoire comme elle l'entendait.

De nouveau Ruth ne parut pas les écouter, et quand ils se turent, elle poursuivit de la même voix calme :

— Bien sûr, je me souvenais que papa avait parlé d'en finir pour de bon ; mais personne avec une blessure pareille n'aurait pu se lever et cacher l'arme. Puis, il y a deux nuits, j'ai rêvé que j'entrais dans le laboratoire et voyais un bout de tige d'acier posé sur la table à laquelle mon père avait l'habitude de travailler.

— Des rêves, maintenant ! murmura Garbould avec mépris ; il se carra dans son fauteuil et se croisa les mains sur le ventre.

— Je n'accordai pas beaucoup d'intérêt au rêve, bien sûr, poursuivit Ruth. Je me posais tant de questions depuis si longtemps qu'il était tout à fait naturel d'en rêver. Mais après le petit déjeuner j'eus soudain le sentiment que le secret se trouvait dans le laboratoire, si je pouvais le dénicher. Je n'attachai aucune importance à cette impression ; mais ce sentiment devint de plus en plus fort ; et après le déjeuner j'allai au laboratoire et commençai à chercher. Je fouillai tous les tiroirs et ne trouvai rien. Puis je fis le tour de la pièce en regardant tout et à l'intérieur de tout, instruments, cornues, tubes, etc. Ensuite, je me plaçai au milieu du laboratoire et regardai lentement et avec beaucoup d'intensité autour de moi. Contre le mur, près de la porte, posée là pour être emportée, il y avait une bonbonne de gaz. Je la retournai pour voir quel gaz elle avait contenu, et ne trouvai pas d'étiquette dessus.

Elle fit une pause pour jeter un regard sur le tribunal, comme si elle réclamait sa plus vive attention ; puis elle poursuivit :

— Voilà qui était très étrange, car toute bonbonne de gaz doit porter une étiquette – tant de gaz sont dangereux. J'ouvris la bonbonne et rien n'en sortit. Elle était tout à fait vide. Alors j'allai prendre le registre dans lequel tout ce qui entre est inscrit, et découvris que dix jours avant sa mort papa avait reçu une bonbonne de CO_2 et trois kilos et demi de glace. Il avait aussi reçu trois kilos et demi de glace par jour jusqu'à la date de sa mort. Ce fut la glace associée au CO_2 qui me donna l'idée. Le

CO_2, le gaz carbonique, gèle à très basse température – moins quatre-vingts degrés centigrades – et quand il sort de la bonbonne et se mélange à l'air il se transforme en une neige très fine ; cette neige, si vous la comprimez, donne la glace la plus dure et la plus résistante qui existe. L'idée me vint tout d'un coup que papa avait pu recueillir cette neige, l'enfoncer dans un moule et fabriquer une arme qui non seulement infligerait cette blessure mais *disparaîtrait* ensuite !

Elle fit une nouvelle pause pour jeter un regard circulaire sur les membres du tribunal dont les visages captivés avaient de quoi satisfaire n'importe quel conteur. Puis elle poursuivit :

— Je savais que c'était ce qu'il avait fait. Je le *savais* avec certitude. De la glace de gaz carbonique formerait un poignard dur et résistant, qui fondrait rapidement dans la salle plus chaude d'un bain turc sans laisser d'odeur parce qu'il est inodore. Il n'y aurait donc pas d'arme. Ça expliquait aussi la feuille de thé. Papa avait fabriqué un poignard en gaz carbonique peut-être une semaine avant de s'en servir, peut-être seulement un jour avant. Et il l'avait mis aussitôt dans la bouteille Thermos. La bouteille Thermos protège de la chaleur comme du froid, vous savez. Mais pour s'assurer que son arme ne puisse absolument pas fondre, il garda la bouteille dans de la glace jusqu'à ce qu'il fût prêt à utiliser le poignard. C'est la seule façon d'expliquer la feuille de thé. Elle sortit de la bouteille collée à la pointe du poignard et fut enfoncée dans la blessure !

Ruth marqua une nouvelle pause, et l'on aurait presque pu dire que le tribunal poussa un profond soupir de soulagement. Puis Garbould demanda d'une voix désagréable et incrédule :

— Pourquoi n'avez-vous pas dévoilé cette théorie invraisemblable à la police ?

— Mais ça n'aurait servi à rien ! protesta-t-elle vivement. *Ça ne servait à rien que je le sache* ; il fallait que j'arrive à le faire croire aux autres ; je devais trouver une preuve. Je commençai à la chercher. Je sentais tout au fond de moi qu'il en existait une. Ce que je voulais, c'était le moule. Je le trouvai.

Elle prononça ces mots d'un ton triomphal et sourit à Willoughton ; puis elle poursuivit :

— Du moins j'en trouvai des morceaux. Dans la boîte dans laquelle nous jetions des bricoles, des bouts de tissu, des instruments abîmés et des tubes à essais cassés, je trouvai quelques morceaux de vulcanite ; je vis aussitôt qu'il s'agissait des morceaux d'un récipient. Je pris de la cire et la roulai en une tige de la taille qui convenait à peu près, puis je reconstituai le récipient autour – du moins la majeure partie –, il manque quelques petits morceaux. Ça me prit presque toute la nuit. Mais je trouvai le bout le plus important – *l'extrémité pointue* !

Elle plongea la main dans son sac et en sortit un objet noir d'environ vingt centimètres de long, d'une épaisseur de deux centimètres, et le brandit pour que tout le monde le vît.

Quelqu'un, sans réfléchir, se mit à applaudir ; il s'éleva alors un tonnerre d'applaudissements qui engloutit les beuglements de Garbould et la voix du greffier réclamant le silence.

Quand les applaudissements cessèrent, Hazeldean, qui ne rate jamais une occasion, déclara :

— Je n'ai pas d'autres questions à poser au témoin, Votre Honneur, et il s'assit.

Cette action me parut, ainsi qu'au jury, couper court à tout le reste. Garbould, livide, se pencha en avant et hurla presque à Ruth :

— Vous attendez-vous à ce que le jury croie que quelqu'un d'aussi célèbre que votre père est mort en tendant un piège ignoble à un homme ?

Ruth le regarda, haussa les épaules, et dit avec cette acceptation tranquille des réalités de la nature humaine que l'on s'attend à trouver chez une femme plus âgée :

— Oh, vous savez, papa était comme ça. Et il pensait certainement qu'il avait de très bonnes raisons de vouloir la mort de Mr Willoughton.

Il y avait dans son ton et son attitude quelque chose qui prouvait que Kelstern n'était pas seulement comme ça, mais qu'il avait agi selon sa nature.

Greatorex ne fit pas subir de contre-interrogatoire à Ruth ; il s'entretint avec Hazeldean. Puis Hazeldean se leva pour ouvrir le dossier de la défense. Il déclara qu'il ne gaspillerait pas le temps du tribunal, et qu'étant donné que miss Kelstern avait résolu le problème de la mort de son père, il n'appellerait qu'un seul témoin, le professeur Mozley.

L'homme voûté à la chevelure et à la barbe grises, qui était arrivé si tard au tribunal, vint à la barre.

Bien sûr son visage m'était familier ; j'avais vu son portrait dans les journaux une douzaine de fois. Il portait toujours le paquet enveloppé dans du papier kraft.

En réponse aux questions d'Hazeldean il déclara qu'il était possible, et même plutôt facile, de fabriquer une arme en gaz carbonique assez dure, assez résistante et assez tranchante pour infliger une blessure comme celle qui avait causé la mort de Kelstern. Il convenait de plier un morceau de peau de chamois dans un sac, de tenir le sac avec la main gauche, protégée par un gant, au-dessus du robinet d'une bonbonne contenant du gaz carbonique liquide, et d'ouvrir la valve avec la main droite.

Le gaz carbonique s'évapore si vite que son point de congélation est vite atteint ; il se solidifie alors dans le sac en peau de chamois sous forme d'un dépôt de neige de gaz carbonique. Ensuite il suffit de fermer l'arrivée du gaz, de verser à la cuillère cette neige dans un récipient en vulcanite de l'épaisseur voulue, et de la tasser au fond avec un plongeur en vulcanite pour lui donner la forme d'une tige de l'épaisseur désirée. Il ajouta qu'il était conseillé, pendant qu'on remplissait et que l'on tassait la neige dans le récipient, de le plonger dans de la glace, puis de placer la tige dans une bouteille Thermos ; et de l'y laisser jusqu'à utilisation.

— Et vous avez fabriqué une tige de ce genre ? demanda Hazeldean.

— Oui, répondit le professeur, en coupant la ficelle du paquet enveloppé de papier kraft. Quand miss Kelstern m'a tiré du lit ce matin à sept heures et demie pour me confier ses découvertes, je compris aussitôt qu'elle avait trouvé la solution au problème de la mort de son père, laquelle m'avait énormément intrigué. Je pris mon petit déjeuner en hâte et me mis au travail pour fabriquer à mon tour une telle arme afin de satisfaire le tribunal. La voici.

Il tira une bouteille Thermos du papier kraft, en dévissa le bouchon et la retourna. Une tige blanche d'environ vingt centimètres de long tomba alors dans sa main gantée. Il l'éleva pour que le jury la voie.

— Cette congélation du gaz carbonique produit la glace la plus dure et la plus résistante que nous connaissions ; et je ne doute pas que Mr Kelstern se soit tué avec une tige de ce genre. La différence entre celle qu'il utilisa et celle-ci est que l'extrémité était effilée. Je n'avais pas de récipient en vulcanite de cette forme ; mais le récipient que miss Kelstern a reconstitué est pointu. Il est certain que Mr Kelstern l'avait fait fabriquer spécialement. Probablement par Hawkins & Spender.

Il laissa retomber le morceau de glace dans la bouteille Thermos et revissa le bouchon. Hazeldean s'assit. Le juré qui avait été réprimandé par Garbould se pencha en avant et parla avec animation au président. Greatorex se leva.

— En ce qui concerne la pointe de la tige, professeur Mozley, dans cette chaleur, resterait-elle tranchante assez longtemps pour percer la peau ? demanda-t-il.

— À mon avis, oui, répondit le professeur. J'ai réfléchi à cette pointe et en considérant que Mr Kelstern devait, vu sa profession, être très habile de ses mains, et savoir exactement comment procéder, il a dû sortir la tige de la bouteille et placer la pointe en position à peine un peu plus d'une seconde – peut-être moins. Il l'a tenue, je crois, dans sa main gauche et l'a enfoncée en frappant violemment le bout avec la main droite. Toute l'opération ne lui a sans doute pas pris deux secondes. En outre, si la pointe de l'arme avait fondu, la feuille de thé serait tombée par terre.

— Merci, dit Greatorex.

Il se détourna et s'entretint avec les avocats de la Couronne.

Puis il déclara :

— Nous suggérons de ne pas poursuivre le procès, Votre Honneur.

Le président du jury se leva prestement et annonça :

— Et le jury ne veut pas en entendre plus, Votre Honneur. Nous sommes tout à fait convaincus que le prisonnier n'est pas coupable.

Garbould hésita. Pour un peu il aurait ordonné que l'on continue les débats. Puis son regard tomba sur Hazeldean, qui l'observait ; j'imagine qu'il décida alors de ne pas lui donner la chance de dire d'autres choses désagréables.

L'air assez sombre, il posa la question en bonne et due forme au jury, qui répondit par un verdict de « non coupable », puis il relaxa Willoughton.

Je sortis du tribunal avec Ruth, et nous l'attendîmes.

Il franchit bientôt la porte, s'arrêta et se secoua. Puis il vit Ruth et vint à elle. Ils ne se saluèrent pas. Elle se contenta de glisser la main sous son bras ; et ils sortirent ensemble de New Bailey.

Nous leur fîmes une belle ovation, avec nos hourras.

C. St. John Sprigg

Assassinat programmé

(1936)

Contrairement à l'Angleterre et aux États-Unis, la France n'a guère connu l'ère des pulps, ce genre de périodiques à bon marché dans lesquels un grand nombre d'auteurs savaient avec talent divertir un public avide de rêves et de sensations fortes. Voici un récit typique de « l'esprit pulp » : une inspiration délirante qui, sans se soucier de la plus élémentaire vraisemblance, tient néanmoins en haleine de la première à la dernière ligne.
Elle est due au Britannique C. St. John Sprigg (1907-1937), oublié dans son pays natal et complètement inconnu en France, un auteur très prometteur de six romans policiers parus entre 1933 et 1937, année où, engagé dans les Brigades internationales, il fut tué par une balle tirée par un nationaliste durant la guerre d'Espagne.

*

C'était par pur défi que X.K. menaçait le ministre de l'Intérieur en personne, car le ministre de l'Intérieur n'était pas cousu d'or. D'ailleurs, même s'il avait été assez riche pour payer l'exorbitante rançon exigée par X.K. en échange de la vie sauve, le responsable du ministère en charge du maintien de la loi et de l'ordre public en Angleterre n'aurait pu se permettre de céder à un criminel, fût-il particulièrement talentueux.

Et talentueux, X.K. l'était sans aucun doute. Par dix fois, il avait émis de semblables menaces. Sept victimes avaient payé sans tergiverser.

Trois avaient refusé.

Ces trois-là n'étaient plus de ce monde.

> *Donnez-moi vingt mille livres ou vous mourrez à 8 h 30 du matin GMT, le 13 novembre prochain. Répondez oui (si vous acceptez) dans la rubrique des petites annonces du Times en signant Chéri. Toute tentative pour marquer les billets ou vous dérober de quelque façon que ce soit à mes consignes ultérieures entraînera la même sentence qu'un refus.*
>
> *X.K.*

La mort avait frappé la première victime par l'entremise d'un lourd objet tombé d'un grenier que la police avait trouvé vide en le fouillant trois minutes plus tard.

La deuxième avait été tuée par la décharge sourde d'une arme équipée d'un silencieux et mise en joue, comme cela fut avéré par la suite, dans un véhicule maquillé en ambulance.

La troisième avait eu l'audace de croire que du whisky provenant d'une bouteille de marque toute neuve pouvait être inoffensif. Elle avait rendu l'âme après deux heures d'agonie.

X.K. avait amassé un pactole digne de satisfaire le plus ambitieux des criminels car les sept timorés étaient tous millionnaires et il les avait pressurés sans vergogne.

On aurait pu croire que X.K. mettrait un terme à ses déplorables activités et se muerait en citoyen respectable, généreux donateur pour les hôpitaux, et qu'ainsi il obtiendrait le titre de chevalier et une tombe honorée. Mais ce destin n'était pas à son goût. Peut-être avait-il pris la mouche à cause des vastes campagnes de recherches méticuleuses de la police dont il était l'objet ? À moins qu'il fût motivé par un orgueil d'artiste créateur. Ou par une malice retorse. Ou une rancune personnelle envers le ministre de l'Intérieur, sir Richard Jauntley.

Toutes ces théories se voyaient avancées par les chefs de police quand un ministre de l'Intérieur fort nerveux les convoqua dans son bureau par interphone en essayant de réprimer de son mieux le chevrotement fébrile de sa voix. Il leur montra bientôt le message suivant, dactylographié avec la machine que X.K. avait pour habitude d'utiliser.

Comble de l'impudence, cette lettre, comme toutes celles de X.K., avait été écrite sur un papier à en-tête du gouvernement subtilisé on ne savait comment, et postée sans affranchissement dans une enveloppe des services de Sa Majesté.

En d'autres circonstances, Gooch, qui ne s'entendait guère avec son supérieur hiérarchique, aurait ri de ce culot sans borne. Même en faisant preuve d'une imagination débordante, Jauntley ne pouvait être le chéri de personne.

Jauntley lissa nerveusement sa maigre moustache blanche et se tourna vers Pauley, le collègue de Gooch.

— C'est de l'incompétence crasse ! Il n'y a pas d'autre mot. Cet homme se moque de nous. Il me menace. Moi !

— Et il a toujours mis ses menaces à exécution, ajouta Hamerton, le troisième participant à la réunion et membre du « triumvirat » – ainsi qu'on l'appelait – qui dirigeait le département réorganisé de la police judiciaire.

Jauntley blêmit à l'évocation de ce qu'il encourait.

— Que suggérez-vous ? demanda-t-il sur un ton irrité. Que nous cédions ?

— Grand Dieu, non, sir ! se récria Hamerton (et son visage un peu oriental aux moustaches tombantes manifesta un soupçon d'amusement devant la nervosité de son chef). Je crois qu'il s'est trop avancé, cette fois. Il nous a donné une date, une heure exacte. Il n'était jamais allé aussi loin. À vous de faire en sorte de vous trouver au moment annoncé dans un lieu tentant et bien choisi où X.K. pourrait entrer, mais non ressortir. Un piège, en somme. Je parle métaphoriquement, bien entendu, ajouta-t-il, comprenant que sa remarque pouvait sans cela évoquer une monstrueuse tapette à rats dont sir Richard composerait le misérable appât gesticulant.

Et c'est bien l'image que cette idée inspira à son interlocuteur, car Jauntley ricana :

— Oh, je dois prendre la place de la chèvre qui attirera le lion, c'est cela ? Non merci ! X.K. prétend me tuer à une date et une heure précises. Parfait, je survivrai. La confiance populaire remontera. Nous aurons accompli notre tâche. Plutôt que de commettre cette absurdité qui consisterait à me mettre à sa merci, nous allons nous efforcer de me soustraire à son atteinte.

Jusqu'alors, Pauley n'avait hasardé aucune suggestion. Il prit la parole, son jeune visage estudiantin tout concentré derrière ses épaisses lunettes.

— Supposons que cette date et cette heure si précises ne soient qu'un coup de bluff ? Il pourrait nous amener à relâcher notre vigilance avant et après le moment fatidique.

— C'est envisageable, admit Gooch. Donc, à partir de cet instant, sir Richard sera placé sous haute surveillance. Et je vous demanderai, ajouta-t-il en tournant sa face de lune rougeaude vers son chef, de ne toucher à aucune boisson ni nourriture sans en référer à l'expert que nous allons mettre à votre disposition. Néanmoins, mon intime conviction reste que X.K. fera tout son possible pour exécuter sa menace à la lettre.

— Un avion ! s'exclama soudain sir Richard qui, négligeant les détails triviaux, se creusait les méninges pour trouver un refuge efficace contre son ennemi.

Hamerton secoua la tête mollement.

— Très risqué. Il pourrait le saboter. Ou attaquer à la mitrailleuse depuis un autre appareil. Non, sir, restez sur le plancher des vaches où nous pourrons garder un œil sur vous.

— Un sous-marin, proposa sir Richard avec moins d'entrain.

Gooch émit un claquement de langue.

— Terriblement vulnérable ! Il n'aurait qu'à envoyer une torpille. Ou un plongeur. Souvenez-vous de l'ingéniosité de notre homme.

La conversation se poursuivit un moment sur ce ton. Les trois chefs de police durent essuyer nombre de remontrances injustifiées sur leur façon de mener l'enquête sur X.K. par le passé – tandis que, pour leur part, ils ne purent s'empêcher de tirer un certain plaisir malicieux de la frousse manifeste de leur supérieur, ni de l'accentuer en soulignant les défauts de la cuirasse chaque fois que le ministre proposait quelque expédient désespéré. Même son plan de creuser un trou dans une falaise et de s'y enfermer pendant une journée en murant l'accès fut rejeté.

— Une bouffée de gaz mortel envoyée par un tube, suggéra Hamerton en lissant ses moustaches tombantes de sa main maigre et mate.

Sir Richard pâlit.

— Ou alors il trouverait le moyen de se faufiler dans la cachette.

Le ministre jugea cette perspective épouvantable. Seul avec X.K. une journée entière !

Qu'on n'en déduise pas, toutefois, que les trois hauts responsables de la police prenaient à la légère leur tâche de protéger sir Richard Jauntley contre la menace de cet odieux crime annoncé. Lorsque le ministre se trouva enfin à court de solutions farfelues et qu'il fut prêt à entendre raison, ils se concertèrent et parvinrent à élaborer une stratégie satisfaisante.

Les chambres fortes de la Banque d'Angleterre furent mises à leur disposition. On disposa trois chaises dans une salle centrale où prendraient place Gooch, Hamerton et Pauley, à l'exclusion de toute autre personne. Chacun d'eux serait armé. Au milieu de la salle, entre les trois chaises, on fit installer une structure spécialement conçue pour la circonstance. Il s'agissait d'un coffre aux parois faites d'un verre épais à l'épreuve des balles, qui se fermerait selon un code connu intégralement de sir Richard Jauntley seul.

Gooch, Hamerton et Pauley connaîtraient chacun deux chiffres de la combinaison qui en compterait six, de telle sorte qu'ils devraient mettre leur savoir en commun pour ouvrir la porte. On peut voir à cette précaution que les hommes n'avaient pas même écarté la possibilité que l'un d'eux fût X.K., une éventualité qui eût expliqué les étonnants renseignements dont il paraissait disposer.

Le ministre de l'Intérieur prendrait place à l'intérieur de ce cube de verre, un revolver au poing. Pour parer au risque d'attaque au gaz souligné par Hamerton, le coffre était doté d'un système d'aération comportant un appareil de filtrage. De la sorte, même si la salle entière était polluée, sir Richard en réchapperait.

Les événements de ce jour tragique s'enchaînèrent comme suit. À 6 heures du matin, six experts de la police assistés par des architectes inspectèrent la salle centrale et toutes les pièces et les passages adjacents. Ils passèrent au crible tous les murs en quête d'armes cachées, de tuyaux ou de câbles incongrus, ou de toute autre anomalie.

Étant donné la garde en faction permanente dans la banque et les précautions de rigueur régissant l'accès aux salles fortes, il était hautement improbable qu'un engin douteux ait pu être déposé.

D'ailleurs on n'en trouva pas.

Quand ils reçurent le feu vert, trois cordons de protection furent établis autour de la salle. Les deux cordons intérieurs étaient constitués d'hommes de Scotland Yard épaulés par des responsables de la banque. Des soldats de la garde en armes formaient le cordon extérieur.

Chaque cordon ne devait autoriser les visiteurs à passer qu'au travers d'une porte équipée d'une serrure dont la combinaison n'était connue complètement que de sir Richard Jauntley, et partiellement de Hamerton, Gooch et des trois plus hauts gradés de chaque escouade.

À 8 heures du matin ce 13 novembre, une voiture blindée se gara devant la banque. Aucune rumeur de la menace dont le ministre était l'objet n'avait filtré dans l'opinion publique, et son arrivée passa donc à peu près inaperçue.

Sir Richard et ses trois compagnons traversèrent lentement les cordons. Chaque fois, ils furent non seulement détaillés de pied en cap par les trois plus hauts gradés, mais on vérifia même leurs empreintes digitales pour s'assurer contre toute mystification. Toutes ces précautions rassurèrent grandement le ministre qui, jusqu'alors, s'était senti comme un condamné attendant un hypothétique sursis.

La dernière lourde porte se referma en résonnant derrière eux. Sir Richard entra dans son cube de verre et s'assit, mal à l'aise, se sentant vaguement ridicule, comme un poisson dans un aquarium. Les trois chefs de police prirent place autour de lui, silencieux, chacun son revolver sur les genoux. Sir Richard sortit le sien aussi, l'examina puis le reposa. Il regarda sa montre. Il était 8 h 10. Encore vingt minutes.

Gooch eut une quinte de toux qui se réverbéra. À part les chaises et le cube de verre, la salle était vide, baignée par la clarté régulière des ampoules nues fixées au plafond derrière des barres de métal.

Les quatre hommes se trouvaient profondément reclus sous terre.

Il était absolument impossible à quiconque de les joindre depuis l'extérieur. Une inondation, une révolution ou autre incendie de Londres se serait déclenché au-dessus de leurs têtes qu'ils n'en auraient rien su. Pour parvenir jusqu'à eux par un tunnel, il eût fallu traverser du béton, des plaques d'acier, du granit et même de l'eau.

Ils commençaient à se sentir un peu bêtes. Quelle défense démesurée pour se protéger des pouvoirs d'un unique malfaiteur anonyme !

À 8 h 29, sir Richard jeta un coup d'œil à son poignet et sourit. Il esquissa un geste de contentement et ses lèvres remuèrent, même si bien sûr, les autres n'entendirent pas à travers le verre. Tout à coup, son sourire se mua en grimace de douleur, son visage entier se déforma. Il se leva, tendit les bras dans le vide et s'effondra. Après deux violentes convulsions, il cessa de bouger.

Quand ils parvinrent à lui, il était mort.

Et voilà. X.K. avait réussi au-delà de tout espoir. Et en cette heure, comme les trois hommes le savaient, la presse répandait une terreur qui faciliterait la prochaine exaction du criminel, et la faciliterait même à telle enseigne que les victimes n'oseraient sans doute pas informer la police du racket dont elles seraient l'objet, qu'elles auraient peur de tout et paieraient rubis sur l'ongle.

On ne trouva aucune trace de substance mortelle dans le cube de verre. On ne put associer les symptômes à aucun poison connu – il n'y avait aucune odeur rémanente d'amande amère comme en laisse l'acide cyanhydrique, la victime n'était pas morte en suffoquant, l'écume aux lèvres, comme c'eût été le cas avec de la strychnine.

Sir Richard n'avait aucune blessure.

Les trois policiers examinèrent le corps en hâte. Le médecin légiste le ferait plus en détail.

— Eh bien, nous sommes battus pour le moment, fit Hamerton tristement. Nous allons devoir faire venir sir Charles Martell pour l'autopsie.

Gooch paraissait vieilli de plusieurs années.

— Pauvre vieux Jauntley, dit-il, son visage rond tout pâle. Dire que je me moquais de sa frousse il y a une heure ou deux encore.

— Reprenez-vous, messieurs ! lança Hamerton avec la froideur de l'expert ne voyant que son travail. Nous sommes face à une énigme.

Tard cet après-midi-là, Pauley accompagna Hamerton dans la salle où sir Charles s'affairait à sa macabre besogne. Mais la vue du corps nu sur la table, avec la pathétique pile de vêtements et les objets personnels bien rangés à côté, leur était trop familière pour leur causer quelque émoi à l'un ou à l'autre.

Sir Charles fredonnait doucement dans sa barbe, comme il en avait l'habitude lors des autopsies, et, de temps en temps, retentissait le tintement ou l'éclaboussure d'un instrument qu'il posait dans un récipient de verre. Une odeur âcre de formol flottait dans l'air.

— Vous avez trouvé quelque chose, sir Charles ? Ne pensez à rien d'autre. L'affaire est difficile, mais il nous faudra la résoudre.

— Bien, je dois vous laisser sur ce constat. Je vais, à mon grand dam, passer les vingt-quatre heures prochaines harcelé par le Conseil ministériel, fit Gooch.

Pauley retira ses lunettes et les essuya lentement. C'était le premier gros problème, il le comprenait, auquel il devait s'attaquer. Âgé de trente-deux ans seulement, il avait connu une ascension fulgurante dans la hiérarchie de la police judiciaire. Il avait été repéré et lancé dans la carrière par le vieux lord Goolmouth sur la seule base d'un diplôme universitaire et de la brillante analyse d'un crime dont on parlait beaucoup, qu'il avait réalisée au pied levé lors d'un dîner mondain donné chez le lord en question. Il avait démontré que la police faisait fausse route, et sa version des faits, qui désignait un innocent témoin comme le meurtrier, s'était révélée exacte. Tout le monde avait d'abord taxé Goolmouth de gâtisme. Mais Pauley avait gravi les échelons à une vitesse remarquable. Curieusement, son talent pour l'organisation plus que son flair pour résoudre des énigmes lui avait valu ses avancements successifs. Sa vivacité d'esprit, sa perspicacité lui avaient certes rendu des services de temps à autre, mais en sept ans il n'avait été confronté à aucun véritable problème d'envergure.

Maintenant que la situation se présentait, il se demandait si les années de routine ne l'avaient pas trop rouillé. Il remit ses lunettes en poussant un soupir. Impossible d'agir tant que le médecin n'aurait pas effectué l'autopsie.

— Oh, oui, rien de compliqué. Ma conclusion est venue tout de suite. Il a été tué avec mon poison.

— Votre poison ! s'exclama Hamerton en lâchant la moustache qu'il lissait.

Sir Charles fronça son menton d'un sourire narquois.

— Oui, le mien. Remarquez, je ne le considérais guère comme tel quand j'en ai réalisé la découverte. C'est un médicament. TT1 : voilà comment je l'ai baptisé dans l'article que je lui ai consacré, mais mes collègues persistent à l'appeler Martelline. Bah, après tout, je suppose qu'il y a pire nom. Et dire que c'est cette substance qui a tué ce pauvre Jauntley. Pas plus tard qu'hier, au cercle…

Sir Charles n'avait qu'un défaut : il était bavard et Pauley dut l'interrompre.

— En quoi s'agit-il d'un médicament ?

— C'est un stimulant pour le cœur et le système nerveux. Mais naturellement, si le cœur est trop stimulé, *houp* ! Arrêt définitif et instantané. C'est ce qui s'est produit dans notre cas.

— Et quelle est la dose fatale ?

— Eh bien, il existe un extrait pur, sur lequel j'ai travaillé en laboratoire, et la solution très diluée à usage médical.

— Je veux parler de l'extrait pur.

— Un bœuf a été tué, fit sir Charles lentement, avec une dose d'un millimètre cube d'eau dans lequel de l'extrait pur était dilué à raison de dix mille mesures pour une.

— Ça me paraît beaucoup, fit Hamerton vaguement.

Pauley qui, grâce à son entraînement mathématique, voyait plus précisément ce que révélaient ces chiffres, ouvrit des yeux ronds.

— Mais, grand Dieu ! Une pareille dose serait presque indécelable.

— Tout à fait, répondit Hamerton avec affabilité.

— Alors… est-ce possible ?

Sir Charles sourit.

— Je vois que vous n'êtes pas des experts en matière de glandes endocrines. Les extraits purs de leurs sécrétions de base – telle la pituitine – agissent violemment sur le système endocrinal, même à dose infinitésimale. La Martelline est un extrait de la glande pinéale – un organe caché dans les circonvolutions cérébrales.

— Mais comment ce démon a-t-il pu se procurer ce produit ? s'exclama Hamerton.

— Malheureusement, j'ai révélé comment il était possible d'en obtenir – l'opération est assez simple – dans un article de *Nature*, reconnut sir Charles. Je n'avais pas, bien entendu, imaginé qu'il puisse servir de poison. Notre ami est manifestement un homme éduqué. Ce qui est fou, c'est que tout autre que moi aurait conclu à la mort naturelle de Jauntley. Les symptômes d'un empoisonnement à la Martelline sont tout à fait similaires à ceux d'une syncope mortelle, à cette différence que la Martelline stimule également les glandes surrénales, qui libèrent un flot d'adrénaline dans le sang. Je n'ai pas mentionné ce fait dans mon article et, en temps normal, aucun pathologiste ne penserait à examiner le sang d'une victime de syncope pour vérifier son taux d'adrénaline. En dépit de son intelligence, par conséquent, votre homme n'a pas envisagé que la seule personne susceptible de découvrir son crime procéderait à l'autopsie. Cela au moins prouve qu'il peut commettre des erreurs.

— N'aviez-vous pas signé l'article de votre nom ?

Sir Charles secoua la tête.

— Non, de mon pseudonyme, Hormone. J'ai été publié dans la presse médicale si souvent sous ce pseudonyme que tout le monde dans la profession sait qui se cache derrière, mais un simple amateur ne l'associerait sans doute pas au pathologiste du ministère de l'Intérieur.

Pauley faisait les cent pas dans la salle, perdu dans ses pensées.

Ces moments fréquents où sa nature le portait à la réflexion lui avaient valu la réputation de rêveur – quoique de rêveur efficace. Ses absences l'avaient parfois desservi, mais ses collègues avaient fini, en désespoir de cause, par s'y habituer et attendaient les éclairs d'intuition qui parfois – pas toujours – les illuminaient.

— Comment a-t-il pu être administré, sir Charles ? continua Hamerton.

Le médecin retira un gobelet de l'eau bouillante, songeur.

— Par voie orale. Ou par injection intraveineuse. L'injection agirait plus rapidement.

— Mais comment s'y est-on pris, demanda Hamerton désespérément, pour le faire mourir à une heure donnée ? En combien de temps la substance fait-elle effet ?

— Mettons… dix secondes par voie orale. Et pratiquement sur-le-champ par injection.

— Alors comment a-t-on fait ?

— Ça, c'est votre boulot, répondit sir Charles cruellement.

Puis, revenant sur sa réponse :

— Quoique… ce n'est qu'une idée, mais une gélule à paroi épaisse contenant une dose mortelle sous une forme diluée… Tant que la paroi de la gélule ne serait pas digérée, la drogue ne pourrait pas agir.

— Bien sûr ! fit Hamerton avec soulagement. Il a été empoisonné avant d'entrer dans la banque !

Pauley s'arracha soudain à sa songerie.

— Empoisonné avant d'entrer dans la banque ?

— Oui. X.K. a pu calculer le temps nécessaire à une gélule pour se dissoudre dans les sucs gastriques et l'administrer au moment opportun pour que Jauntley meure à 8 h 30 précises.

Pauley secoua la tête.

— Je ne crois pas que ce soit possible, et vous, sir Charles ? Anticiper ainsi à la minute près – ou plutôt, en l'occurrence, à la seconde près ?

— Tout à fait impossible, car le laps de temps exact dépend de facteurs inconnus. Le taux de sécrétion des sucs gastriques, par exemple, varie d'une heure à l'autre selon le sujet. Il faudrait donc tabler sur une marge allant de dix minutes ou un quart d'heure en plus ou en moins.

— Quoi qu'il en soit, ajouta Pauley, Briggs et Thomson sont là, en sorte que nous allons pouvoir vérifier la question avec eux.

Hamerton convoqua les deux policiers chargés de la garde rapprochée de Jauntley jusqu'à son arrivée dans la banque.

— Briggs, nous avons des raisons de croire que sir Richard Jauntley a avalé des gélules ou des pilules le matin de sa mort. Est-ce possible ?

Briggs réfléchit avec soin.

— Je dirais que c'est impossible, monsieur, répondit-il enfin. Comme vous le savez, nous sommes restés de garde dans sa chambre toute la nuit, et il n'a rien pris alors.

— Peut-être portait-il une boîte de pilules sur lui, et l'une d'elles aura été remplacée par le poison ?

— Non, monsieur. Nous avions envisagé que X.K. puisse dissimuler un explosif ou autre chose dans les vêtements de sir Richard, aussi avons-nous examiné chaque effet que nous a tendu son valet. Nous avons fouillé et vérifié ses poches avec sir Richard. Elles ne contenaient aucun médicament d'aucune sorte.

— Peut-être était-ce caché dans son petit déjeuner ? Dans une tranche de pain ?

— Sir Richard n'avait bu qu'une tasse de café, monsieur. Il comptait prendre son petit déjeuner après coup.

— Très bien, Briggs.

Hamerton ébouriffa ses cheveux gris, sa placidité tout orientale momentanément battue en brèche.

— Je vais bientôt croire à la magie !

Pauley interrompit net sa déambulation et observa le mur. Il semblait se parler à lui-même.

— Jauntley a été assassiné à 8 h 30 précises. Aucune force extérieure n'a pu l'atteindre dans cette salle du trésor. Donc la force se trouvait déjà avec lui, quelle que fût sa nature. Il ne s'agissait ni d'une gélule ni d'une pilule, mais d'un pouvoir qui connaissait l'heure de Greenwich.

Avec une soudaine vivacité, Pauley traversa la salle et vint se camper devant la petite table aux pieds de Jauntley, sur laquelle étaient rangés les vêtements et les effets du ministre. Ses longs doigts blancs farfouillèrent un instant, puis il brandit la montre du défunt, un bijou monté sur un bracelet chromé.

— Logiquement, il a été tué par ceci !

— Mais comment, Pauley ?

Pauley ne répondit pas. Il prit un scalpel et tenta d'ouvrir le boîtier.

— Étrange, murmura-t-il en s'équipant d'une loupe. Que pensez-vous de cela ? Le couvercle est soudé !

Il poussa un petit sifflement.

— Regardez !

Hamerton vint à son côté et se pencha au-dessus de la loupe, suivant le doigt pointé de Pauley.

— Eh bien ? Ce n'est qu'une petite éraflure dans le chrome sur la face interne. Un menu défaut tout ce qu'il y a d'anodin.

— Moi, je trouve que ça ne ressemble pas à une éraflure. Réglons donc la montre à 8 h 29 et voyons ce qui adviendra.

Ils attendirent.

Pauley laissa échapper un halètement.

— Regardez, là !

Depuis l'« éraflure », une minuscule aiguille métallique, à peine visible même sous la loupe, avait jailli avant de disparaître à nouveau.

— Une aiguille, fit Pauley, le souffle court. Une aiguille empoisonnée. Enduite de Martelline ou je ne suis pas policier. Pouvez-vous le vérifier, sir Charles ?

— Bien sûr, fit le médecin en saisissant prudemment la montre par le bracelet. Je suppose que cette forme de dard traverse un petit réservoir du produit. Le plus simple serait de réaliser un test sur un animal vivant, mais je préfère les épargner quand c'est possible. Cela dit, je pense qu'il y a dans tout mon fourbi quelque chose qui pourrait nous convenir. Oui, j'ai là, baignant dans une solution, un codeur encore vivant.

Adroitement, il présenta le muscle aux policiers.

— Je règle la montre à l'heure fatidique à nouveau, et, au moment où le dard sort, je l'essuie avec ce pinceau mouillé en poil de chameau. Là ! Ainsi le pinceau aura pompé le poison qui se trouvait sur l'aiguille, pour autant qu'il soit soluble, et la Martelline l'est. Maintenant, je plonge le pinceau dans la solution et je remue. Ah !

Devant leurs yeux ahuris, la pâle section de muscle s'était contractée convulsivement.

La main de Pauley avait frémi d'excitation comme il saisissait la montre funeste.

— Quelle ingéniosité diabolique ! Je suppose qu'il l'a échangée contre sa montre ordinaire, dont elle est la parfaite imitation. Que faisait Jauntley de sa montre, la nuit ?

On rappela Briggs qui déclara que le défunt la posait avec son argent sur un guéridon, dans le dressing, sous la fenêtre.

— Une fenêtre ouverte, Briggs ?

Briggs acquiesça.

Hamerton soupira.

— L'homme connaissait les habitudes de la victime, c'est clair. L'échange de montres a été réalisé par la fenêtre ouverte, je suppose, grâce à une pince adaptée à une perche, pendant que la police faisait le guet dans la pièce d'à côté. C'est bon, Briggs, vous ne pouviez pas le prévoir.

— Je ne peux m'empêcher de penser, fit Pauley d'une voix songeuse, que X.K. n'en a pas terminé. Cet assassinat était sans aucun doute le plus habile qu'il ait jamais commis, mais il reste ce hic : la montre. Nous avons découvert que Jauntley n'était pas mort d'une crise cardiaque, et ça, il ne l'aura pas soupçonné, je l'admets volontiers. Mais le fait demeure que nous sommes en possession de la montre et qu'un jour peut-être, avec le mécanisme remonté et les aiguilles indiquant 8 h 30, le dard peut être remarqué…

— Où voulez-vous en venir, Pauley ? demanda Hamerton, déconcerté.

— J'ai comme le pressentiment que X.K. voudra récupérer cette montre.

— Qu'il essaye ! s'exclama Hamerton d'un ton résolu.

— Cela dit, nous devrions l'obliger à agir, fit Pauley. Et si nous faisions paraître cette information dans les journaux du soir : « Sir Richard Jauntley a été empoisonné par de la Martelline et la police espère découvrir comment le poison lui a été administré » ?

Les journaux du soir divulguèrent cette annonce en l'accompagnant de faux interviews de spécialistes en médecine dont la plupart avouaient méconnaître la nouvelle substance.

Alors le téléphone sonna dans le bureau de Hamerton.

— Monsieur le divisionnaire Hamerton ? Lady Jauntley à l'appareil. Je viens de me souvenir que ce pauvre Richard portait sur lui au moment de sa mort deux ou trois babioles auxquelles j'accorde une valeur sentimentale. Un médaillon avec mon portrait, par exemple, qu'il avait épinglé dans la poche de son gilet. Je me demandais si je pouvais envoyer quelqu'un les récupérer ?

Hamerton donna son accord, raccrocha et dévisagea Pauley d'un air incrédule.

— Lady Jauntley ! Qui veut récupérer la montre !

Puis il ajouta :

— Voilà qui expliquerait tout ! Cette connaissance des habitudes du ministre. Le papier à en-tête.

Pauley sourit.

— Avez-vous rencontré lady Jauntley ?

— Oui.

— Je vous le demande, Hamerton, pourrait-elle être X.K. ? J'éprouve une étrange impression à propos de cette affaire, celle de pressentir exactement quel genre d'individu est notre X.K. J'ai le sentiment que je le reconnaîtrais sur-le-champ. Peut-être ai-je tort, mais je suis prêt à parier ma réputation qu'il ne s'agit ni de lady Jauntley ni, en l'occurrence, d'aucune femme de ma connaissance.

— Bien, alors comment réagirons-nous à la demande de lady Jauntley ?

— Attendons un peu et nous aviserons.

La table avec les effets de sir Richard Jauntley avait été apportée dans le bureau de Hamerton. Une demi-heure plus tard, on frappa discrètement à la porte qui s'ouvrit sur Higgins, le domestique de Jauntley.

Il était vêtu de noir, avait le visage fin et pâle et le front dégarni recouvert de quelques mèches de cheveux bruns.

Pauley s'avança.

— Quels sont exactement les objets que vous voulez, Higgins ?

— Ceux-ci, monsieur.

Higgins sortit une feuille de papier sur laquelle figurait une liste écrite de la main de lady Jauntley :

Petit médaillon d'or ;
Porte-mine en argent ;
Chevalière ;
Montre-bracelet.

Pauley releva soudain le regard de la feuille et capta celui du domestique. Dans ses yeux noirs aux pupilles dilatées, Pauley vit son propre reflet inverti. En cet instant, il eut l'étrange impression de se trouver en présence d'un être d'une autre trempe que lui-même. Plus intelligent peut-être, plus puissant, et pourtant manquant pitoyablement d'une évidente qualité présente chez n'importe quel enfant.

« La moralité, je suppose », songea Pauley après coup.

En cet instant, Pauley sut qu'il était en présence de X.K.

Alors Higgins baissa le regard.

— S'il vous plaît, attendez dans la pièce d'à côté, Higgins. Accompagnez-le, Briggs, fit Pauley en donnant à l'inspecteur le signal convenu entre eux qui signifiait que le témoin n'était pas autorisé à partir sans permission. Nous devons obtenir une autorisation, expliqua-t-il à Higgins.

— Pourquoi diable avez-vous fait cela ? demanda Hamerton sur un ton un peu réprobateur, car Pauley était en principe son subalterne, mais la différence de grade était si petite qu'elle ne lui valait guère qu'une déférence intermittente de la part de celui-ci.

— Cet homme est X.K. ! déclara Pauley.

— Comment le savez-vous ?

— Comme on sait ces choses-là : d'instinct.

— Mais pouvez-vous le prouver ? demanda Hamerton sans s'emballer.

— C'est une autre affaire, répondit Pauley en passant les doigts dans ses cheveux roux. Puis-je appeler lady Jauntley ?

Il posa à la veuve éberluée un certain nombre de questions. Comment l'idée de récupérer le médaillon lui était-elle venue ? Eh bien, à dire vrai, au cours d'une conversation avec Higgins. Avait-il lancé le sujet ? Grand Dieu, non, l'initiative était d'elle, c'était certain. Higgins avait-il dressé la liste des objets à récupérer ? Il l'avait aidée. La montre-bracelet ? Elle ne se souvenait pas.

Pauley raccrocha le combiné avec un peu de colère.

— Notre homme est fin psychologue ! Bien sûr que l'idée émanait de lui. Mais il a dirigé la conversation de telle sorte que lady Jauntley a eu l'impression que tout venait d'elle. Son témoignage ne vaudrait rien à la barre. Elle témoignerait plutôt à décharge.

— Comment le coincer, Hamerton ? conclut-il désespérément.

— Retenez-le trois ou quatre heures. Pendant ce temps, je vais mettre tous nos hommes disponibles sur l'affaire.

Au bout du compte, Higgins fut retenu quarante-huit heures. Pendant ce temps, son appartement, ses vêtements et ses antécédents furent passés au peigne fin. Ses vêtements et son appartement ne révélèrent rien qui le rattachât à X.K. Il était issu d'une famille pauvre mais honnête et avait travaillé comme domestique toute sa vie.

— Naturellement, fit Pauley, on n'en attendrait pas moins de X.K. C'est un génie, un artiste du crime, qui possède davantage de ruse et moins de morale qu'aucun homme né d'une femme. Il jubilait sans doute en jouant son rôle ordinaire de domestique zélé, alors qu'il employait son temps libre et ses talents diaboliques à l'encontre des plus grands de ce pays, de leurs biens ou de leurs personnes. En dehors de son service, c'est quelqu'un qu'on a peine à s'imaginer, qui possède une fortune énorme et peut-être un nom très respecté. Comment pouvons-nous établir le lien sans indice ? Higgins peut devenir X.K. sans laisser de trace.

— Eh bien, que devons-nous faire maintenant, mon garçon ? demanda Hamerton.

— Le relâcher, je suppose, répondit Pauley amèrement. Le laisser répandre le sang et la terreur sans qu'on puisse l'en empêcher. Vous rendez-vous compte de ce que signifierait la relaxe de X.K., Hamerton ? La fin de l'ordre public ! La loi du crime ! Car des milliers d'émules se manifesteront, motivés par son succès. Et des milliers de gens riches prendront peur, terrifiés par la mort de Jauntley !

Il y eut un silence. Soudain, Pauley fit claquer sa chaise.

— J'ai une idée ! Faites-le venir !

Higgins entra, silencieux, obséquieux, le regard baissé avec déférence.

— J'espère que mon innocence est prouvée, monsieur. L'insinuation m'a causé un choc terrible, moi qui étais si dévoué envers mon maître.

— Et si habile pour lire ses rapports confidentiels et utiliser son papier à lettres et ses enveloppes ! explosa Hamerton.

Higgins dévisagea le policier avec un sourire humble.

— Vraiment, monsieur, comme si de pareils manquements pouvaient me faire envie !

Pauley ignora le coup d'éclat de Hamerton. Il faisait osciller une montre-bracelet rutilante entre ses doigts.

— Higgins, vous ne verrez aucune objection à mettre cette montre ?

Higgins examina l'objet, puis regarda Pauley dans les yeux. Les deux hommes gardèrent le silence une longue minute. Hamerton se sentit témoin d'un duel dont les armes étaient celles, invisibles, de l'esprit. Mais il était exclu de la scène qui se déroulait devant ses yeux, relégué au rang de figurant.

— Non, pourquoi en verrais-je ? répondit enfin Higgins.

— C'est ce qu'il me semblait. Un innocent n'en verrait pas. Tendez votre poignet.

— Ça me semble idiot, fit Higgins qui, tel un lézard, ne cillait pas.

— Tendez votre poignet !

Higgins s'exécuta.

— Sale posture que celle du suspect, Higgins, continua Pauley d'un ton songeur. Surtout quand on est suspecté d'être X.K. Pensez que vous serez surveillé partout, jour et nuit. Sans plus un moment de paix. Que toutes vos affaires seront fouillées. Que vous n'aurez plus un instant pour jouer les grands seigneurs. Plus une minute de répit pour vous glisser dans votre autre personnalité. Avec toujours le risque d'un faux pas. Ce sentiment d'être menacé, traqué.

— Je ne comprends pas de quoi vous parlez, rétorqua Higgins froidement.

Il baissa les yeux sur la montre.

— Eh, dites, elle n'est pas à l'heure. Elle indique 8 h 28 alors qu'il n'est que 4 h 15 à votre pendule.

Soudain Hamerton comprit les implications de cette déconcertante conversation. Pauley avait piégé Higgins. Si le domestique était innocent, il n'aurait cure de voir l'aiguille progresser vers l'heure fatidique.

En revanche, s'il était coupable, il finirait, pour échapper à la mort, par arracher la montre avant la demie pile. Quel risque ! En supposant que Higgins fût innocent. Mais, naturellement, Pauley avait certainement neutralisé l'aiguillon. Ce test était un magnifique coup de bluff.

— Ne vous souciez pas des aiguilles, répondit Pauley sèchement. Le mécanisme fonctionne et c'est ce qui compte. X.K. était un grand homme, ajouta-t-il de son ton rêveur, et je ne crois pas qu'il aurait accepté ce genre de vie : devenir une proie harcelée après avoir fait trembler les plus grands de ce monde. C'était un artiste, ce X.K., et il savait quand son œuvre était terminée.

Une lueur farouche enflamma le regard de Higgins. Ses lèvres se firent dures comme de la pierre. Son visage blême se métamorphosa, devint celui d'un fou, d'un saint qui, par quelque malheureux hasard des circonstances, s'était irrémédiablement damné.

— Oui, c'était un artiste ! s'écria-t-il. Le plus grand criminel que la terre ait porté !

Son visage s'empourpra et changea à nouveau d'expression. Ses bras se tendirent dans le vide. Il glissa de sa chaise. Il se contracta à deux ou trois reprises et s'immobilisa, mort.

Hamerton regarda le cadavre horrifié.

— Pauley, qu'avez-vous fait ? Je croyais que c'était un piège ! Qu'il se démasquerait en enlevant la montre !

— Rien de tel, fit Pauley que cette confrontation avait nerveusement épuisé et abattu. Je savais qu'il était X.K. et il savait que je le savais. J'essayais de le convaincre que, bien que nous ne puissions prouver sa culpabilité, il valait mieux qu'il meure qu'être soumis le restant de ses jours à notre surveillance. Voyez-vous, j'ai misé sur son immense vanité. C'était du bluff, car nous n'aurions pas pu mettre à exécution notre menace, mais j'ai gagné. Nous devrions maintenant rédiger notre rapport, ajouta-t-il pour finir. *Lors de son contre-interrogatoire, le prisonnier fit une confession et se donna la mort avec une montre qu'il subtilisa sur la table, prouvant par le fait qu'il s'agissait de l'instrument du crime de sir Richard Jauntley.* Ce rapport sera exact car, effectivement, les dernières paroles de Higgins étaient bel et bien une confession.

Personne, en dehors de Hamerton, ne fut mis au courant de ce que le divisionnaire appelait « le meurtre en privé de Pauley ».

— Je vous répète qu'il s'est agi d'un suicide, se défendait Pauley, que cette boutade mettait mal à l'aise.

On n'entendit plus parler de X.K., mais un certain hôtel regretta fort le mystérieux étranger qui avait l'habitude de surgir de temps à autre, de mener un train somptuaire et de disparaître à nouveau.

Joseph Commings

Du mouron pour les petits poissons

(1953)

Après Edward D. Hoch, Joseph Commings (1913-1992) est sans doute, en France, l'une des grandes révélations de ces trente dernières années en matière d'énigmes criminelles et de crimes impossibles. Il est l'auteur de plus de quatre-vingts nouvelles policières et d'une dizaine de romans de type western. Son héros favori est le sénateur américain démocrate Brooks U. Banner, qui apparaît dans trente-quatre nouvelles qui flirtent avec l'insolite et le macabre sans jamais se départir d'une bonne dose d'humour.
Dans l'histoire qui suit, Joseph Commings met en scène l'une des situations criminelles les plus hallucinantes qui soient : l'assassinat d'un scaphandrier, poignardé... au fond de l'océan !

*

Le brouillard montait, effaçant Thunder Island de la côte du Massachusetts. Un brouillard épais comme de la purée de pois. Le capitaine Tom Pepper était en mer, seul sur l'*Albatros*. Le ciré, qu'il avait enfilé par-dessus son caban, son pull à col roulé, son pantalon de toile râpé et ses chaussures de tennis d'un jaune éclatant, luisait dans la brume. C'était un yankee de la Nouvelle-Angleterre, élevé à la morue et aux airelles, et fier de l'être. Il maudissait la houle qui s'enflait :

— Quel temps de cochon !

La pêche n'avait pas été bonne et il rentrait, moteur à bas régime, se mettre à l'abri à Dutchman's Cove. La sirène de son bateau retentissait faiblement comme une plainte.

Il franchissait Sawtooth Reef, une zone délicate, lorsqu'il vit surgir du brouillard ce qui ressemblait à un grand mur blanc. Le mot *Jonas* y était écrit en lettres rouges. Il s'agissait de la coque d'un gros yacht. Celui de Marshall Curwen.

Le capitaine Pepper actionna à nouveau la corne en marmonnant :

— Ce bateau a le mauvais œil depuis qu'il a été baptisé[1].

Comme un vaisseau fantôme, le *Jonas* se dirigeait tout droit vers le récif. Le capitaine Pepper, dont la pomme d'Adam faillit se coincer dans son cou de dindon, se rendit compte du danger. Sa propre chaloupe n'avait pas un fort tirant d'eau, mais la longue quille du yacht ne passerait jamais.

Sautant d'un pied sur l'autre, il tira comme un enragé sur la chaîne de sa corne de brume, la gorge en feu à force de hurler :

1. En argot anglo-saxon, « Jonas » est le surnom donné à celui qui porte malheur (*N. d. T.*).

— Le récif, bande d'idiots, le récif!

Il était horrifié de constater que le *Jonas* poursuivait sa route à pleine vitesse. Les rochers invisibles et traîtres fracassèrent la quille. Dans un terrible grincement, la coque se replia comme du papier crêpe. Le bateau planta son nez dans une vague et la mer l'avala tout entier en un instant. Il ne resta qu'un remous rugissant et son cône d'aspiration. C'était le naufrage le plus rapide auquel le capitaine Pepper eût jamais assisté. Il dut cligner des yeux pour être sûr qu'il ne rêvait pas. Puis, sidéré, il se pencha sur la rambarde de l'*Albatros* qui dansait comme un fou sur les flots agités. Retrouvant son sang-froid, il vira de bord en direction des tourbillons et décrivit des cercles à l'endroit de la catastrophe, cherchant des survivants, mais tous les passagers étaient demeurés dans l'épave, au fond. Pas un seul être humain ne s'était échappé de cette tombe marine. Réduit à l'impuissance, le capitaine Pepper retourna à toute allure vers la côte.

Haletant, il grimpa sur le quai et courut sur les pavés glissants jusqu'au café d'Asa Gillis. Il savait que les marins étaient réunis là-bas à se raconter des histoires de pêche. Il fit irruption au milieu d'eux, la lèvre inférieure pendante comme une semelle qui se détache d'un vieux soulier.

— Je viens de le voir sombrer ! Le grand yacht de Curwen ! Le *Jonas !*

Tout le monde se pressa autour de lui.

— Où est-ce arrivé ?

— À Sawtooth Reef, répondit le capitaine d'une voix essoufflée. Le *Jonas* est sorti du brouillard comme le *Hollandais Volant.* J'ai tenté de l'avertir. Mais il a continué à toute vapeur. La quille a été coupée net par le récif. Il a coulé comme une ancre. Aucun survivant.

On lui tendit un verre de rhum qu'il avala cul sec.

— Qui était à bord, Tom ?

— Je n'sais pas, dit le capitaine Pepper. P't-être Curwen. Mais il n'aurait pas été assez stupide pour aller naviguer dans une telle purée de pois. Il est trop prudent.

— Et sa femme Jayne ? suggéra quelqu'un.

On aurait entendu une mouche voler dans la taverne. Ils étaient tous au courant pour Jayne. Elle était jeune, blonde, avec une bouche aussi rouge qu'un mangeur de bétel asiatique, et elle s'habillait de robes légères. Mais personne n'ignorait qu'elle avait l'esprit dérangé. Son mari la gardait enfermée la nuit dans leur grande maison sur la colline ; une demeure d'inspiration néo-grecque, avec un aigle doré déployant ses ailes au-dessus de la porte, construite grâce à l'argent rapporté par le commerce de l'huile de baleine. Jayne ne quittait pas souvent cette maison, pourtant cela se produisait quelquefois. Comme deux nuits auparavant, lorsqu'elle avait presque réussi à convaincre le capitaine Pepper de l'aider à filer en douce de Thunder Island. Les psychiatres sur le continent seraient plus efficaces pour elle que Doc Bowditch.

Le capitaine Pepper prit un air penaud et hargneux. Sa voix stridente rompit le silence.

— On ne l'aurait jamais autorisée à se promener toute seule en bateau.

— Vous êtes bien placé pour le savoir, grommela un des marins.

Tout le monde avait appris ce qui s'était passé.

Le capitaine Pepper se détendit comme un ressort, essayant de jeter son interlocuteur au sol.

— Elle m'a fait de l'œil comme une Jézabel, brailla-t-il. Mais ce n'est pas la raison. Elle m'a offert beaucoup d'argent, et vu que je n'ai pas un sou en poche…

Asa Gillis lui coupa la parole.

— Il vaudrait mieux téléphoner chez les Curwen.

— Je m'en occupe.

Le capitaine Pepper se dirigea en sautillant vers la cabine et pria l'opératrice du village de le relier au domicile des Curwen. Il conversa brièvement avec son correspondant, puis retourna rendre compte aux autres.

— Curwen est là-bas. Il a encaissé le coup comme un homme. Je lui ai demandé si sa femme était à la maison. Il m'a répondu qu'il n'en était pas sûr.

— Que va-t-il faire ?

— Il a dit qu'il arrivait.

Une heure après avoir été informé de la nouvelle au téléphone, Marshall Curwen entra d'un pas lourd dans le bar d'Asa Gillis. Il était fort et musclé. Il portait des lunettes de métal, était habillé d'une veste de sport sur une chemise à col ouvert. Son teint bronzé était devenu cireux à cause du choc mais, de l'avis du capitaine, il tenait bon.

— J'ai apporté mon scaphandre, annonça Curwen d'une voix blanche. Dud Kittredge m'a accompagné pour manœuvrer la pompe. Je descends sur-le-champ pour voir quand le yacht pourra être renfloué. Il comportait un équipage de quatre hommes. Ces pauvres diables ont droit le plus rapidement possible à une sépulture décente.

— Qui d'autre se trouvait à bord, pensez-vous ? intervint le capitaine Pepper sur un ton plus bas que d'ordinaire. Votre femme est-elle à la maison ?

— Non.

La mâchoire de bouledogue de Curwen s'affaissa. Il paraissait encore plus triste. Malgré les rumeurs qui circulaient dans le village, Curwen s'était toujours conduit comme s'il aimait son épouse.

— L'équipage avait l'ordre de ne jamais la laisser sortir sans la présence d'une personne responsable. Elle ne peut *pas* être sur le bateau !

C'était un souhait pathétique.

— Prenons mon chalutier ; je l'ai aménagé de mes propres mains, proposa le capitaine Pepper, triturant à nouveau son chapeau. Il est aussi plat qu'une bouilloire. Je l'ai appelé l'*Apôtre*.

L'*Apôtre* n'était rien de plus qu'un bateau à fond plat avec une timonerie à l'arrière. Ils transportèrent l'équipement de plongée sur le pont, puis le capitaine amena l'embarcation sur le lieu du naufrage et jeta l'ancre. À cet endroit, le récif s'arrêtait brusquement et l'océan avait une profondeur de cinq brasses, soit dix mètres environ.

Le capitaine Pepper leur indiqua à peu près où le *Jonas* avait coulé. Dud Kittredge avait une grande habitude du maniement des scaphandres, et la plongée était le passe-temps favori de Curwen. Tandis que le premier préparait les câbles, le second enfilait ses lainages. Pepper lançait des coups d'œil furtifs vers l'eau grise. Ils n'étaient que tous les trois sur le chalutier. On aurait dit les seuls êtres vivants sur Terre.

Le brouillard s'était légèrement dissipé en nappes éparses. Le capitaine Pepper pouvait voir jusqu'à trente mètres dans toutes les directions. Les flots se soulevaient lourdement à l'emplacement de la tombe. C'était comme si un monstre énorme digérait paresseusement sa proie. Un goéland solitaire survola leurs têtes, sans remuer les ailes, émettant un cri semblable au couinement d'une charnière rouillée. Ce bruit tapait sur les nerfs du capitaine. Il n'était jamais réellement parvenu à se débarrasser de la croyance que les goélands s'emparent des âmes des marins défunts.

Bien qu'il pratiquât la mode désuète de priser, le capitaine Pepper n'en appréciait pas moins de fumer et il sortit de la poche de son caban un cigare entouré d'une bague jaune vif. Tous ses cigares avaient une bague jaune vif, pour aller avec ses tennis de la même couleur. Il l'alluma, puis aida Curwen à entrer dans le scaphandre grotesque. Kittredge vissa le casque et frappa du plat de la main sur le métal. Curwen donna d'un geste du bras le feu vert pour le branchement de l'arrivée d'air et se laissa glisser le long de l'échelle.

Ils surveillèrent le bouillonnement de l'eau autour de la valve du casque comme le plongeur s'enfonçait dans les profondeurs.

— Ça doit lui faire une impression horrible d'aller là-dessous en pensant qu'il peut y trouver sa femme, dit le capitaine Pepper.

Kittredge ne répondit pas. Il avait de quoi s'occuper l'esprit avec autre chose. Il ne quittait pas des yeux la pompe, les câbles et les bulles qui crevaient à la surface, signalant la position du scaphandrier.

Vingt minutes passèrent. Le capitaine Pepper s'apprêtait à demander à Kittredge combien de temps Curwen restait habituellement au fond, lorsqu'il remarqua la mine inquiète de son compagnon. Kittredge désigna l'océan du doigt.

— Les bulles s'échappent trop régulièrement. Il doit y avoir un problème avec l'air. Je le remonte.

— A-t-il fait signe ?

— Non, mais je le remonte. Donnez-moi un coup de main.

La charge était lourde. Le casque brillant arriva enfin à la surface, suivi par le reste du scaphandre. Kittredge poussa un hurlement :

— Sa combinaison est déchirée !

L'eau ruisselait par un accroc situé près du sein gauche. Ils tirèrent le plongeur sur le pont et s'empressèrent de le libérer de son costume. Ils contemplèrent alors d'un air incrédule l'homme trempé jusqu'aux os.

Curwen était mort.

Mais pas par noyade. Planté dans sa poitrine, il y avait le manche étroit d'un couteau à découper. Le genre de couteau employé pour parer le poisson.

— Par Judas ! s'exclama le capitaine Pepper. Il s'est suicidé en découvrant le spectacle !

Les deux hommes se regardèrent fixement. Le goéland se mit à crier dans le silence. Enfin Kittredge déclara :

— Où a-t-il pris ce couteau ? Il est descendu uniquement armé d'une hache.

— Il est évident que personne n'a pu le tuer ! rugit le capitaine, s'efforçant de ne pas se laisser démonter. Il n'y avait pas deux plongeurs en bas ! Curwen possédait la seule combinaison de l'île. De plus, nous l'aurions su si un second scaphandrier avait travaillé dans le coin. Qui d'autre, quoi d'autre, est caché au fond ? ajouta-t-il en balbutiant.

L'oiseau tournoya à nouveau au-dessus de leurs têtes en lançant des piaillements de mauvais augure. Le capitaine Pepper eut l'impression que des doigts glacés lui chatouillaient la colonne vertébrale.

Le vrombissement d'une vedette rapide se fit entendre dans le lointain. Le bateau se dessina lentement dans les traînées de brouillard et ils aperçurent le shérif Abner Ives qui, de l'intérieur de la cabine, agitait le bras. Sa voix se répercuta sur les vagues :

— Curwen l'a-t-il déjà trouvé ?

Ils lui crièrent de s'amarrer à bâbord du chalutier. Le shérif Ives grimpa sur le pont, les yeux écarquillés. Il était corpulent, comme Curwen, avec des dents en forme de dominos dans un visage gras. Les trois hommes se penchèrent sur le corps mouillé.

— Il a dû se suicider, constata le shérif après avoir écouté le récit de ce qui s'était passé. Il a peut-être ramassé le couteau sur l'épave.

— P't-être, répéta le capitaine Pepper d'un ton sceptique. Mais il est peu probable qu'ils aient eu l'habitude de nettoyer du poisson sur ce yacht. Et ce couteau est un…

— Qu'essayez-vous de dire, Tom ? l'interrompit le shérif Ives en le dévisageant.

Il subsistait entre eux de vieux comptes à régler. Le capitaine Pepper avait l'imagination fertile.

— Vous prétendez qu'il s'agit d'un meurtre ?

— Je ne veux pas qu'on élude la question si c'en est un, répliqua-t-il avec emportement. Vous feriez mieux de vous mettre en route et de prévenir Doc Bowditch de nous attendre au débarcadère.

Le shérif Ives acquiesça de mauvaise grâce et trottina le long du pont pour détacher l'avant de la vedette.

— La médecine ne peut plus rien pour Curwen maintenant, grogna-t-il par-dessus son épaule.

— Allez tout de même chercher Doc.

Un curieux cortège de pèlerins faisait le guet lorsque l'*Apôtre* entra dans le port et s'amarra aux pilotis du quai. On emporta le cadavre dans le poste de secours au bord de l'eau. Doc Bowditch n'était pas là. On avait essayé de le joindre, mais il était en visite chez ses patients. Finalement, Doc arriva. Comme l'avait dit le shérif Ives, la médecine ne pouvait plus rien pour Curwen.

Cependant, ce n'était pas le pire.

Le lendemain, le shérif arrêta le capitaine Pepper pour meurtre.

— Meurtre ! protesta le capitaine Pepper.

Le mot resta coincé en travers de sa gorge et faillit l'étrangler.

On l'enferma dans la vieille prison humide et pleine de courants d'air. Il cogna contre les barreaux froids et se mit à brailler :

— Vous ne pouvez pas me faire ça ! Ce n'est pas légal ! Je connais mes droits ! Je peux prouver que je n'ai pas commis ce meurtre. Laissez-moi sortir !

Le gardien, un vieillard tremblotant, le considéra avec fermeté depuis le corridor.

— Vous mijoterez là jusqu'au retour d'Abner, Tom.

Le visage buriné du capitaine Pepper se tordit de dégoût.

— Retour ? Où est-il ? Qu'est-ce qu'il lui prend ? A-t-il la trouille de m'affronter ?

— Vous le verrez quand il aura le temps, dit le gardien. C'est un homme très occupé.

Le capitaine renifla avec mépris.

— Occupé, mon œil ! C'est *moi* qui suis occupé ! J'ai besoin de gagner ma vie. Abner peut s'asseoir sur sa graisse et attendre que nos impôts le paient. J'ai du travail. Faut que j'installe mon pendoir à requin ! Faut que j'me tire d'ici !

— Quelle sorte de pendoir à requin ? demanda le gardien d'un air intéressé.

À l'évidence, il cherchait à distraire son prisonnier.

Le capitaine Pepper garda quelques instants un silence renfrogné. Cependant, il était fier de la manière dont il avait conçu son système.

— Eh bien, répondit-il lentement, j'ai monté une ligne comme un palan au mât de charge de mon chalutier. Dès que je ferre un requin, je peux le hisser tout seul et l'accrocher à la barre d'appui.

— C'est mauvais, déclara le gardien qui pêchait à ses moments de loisirs.

— Mauvais ! explosa le capitaine Pepper en devenant tout rouge.

— Mal combiné, Tom. Il suffit au requin de se dégager avec sa queue pour vous envoyer cul pardessus tête sur le pont. Vous ne pourriez alors que laisser filer la ligne et il retournerait à l'eau. Vous ne le récupéreriez jamais sans aide.

Le capitaine gratta son menton en galoche mal rasé ; au bruit, on aurait dit une râpe à muscade.

— Je ne l'avais jamais envisagé sous cet angle. Il faudra que je réétudie ça un brin… Dites donc ! Pourquoi restons-nous là à bavasser ? Trouvez-moi cet ignoble shérif et…

Des pas mous résonnèrent dans le couloir. Le capitaine Pepper tendit le cou pour voir qui arrivait. Doc Bowditch apparut, portant quelque chose sous une serviette d'une blancheur de neige.

Le capitaine avait toujours bien aimé Doc Bowditch : c'était la seule personne sur l'île à écouter ses jacasseries. Peut-être ce dernier lui montrait-il un certain intérêt parce que, pour lui, Pepper était un cas d'aliénation très particulier. Au cours des années précédentes, il avait fait des études de psychiatrie. Jayne était l'une de ses plus anciennes patientes. Pour le capitaine Pepper, la plupart des idées de ces docteurs d'avant-garde ne tenaient pas debout. Il aurait souhaité que Doc se contentât de recoudre les éclopés. Doc Bowditch avait le visage en lame de couteau, pâle et expressif. Ses cheveux étaient noirs, légèrement grisonnants. Le capitaine le surnommait « le chirurgien gréé au carré », car il n'aurait pas coupé une jambe sans d'abord avoir pris ses repères avec un compas.

Doc les salua et souleva la serviette. En dessous, il y avait un moule contenant une tarte aux airelles.

— Clara l'a préparée spécialement pour vous, Tom. Désolé, elle n'a pas mis de lime à l'intérieur.

Il tentait de remonter le moral du capitaine Pepper. Celui-ci fit passer la tarte à travers les barreaux.

— Clara est une brave femme, Doc. Que Dieu la bénisse. Vous la remercierez pour moi.

L'épouse de Doc était une personne sans grâce, se disait-il. Aucun homme ne l'aurait remarquée pour sa beauté. Mais elle était la meilleure cuisinière de toute la Nouvelle-Angleterre.

— Merci encore.

Il jeta avec espoir un regard au-dehors.

— Doc, qu'est-ce que fabrique ce propre-à-rien d'Abner ?

— Il vous parlera dès son retour, Tom.

— Où est-il ?

— Il a cherché Jayne. Nous l'avons tous cherchée. Elle demeure introuvable. À croire qu'elle n'est pas sur l'île.

— Si vous mettez la main sur elle, vous l'enfermerez à nouveau, n'est-ce pas ? Elle est folle.

— Ne savez-vous pas où elle se cache, Tom ?

Doc Bowditch réfléchit quelques instants.

— On vous a surpris alors que vous tentiez de quitter l'île avec elle, l'autre nuit.

— Oui ! Mais que le ciel me tombe sur la tête si…

— Silence !

Doc s'immobilisa au centre du couloir de la prison en tendant l'oreille. Un rayon de soleil caressait sa chevelure noire. Il devait garder l'esprit ouvert, professionnel. Il était le médecin de Jayne. Il était le médecin de tout le monde. Cependant, pour une fois, le capitaine Pepper ne parvenait pas à le sonder. Doc ressemblait à un homme qui avait lutté contre la marée. Une joie triste éclairait ses yeux bleus. Était-il secrètement ravi qu'on ne découvrît pas Jayne ?

À l'extérieur, le soleil brillait. Le brouillard gris avait disparu de la surface de l'océan, mais pas des esprits de la population de Thunder Island. Personne ne pouvait fournir de réponse quant aux causes de la mort de Marshall Curwen. S'il ne s'était pas suicidé, alors… On en frémissait d'horreur rien qu'à y songer.

— Je croyais avoir entendu du bruit dans le bureau du shérif, déclara Doc Bowditch.

— Je vais voir, dit le gardien.

Avant qu'il ait eu le temps de bouger, le shérif Ives entra en traînant les pieds sur le dallage. Ses dents en dominos faisaient un effet épouvantable au milieu de son visage envahi par la graisse.

— Je pouvais entendre les cris de Tom sur la moitié de l'île. Fermez-la, espèce de marin d'eau douce !

— Marin d'eau douce ! hurla le capitaine Pepper.

C'était une vilaine insulte.

— Laissez-moi sortir d'ici, et ensuite, osez me répéter ça !

Le shérif Ives ricana méchamment.

— Vous avez des problèmes ? Ouais ? Eh bien, moi aussi, j'ai des problèmes. Nous avons tous des problèmes.

Il tourna la tête.

— Vous vous imaginez, Doc ! Je dois découvrir comment Tom a tué Curwen et trouver sa petite amie Jayne. Et voilà que la vieille miss Hilda Lendholm m'appelle au téléphone pour me demander d'accourir chez elle. Quelque chose de terrible s'est produit, dit-elle. J'ai pensé à un autre meurtre. Ou du moins à un nouvel indice. Vous savez ce qu'elle voulait me signaler ? Que son flacon de teinture pour cheveux avait disparu ! Elle s'est déchaînée comme une furie pour que j'attrape le voleur !

— Miss Lendholm ! s'exclama Doc Bowditch, surpris. C'est une de mes malades chroniques.

— Ouais ! renchérit le capitaine Pepper, oubliant un instant où il était. Cette vieille pucelle infirme ! Elle se cloître dans sa maison par peur du soleil. Personne n'ignore qu'elle se colore les cheveux ; Dieu sait pourquoi ! Il n'y a pas un seul homme à des kilomètres à la ronde qui poserait les yeux sur...

— Pourquoi vous tracasser à son sujet, Abner, intervint le gardien. Elle a probablement mal rangé la bouteille.

— Vous ne comprenez pas. Il lui est impossible d'acheter un autre flacon sur cette île ; il faut qu'elle se le fasse expédier de Boston. De toute façon, elle est persuadée que quelqu'un a forcé sa porte pour le voler et, par conséquent, qu'elle n'est plus en sécurité dans sa maison.

Le capitaine Pepper pencha la tête.

— De quelle couleur, sa teinture ?

— Châtain foncé, répondit le shérif.

Il ajouta d'un air sarcastique :

— Avez-vous l'intention de partir à sa recherche ?

— Oui ! Vous me laissez sortir et je vous aiderai à le dénicher. Vous avez besoin d'aide, Abner. Vous avez sacrément besoin d'aide. Vous ne trouveriez pas votre nez au milieu de votre propre figure !

Le shérif Ives fit semblant de ne pas avoir entendu et s'adressa au gardien :

— Nous enverrons un homme chez miss Lendholm pour assurer sa protection.

— C'est tout ce dont elle rêve, dit le capitaine Pepper avec aigreur. D'un homme !

Doc Bowditch se tenait tranquillement debout à côté des barreaux.

— Vous ne mangez pas votre tarte, Tom ?

— Je n'ai pas faim pour l'instant, merci, Doc. Seulement envie de fumer.

Il prit un de ses cigares à bague jaune et gratta une allumette sur le fond de son pantalon de toile. Il jeta un clin d'œil malicieux à Doc et s'écria assez fort pour que le shérif entende :

— Je la mangerai lorsque je rentrerai chez moi.

Le shérif Ives pivota pour lui faire face.

— Vous affirmez que vous êtes innocent, Tom. Je suis bon joueur et prêt à vous écouter. Si *vous* n'avez pas poignardé Curwen, ce que je veux savoir, c'est comment ce couteau a atterri dans sa poitrine ?

— Pourquoi n'avez-vous pas aussi arrêté Kittredge ? dit le capitaine en haussant le ton. Il était avec moi !

— Un marin comme vous a l'habitude de manier un couteau à découper. Vous jurez que Kittredge n'a pas cessé de manœuvrer la pompe. Vous, vous ne faisiez rien. Il n'avait aucune raison d'assassiner Curwen. Vous, par contre, vous entreteniez des relations avec sa sorcière de femme. Mais allez-y, Tom. Expliquez-moi.

Le capitaine Pepper les considéra avec anxiété. Ils étaient suspendus à ses lèvres. Impatients de l'entendre, et tout aussi impatients de se moquer de lui. Il commença d'une voix grêle et cassée :

— J'y ai réfléchi toute la nuit. D'abord, j'ai pensé que, peut-être, Curwen s'était suicidé. Toutefois, pourquoi agir de cette manière ? Il aurait été plus facile pour lui de couper le tuyau d'arrivée d'air. La noyade est moins désagréable. Aussi en ai-je déduit que quelque chose d'autre l'avait tué. Mais ce n'est pas moi !

Le shérif grommela, sceptique :

— Alors qui ? Ou quoi ?

— Il n'y avait pas d'autre scaphandrier. Le fait est établi. Les seuls êtres humains sur mon chalutier étaient Kittredge et moi. Aucun de nous ne s'est éloigné du mât de charge, donc aucun de nous n'a plongé avec un couteau entre les dents pendant que l'autre avait le dos tourné. Ça ne tient pas debout ! Alors ? J'ai la conviction qu'une chose était tapie en bas, *attendant Curwen avec le couteau* !

Le shérif Ives récita un vers d'une origine plutôt vague :

— « L'eau calme est profonde, et le diable y habite… »

Le capitaine Pepper leur lança à tous un regard furieux.

— Vous pourriez peut-être trouver mieux !

Le visage gras du shérif se tordit en une grimace.

— Oh que oui ! Nous pouvons vous laisser où vous êtes !

Ils s'en allèrent, abandonnant le capitaine qui frappait en vain contre les barreaux.

Dans l'après-midi, le shérif Ives retourna rendre visite au capitaine Pepper dans sa cellule.

— Nous avons à nouveau discuté, Tom. Nous sommes en panne. Avez-vous des notions de plongée ?

— Si j'ai des notions !

Les sourcils en broussaille du capitaine se soulevèrent d'étonnement : comment le shérif pouvait-il ignorer ses exploits de vieux loup de mer ?

— Eh bien, j'ai eu le mal des caissons plus souvent que vous n'avez lampé votre soupe !

— C'est une bonne nouvelle, Tom. Tout le monde désire savoir quand le prochain scaphandrier descendra voir ce qui se passe sur l'épave. Mais personne ne veut être ce prochain scaphandrier.

Le capitaine Pepper comprit qu'il s'était laissé prendre au piège. Marchant comme un crabe, il s'éloigna des barreaux.

— Ne me regardez pas ainsi, Abner !

— Vous hurliez qu'on vous fasse sortir, Tom. Je vous offre une chance.

Le capitaine devinait ce que le shérif avait en tête.

— Par Jupiter ! Vous n'allez pas m'obliger à plonger pour affronter ce… truc.

— Vous pouvez utiliser la combinaison de Curwen, continua le shérif, implacable.

— Celle qui est déchirée ! rugit le capitaine.

— Lem, le fabricant de voiles, l'a raccommodée. Elle est comme neuve. Kittredge actionnera la pompe. Souhaitez-vous vous servir de votre bateau, Tom ?

— Hé, attendez une minute ! Je n'ai pas encore accepté de…

Le shérif Ives parut aussi furieux qu'un barracuda hors de l'eau.

— Si vous descendez et que vous nous dites ce qu'il y a au fond, je serai indulgent envers vous. Je peux retirer l'inculpation de meurtre. Cependant, si vous refusez, vous pourrirez en prison jusqu'à la fin de vos jours !

— Vous appelez ça un marché équitable ? gémit le capitaine Pepper. Je suis trop âgé pour ce genre de fantaisies, Abner. Où est votre cœur d'or, mon ami ? Vous voulez me coucher dans un linceul ?

Le masque impitoyable du shérif Ives ne se radoucit pas.

— Voilà notre proposition, Tom. À vous de choisir.

— Laissez-moi le temps de réfléchir.

— Inutile. Les habitants de l'île réclament de l'action. Venez-vous, oui ou non ?

Un long soupir de désespoir s'échappa de la poitrine du capitaine.

— J'arrive, dit-il à contrecœur d'une voix éteinte.

Sur le récif, la mer était calme ; une brise légère froissait la surface des flots scintillants. Des cirrus promenaient leurs queues de chat dans le ciel bleu et se reflétaient sur les eaux tranquilles. Le monstre titanesque donnait l'impression trompeuse de dormir. Dud Kittredge prépara les câbles. Tremblant, le capitaine Pepper tira une dernière bouffée de son cigare et le lança par-dessus bord.

Les visages se pressaient autour de lui.

— Que croyez-vous trouver, Tom ? demanda quelqu'un.

— Dieu seul le sait, murmura pieusement le capitaine comme s'il récitait son acte de contrition.

Il enleva ses lunettes en demi-lune.

— Elles pourraient se couvrir de buée. Prenez-y garde.

Kittredge vissa le casque. Tristement, le capitaine Pepper avança vers le palan avec ses chaussures pesant vingt-cinq kilos et se laissa glisser le long du bateau.

L'océan se referma sur le scaphandre et des milliers de bulles pétillèrent comme de l'eau de Seltz. À l'intérieur de son casque, le capitaine vivait sur une petite planète à lui. Une planète bruyante. L'air sifflait dans le tuyau et son propre souffle, haletant, bourdonnait autour de son crâne à la recherche d'une issue pour s'envoler. Sa tête était comme séparée du reste de son corps. Si jamais son nez se mettait à le démanger, il ne pourrait même pas le gratter.

Au pied de l'échelle, le capitaine fit un tour complet sur lui-même avant de s'engager avec précaution dans l'univers sombre et verdâtre. Il progressa à pas lents par-dessus les algues et les herbes marines, soulevant des nuages de sable avec ses semelles de plomb et dérangeant au passage une famille de homards et des étoiles de mer dans leur sommeil. Il lui fallut plusieurs minutes d'efforts pour atteindre le *Jonas*.

La carcasse d'un blanc chatoyant reposait sur un lit de verdure, le mot *Jonas* écrit en lettres rouges sur la proue. Il y avait une large entaille dans la quille, sous la ligne de flottaison, et l'avant du yacht était planté verticalement dans la vase. Une multitude de poissons argentés s'enfuirent de l'épave comme des feuilles chassées par le vent.

— Des sprats ! bredouilla le capitaine Pepper, frappé d'une terreur mystérieuse.

Il se dirigea vers l'étrave, à l'endroit où le pont s'inclinait jusqu'à toucher pratiquement le fond. Mais il ne parvint pas à grimper. Réglant la valve, il gonfla sa combinaison et fit un bond prodigieux, à la manière de l'homme sur la lune.

Le pont était étroit et glissant. Par petits sauts successifs, il se hissa le long de la barre d'appui vers la première cabine. Il se sentait à des millions de kilomètres de la Terre. C'était comme vivre un rêve étrange.

La porte de la première cabine était entrouverte, se balançant lentement au gré des mouvements de la mer. Le capitaine Pepper n'aperçut aucun des lutins qu'il s'attendait à voir à l'intérieur. Il poursuivit son ascension vers la seconde cabine. Le naufrage en avait bloqué l'entrée. Il détacha la hache de sa ceinture et fit éclater le chambranle. Enfin, la porte céda.

Il jeta un œil à l'intérieur, et le rêve se transforma en cauchemar. Une femme le regardait. Avec ses yeux bleus grands ouverts. Sa chevelure d'or ondulait autour de son visage comme les blés agités par le vent. Ses bras, nus dans une robe claire et fluide, étaient à demi tendus vers lui, pareils à ceux d'une sirène. Avec un sourire grimaçant, elle flottait à sa rencontre pour l'embrasser.

Jayne Curwen, la sorcière des eaux !

Le capitaine Pepper entendit son propre cri de frayeur résonner à l'intérieur de son casque. Il roula maladroitement sur le côté, luttant contre la pression des flots pour s'écarter de son chemin. Elle lui effleura l'épaule en surgissant de la cabine, puis s'éleva vers la surface, là où le vert se teintait de nuances de plus en plus pâles.

Le capitaine en avait assez. Il tira avec frénésie sur la corde pour avertir les gens sur le bateau.

Ils le remontèrent.

Lorsque son scaphandre jaillit à nouveau dans le monde des vivants, des mains l'agrippèrent pour l'aider à grimper. Le corps ruisselant de la jeune femme était déjà étendu sur le pont. Hors de l'eau,

Jayne Curwen ne ressemblait plus qu'à un cadavre glacé, et sa magnifique chevelure était devenue une masse terne et informe qui adhérait aux contours de son visage comme des algues.

— Nous avons vu émerger le corps, Tom, dit le shérif Ives en dévissant le casque, et nous l'avons transféré à bord.

Le capitaine Pepper avait toujours les yeux exorbités.

— Ainsi, elle était enfermée là, en bas, depuis le début !

Doc Bowditch était également présent, agenouillé à côté de Jayne.

— Elle n'est pas morte par noyade, déclara-t-il d'une voix sourde. Il y a une blessure sur sa poitrine. Elle a été poignardée. De la même manière que son mari !

C'en était trop pour le shérif Ives. Il remit la dépouille de Jayne Curwen aux autorités médicales de Boston et demanda à des spécialistes de Salem de venir renflouer le yacht. Les gens de Salem connaissaient leur boulot et en un rien de temps, le *Jonas* fut en cale sèche. Les quatre membres d'équipage furent découverts à leur poste. On les autopsia à Boston.

Le rapport adressé au shérif Ives révéla que les quatre marins avaient de l'eau dans les poumons. Ils s'étaient noyés lorsque le bateau avait coulé. Par contre, Jayne Curwen n'en avait pas. C'est pourquoi elle était si rapidement remontée à la surface.

Sa mort était antérieure au naufrage du *Jonas* !

Le shérif Ives n'eut pas d'autre alternative que de libérer le capitaine Pepper. Comme il ouvrait les portes de la prison, dans un grand bruit métallique, il ronchonna :

— Je suis un homme de parole, Tom. En outre, si elle était déjà morte, elle n'a pas pu vous aider à tuer Curwen. Et puisqu'elle se trouvait sur le yacht avant qu'il ne soit envoyé par le fond, il ne vous était pas possible de l'assassiner. Bon Dieu ! Quel imbroglio !

— Voulez-vous que je vous donne un coup de main pour chercher le flacon de teinture de Hilda Lendholm ? proposa le capitaine.

Le shérif lâcha une bordée de jurons.

— Fichez-moi le camp ! Disparaissez de ma vue !

Le capitaine Pepper traversa en boitillant la cour de la prison. Il n'en avait pas pour autant perdu son instinct de vieux fouineur, son nez crochu reniflant partout, les sens en éveil prêts à déterrer les secrets interdits.

Il n'y avait que deux coiffeurs sur l'île. Le capitaine fit une visite à chacun d'eux, leur posant des questions indiscrètes sur leurs clients. Les réponses furent les mêmes dans les deux boutiques :

— Non, Tom. Aucun des hommes qui viennent se faire coiffer chez moi ne se teint les cheveux. Pourquoi me demandez-vous cela ?

Le capitaine ne donna pas d'explication.

Ensuite, il resta un long moment à surveiller une maison en préfabriqué. Lorsque les occupants en sortirent, il jugea qu'il pouvait sans risque se faufiler à l'intérieur.

L'odeur de la mer envahissait la pièce. Ses narines se contractèrent. Il la sentait. Le cigare à bague jaune s'était éteint dans sa bouche. Il regarda autour de lui, essayant de deviner pourquoi la mer imposait si fortement sa présence.

La chambre était confortablement meublée : un lit en noyer avec un édredon en patchwork, un chiffonnier verni, des chaises à fond de paille et un fauteuil à bascule en érable. Dans le coin le plus sombre, il y avait également un coffre de marin, massif, avec une serrure en métal mais pas de cadenas.

Le capitaine se pencha pour soulever le couvercle.

Les senteurs marines affluèrent vers lui.

Il avança la main et retira de la caisse une veste, un pantalon et des chaussures, encore humides et imprégnés de sel : un costume de ville ordinaire que rien ne distinguait des autres.

— Mille sabords ! marmonna-t-il. Les fourrer dans un coffre alors qu'ils sont tout trempés !

Laissant vivement tomber les vêtements, il referma le couvercle et tendit l'oreille : aucun bruit dans la maison.

Il reprit son inspection, cherchant quelque chose d'autre. Une porte donnait sur la salle de bains. Ses yeux s'arrêtèrent sur l'armoire à pharmacie.

— Par Judas ! Si je dois le trouver, c'est là !

Il posa son cigare sur le bord du lavabo et ouvrit l'armoire. À la hauteur de son nez, sur un des rayons, trônait un flacon de teinture. De couleur noire.

Un peu plus tard, le capitaine Pepper s'installa dans le bar d'Asa Gillis, s'asseyant silencieusement dans son coin. Doc Bowditch vint boire un dernier verre comme à son habitude, et le capitaine s'approcha de lui.

— Des projets pour ce soir, Doc ?

— Non, je rentre me coucher. Pourquoi, Tom ?

— Voulez-vous faire un saut chez moi pour que nous puissions parler en privé ?

— Est-ce important, Tom ? Clara m'attend…

— J'ai résolu le problème des meurtres, lança le capitaine Pepper d'une voix rauque.

— Vraiment ! Avez-vous prévenu le shérif ?

— Je ferais mieux de souffler dans un violon, plutôt que de m'adresser à Abner ou à un des autres. Vous savez comme ils sont. Ils ne me croiraient pas et se moqueraient de moi. Vous êtes le seul à m'écouter.

— Finissez votre verre et allons-y, dit Doc Bowditch, un sourire condescendant sur les lèvres.

Il me faudra le convaincre, lui aussi ! pensa le capitaine Pepper.

Ils marchèrent sous les ormes en forme de calices, le long de la rue étroite, éclairée par des lampadaires, qui conduisait au bord de l'eau. Près de l'emplacement où l'on étendait les filets pour les faire sécher et les raccommoder, le capitaine possédait une belle petite maison. Ils franchirent un portail et passèrent devant une boîte aux lettres de la taille d'un rouf de goélette. Dans la cour, de la morue mise à égoutter depuis trop longtemps commençait à dégager une odeur fétide. Une fois à l'intérieur, on s'attendait presque à ce que le capitaine allumât une lampe à huile de baleine. Mais il avait l'électricité.

Les murs du salon étaient surchargés de harpons, de sabres d'abordage, de crochets de débardeur, de compas et de baromètres, et des gamelots de bois encombraient l'étagère au-dessus de l'âtre : un bric-à-brac accumulé au cours des années. Le lit du capitaine se trouvait dans la cuisine où il pouvait dormir à la chaleur du fourneau en hiver.

Le capitaine Pepper disposait de deux fauteuils à bascule : le sien et un second pour ses invités. Les deux hommes se balancèrent lentement et Doc prépara sa pipe en merisier.

— Que vouliez-vous me dire, Tom ?

— Certains aspects de mon histoire vont être durs à avaler, Doc. Mais si l'on y réfléchit bien, c'est la seule chose qui a pu se produire. Prenons d'abord Jayne Curwen. Elle était toquée. Elle avait une araignée au plafond. Mais quelle belle femme ! Mon Dieu, oui ! Il est vraisemblable qu'un habitant de cette île soit tombé éperdument amoureux d'elle. Un homme déjà marié.

— Le shérif vous a cité parmi les candidats éventuels, Tom, rétorqua calmement Doc.

— C'n'était pas moi ! s'écria le capitaine Pepper, irrité. Occupons-nous de l'*autre.* La vérité lui saute soudain à la figure : il est épris d'une folle – et ni lui ni elle ne peuvent éviter de se rencontrer sur cette petite île. Il leur est également impossible, à lui comme à elle, de partir. Alors il décide de la supprimer, pour trois raisons. Premièrement : il ne sera jamais heureux avec elle. Deuxièmement : s'il continue à la voir en cachette, sa propre vie de famille risque d'être anéantie.

— Et troisièmement ? interrogea Doc en s'inclinant vers le capitaine.

— Il la tue pour la sauver. Par pitié, si vous voulez. Un meurtre par charité. S'il parvient à l'assassiner et à s'en tirer…

— Oui, répéta Doc Bowditch en s'enfonçant à nouveau dans son fauteuil. S'il parvient à l'assassiner.

— Il savait qu'elle désirait ardemment quitter l'île. Elle était presque arrivée à ses fins avec moi, auparavant. Aussi, le jour du brouillard, il lui a proposé de monter sur le yacht. Elle a obéi sans difficulté à tous ses ordres. L'amour, vous comprenez… De plus c'était une personne responsable autorisée à l'accompagner pour une promenade en bateau. L'équipage ne lui a pas posé de questions. Il s'était organisé pour le meurtre, le couteau à découper dans la poche. Ce qu'il allait faire, c'était la poignarder, une opération simple, puis jeter son corps à la mer, une fois au large. Il raconterait aux membres d'équipage qu'elle était tombée par-dessus bord. Ceux-ci rebrousseraient chemin pour la rechercher, mais ils ne la repéreraient jamais dans ces eaux grises. Plus tard, lorsqu'on la découvrirait, les poissons se seraient chargés de la blessure.

— Ce doit être un assassin habile, déclara Doc.

— Seulement, Sawtooth Reef lui a joué un tour, remarqua le capitaine Pepper. Il a frappé Jayne quelques instants avant que le yacht n'atteigne le récif, puis il a enfermé le corps de la jeune femme dans sa cabine et s'est installé dans le poste arrière, attendant le bon moment pour lancer le cadavre aux poissons. Mais le meurtrier était à peine entré dans sa cabine que le *Jonas* a labouré les rochers et piqué du nez vers le fond.

— Tuant le meurtrier, poursuivit Doc avec un profond soupir, comme ce dernier avait tué Jayne.

Le capitaine Pepper hocha lentement la tête.

— Voici la partie qui exige un peu de largeur d'esprit, Doc. L'assassin a été pris au piège dans le yacht – *mais il ne s'est pas noyé* ! J'ai observé le phénomène sur d'autres navires qui avaient sombré : une grande poche d'air peut se coincer dans un compartiment presque étanche. Faites l'expérience avec un verre et une bassine d'eau, et vous verrez si je n'ai pas raison ! Renversez le verre et plongez-le rapidement – comme cela s'est passé pour le naufrage du *Jonas*. Il reste toujours de l'air dans le verre.

Doc Bowditch se redressa.

— Vous prétendez que l'assassin était vivant, respirant sous l'eau lorsque Marshall Curwen a plongé deux heures plus tard avec son scaphandre !

— Oui ! Non seulement je le prétends, Doc. Mais il n'y a pas d'autre solution ! L'homme était prisonnier, à dix mètres de profondeur, empoisonnant lentement l'atmosphère avec son propre souffle, mais pouvant tenir quelques heures. À un certain moment, en regardant par un hublot, il a vu Curwen qui le fixait à travers son casque. Les secours ! Il était sauvé ! Cependant son cœur a dû à nouveau battre la chamade. La seconde chose que Curwen trouverait, ce serait sa femme poignardée dans la cabine voisine. Le meurtrier était dans de beaux draps ! Même si Curwen parvenait à le dégager, il aurait un mal de chien à expliquer le pourquoi du cadavre de Jayne. Aussi, quand Curwen a arraché la porte, a-t-il pris une dernière respiration et nagé à sa rencontre avec le couteau.

— Et c'est ainsi que Curwen a été tué ! murmura Doc Bowditch. Mais qu'est-il advenu de l'assassin ? Il lui fallait remonter à la surface – sinon il se noyait !

— Il est remonté, mais de l'autre côté de mon chalutier où nous ne pouvions pas le repérer. C'était facile. Il lui suffisait de suivre les câbles de plongée pour savoir sur quel bord nous travaillions et de se diriger en sens inverse. Il s'est cramponné, ne laissant dépasser que sa tête hors de l'eau jusqu'à ce qu'Abner vienne s'amarrer avec sa vedette. Nous étions tous tellement occupés avec le cadavre de Curwen qu'aucun de nous ne l'a aperçu lorsqu'il a furtivement grimpé sur le bateau d'Abner et qu'il s'est caché dans le poste de pilotage. N'oubliez pas que la vedette d'Abner est entièrement couverte. Quelques minutes plus tard, Abner est retourné à toute allure vers le port pour vous avertir, Doc. Lorsque la voie a été libre, l'assassin est sorti du bateau avec ses vêtements mouillés et il a couru dans le brouillard jusque chez lui.

— Il était tiré d'affaire, constata Doc Bowditch. Mais vous n'avez toujours aucun moyen de désigner le meurtrier. Tout cela n'est qu'une théorie.

Le capitaine Pepper cligna de l'œil d'un air entendu.

— Le bougre a vécu une épreuve horrible : perpétrer deux crimes – et rester sous la mer pendant des heures, avec pour seule perspective de mourir asphyxié. Ça a dû être terrible pour un homme sensible comme lui. Il en a gardé des traces. Lorsqu'il est rentré à la maison et qu'il s'est regardé dans un miroir, il s'est rendu compte que ses cheveux étaient devenus *blancs* !

— Blancs ! s'écria Doc, se raidissant sous le choc.

Il se détendit à nouveau, petit à petit.

— En effet, Tom, on a observé de tels cas en médecine. Je me souviens d'un homme sauvé de la noyade. Tout le monde croyait qu'il était mort, mais on a essayé malgré tout de le ranimer. Cela a pris des heures. Tandis qu'on pratiquait sur lui la respiration artificielle, ses cheveux sont graduellement devenus blancs.

— Ainsi, Doc, l'assassin se trouvait toujours en mauvaise posture. Comment justifier le fait qu'il avait blanchi en si peu de temps ? Il lui fallait rapidement recouvrer sa teinte normale. Il n'y a pas, à Thunder Island, de magasin qui vende de produits capillaires. Ce n'est un secret pour personne. Cependant, il s'est rappelé la teinture châtain foncé – assez proche de sa couleur à lui – qu'utilise Hilda Lendholm, la vieille fille, et il lui a volé son flacon. Par la suite, lorsqu'il a eu davantage de liberté, il s'est rendu à Boston pour acheter de la teinture noire.

— Que savez-vous d'autre, Tom ?

— J'ai découvert cette bouteille dans son armoire à pharmacie. Personne chez lui ne se colore les cheveux. Il a eu peur d'étendre ses vêtements dehors pour les faire sécher et les a entassés dans son coffre de marin.

Le capitaine Pepper s'arrêta de parler et les fauteuils à bascule grincèrent.

Le regard de Doc Bowditch était insondable.

— Tout le monde connaît vos cigares à bague jaune, Tom. Vous avez oublié l'un d'eux, à moitié fumé, sur le bord du lavabo, dans ma salle de bains.

— Je commence à devenir un tantinet négligent, Doc. Je perdrais la tête si elle n'était pas attachée sur…

Doc Bowditch se leva.

— Marchons un peu, Tom. Nous avons des choses à faire. Par la porte de derrière. La façade de la maison est trop bien éclairée.

La colonne vertébrale du capitaine craqua, comme si elle avait été gelée. Il se poussa lentement hors de son fauteuil qui continua à se balancer sans lui.

— Comme vous voulez, Doc.

Il traversa la cuisine en traînant les pieds, Doc sur les talons. Lorsqu'il ouvrit la porte pour s'engager dans la nuit étoilée, ce dernier lui conseilla :

— Ne vous retournez pas, Tom. Je tiens un couteau. Allons vers la plage. Lorsqu'on vous trouvera, vous serez juste un mystère de plus pour ce gros ballot de shérif Ives.

Le capitaine Pepper avança à pas lents au milieu de ses filets qui séchaient. Il sentit les nœuds et les mailles sous la mince semelle de ses chaussures de tennis, puis les coquilles de mollusques tassées comme un rebord de trottoir.

— De l'autre côté ! ordonna sauvagement Doc Bowditch.

La sueur coulait dans les yeux et sur les lèvres du capitaine. Salée. Comme l'eau de mer. À travers ses lunettes embuées, il vit une corde devant lui. La saisissant, il tira de tout son poids.

Il entendit un cri de surprise et un bruit de chute étouffé. Alors seulement, il osa pivoter sur lui-même pour regarder. Doc Bowditch – le meurtrier – était suspendu en l'air, se débattant comme un gros poisson dans le filet sur lequel il avait mis le pied une seconde auparavant.

Il hurla des injures au capitaine, le menaçant des feux de l'enfer.

Les lèvres du capitaine Pepper, tachetées de brun par le tabac à priser, se décrispèrent en un large sourire de soulagement.

— Ça fonctionne sur le même principe que mon pendoir à requin, Doc. On ramène la ligne et le filet suit comme je l'ai expliqué au gardien de la prison. Il ne faudra pas longtemps à Abner pour arriver. Je parie qu'on ne lui a encore jamais raconté une histoire de pêche comme celle-ci !

Edward D. Hoch

Le Mystère du clocher de Noël

(1977)

Le regretté Edward D. Hoch (1930-2008) fut l'un des plus exceptionnels auteurs de nouvelles du XXe siècle avec plus de neuf cent cinquante textes recensés ! Une grande partie de sa production est du plus haut niveau de qualité, l'éventail de ses thèmes d'une étonnante diversité et la liste de ses héros récurrents impressionnante et variée : une quinzaine de séries qu'il a régulièrement alimentées jusqu'à la fin de sa vie. Sa plus exceptionnelle étant celle du Dr Sam Hawthorne (soixante-dix histoires écrites de 1974 à 2008), un modeste médecin de campagne, détective amateur à ses heures, exerçant dans la petite localité de Northmont, en Nouvelle-Angleterre, et sans cesse confronté à une succession proprement hallucinante d'assassinats en chambres closes, de crimes impossibles et de disparitions mystérieuses.

*

Comme je le disais la dernière fois, fit le Dr Sam Hawthorne en allant chercher la bouteille de cognac sur l'étagère du haut, l'année 1925 a été terrible pour ce qui concerne les meurtres et autres crimes violents. Et le pire d'entre eux a été commis le jour de Noël, alors que l'année touchait presque à sa fin. Mais permettez-moi de vous servir un petit verre avant de commencer…

L'automne avait été calme à Northmont depuis le kidnapping et le retour dans sa famille du petit Tommy Belmont. En fait, le plus grand événement dans notre ville était que le concessionnaire Ford fraîchement installé à Middle Creek vendrait bientôt des voitures vert sombre ou bordeaux en plus des modèles noirs traditionnels.

— D'ici peu, docteur Sam, dit April, mon infirmière, vous ne serez plus le seul à circuler dans la région dans une voiture jaune vif.

— Il y a de la marge entre vert sombre ou bordeaux et jaune, lui fis-je remarquer.

Se moquer de ma Pierce Arrow 1921 était l'un de ses sports favoris. Mon premier hiver à Northmont, j'avais mis mon véhicule sur des cales et effectué mes visites dans un buggy tiré par un cheval, mais par la suite j'étais devenu un peu plus aventureux. Tant que les routes étaient dégagées, je prenais la voiture.

Ce jour-là, deux semaines exactement avant Noël, April et moi nous rendions dans un petit campement de bohémiens à la limite de la ville. L'hiver n'avait pas encore établi ses quartiers en Nouvelle-Angleterre, et si les branches des arbres n'avaient pas été dégarnies, on aurait pu se croire un agréable après-midi de septembre.

Quant aux bohémiens, c'était une autre histoire, et leur campement n'avait rien d'agréable. Ils étaient arrivés un mois auparavant, dans une demi-douzaine de roulottes, et avaient planté leurs tentes sur une prairie abandonnée de l'ancienne ferme Haskins. Minnie Haskins, veuve et septuagénaire, leur avait donné l'autorisation de s'installer sur ses terres, ce qui n'avait pas été du goût ni du shérif Lens ni des habitants de Northmont. Lors des rares occasions où les bohémiens étaient venus à l'épicerie générale acheter des provisions, ils avaient été traités d'une manière franchement inamicale.

J'étais allé au campement une fois déjà pour examiner un enfant malade, et j'avais décidé qu'il était temps de lui refaire une visite. Je savais que je n'avais guère de chances d'être payé, à moins d'accepter comme règlement qu'une bohémienne prédise l'avenir à April, cependant j'estimais que c'était mon devoir.

— Regardez, docteur Sam ! s'exclama April alors que nous commencions à apercevoir les roulottes. N'est-ce pas le buggy du pasteur Wigger ?

— On dirait.

Je n'étais pas vraiment surpris de voir le pasteur chez les bohémiens. Depuis qu'il était arrivé à Northmont au printemps précédent, comme pasteur de la Première Église de la Nouvelle-Angleterre, il n'avait cessé de susciter la controverse. Sa première action avait été de rouvrir la vieille église baptiste, au centre de la ville, et d'annoncer la reprise d'offices réguliers. Il semblait être un homme menant une vie simple et recherchant des solutions simples – ce qui était la raison pour laquelle de nombreuses personnes ne l'aimaient pas. Contrairement à certaines opinions, les habitants de la Nouvelle-Angleterre ne sont pas des gens simples.

— 'Jour, docteur Sam ; 'jour, April, lança-t-il en nous voyant approcher. Qu'est-ce qui vous amène par ici ?

Il se tenait près d'une roulotte et bavardait avec un groupe d'enfants aux cheveux noirs.

— J'ai soigné un petit malade, il y a quelque temps, et je suis venu voir comment il allait, expliquai-je en saisissant ma sacoche. (J'avais reconnu mon patient, Tene, parmi les garçons qui entouraient le pasteur.) Salut, Tene, comment te sens-tu ?

Il avait onze ans, l'air d'un gadjo comme moi, et était timide.

— Bien, finit-il par répondre.

— Est-ce lui qui était malade ? demanda Wigger.

Je hochai la tête.

— Une infection à la gorge, mais il semble s'être remis.

À ce moment, le père de Tene surgit de derrière la roulotte. C'était un homme taciturne, avec une moustache noire et une chevelure qui lui frôlait les oreilles, dévoilant de petits anneaux d'or. Le pasteur Wigger était de la même taille, et les deux hommes paraissaient avoir dans les trente-cinq ans, pourtant ils ne pouvaient être plus différents. À part une ancienne blessure au bras qui l'avait laissé infirme de la main droite, Carranza Lowara était l'image même de la force. Par contraste, Wigger donnait une impression de faiblesse physique. Les cheveux du pasteur se clairsemaient déjà sur son front, et il portait d'épaisses lunettes pour corriger une vue défaillante.

— Vous êtes revenu, docteur ? s'étonna le père de Tene.

— Oui, Carranza, je suis revenu.

Il inclina la tête, puis désigna April.

— C'est votre femme ?

— Non, mon infirmière. April, je vous présente Carranza Lowara, le chef de cette tribu.

April fit un pas en avant, les yeux écarquillés, et lui serra la main.

— Charmée de faire votre connaissance.

— J'essaie d'aider ces gens à s'installer pour l'hiver, expliqua le pasteur Wigger. Ces roulottes ne sont pas un abri suffisant pour vingt personnes. Et ces deux tentes ne valent pas mieux.

— Nous avons survécu à d'autres hivers, répondit Carranza Lowara.

Il parlait un très bon anglais, teinté d'un accent dont je ne parvenais pas à déterminer l'origine – je suppose qu'il était d'Europe centrale.

— Mais pas en Nouvelle-Angleterre. (Le pasteur se tourna vers moi :) Ils viennent du sud, comme la plupart des bohémiens. Je les ai croisés auparavant au cours de mes pérégrinations. L'Espagne a déporté leurs ancêtres en Amérique latine, il y a plusieurs siècles, et depuis, ils cherchent à remonter vers le nord.

— Est-ce exact ? demandai-je à Lowara. Vous venez d'Amérique latine ?

— Oh, il y a très, très longtemps, répondit-il.

Par hasard, je jetai un coup d'œil à ma voiture et j'aperçus une bohémienne vêtue d'une longue jupe à paillettes, et pieds nus. Elle inspectait mon automobile avec attention. Je l'avais vue lors de ma précédente venue et subodorai qu'elle était l'épouse ou la compagne de Lowara.

— Est-elle de votre famille ?

— Viens ici, Volga, ordonna Lowara.

La femme accourut aussitôt, et je me rendis compte qu'elle était beaucoup plus jeune que je ne l'avais supposé. Plus une enfant, non, mais à peine âgée d'une vingtaine d'années. Elle était plus belle que la plupart des bohémiennes, avec des pommettes hautes et des yeux légèrement en amandes qui suggéraient un soupçon de sang oriental. Je la présentai à April, et elles partirent visiter les autres roulottes.

— C'est ma femme, déclara Lowara.

— La mère de Tene ?

— Oui.

— Elle paraît si jeune.

— Les bohémiennes se marient jeunes. C'est la coutume. Vous devriez venir un jour à un mariage bohémien et voir le futur époux enlever sa promise. Cela ne ressemble en rien à vos cérémonies chrétiennes, pasteur Wigger.

— J'imagine, acquiesça le pasteur. Mais je n'assisterai à un mariage bohémien que si vous honorez mon église de votre présence.

Lowara secoua la tête.

— Vos concitoyens ne nous aiment pas.

— Ils vous aimeraient peut-être davantage s'ils vous voyaient aux offices.

Lowara haussa les épaules.

— Nous ne sommes d'aucune religion. Nous pouvons aussi bien venir dans votre église que dans une autre.

— Alors, venez le jour de Noël. C'est dans deux semaines. Une fois que vous aurez fait la connaissance de la population et que vous aurez sympathisé avec elle, vous pourriez même trouver une vieille grange pour y passer l'hiver.

— Une grange est-elle plus chaude que nos tentes ? J'en doute.

— Venez néanmoins, plaida le pasteur. Vous ne le regretterez pas.

Le bohémien hocha la tête.

— J'en parlerai aux autres. Je pense que vous nous verrez dans deux semaines.

Le pasteur Wigger me raccompagna jusqu'à ma voiture.

— Je crois que leur présence à l'église le matin de Noël aura un effet positif sur les habitants de Northmont. Personne ne peut haïr un de ses frères chrétiens le jour de Noël.

— Certains les traitent de mendiants et de voleurs. Ils prétendent que leurs femmes ne sont capables que de dire la bonne aventure.

— Ce sont des êtres humains dotés d'une âme comme nous tous, rappela le pasteur Wigger.

— Je suis d'accord avec vous. Il ne vous reste plus qu'à convaincre quelques centaines de nos concitoyens.

Il était inutile de lui dire que sa propre popularité à Northmont n'était pas alors au plus haut.

April revint de sa visite des roulottes et nous nous éloignâmes en faisant un signe de la main au pasteur Wigger.

— Il s'efforce vraiment d'aider ces gens, constata-t-elle. La jeune Volga porte le pasteur en grande estime.

— C'est la femme de Lowara. Elle devait être une enfant quand elle l'a épousé. J'ai soigné son fils sans jamais me douter qu'elle était sa mère.

— Il y a une vieille femme qui dit la bonne aventure dans l'une des roulottes, confia April avec un petit rire.

— Et elle vous a dit la vôtre ?

April baissa la tête.

— Je vais bientôt me marier.

— Tant mieux pour vous.

April était un peu plus âgée que moi, le milieu de la trentaine, et pas la plus belle fille de la ville. Je songeai que la vieille bohémienne était un excellent juge de la nature humaine.

Le matin de Noël, il neigeait doucement, et, du bout de la rue, l'église du pasteur Wigger était telle qu'on les représente sur les cartes de vœux. Pour ma part, je ne suis pas pratiquant, mais je décidai d'aller à l'office. Le Noël précédent, j'avais passé la journée à mettre au monde le bébé d'une fermière, et une heure à l'église ne serait certainement pas plus dur.

Tout emmitouflé pour se protéger du froid et de la neige, le pasteur Wigger se tenait sur le seuil pour accueillir les fidèles. Je lui adressai un petit signe de la main et m'arrêtai pour bavarder avec Eustache Carey, le propriétaire des deux épiceries générales de Northmont.

— Comment allez-vous, Doc ? Joyeux Noël à vous.

— À vous aussi, Eustache. Nous avons un temps idéal – un Noël blanc, mais pas trop.

— Le bruit circule que les bohémiens assisteront à l'office. Vous êtes au courant ?

— Non, mais après tout, c'est Noël. Il n'y a rien de mal à ce qu'ils viennent à l'église.

Eustache Carey eut un reniflement de mépris.

— Ce qu'il y a de mal, c'est qu'ils soient ici. Je suis convaincu qu'ils ont envoûté la vieille Minnie pour obtenir l'autorisation de camper sur ses terres. Ces bohémiennes ont l'art d'envoûter les gens, vous savez.

J'allais répondre lorsqu'un murmure s'éleva parmi les fidèles réunis devant l'église. Une roulotte remplie de bohémiens et tirée par une paire de chevaux avançait au centre de la rue.

— Les voilà qui arrivent, dis-je à Carey.

Il devint alors évident que le pasteur Wigger avait attendu dans la neige rien que pour ce moment-là. Il se précipita vers la roulotte et salua avec chaleur Lowara et ses compagnons. Il semblait que tous les bohémiens étaient venus, même les enfants, et après que le pasteur leur eut serré la main à chacun, ils entrèrent un à un dans l'église.

— Je ne les aime pas, souffla Carey derrière moi. Ils ont une drôle d'allure, ils ont une drôle d'odeur, ils ont des drôles de noms.

— Je ne partage pas votre point de vue, Eustache.

Nous suivîmes les bohémiens dans l'église et prîmes place sur l'un des bancs du premier rang. Je cherchai April du regard, puis je me souvins qu'elle se trouvait dans une église catholique de l'autre côté de la ville.

Au bout de quelques instants, le pasteur Wigger arriva, vêtu d'une soutane noire et d'un surplis blanc. Il monta en chaire, tenant une Bible à la main, et se mit à parler.

— Tout d'abord, je veux souhaiter à chacun de mes paroissiens – et, pour moi, vous êtes tous mes paroissiens – un très joyeux Noël et un très heureux Nouvel An. Je vois 1926 comme une année pleine de promesses, une année pour bâtir nos vies spirituelles.

Je n'avais jamais été amateur de sermons et je me surpris à promener les yeux sur la double rangée de bohémiens. Si le sermon les ennuyait autant que moi, ils étaient très doués pour dissimuler leurs sentiments. Juste derrière eux, et pas trop contente de se trouver là, était assise Minnie Haskins qui leur avait permis de séjourner sur ses terres.

Plus tard, après que le pasteur Wigger eut terminé son sermon et les prières et que nous eûmes chanté les hymnes de Noël de rigueur, je rattrapai Minnie Haskins au fond de l'église. Malgré son âge, c'était une femme alerte qui se déplaçait avec une remarquable agilité.

— Bonjour, docteur Sam, me dit-elle. Joyeux Noël !

— Joyeux Noël à vous, Minnie. Comment va votre jambe ?

— Tout à fait bien ! (Elle me donna un petit coup de pied pour me le prouver.) C'est pas un accès d'rhumatismes qui m'empêchera d'marcher ! (Puis elle m'attira à l'écart tandis que les autres quittaient l'église, et murmura :) Qu'est-c'qu'ils font ici tous ces bohémiens, Doc ? J'ai déjà assez d'problèmes avec les gens pour les avoir laissés camper sur mon terrain, et v'là qu'ils viennent à l'église !

— C'est Noël, Minnie. Je pense qu'il faut leur faire bon accueil à l'église le jour de Noël.

— Eh bien, des tas d'gens en veulent au pasteur Wigger d'les avoir invités, moi j'vous l'dis !

— Je n'ai encore entendu personne se plaindre à part Eustache Carey.

— Lui et d'autres.

Carey nous rejoignit, grommelant toujours.

— Dès que je pourrai parler seul à seul avec le pasteur, je lui dirai ma façon de penser. Non seulement, il remplit son église de bohémiens, mais il les installe aux premiers rangs !

— Où sont-ils passés ?

— C'est à ne pas croire ! Le pasteur les a emmenés dans le clocher pour leur montrer la vue !

Je les accompagnai sur le trottoir et nous levâmes le nez à travers la neige qui tombait, en direction du clocher. Bien qu'au sommet de la tour chacun des quatre côtés fût percé d'une fenêtre, aucune cloche n'y avait sonné depuis l'époque où l'édifice était une église baptiste. Les Baptistes avaient emporté leur cloche avec eux, dans leur nouvelle église de Groveland, et le pasteur Wigger n'avait pas encore récolté assez d'argent pour la remplacer.

Tandis que nous regardions, les bohémiens commencèrent à sortir de l'église et à remonter dans leur roulotte.

— Ils ne savent ni lire ni écrire, dit Carey. Aucun bohémien ne sait.

— Probablement parce qu'on ne leur a jamais appris, répondis-je. Envoyer les enfants comme Tene à l'école serait une bonne chose.

— N'empêche que je dirai ma façon de penser au pasteur dès que j'aurai l'occasion de lui parler seul à seul, insista Carey.

Je cherchai Minnie, mais elle avait disparu, engloutie par la neige. On voyait à peine de l'autre côté de la rue maintenant que de gros flocons blancs tourbillonnaient dans le vent. Je les sentais me picoter le visage, s'accrocher à mes cils, et décidai de rentrer chez moi. Juste à ce moment-là, Volga Lowara sortit de l'église et grimpa dans la roulotte. Le cocher fouetta les rênes et la roulotte s'ébranla.

— Je vais aller voir le pasteur, annonça Carey.

— Attendez une minute, l'arrêtai-je. Je me trompe peut-être, mais il ne me semble pas avoir vu Carranza quitter l'église. Il a dû rester bavarder avec le pasteur Wigger.

— Et puis zut ! fit Carey, son chapeau et son manteau parsemé d'épais flocons blancs. Je rentre à la maison.

— À bientôt, Eustache. Souhaitez un joyeux Noël à votre famille de ma part.

C'était la phrase à prononcer pour éviter de souligner le fait que sa femme ne l'avait pas accompagné à l'office de Noël.

Je n'avais moi-même aucune raison de m'attarder. Comme Carey s'éloignait sous la neige, je me mis en route dans la direction opposée et tombai sur le shérif Lens.

— Bonjour, docteur Sam. Vous revenez de l'église ?

— En effet. Un beau Noël blanc, n'est-ce pas ?

— Les enfants qui auront reçu une luge comme cadeau vont être heureux. Vous avez vu le pasteur Wigger ?

— Il est dans l'église. Que se passe-t-il ?

— Quelque chose de bizarre. Je vais vous raconter.

Avant qu'il ne puisse en dire davantage, la silhouette familière du pasteur apparut à la porte de l'église, toujours vêtue de la longue soutane noire, mais sans le surplis blanc. L'espace d'un instant, un rai de lumière sembla se réfléchir sur ses grosses lunettes.

— Pasteur Wigger ! appela le shérif en courant vers le perron de l'église.

Le pasteur Wigger pivota sur lui-même et rentra précipitamment dans l'église en se cognant au chambranle de la porte. On aurait dit que la vue du shérif Lens l'avait effrayé. Alors que nous pénétrions ensemble dans l'église, la soutane noire du pasteur disparut dans l'escalier du clocher.

— Nom d'un chien ! explosa le shérif Lens. Il a fermé la porte derrière lui. Tenterait-il de s'enfuir ?

Je secouai la porte du clocher, mais elle était verrouillée de l'intérieur.

— Il ne serait pas parti par là pour s'enfuir. C'est une voie sans issue.

— Je vais enfoncer la porte !

C'était une vieille église, et un puissant coup d'épaule du shérif Lens fendilla le battant autour du verrou. Un second coup le fit céder.

Lens ouvrit la marche dans l'escalier de bois.

— Nous arrivons, pasteur Wigger, cria-t-il.

Aucune réponse ne parvint d'en haut.

Nous atteignîmes le sommet du clocher et poussâmes la trappe située au-dessus de nos têtes. La première chose que je vis fut le pasteur Wigger gisant sur le plancher, à moins d'un mètre de moi. Il était allongé sur le dos, et le manche ouvragé d'un petit poignard bohémien était planté dans sa poitrine.

— Mon Dieu ! hoqueta le shérif Lens. Il a été assassiné !

De la trappe, je voyais le clocher vide et la neige qui virevoltait dehors. Il semblait n'y avoir aucune créature vivante avec nous.

Mais, soudain, quelque chose me fit me retourner et regarder derrière la trappe rabattue.

Carranza Lowara était recroquevillé sur lui-même, une expression terrifiée sur le visage.

— Je ne l'ai pas tué ! hurla-t-il. Vous devez me croire – je ne l'ai pas tué !

C'était le plus incroyable mystère de chambre close. Mais comment pouvait-on parler de chambre close, puisqu'il n'y avait même pas de chambre et que le local était ouvert sur les quatre côtés ? Et pouvait-on parler de mystère, puisque le meurtrier se trouvait sur les lieux avec l'arme et la victime ?

Et pourtant…

D'abord, il vaudrait mieux que je vous parle du clocher lui-même, parce que c'était la première fois que je montais là-haut, et un certain nombre de détails n'étaient pas évidents du sol. La cloche avait été enlevée, bien que le cadre de bois auquel elle avait été accrochée jadis fût toujours en place. Il y avait aussi un trou de dix centimètres de diamètre environ, découpé dans le plancher, par où passait la corde pour sonner.

Mais ce qui me surprit le plus dans le clocher du pasteur Wigger, c'était le fin grillage tendu devant chacune des quatre fenêtres. Il ressemblait à du grillage pour poulailler, avec des espaces de quelques centimètres entre les mailles. Comme, manifestement, il n'était pas destiné à empêcher les mouches d'entrer, il me fallut un moment pour comprendre à quoi il servait.

— Les oiseaux, dit le shérif Lens, s'apercevant de ma perplexité. Il ne voulait pas que les oiseaux fassent leurs nids dans le clocher.

— De la rue, on ne voit même pas le grillage, tellement il est fin, grognai-je.

Le cadavre de Wigger avait été emporté et Lowara arrêté, mais nous étions restés à contempler la rue en contrebas à travers le grillage.

— La nouvelle s'est déjà répandue, fit observer Lens. Regardez cette foule !

— Plus que pour les offices. Ce qui en dit long sur ces gens.

— Vous croyez que le bohémien est coupable, Doc ?

— Qui d'autre ? Il était seul avec le pasteur.

Le shérif Lens se gratta le crâne où ses cheveux se raréfiaient.

— Mais pourquoi l'avoir tué ? Dieu sait que Wigger était leur ami.

Il y eut un bruit venant d'en bas, et la tête d'Eustache Carey émergea par la trappe ouverte.

— Je viens d'apprendre pour le pasteur, déclara-t-il. Que s'est-il passé ?

— Il montrait aux bohémiens la vue depuis le clocher. Ils sont tous redescendus, sauf Lowara qui a dû se cacher ici, je suppose. Nous avons vu le pasteur Wigger sur le pas de la porte d'entrée dire au revoir aux bohémiens qui partaient, et j'ai voulu lui parler. Mais il s'est enfui devant nous et a verrouillé la porte du clocher après lui. Le temps que le Dr Sam et moi grimpions jusqu'au sommet de la tour, il était mort, le poignard de Lowara planté dans la poitrine.

— Personne d'autre n'était là ?

— Personne.

Carey alla à la fenêtre ouest du clocher, où de la neige soufflée par le vent couvrait le plancher.

— Il y a des empreintes.

— Tous les bohémiens ont admiré la vue ; ces empreintes ne signifient rien, répondit le shérif Lens en se dirigeant vers la trappe.

Soudain, je me rappelai quelque chose.

— Shérif, vous êtes d'accord avec moi que Wigger avait l'air de fuir devant nous. Pourquoi étiez-vous si pressé de le voir ?

— Cela n'a plus d'importance maintenant qu'il est mort, grommela le shérif Lens en commençant à descendre les marches.

Le lendemain matin, je fus stupéfait de trouver April qui m'attendait à mon cabinet. C'était un dimanche, et je lui avais dit qu'il était inutile de venir. J'avais fait un saut pour m'assurer que personne ne m'avait laissé de message. La plupart de mes patients habituels passaient à mon domicile s'ils avaient besoin de moi durant le week-end, mais il y avait toujours la possibilité d'une urgence.

Ce jour-là, l'urgence n'était pas de celles que j'escomptais.

— Docteur Sam, Volga, la bohémienne, est dans votre bureau. Elle est venue chez moi de bonne heure ce matin ; que son mari ait été arrêté la rend malade. Voulez-vous lui parler ?

— Je vais voir ce que je peux faire.

Volga était assise, les joues noyées de larmes et les yeux remplis de désespoir.

— Oh, docteur Hawthorne, il faut que vous m'aidiez ! Je sais qu'il est innocent ! Il n'a pas pu tuer le pasteur Wigger comme ça – le pasteur était notre ami.

— Calmez-vous, dis-je en lui prenant les mains. Nous ferons de notre mieux pour l'aider.

— Pourriez-vous aller à la prison ? On dit que certains veulent le lyncher !

— Cela ne se produira pas ici, affirmai-je tout en me souvenant d'un incident à Northmont, après la Guerre civile, au cours duquel un Noir voyageant avec une bohémienne avait été lynché.

De toute manière, je désirai parler à Lowara.

Je la laissai aux bons soins d'April et parcourus à pied, à travers les rues envahies par la neige, les trois pâtés de maisons jusqu'à la prison municipale. Le shérif Lens était dans son bureau avec un hôte inattendu.

— Bonjour, Minnie. Pas très plaisant comme Noël pour notre ville, n'est-ce pas ?

— Vous l'avez dit, docteur Sam.

— Vous rendiez visite au prisonnier ?

— J'essayais d'savoir quand ils quitteront mes terres. J'suis allée au campement c'matin et tout c'qu'ils m'ont répondu, c'est que Carranza était leur chef. Ils pouvaient pas partir tant que Carranza leur donnerait pas l'ordre.

— Je croyais que vous leur aviez permis de rester.

— Eh bien, c'était avant qu'ils tuent l'pasteur Wigger, déclara-t-elle, traduisant l'opinion générale.

— J'aimerais parler au prisonnier, dis-je au shérif Lens.

— Ce n'est pas très régulier.

— Allons, shérif.

Il fit une grimace et prit les clés des cellules. Nous trouvâmes le bohémien assis sur le bord de sa couchette métallique, les yeux perdus dans le vague. Il sortit de son apathie lorsqu'il me vit, sentant en quelque sorte une présence amicale.

— Docteur, êtes-vous venu me libérer de cet endroit ?

— Cinq minutes, annonça le shérif Lens en m'enfermant dans la cellule avec Lowara.

— Je suis venu parce que Volga, votre femme, me l'a demandé. Mais si je dois vous aider, il faut que je sache tout ce qui s'est passé hier dans le clocher.

— Je vous ai dit la vérité. Je n'ai pas tué le pasteur Wigger.

— Que faisiez-vous là-haut ? Pourquoi n'avez-vous pas suivi Volga et les autres ?

De la main, il ramena en arrière ses longs cheveux noirs qui lui couvraient les oreilles.

— Un gadjo comme vous peut-il comprendre ? Je suis resté parce que j'éprouvais de la sympathie pour cet homme, pour ce pasteur qui avait pris parti pour nous. Je voulais bavarder avec lui en privé.

— Et qu'est-il arrivé ?

— Il est descendu après que les autres ont quitté le clocher et il a attendu sur le seuil qu'ils soient partis. Ensuite, il est remonté, plutôt rapidement. Je l'ai entendu pousser le verrou de la porte de la tour, comme s'il craignait que quelqu'un ne le poursuive. Quand il a franchi la trappe, j'étais de dos. Je n'ai pas vu ce qui l'a frappé. J'ai seulement entendu un long halètement, une sorte de profond soupir, et en me retournant, je l'ai vu basculer sur le plancher.

— Vous n'avez vu personne d'autre ?

— Il n'y avait personne d'autre.

— Aurait-il pu être poignardé ailleurs ? hasardai-je. En bas dans l'église ?

— Il n'aurait jamais eu la force de grimper ces marches avec un couteau dans la poitrine, répondit Lowara en secouant la tête. Il serait mort sur le coup.

— Et l'arme du crime ? Vous reconnaissez que le poignard à manche ouvragé est à vous ?

Lowara haussa les épaules.

— C'est le mien. Je le portais hier sous mon manteau. Mais après l'office, dans la foule, on m'a bousculé et on me l'a volé.

— Sans que vous vous en rendiez compte ? C'est difficile à croire !

— Mais c'est la vérité.

— Pourquoi quelqu'un aurait-il voulu tuer le pasteur Wigger ? demandai-je.

Il sourit et écarta les bras.

— Pour que l'on accuse un bohémien, dit-il, comme s'il s'agissait de la raison la plus logique du monde.

La neige cessa de tomber tandis que je retournai à l'église. Le poignard qui avait tué le pasteur Wigger était enfoui au fond de ma poche. Le shérif Lens m'avait permis de l'emprunter pour faire une expérience, après avoir abandonné tout espoir de découvrir des empreintes sur le manche incrusté de faux rubis.

Il m'était venu à l'idée que le couteau avait pu être lancé d'une certaine distance et qu'il était assez fin pour passer à travers le grillage. Afin de vérifier ma théorie, j'entrai dans l'église déserte et montai une nouvelle fois dans le clocher.

Mais je me trompais.

Effectivement, on aurait pu, non sans difficultés, forcer le poignard à travers une maille du grillage, mais s'il avait suivi une trajectoire en ligne droite ou même selon un certain angle, la largeur de la garde l'aurait empêché de passer. Il n'avait donc pas été lancé de l'extérieur.

Ce qui me laissait à nouveau avec Carranza Lowara.

Le seul meurtrier possible.

Avait-il menti ?

Me rappelant cet instant où le shérif et moi l'avions trouvé près du cadavre, les traits crispés par la terreur, je ne parvenais pas à y croire.

Je redescendis et déambulai autour des bancs, espérant avoir une illumination. Puis finalement, je fourrai l'arme dans la poche de mon manteau et sortis. C'est en coupant à travers l'arrière-cour pour prendre un raccourci que mon regard fut attiré par quelque chose de blanc comme la neige qui tapissait le sol, et à moitié recouvert par elle.

Je me baissai et vis qu'il s'agissait d'un surplis, identique à celui que le pasteur Wigger avait porté pour l'office de Noël. Il y avait une tache rouge sombre sur le tissu blanc et une déchirure de deux à trois centimètres.

Je demeurai un moment immobile, le surplis à la main, puis je levai la tête pour regarder le clocher qui me dominait.

— Il va falloir que nous transférions le bohémien au chef-lieu du comté, me dit le shérif Lens alors que je regagnais la prison et posais le poignard sur son bureau.

— Pourquoi, shérif?

— Eustache m'a averti que l'on parle de lynchage. Je sais parfaitement qu'ils n'en feront rien, mais je ne veux pas prendre de risques. C'est déjà arrivé, il y a cinquante ans, et cela ne doit pas se reproduire.

Je m'assis en face de lui.

— Shérif, il faut que vous me racontiez. La vie de cet homme en dépend peut-être. Le jour de Noël, pour une certaine raison, vous étiez à la recherche du pasteur Wigger. C'était pour quelque chose qui ne pouvait pas attendre que les fêtes soient passées.

Le shérif Lens semblait mal à l'aise.

— Je vous ai dit… C'est sans importance maintenant.

— Mais ne comprenez-vous pas que c'est important – maintenant plus que jamais.

Le shérif se leva et alla à la fenêtre. De l'autre côté de la place, on voyait un petit groupe d'hommes qui surveillaient la prison. C'est ce qui a dû le décider.

— Vous avez peut-être raison, Doc. De toute manière, je suis trop vieux pour garder des secrets. Voyez-vous, la police de Hartford m'a envoyé un rapport me suggérant d'interroger le pasteur Wigger. Il paraîtrait que ce n'était pas un vrai pasteur.

— Quoi?

— À Hartford, il s'est fait passer pour un pasteur pendant deux ans, jusqu'à ce que quelqu'un enquête sur lui. Après cela, il a été chassé de la ville. Certains prétendaient qu'il avait monté une énorme escroquerie, alors que d'autres pensaient plutôt qu'il était intéressé par les paroissiennes. Quelle que soit la vérité, son passé était assez trouble.

— Pourquoi ne m'avez-vous pas mis au courant plus tôt ?

— Comme je disais, cet homme est mort. Pourquoi le noircir ? Il n'a jamais fait de mal à Northmont.

La porte s'ouvrit et Eustache Carey fit irruption, suivi par une demi-douzaine d'autres commerçants locaux.

— Nous voulons vous parler, shérif. Il circule des mots terribles. Même si vous réussissez à protéger ce bohémien, les roulottes risquent d'être incendiées.

Je sus alors qu'il me fallait prendre la parole.

— Attendez une minute, m'exclamai-je. Calmez-vous et je vais vous expliquer ce qui est vraiment arrivé au pasteur Wigger. Il n'a pas été tué par Lowara ni par quelque invisible démon, à moins que vous ne comptiez le démon intérieur du pasteur.

— Que voulez-vous dire ? demanda Carey.

Je leur racontai ce que je venais d'apprendre de la bouche du shérif Lens.

— Ne comprenez-vous pas ? Ne comprenez-vous donc pas ? Le pasteur se tenait sur le seuil de son église et il nous a vus accourir. C'est la vue du shérif qui l'a effrayé, qui l'a fait se rendre compte que le pot aux roses avait été découvert. Sinon pourquoi se serait-il barricadé dans le clocher ? C'est la peur qui l'a fait agir, la peur du shérif Lens et de la vérité.

— Mais qui l'a tué ?

— Lorsqu'il a entendu que le verrou avait cédé et que nous montions l'escalier, lorsqu'il a compris que la partie était perdue, il s'est emparé du poignard du bohémien et se l'est plongé dans la poitrine. Il n'y a jamais eu de meurtrier invisible ni de crime impossible. Le pasteur Wigger s'est suicidé.

Naturellement, il fallut encore de longues discussions pour les convaincre que c'était la seule solution possible. Voyez-vous, je devais sortir Carranza de sa cellule et démontrer qu'il n'avait pas pu poignarder le pasteur avec sa main droite à cause de son ancienne blessure au bras. Je prouvai, d'après l'angle de pénétration de la lame, qu'elle n'avait pas pu être enfoncée par un droitier, si ce n'est par la victime elle-même.

— Il n'y avait personne d'autre là-haut, dis-je en conclusion. Si Carranza Lowara ne l'a pas tué, il s'est donc suicidé. C'est aussi simple que cela.

On libéra Lowara le lendemain matin, et le shérif Lens le raccompagna au campement dans l'unique voiture de police de la ville. Je les regardai partir, debout sur le seuil de mon cabinet, et April me dit :

— Voudriez-vous fermer la porte, docteur Sam ? Maintenant que vous avez résolu une autre énigme, ne pouvez-vous pas laisser ce pauvre homme rentrer chez lui en paix ?

— J'ai encore une chose à faire, April, lui répondis-je. À plus tard.

Je montai dans mon automobile et me rendis sur les routes creusées d'ornières à la propriété de

Minnie Haskins. Je ne m'arrêtai pas à la ferme, mais la contournai et continuai jusqu'au campement des bohémiens. Lorsque Volga vit ma voiture, elle courut à ma rencontre.

— Comment vous remercier, docteur Hawthorne ? Vous avez sauvé mon mari d'un emprisonnement certain et peut-être même de la mort !

— Allez le chercher et je vous dirai comment vous pourrez me remercier.

Je descendis de voiture et attendis, ne m'approchant pas des roulottes près desquelles j'apercevais le petit Tene qui jouait dans la neige. Peu après, Carranza me rejoignit, Volga sur ses talons.

— Je vous dois des remerciements, déclara-t-il. Et la liberté.

Je laissai errer mon regard sur les champs.

— Moi aussi, je vous dois quelque chose. Vous m'avez appris différentes manières d'abuser les gens – selon les méthodes pratiquées par un gadjo et par un rom.

Tout en parlant, j'avançai le bras et tirai sur la longue chevelure noire de Lowara. Elle me resta dans la main, et Volga lâcha un hoquet de surprise. Sans sa perruque, son mari était presque chauve et paraissait dix ans de plus. J'arrachai également sa moustache. Il ne fit aucun geste pour m'en empêcher.

— D'accord, docteur ; une petite tromperie, avoua-t-il. Me ferez-vous remettre en prison pour porter une perruque et une fausse moustache ? Direz-vous à cause de cela que j'ai tué le pasteur Wigger ?

Je secouai la tête.

— Non, Carranza. Je n'en déduis pas que vous avez tué Wigger. Mais j'en déduis que Volga l'a tué.

Elle eut à nouveau un sursaut et tomba en arrière comme si je l'avais frappée.

— Cet homme est le diable, hurla-t-elle à son mari. Comment peut-il savoir ?

— Silence ! ordonna Carranza ; puis, se tournant vers moi, il demanda : Pourquoi dites-vous cela ?

— J'ai compris que vous n'aviez pas tué Wigger. Mais pas une seconde, je n'ai cru qu'un homme tel que lui se serait suicidé pour la simple raison que le shérif souhaitait lui parler. Et pourtant, il a fui devant nous. C'était la clé du mystère – la clé du meurtre et la clé de l'impossibilité. J'ai traversé la cour de l'église et, dans la neige, j'ai ramassé ceci.

Je sortis le surplis taché de sang de dessous mon manteau.

— Et qu'est-ce que ça prouve ?

— Vous voyez la déchirure faite par la lame ? Et le sang ? Le pasteur Wigger portait ce surplis quand il a été poignardé. Mais lorsque le shérif Lens et moi l'avons aperçu à la porte de l'église, il ne l'avait pas sur lui. Est-il crédible qu'il ait grimpé dans le clocher, qu'il ait remis son surplis, qu'il se soit frappé avec le couteau, qu'il ait ôté son surplis, qu'il se soit planté à nouveau le couteau dans la poitrine et qu'il soit mort – tout cela pendant que nous enfoncions la porte ? Non, évidemment !

» Alors, quelle est la seule autre explication ? Si le cadavre dans le clocher était bien celui de Wigger, la personne que nous avons vue sur le seuil de l'église n'était pas Wigger. Il s'est enfui devant nous, parce que, si le shérif Lens et moi nous étions approchés, nous nous serions rendu compte qu'il ne s'agissait pas du pasteur.

Le visage de Volga s'était vidé de ses couleurs, et elle me fixait en silence tandis que je poursuivais :

— Si ce n'était pas Wigger, qui était-ce ? L'homme en soutane s'est précipité dans l'escalier. Nous étions juste derrière lui et nous avons trouvé deux personnes au sommet de la tour – Wigger, qui était mort, et Lowara, qui était vivant. Si l'homme en soutane n'était pas Wigger – et j'ai démontré que ce n'était pas lui –, ce ne pouvait être que vous, Carranza.

— Bien vu.

— Mieux que ça. J'avais remarqué auparavant que vous étiez tous les deux de la même taille. De loin, vos signes distinctifs sont vos cheveux noirs et votre moustache. Mais je me suis rappelé le jour où je suis venu ici, il y a deux semaines. J'avais vu des anneaux d'or à vos oreilles parce que vous aviez les cheveux plus courts. Ils n'auraient pas pu pousser autant en quinze jours, et c'est pourquoi j'ai su que vous portiez des postiches. Si vos cheveux étaient faux, votre moustache l'était peut-être aussi – de vulgaires accessoires pour parfaire votre image de bohémien ; une petite mascarade destinée au gadjo.

— Vous avez démontré que j'ai personnifié Wigger pendant un court instant, mais pas que Volga l'a tué.

— Dans quel but avez-vous pris la place de Wigger ? De l'extrémité de la rue, avec notre vue brouillée par la neige qui tombait, le shérif et moi n'avons distingué qu'un homme grand portant d'épaisses lunettes. Si nous n'avions pas couru derrière vous, nous serions repartis avec la conviction que Wigger était toujours vivant après que Volga et les autres avaient quitté l'église. Mais vous avez commis deux petites erreurs. Lorsque vous vous êtes retourné pour disparaître dans l'église, vous avez heurté le chambranle parce que n'étiez pas habitué aux grosses lunettes du pasteur. Et hier, dans votre cellule, vous m'avez dit que Wigger se tenait à la porte de l'église – un détail que vous auriez dû ignorer si vous vous étiez vraiment trouvé dans le clocher comme vous l'affirmiez.

— Cela n'implique pas Volga dans le meurtre ! protesta le bohémien.

— Manifestement, vous ne faisiez pas tous ces efforts pour vous-même, car vous vous retrouviez sans alibi. Personne ne vous avait vu sortir de l'église. La seule raison possible de votre brève personnification de Wigger était de protéger une autre personne – le véritable assassin. Puis, je me suis souvenu que Volga était la dernière bohémienne à avoir quitté l'église. Elle était restée seule avec Wigger, elle était votre femme et elle était quelqu'un à porter un petit poignard. Où cela, Volga ? Sous l'élastique de votre bas ?

Elle enfouit son visage dans ses mains.

— Il… il a essayé de…

— Je sais. Wigger n'était pas un vrai pasteur, et il avait déjà eu des ennuis à cause de son intérêt pour ses paroissiennes. Il a tenté de vous violenter, n'est-ce pas ? Vous n'étiez pour lui qu'une jolie bohémienne. Il savait que vous ne parleriez pas. Vous vous êtes débattue et vous avez senti sous vos doigts le poignard dont vous ne vous séparez jamais. Vous l'avez frappé et tué, puis vous avez trouvé Carranza dans l'église et vous lui avez dit ce que vous aviez fait.

— Ç'aurait été la parole d'une bohémienne contre la réputation d'un pasteur, intervint Carranza. On ne l'aurait jamais crue. Je l'ai renvoyée dans la roulotte et j'ai cherché à faire croire que Wigger était toujours vivant.

Je hochai la tête.

— Vous avez enfilé sa soutane parce que la déchirure et le sang ne se remarquaient pas sur le tissu noir. Mais vous ne pouviez pas revêtir le surplis blanc taché de rouge. Vous avez juste eu le temps de rhabiller Wigger avec la soutane et de pousser le surplis à travers le grillage pour qu'on ne le découvre pas dans le clocher. Il était impossible que vous le remettiez sur le cadavre puisque vous ne le portiez pas lorsque vous étiez en bas.

Carranza Lowara soupira.

— Ça n'a pas été facile avec mon infirmité à la main. Je venais de finir de reboutonner la soutane lorsque le verrou a cédé. Vous allez appeler le shérif ?

Je regardai son fils jouer avec les autres enfants et me demandai si j'avais le droit de le juger.

— Repliez vos tentes et soyez partis d'ici à la tombée de la nuit, dis-je enfin. Ne revenez jamais à Northmont.

— Mais…, commença Carranza.

— Wigger n'était pas un homme très respectable, cependant il n'était pas mauvais au point de mériter ce sort funeste. Je ne sais pas trop. En revanche, ce que je sais, c'est que si vous traînez dans le coin, je risque de changer d'avis.

Volga vint vers moi.

— À présent, je vous suis plus redevable que jamais.

— Partez. Considérez que c'est mon cadeau de Noël. Partez avant qu'il ne disparaisse comme la neige au soleil.

Dans l'heure qui suivit, les roulottes cahotaient sur la route, en direction du sud, cette fois. Peut-être en avaient-ils assez de notre hiver de la Nouvelle-Angleterre.

— Je n'ai jamais raconté cette histoire à personne, conclut le Dr Sam Hawthorne. C'était la première fois que je m'érigeais en juge, et je n'ai jamais su si j'avais bien fait ou non.

Il vida son verre de cognac et se leva.

— C'est au printemps de 1926 qu'un célèbre criminel français chercha refuge à Northmont. On le surnommait l'Anguille à cause de ses évasions spectaculaires. Mais je vous en parlerai à notre prochaine rencontre. Un autre verre avant de vous en aller ?…

SOURCES

BAUM Frank L. : *The Suicide of Kiaros*, nouvelle parue dans *The White Elephant* (septembre 1897) ; reprise dans *Ellery Queen's Mystery Magazine* (novembre 1954), puis dans *Death Locked In*, anthologie de Douglas G. Greene & Robert Adey, International Polygonics (1987)/Barnes & Noble (1994). En français : *Le Suicide de Kiaros*, nouvelle recueillie dans *25 Histoires de chambres closes*, éditions de l'Atalante (Nantes, 1997). Traduction de Danièle Grivel. © L'Atalante, 1997.

BODKIN M. McDonnell : *The Vanishing Diamonds*, nouvelle parue dans *Pearson's Weekly* (janvier 1897), reprise dans *Ellery Queen's Mystery Magazine* (août 1949), puis dans *Mike Shayne's Mystery Magazine* (octobre 1973). En français : *Les Diamants disparus*, dans *Mystère Magazine* n°49 (février 1952). Traducteur inconnu. Tous droits réservés.

Meade L. T. & Eustace ROBERT : *The Man Who Disappeared*, nouvelle initialement parue dans *The Strand Magazine* (décembre 1901), puis dans *Silenced*, Ward, Lock & Co (1904), reprise dans *Ellery Queen's Mystery Magazine* (mai 1948), puis dans *Death Locked In*, anthologie de Douglas G. Greene & Robert Adey, International Polygonics (1987)/Barnes & Noble (1994). En français :

L'Homme volatilisé, nouvelle publiée dans *Lectures pour tous* (1909), sous le titre *Un homme peut-il disparaître ?* ; reprise dans *813* n° 28 (juillet 1989). Traduction de J. Wilhelm. Tous droits réservés.

FUTRELLE Jacques : *The Crystal Gazer*, nouvelle initialement parue dans *Associated Sunday Magazine* (23 septembre 1906) ; et dans *The Story Teller* (décembre 1907) ; reprise dans *Best Thinking Machine Detective Stories*, anthologie de E. F. Bleiler, Dover Publications (New York, 1973), reprise dans *The Thinking Machine Omnibus*, composé par Stan Smith, The Battered Silicon Dispach Box (Shelburne, Ontario, Canada/Sauk City, Wisconsin, 2003). En français : *Dans la boule de cristal*, nouvelle recueillie dans *13 Enquêtes de la Machine à Penser*, Terrain Vague/Losfeld (Paris, 1989). Traduction de Danièle Grivel.

POST Melville Davisson : *The Doomdorf Mystery*, nouvelle parue dans *The Saturday Evening Post* (juillet 1914), reprise dans *Uncle Abner*, Appleton & Co (1918), puis dans *The Locked Room Reader*, anthologie de Hans Stefan Santesson, Random House (1958), dans *The Complete Uncle Abner*, The Mystery Library (1977) et dans *Great American Mystery Stories of the Twentieth Century*, Franklin Watts (1989). En français : *Le Mystère Doomdorf*, nouvelle recueillie dans *Vingt Mystères de chambres closes*, Le Terrain Vague/Losfeld (1988), reprise dans *Oncle Abner, Le Maître du mystère*, Rivière Blanche, Black Coat Press (2014) [nouvelle traduction de Jean-Daniel Brèque]. Traduction retenue pour le présent volume de Michèle Valencia. Tous droits réservés.

DOYLE Arthur Conan : *The Problem of Thor Bridge*, nouvelle initialement parue dans *The Strand Magazine* (février-mars 1922) et dans *Hearst's International* (février-mars 1922), puis recueillie dans *The Case Book of Sherlock Holmes*, John Murray (Londres, 1927), George H. Doran (New York, 1927). En français : *La Rivale*, dans *Œuvres Libres* n° 14, Librairie Arthème Fayard (1922) [Traduction de Louis Labat], dans *Les Dernières Aventures de Sherlock Holmes*, Albin Michel (1928), sous le titre *Le Mystère du pont de Thor*, dans *Les Archives de Sherlock Holmes*, Œuvres complètes (tome 7), Robert Laffont (1957), sous le titre *Le Problème du pont de Thor* [Traduction d'Evelyn Colomb], dans *Archives sur Sherlock Holmes*, Livre de Poche Policier n° 1546-1547 (1965) [Traduction d'Evelyn Colomb], dans *Les Aventures de Sherlock Holmes*, Les Immortels de la Littérature (tome 2), Walter Beckers (Kapellen, Belgique, 1966) ; dans *Œuvres littéraires complètes* (tome 6), éditions Rencontre (Lausanne, 1967) ; dans *Les Aventures de Sherlock Holmes, Le Cycle Sherlock Holmes*, Robert Laffont (1975) ; dans *Les Enquêtes de Sherlock Holmes*, Édito-Service (Genève, 1978) ; dans *Sherlock Holmes* (tome 2), Bouquins, Robert Laffont (1979) ; dans *L'Intégrale Conan Doyle* (tome 20), Nouvelles Éditions Oswald (1989) ; dans *Sherlock Holmes* (Volume 3), Édition bilingue, Omnibus (2009) : dans les *Archives de Sherlock Holmes*, Archipoche (2019). Traducteur inconnu. Tous droits réservés.

ANDERSON Frederick Irving : *The Half-Way House*, nouvelle parue dans *The American Magazine* (mai 1922) ; reprise dans *Ellery Queen's Mystery Magazine* (février 1948) ; puis dans *Ellery Queen Anthology, Mid-Year Edition* (1963). En français : *La Chambre de la mort*, nouvelle recueillie dans *Anthologie du mystère* n° 185bis

(2e trimestre 1963), éditions Opta. Traduction de Stéphane Rouvre. Tous droits réservés.

LEBLANC Maurice : *Thérèse et Germaine*, nouvelle initialement parue dans *Les Huit Coups de l'horloge,* Pierre Lafitte (1922) ; Pierre Lafitte (1923) ; Le Point d'Interrogation n° 12 (1932) ; collection L'Énigme (1941) ; Club du Livre Policier, Opta (1958) ; recueillie dans *Les Aventures extraordinaires d'Arsène Lupin* (tome 2), Hachette-Gallimard (1961) ; dans *Les Huit Coups de l'horloge*, Livre de poche n° 1971 (1966) ; dans *Arsène Lupin* (tome 2), Bouquins (1986) ; dans *Intégrale Maurice Leblanc* (tome 3), éditions du Masque, Librairie des Champs-Élysées (1999) ; dans *Les Aventures extraordinaires d'Arsène Lupin* (tome 2), Omnibus (2004) ; dans *Les Huit Coups de l'horloge*, CLE International (2006).

CHESTERTON Gilbert Keith : *The Dagger with Wings*, nouvelle initialement parue dans *The Nash's Magazine* (février 1924) ; reprise dans *The Incredulity of Father Brown*, Cassell and Co (Londres, 1926), Dodd, Mead & Co (New York, 1926) ; puis dans *The Father Brown Omnibus*, Dodd, Mead & Co (1951). En français : *Le Vengeur ailé*, nouvelle dans *L'Incrédulité du Père Brown*, Gallimard (1932), sous le titre *La Dague ailée* [Traduction de Françoise Maury] ; recueillie dans *Father Brown, Détective du Bon Dieu,* Gallimard (1954), sous le titre *Le Poignard ailé* ; PJ bis, Julliard (1971) ; *Les Chefs-d'Œuvre du roman policier*, Cercle du Bibliophile (1974) ; série *Les Grands Détectives*, 10/18 n °1562 (1983) ; dans *Les Enquêtes du Père Brown,* Omnibus (2008). Traduction retenue pour le présent volume : Patrick Dusoulier. Tous droits résérvés.

JEPSON Edgar & EUSTACE Robert : *The Tea Leaf*, nouvelle parue dans *The Strand Magazine* (octobre 1925) ; reprise dans *Great Short Stories of Detection, Mystery and Horror*, Victor Gollancz (1928) ; puis dans *101 Year's Entertainment*, Little, Brown & Co (1941). En français : *L'Indice de la feuille de thé*, nouvelle publiée dans *Vingt Mystères de chambres closes*, Le Terrain Vague/Losfeld (1988) ; reprise dans *Mystère à huis clos*, Omnibus (2007). Traduction d'Isabelle Reinharez.

Sprigg Christopher St. John : *Death at 8:30*, nouvelle parue dans *Detective Fiction Weekly* (mai 1935). En français : *Assassinat programmé*, nouvelle parue dans *20 Défis à l'impossible*, anthologie de Roland Lacourbe et Robert Adey, éditions de l'Atalante (Nantes, 2002). Traduction d'Alain Robert. © L'Atalatante, 2002.

Commings Joseph : *Bones for Davy Jones*, nouvelle parue dans *Crook's Tour*, edited by Bruno Fischer, Dodd Mead (1953), signée Monte Craven, reprise dans *Suspect Detective Story* (juin 1956), puis dans *Mystery Digest* (mars 1959), signée Joseph Commings, et dans *Mystery Digest* (mars-avril 1962), sous le titre *The Diver and the Witch*, signée Monte Craven. En français : *Du mouron pour les petits poissons*, nouvelle recueillie dans *Vingt Mystères de chambres closes*, éditions Terrain Vague/Losfeld (1988). Traduction de Danièle Grivel.

Hoch Edward D. : *The Problem of the Christmas Steeple*, nouvelle parue dans *Ellery Queen's Mystery Magazine* (janvier 1977). En français : *Le Clocher de Noël*, nouvelle recueillie dans *Petits Crimes de Noël*, anthologie de Jean-Pierre Croquet, éditions du Masque (Paris, 1999) [Traduction de Pascal Loubet]. Nouvelle traduction de Danièle Grivel pour la présente édition.

Bibliographie succincte des romans et nouvelles cités dans la préface

On trouvera l'une des dernières rééditions de *Double Assassinat dans la rue Morgue* dans le recueil *Meurtres à huis clos* (Omnibus, 2007) qui comprend également *Le Mystère de Big Bow* (1892) d'Israel Zangwill, *La Mort de Lawrence Vining* (1929) d'Alan Thomas, *L'Indice de la feuille de thé* (1925) d'Edgar Jepson et Robert Eustace, *Élimination transcendantale* (1931) de Ronald Knox, *La Malédiction des neuf fois neuf* (1940) d'Anthony Boucher, *Courrier mortel* (1962) de Joseph Commings et *L'Énigme du pont couvert* (1974) d'Edward D. Hoch.

Le Mystère de la chambre jaune (1908) de Gaston Leroux a récemment été réédité dans un superbe volume par Omnibus (2018).

L'édition la plus récente de *La Mort ailée* (1903) de Samuel Hopkins Adams se trouve dans l'anthologie de Stéphane Bourgoin *La Mort ailée et autres récits de chambres closes*, Littéra (Arras, 1995).

Il n'existe, pour l'instant, qu'une seule édition du *Meurtre du dragon* (1934) de S. S. Van Dine, dans la collection Détective (Gallimard, 1934) ; et deux éditions anciennes de *La Femme qui prit peur* (1935) d'Anthony Abbot, dans la collection L'Empreinte (1936) et son succédané L'Empreinte-Police (1947).

Une femme disparaît (1938), Ethel Line White est disponible dans l'omnibus *Les Romans qui ont inspiré Hitchcock,* Les Intégrales du Masque (1994).

Le Masque a publié *Dix Petits Nègres* (1939) d'Agatha Christie, ainsi que la majorité des romans de John Dickson Carr et de Paul Halter, mis à part pour ce dernier *La Ruelle fantôme* (2005) aux éditions Labor (Liège, 2005) et *La Montre en or* chez Eurydice (2019). On trouve également chez le même éditeur les deux romans de Pierre Boileau, les trois romans de Marcel Lanteaume, ainsi que toutes les enquêtes du Grand Merlini de Clayton Rawson.

La dernière édition du *Char de Phaëton* (1940) d'Ellery Queen se trouve dans la collection Librio (1994).

Le Bras droit du bourreau (1942) et *Au seuil de l'abîme* (1944) de Hake Talbot ont été publiés chez Rivages (2000).

Le Miroir obscur (1950) d'Helen McCloy est disponible chez J'Ai Lu (1983), ainsi que *Les Cavernes d'acier* (1954) d'Isaac Asimov (1971).

La réédition la plus récente de *L'Invisible Monsieur Levert* (1977) de John Sladek est celle de Série 33 (1988).

Enfin, on trouvera les nouvelles de Joseph Commings et d'Edward D. Hoch dans il est question dans les anthologies *20 Mystères de chambres closes* au Terrain Vague Losfeld (1988) et *Les Chambres closes du Dr Hawthorne* chez Rivages (2013).

À part un seul titre (*À travers les murailles* dans *Meurtres à huis clos*), les romans de Noël Vindry n'ont jamais été réédités par Gallimard depuis leurs premières parutions entre 1932 et 1935.

Pour les ouvrages non traduits, *Wilders Walk Away* (1948), de Herbert Brean et *The Footprint of Satan* (1951) de Norman Berrow, les éditions les plus récentes sont respectivement celles d'International Polygonics (New York, 1987) et de Ramble House (Los Angeles, 2005).

Table

Préface 9

Frank L. Baum
Le Suicide de Kiaros 21

Matthias McDonnell Bodkin
Les Diamants disparus 41

L. T. Meade & Robert Eustace
L'Homme volatilisé 81

Jacques Futrelle
Dans la boule de cristal 105

Melville Davisson Post
Le Mystère Doomdorf 131

Arthur Conan Doyle
Le Problème du pont de Thor 151

Frederick Irving Anderson
La Chambre de la mort 193

Maurice Leblanc
Thérèse et Germaine 219

Gilbert Keith Chesterton
Le Vengeur ailé 253

Edgar Jepson & Robert Eustace
L'Indice de la feuille de thé 291

C. St. John Sprigg
Assassinat programmé 321

Joseph Commings
Du mouron pour les petits poissons 349

Edward D. Hoch
Le Mystère du clocher de Noël 383

Sources 413

Bibliographie succincte des romans et nouvelles cités dans la préface 419

AUX ÉDITIONS ARCHIPOCHE
DANS LA « BIBLIOTHÈQUE DES CLASSIQUES »

EDGAR ALLAN POE
L'intégrale illustrée

Le nom d'Edgar Poe évoque l'énigme et le mystère. Le plus obscur reste celui de sa mort, suite à une crise de délire dans une taverne de Baltimore, en octobre 1849. Fin pathétique d'un homme de 40 ans, après « une vie semblable à une tempête sans accalmie », digne de celui qui fut le père de la littérature policière.
Né en 1809 à Boston, orphelin à deux ans, adopté par un marchand de tabac, l'enfant prodige publie son premier recueil poétique à 18 ans, puis embrasse la carrière militaire. Renvoyé de West Point, il rédige ses premiers contes, ainsi qu'un roman maritime, les *Aventures d'Arthur Gordon Pym*. *Le Scarabée d'or*, en 1843, restera son plus grand succès public.
Regroupées de 1856 à 1864 par Baudelaire, les *Histoires extraordinaires*, suivies des *Nouvelles Histoires extraordinaires*, des *Histoires grotesques et sérieuses* et des *Contes grotesques*, déploient les thèmes favoris de Poe : la déduction comme un des beaux-arts, le romantisme noir, le fantastique scientifique et la femme fatale. Sans ces cauchemars somptueux, Lovecraft, Borges ou Cortázar seraient-ils devenus des maîtres de l'étrange ?
Ce volume relié l'ensemble de son œuvre en prose, son théâtre, sa poésie et ses essais, tels qu'*Eurêka* (1847), fascinante réflexion sur l'univers matériel et spirituel qui préfigure la théorie du Big Bang. Il reproduit, entre autres, les illustrations d'Arthur McCormick pour les *Aventures d'Arthur Gordon Pym* et de Harry Clarke pour les contes et nouvelles.

Écrivain américain, Edgar Allan Poe (1809-1849) est considéré comme le père du roman policier, ainsi que comme le fondateur de la science-fiction et du fantastique. Certains de ses contes et recueils ont notamment été traduits en français par Charles Baudelaire et Stéphane Mallarmé. Parmi ses œuvres les plus célèbres : Les Aventures d'Arthur Gordon Pym *(1838),* La Chute de la Maison Usher *(1839) ou* Le Corbeau *(1845).*

ISBN 979-1-0392-0239-8 / 35 €

ARTHUR CONAN DOYLE

Sherlock Holmes – L'intégrale illustrée

Arthur Conan Doyle ne s'attendait pas au succès rencontré par les aventures de Sherlock Holmes. C'est en 1887, dans *Une étude en rouge*, qu'apparaît le plus célèbre des détectives, issu de l'imagination de ce jeune diplômé de médecine. La pipe, la loupe et la casquette de son héros deviendront les emblèmes d'une méthode consistant à reconstruire le déroulement d'un crime par le seul raisonnement. Mais à l'agilité logique s'ajoute un talent qui n'appartient qu'à lui : l'intuition. Car Holmes est aussi un artiste, confiant en ses dons quasi surnaturels… ainsi qu'en son ami le Dr Watson, narrateur de ses exploits.
Conan Doyle fait réapparaître son personnage dans un second roman, *Le Signe des quatre*, puis dans une série d'aventures qui le rendent plus célèbre que lui-même, au point qu'il doit suspendre ses consultations médicales pour satisfaire les lecteurs. Après l'avoir fait disparaître en 1893 dans *Le Dernier Problème*, il résistera dix ans aux protestations du public, avant de lui redonner vie dans *Le Chien des Baskerville*. Un quatrième roman, *La Vallée de la peur* et cinquante-six autres aventures de Sherlock Holmes suivront jusqu'en 1927. L'ensemble forme le « Canon » holmésien, réuni au complet dans ce volume.
Ce volume relié reproduit l'ensemble des dessins créés par Sidney Paget (1860-1908), illustrateur du *Strand Magazine* et second père de Sherlock Holmes, qui doit à son crayon sa silhouette reconnaissable entre toutes.

Arthur Conan Doyle, né à Édimbourg en 1859, ayant fait le tour du monde comme médecin de bord, publie en 1887 Une étude en rouge, *où apparaît le personnage de Sherlock Holmes. Le succès est immédiat et les aventures se succèdent. Devenu ophtalmologue à Londres, fait chevalier par Edward VII, Conan Doyle ne se détourne pas de son œuvre patriotique (*La Grande Guerre des Boers*) ; il s'engage en politique, mène des enquêtes indépendantes sur certaines affaires judiciaires et se passionne pour l'occultisme. Il meurt en 1930 dans sa maison du Sussex.*

ISBN 979-1-0392-0238-1 / 39 €

*Cet ouvrage a été composé
par Soft Office à Eybens (Isère)*

*Impression réalisée par
CPI France
en octobre 2022
pour le compte des Éditions Archipoche*

IMPRIM'VERT
Votre imprimeur agit pour l'environnement

Imprimé en France
N° d'édition : 760
N° d'impression : 3049258
Dépôt légal : novembre 2022